うみねこのなく頃に散

07th Expansion presents. Welcome to Rokkenjima.
"WHEN THEY CRY4"

Episode 8
Twilight of the golden witch

竜騎士07 Illustration／ともひ

考証協力:KEIYA

KODANSHA BOX

■礼拝堂

雨が降っていた。

寂しげな音を立てながら、雨粒は石畳を叩《たた》く。

小さな水たまりが点々と、礼拝堂の入口まで続いていた。

礼拝堂の中には、……二人の人影。

それは、兄と、妹の姿。

十二年前の過去より戻らぬ兄と、それを十二年間孤独に待つ未来の妹。

しかし、兄は全てを理解し、全てを知っている。

そして、妹は全てを知らず、何も理解していない。

だから、妹はいつまでも経《た》っても、十二年前の少女のまま。

いつまでも永遠に、六歳の少女のままだった……。

兄の胸に顔を埋めていた妹の嗚咽《おえつ》が、ようやく収まる……。

そして、兄の次の言葉を静かに待つ。

兄はその頭を優しく撫《な》でてから、自分の懐をまさぐる。

やがて、……それを取り出してみせた。

「いいかい、縁寿《えんじぇ》。これを大事に持つんだ。」

「……これ、何…？　……鍵…？」

戦人《ばとら》は懐より、細いチェーンの首飾りに繋《つな》がった大きな鍵を取り出し、縁寿に差し出す。

それは戦人の手のひらいっぱいの大きさがあり、幼い縁寿にとっては一握りしても余るほどだった。

不思議な金色の輝きを放ち、凝った意匠が施された美しい鍵。

その重みだけで、さぞ大切な鍵に違いないとわからせてくれた。

戦人はその鍵のついた首飾りを、縁寿の首に掛ける。

「これは縁寿だけの、大切な鍵だ。」

「何の鍵なの……？」

「使うべき時は、すぐに来る。そして縁寿が、自分で決めるんだ。……わかるね？」

……戦人が何を言っているのか、わかるはずもない。

でも、この鍵を大切にしろという話だけはわかる。だから縁寿は、それについてだけ、頷《うなず》いてみせた。

手に持った時は、ずしりと重いと思ったのに。首に掛けてみると、普通の首飾り程度の重さにしか感じられなかった。

とても不思議だった。

「さぁ。行こうか。」

「どこへ……？」

てっきり、兄は腰を下ろすものだと思っていた。兄はついさっき、あの日、六軒島《ろっけんじま》で何があったのかを話そうと言ってくれたのだ。

それを、ここで語ってくれるのかと思っていた……。

「あの日、あの島で。何があったのか。」

「お兄ちゃんがそれを、聞かせてくれるんじゃないの…？」

「聞かせるとも。話して、縁寿に、聞かせる。……でもそれは、縁寿にはただ話を聞いているだけには、感じられないかもしれない。」

「………それはどういうこと…？」

「縁寿が本当に望んでいるのは、あの日、あの島であったことを、知るということだけじゃない。」

私は一瞬、目を輝かせる。

……やはり、……兄は、わかっていてくれた。

あの日、あの島で何があったのか。

それを知ろうとすることが、私に出来る限界だから、あえてその程度を望んだのだ。

……もし、許されるなら。

私は、……行きたい。

あの日、あの島へ。

私が行けなかったあの日の六軒島へ、右代宮《うしろみや》本家のお屋敷《やしき》へ。

お父さんやお母さん。いとこたちや親戚たち。みんな、みんな。

私は、あの日のあの島へ、……帰りたいのだ。

だから、私はいつまでも、あの日の私のままなのだ。

六歳のまま、私の心と魂を、永遠に留《とど》めてしまっている…。

「……帰りたいの、私は。」

「わかってる。」

「お父さんとお母さん、お兄ちゃん。みんな。……私は、みんなのところへ、……帰りたい……。」

「だから、……招くことにしたんだ。」

「………え…?」

「お兄ちゃんはもう、ゲームマスターなんだ。ゲーム盤の全てを知る者だけが、ゲーム盤を開き、駒を招くことが出来る。……だから俺は、縁寿をゲーム盤へ、招待する。」

「私を、……あの日の六軒島へ、……連れていってくれるの……。」

「あぁ。縁寿を、一九八六年の六軒島へ、招待しよう。」

「会えるの? みんなに……。」

「もちろん。」

「私、……もう記憶もおぼろげで、……みんなの顔、はっきりと思い出せないのに…。」

「すぐに思い出すさ。…そして、縁寿にとっては十二年ぶりの再会でも。……俺たちにとっては、しばらくぶりでしかないんだ。……みんな歓迎する。十二年の、遠い未来からようやく帰ってきた縁寿を、みんな歓迎してくれる。」

「私は、……いつまでもそこにいられるの……?」

これで、永遠に私は、……みんなと一緒にいられる。

そここそが、私の辿《たど》り着《つ》くべき場所……。

「縁寿、よくお聞き。」

しかし兄は、諭すように言う。

それは叶《かな》わぬ夢だと、釘《くぎ》を刺すかのように…。

「六軒島の親族会議は、一泊で終わる。あの日は台風だったから、船の都合で二泊だったけれどね。」

「それが過ぎたら、……私は島から、帰らなくてはならないの…？」

「……少し違う。それを決めるのも、縁寿なんだ。」

「………………。」

「縁寿が、それを決める。」

……もちろん、わかってる。

あの日、あの島に、私はいない。

その私を、あの日のあの島に招いてくれるだけで、……これは、奇跡なのだ。

台風が過ぎ去るまでの、ほんの二日間。

その、ほんの二日間をくれるだけでも、それは得がたい、二度とない、奇跡。

それ以上を欲張ったら、そのわずかな奇跡が、爆《は》ぜて消えてしまうかもしれない。

……そうは思っても、六歳のまま止まった私の幼い心は、そのわずかな時間の奇跡に満足しようとしない…。

「帰りたくない。」

「……………わかるよ。」

「いつまでも、みんなと一緒にいる。家族で一緒にいる。お兄ちゃんが、もう帰らなくちゃって言っても……、私は六軒島に残る。」

「残るのが正しいとか、帰るのが正しいとか。そういうのじゃないんだよ、縁寿。」

「……それでも、それを私が選ぶの……？」

「そうだよ。そのための鍵が、それなんだよ。」

兄は、私の胸元で金色に輝くそれを、そっと撫でる。

「私の答えはもう、決まってるよ。」

「今は選ばなくていい。選ぶべき時は、すぐに訪れるから。……その時の、縁寿の素直な心で、その鍵をどう使うか、選びなさい。」

「………………………。」

「お兄ちゃんの言うことなんか何も聞かなくてもいい。縁寿のわがままで、答えを決めても構わない。…………でも。もしも縁寿が良い子で、お兄ちゃんを信用出来るなら。」

「……信用出来る、なら……？」

「お兄ちゃんの言うことは、全て信じなさい。」

「全て、……信じる…。」

「それが縁寿にとって、一番良《い》い選択になるから。お兄ちゃんの言葉に耳を傾け、そして全てを信じなさい。……出来るかい？」

「…………わかんない。」

「それでもいい。信じたいものだけを信じればいい。それも、縁寿が決めていいんだよ。」

「……お兄ちゃんを信じないと。……この夢は、醒《さ》めてしまうの…？」

「そんなことはない。だから安心していいよ。」

縁寿は何となく、兄を疑い、怯《おび》えていた。

彼女の希望は、あの日のあの島に、永遠に留まり、家族といつまでも一緒にいること。

……奇跡の二日間を得たなら、それに納得し、十二年後の未来に一人で帰れと、……兄がそんなことを言い出しはしないかと、彼女は怯えていた。

「さっきも言ったと思う。……残るのが正しいとか、帰るのが正しいとか。そういうのはないいんだよ。それを、縁寿が決める。そしてそれは、今すぐ決めなくていい。」

「そのどちらかの選択を、誰も強要しない…？」

「もちろん。」

「お兄ちゃんは私に、未来へ帰れなんて、………言わない……？」

「………お兄ちゃんには、縁寿に選んで欲しい選択肢がある。……それを縁寿が自発的に選んでくれることを望んでる。だから望んではいるが、縁寿の選択は尊重したい。」

「私もさっき言った。私の答えは、もう決まっているよ。」

「俺もさっき言った。今は、それを決める時じゃない。」

「それはいつ?」

「その鍵がいずれ、教えてくれるよ。」

縁寿の首に掛かる、大きな金色の鍵。

それを、縁寿の小さな手が、ぎゅうっと握り締める……。

………その時、礼拝堂の祭壇の上に置かれた、一冊の本が目に入る。

それは、戦人がベアトリーチェに捧《ささ》げたものとは違う本だった。

その本は、自らに錠前を掛け、鍵がなければ読めないように封印されていた。

縁寿は、自分の胸元の鍵と、祭壇の本を、じっと見比べる。

「………あの本は、この鍵で開くの?」

「あの本は駄目だ。」

ぴしゃりと言われ、縁寿は少し面食らう。

戦人は、縁寿を怖がらせてしまったことに気付き、表情を和らげて言う。

「さぁ、行こう。………一九八六年十月四日に、縁寿を招待するよ。」

「うん。」

戦人が手を伸ばすと、縁寿は固くそれを握る。

そして二人は、歩き出す。

礼拝堂の扉の向こうには、眩《まばゆ》い光が。

目が潰れそうになるほどの光が、扉の隙間から鋭く入ってくる。

……その向こうに、二人は歩いていく……。

お帰り、縁寿。

そしてこれで最後なんだ。

このゲーム盤を、縁寿のために、……最後にもう一度だけ開く……。

■連絡船

「のわぁあああああぁぁあああぁぁあ!!　落ちる落ちる落ちるぅううううぅぅッ！！！」

六軒島へ向かう川畑《かわばた》船長の連絡船は、今日も快速、絶好調だった。

そう。一九八六年十月四日の物語はいつだって、騒がしい戦人の声から幕を開けるのだ。

でも、いつもと一つだけ違うところがある。戦人の大騒ぎに、もう一つの大騒ぎが重なっているのだ。

戦人のそれは悲鳴。

もう一つのそれは、大はしゃぎ。

「落ちる落ちる落ちるぅうううぅう!!　あひぃよぉおおおおぉおぉお…!!」

「面白い面白い面白いぃ――!!　きゃっきゃ、きゃっきゃきゃっきゃ!!」

「戦人、変なカオ、変なカオ!!　きゃっきゃ、きゃっきゃきゃっきゃ!!」

縁寿と真里亞《まりあ》が大声で笑っていた。

手すりにしがみ付き、いい年をしてぎゃーぎゃー喚《わめ》く兄と、同じく手すりにしがみ付き、まるで遊園地で遊ぶかのようにはしゃぐ妹たちの対比に、譲治《じょうじ》たちは思わず噴き出さずにはいられない。

「六年を経ても、戦人くんは本当に賑《にぎ》やかだねぇ。」

「縁寿も真里亞も、今年は一際賑やかだぜ。」

「朱志香《じぇしか》ちゃん、いとこ五人が全員揃《そろ》うのって、ひょっとしてこれが初めて？」

「あれ、そうかな？　なるほどね。今年はこれまでになく、最高に賑やかってわけだ。」

その騒ぎを遠目に見ながら、霧江《きりえ》と留弗夫《るどるふ》が安堵《あんど》の表情を浮かべていた。

「良かった。縁寿の体調、心配だったんだけど。」

「一人だけ留守番じゃ気の毒だしな。無理にでも連れてきて良かったぜ。」

「直前に大きく体調を崩したって聞いてたけれど？」

　そう尋ねた絵羽《えば》に、霧江は小さく肩を竦《すく》めてみせた。

「それが今朝になったらケロリよ。子供って本当にすごいわ。」

「緊張が体調に出るタイプなんやろな！　そういうのは、いざ当日を迎えるとけろっと治ることもあるもんや。」

「いとこ五人ではしゃぐのが、楽しくて楽しくて仕方ないんでしょうね。」

　秀吉《ひでよし》と楼座《ろうざ》が言うと、熊沢《くまさわ》は人の良さそうな笑い声を上げる。

「ほっほっほ。子供たちが楽しそうにしているのを見ていると、こっちまで元気になってきますねぇ。」

　子供たちの大はしゃぎを眺めながら、大人たちは微笑《ほほえ》み合う。

　体調を大きく崩し、一時は欠席を予告されていた縁寿は、奇跡的に回復。本人の強い希望もあり、親族会議についてきたのだった。

　こうして。

　いとこ五人が、初めて同時に揃う。

　初めての、一九八六年十月四日となった。

■客間

　控えめなノックの音がした。蔵臼《くらうす》が促すと、紗音《しゃのん》と嘉音《かのん》が慎《つつ》ましく扉を開けて入室してくる。

「失礼いたします。親族の皆様方が、ご到着いたしました。」

「無事に着いたかね。では、私は親父《おやじ》殿に伝えてくるとしよう。」

　紗音に応えると、蔵臼は立ち上がる。

　夏妃《なつひ》はソファーに座ったまま、嘉音に尋ねた。

「皆さんは、今はゲストハウスに？」

「はい。荷物を置かれましたら、こちらへ挨拶に来られるとのことです。」

「わかりました。嘉音は皆さんのご案内を。紗音は紅茶の準備を急ぐように。」

「畏《かしこ》まりました、奥様。」

■金蔵《きんぞう》の書斎前

「お父さん。蔵臼です。そろそろご準備をお願いします。」

ノックしながら告げると、内側からがちゃりと扉が開いた。そこに立っていた人物は、金蔵でも源次《げんじ》でもなかった。

「おや、南條《なんじょう》先生。親父殿は。」

「ご安心を。もう着替えておりますぞ。ただ、少し緊張されているようですな。」

「誰が緊張しているというのかッ!!　えぇい、お気に入りの片翼《かたよく》のネクタイピンが見つからぬ！　だからいつも夏妃に言っているのだ！　勝手にものの場所を動かすなと…！」

金蔵はネクタイ一本、ネクタイピン一つ選ぶだけで、さっきから大騒ぎらしかった。当主としての威厳を何よりも重んじる金蔵は、その身形《みなり》も相応《ふさわ》しくあるべきだと、いつも大騒ぎしているのだ。

「……南條先生、何とかなりそうですかな？」

「もうしばらく時間をいただけますかな。準備が出来たら下へ参りますので。」

「わかりました。よろしくお願いします。……お父さん。そのネクタイピンでも、よく似合っていますよ。」

「そのネクタイピンとは何か、〝その〟とは!!　年に一度しかない親族会議の日であるぞ！　えぇい妥協など許せんぞ、あのネクタイピンでなくては駄目だ！　どこだどこだどこだ…!!」

「金蔵さん、その引き出しはさっき調べたでしょうが……。それに、素晴らしいネクタイピンをいくつもお持ちのはずだ。今日というお日柄に合わせて、相応しいものをセレクトするのも、お洒落《しゃれ》の見せ所ですぞ。」

「う〜む、そうであるか？　片翼の鷲《わし》じゃなくても良いのか…？　うむむむむ……。」

金蔵をなだめる南條を見ながら。蔵臼はどうしてこの人が自分の母親でなかったのか、理解に苦しむのだった。

まぁ、いつものことだ。こうして、見えないところでは大騒ぎしながらも、本番になればバッチリ決めてみせる。

遅くともランチまでには必ず降りてくるようにお願いしますと南條に伝え、蔵臼はそっと書斎を出る…。

■厨房《ちゅうぼう》

「どうです？　良い香りでしょう！　そして珍しいでしょう！」

「パンプキンティーなんて、初めて飲みました…。ほんのり甘くて美味《おい》しいですね。」

客人たちに振る舞う予定の紅茶を、郷田《ごうだ》は先に紗音に振る舞っていた。

紗音はそれまで、使用人たる者は、家人や客人と同じものを口にするなどとんでもないと思っていた。しかし、郷田に言わせるとそれは違うらしい。

「お客様にお出しするものを、味も知らずに出すことは出来ません。……たとえば、訪れたレストランで。初めて知る料理に興味を持った時、ウェイターを呼び止めたならこう聞くでしょう？　この料理はどんな味ですか、と。」

「そうですね…。そこで、食べたことがないから知りませんでは、何だかおかしな話ですものね……。」

「そういうことです。給仕に携る者ならば、お客様にお出しするお茶やお料理の味については、熟知していて当然なのです。」

郷田は実に楽しそうに、満面の笑みで言う。普段はいじわるなところもある彼が、こういった話になると頼もしく、そして純粋な顔を見せてくれることを、紗音はよく知っていた。

一足先にパンプキンティーを味わっていた熊沢が、話に加わってくる。

「ほっほっほっほ。それに、自分で飲んで美味しかったお茶なら、お出しする時にも、自然と嬉《うれ》しくなってしまうものですしねぇ。」

「その通りですね。こんな美味しいお茶なら、私もぜひ皆さんにも飲んでもらいたいって気持ちになります。」

「だからこそ！　私たち使用人は、あらゆるお料理の味を熟知しなければならないのです。だから私が、ひょいと摘《つま》み食《ぐ》いをしてしまったとしても、それも使用人の務め務め…、ほっほっほ。」

「役得であり、仕事であるわけです。わかりましたか？」

「はいっ。」

紗音は敬意を込めながら、郷田に微笑み返した。

「……準備ご苦労。お茶の方は問題ないか。」

見れば、厨房の入口から源次が顔を覗《のぞ》かせている。

「あぁ、源次さんもぜひ飲んでみて下さい。ハロウィンも近いことですし、今日はカボチャの紅茶ですよ。」

郷田がすぐさま誘いをかけた。

「後でもらおう。もうじき親族の方々がお屋敷にいらっしゃる。……お子様方もご一緒しそうな雰囲気だ。」

「はい。カップの用意も万全です。」

紗音が答えたその時、厨房の内線電話が鳴る。

すぐ近くに立っていた源次は、コール音を二度鳴らせず、素早く受話器を取る。

紗音たちは源次のそれを、いつも、まるでお侍の居合い抜きみたいだと思っていた。

「……わかった。粗相のないようにご案内を。」

短くそう告げ、源次は受話器を置く。

「嘉音からだ。今から、親族の皆様がこちらにおいでになる。お子様方もご一緒とのことだ。紗音と熊沢はお出迎えを。郷田は紅茶の準備を急ぐように。」

「「はいっ。」」

使用人たちにとって最大のイベント、親族会議。

これを今年も結束して乗り越えようと、彼らの士気は上々だった。

■客間

「失礼いたします。親族の皆様をお連れしました。」

嘉音に続いて客間に入ってきた一同を見るや、蔵臼はすぐさま立ち上がって歓迎の意を示す。

「おぉ、よく来たね。道中、問題はなかったかね？」

「兄さん、儲《もう》けてるんでしょ？　そろそろ自家用ジェットを買いなさいよ。」

「わはははは。今回の機内も、右代宮家しかおらんかったからな！」

絵羽と秀吉がさっそく軽口を叩き、蔵臼の頬をゆるませた。一方の夏妃は、霧江と手を繋いだ縁寿に微笑みかけている。

「縁寿ちゃん。来られて良かったですね。体調が悪いから欠席するかもしれないと聞いて、心配していたのですよ。」

「ご心配をお掛けしました。今朝になったら急に元気になりまして。」

「お腹《なか》痛いのどっか行っちゃったー！　お腹をぐるぐる時計回りにさするの！　お腹痛いのが治る、魔法のおまじないなの！」

「こら、真里亞、少し静かにしなさい…。」

楼座がやんわりと叱る。

その時、蔵臼と夏妃は久しぶりの来島者に気付き、目を丸くした。

「おぉ、そっちは戦人くんかね……！　大きくなった！」

「六年ぶりですね。本当に立派になりました。」

「いやぁ……、いっひっひ。お陰様で背ばっか伸びまして…。」

照れくさそうに言う戦人を、すぐさま朱志香と譲治が茶化しにかかる。

「肝っ玉の方は相変わらずみてぇだけどな！」

「むしろ、相変わらず戦人くんでいてくれて、僕は安心したけどね。」

わっはははははははは。体格は立派になっても、やはり戦人は戦人だと、みんな笑い合う。

「こいつは飛行機でも船でも、落ちるの何のと相変わらず賑やかでなぁ。」

「明日夢《あすむ》さんの血でしょ？」

「多分アレだぜ。こいつが小さい頃、遊園地で激し目なのばっか乗せて回ったからだ。」

霧江に続いてそう言った留弗夫に、絵羽が尋ねる。

「身長制限で乗れないんじゃないのぉ？」

「いやいや。ティーカップとか、足漕《こ》ぎボートとか色々あるだろ？　そういうのを、ちょいと激し目に付き合わせたのがまずかったみたいだ。」

「留弗夫兄さんは、昔からそういうの、やり過ぎる性質だから。」

「それはそれは……。可哀想《かわいそう》に。」

楼座と夏妃は何とも気の毒そうな顔をした。

「はは、戦人くんには同情するよ。」

「でも安心したわ。乗り物嫌いでこそ、戦人くんって感じだものね。」

蔵臼と絵羽が笑った時、縁寿は少し得意げに言う。

「お兄ちゃんは乗り物が嫌いなんじゃないの。落ちるから嫌いなのっ。」

「落ちるー落ちるー!!　うーうーうー!!」

「こらっ、走り回らないの…！　真里亞！　お姉ちゃんでしょ？　お手本を見せなさい！」

「失礼します。お茶の配膳に参りました。」

良い香りと共に、紗音が配膳台車を押しながらやってくる。はしゃぎ回っていた縁寿と真里亞も、飲食があるとわかれば素直にソファーに座る。

「ところで、親父はどうしてんだ？」

「もうじき降りてくるだろう。ネクタイ一本選ぶのに、朝から大騒ぎだよ。」

「相変わらず、当主として威厳ある服装がどうのこうの？」

「お父さんって、昔からネクタイにはやたらうるさいわよね。」

「こだわりがあられるのでしょう。お洒落なのは良いことです。」

「その割に、結局いつも同じネクタイであらわれるがね。」

親族たちは大笑いする。郷田特選のパンプキンティーの良い香りが客間いっぱいに広がり、和やかな空気をいっそう、盛り上げてくれるのだった。

「ママ見てママ見て！　パンプキンのクッキーだよ、ハロウィンだー!!」

「あら、本当ね。この甘い匂いはカボチャなのかしら？」

楼座が問いかける。

「はい。今日のお紅茶は、珍しいパンプキンのフレーバーなんですよ。とっても美味しいですから、最初はぜひストレートで召し上がってみて下さい。」

紗音は見る者をほっとさせるような、柔らかい微笑みで答えた。

「姉さん、袖。気を付けて。」

嘉音が小声で言う。紗音は危うくティーセットに触れそうになった袖を、こっそりと引っ込める……。

「へー。カボチャの紅茶なんてあるんだー。郷田さんはよくこんなのを見つけてくるよなー。」

「美味しいね。なかなかいいよ。カボチャの自然な甘味が感じられるね。」

　朱志香と譲治の感想は、戦人にはピンと来なかったようだ。

「カボチャを紅茶にねぇ。でもよ、カボチャと言ったら天ぷらが一番だよな！」

「うー！　カボチャじゃないの、パンプキンなのー！」

「パンプキンはカボチャじゃないの！　パンプキンなのー！」

　真里亞はニュアンスの違いにこだわって言ったようだが、縁寿は心の底から、パンプキンとカボチャは別の存在だと思っているようだ。

　一同は大笑いするが、縁寿はなぜ笑われたのかわからず、納得いかない顔で小首を傾《かし》げている。

　機嫌を損ねてグズるかと思われたが、真里亞がクッキーゲームなる遊びを教えると、すぐにそれに夢中になってしまった。

　その時、廊下から、ズカズカズカと踵《かかと》を利かせた足音が近付いてくるのが聞こえた。

　それが誰の足音であるか察しが付いている親族たちは、ピンと背筋を伸ばす。

　早足な靴音は客間の扉の前で一度止まる。……まるで、大きく息を吸って、タメを作っているかのような間。そして、バーンと破裂するかのように扉を開け、源次と南條を従えた金蔵は開口一番に叫ぶ。

「んんんハッピーハロウィーン!!　エぇぇぇンド、トリック・オア・トリィイイィィートッ!!」

「「「トリック・オア・トリ――――ト!!」」」

　いとこたちも威勢良くそれに応える。

　大人たちは、照れ臭そうに俯《うつむ》きながら応える。

　縁寿だけは、何事かわからず、ぽかんと口を開けてしまう。

「よくぞ来た、我が孫たち!!　お菓子をくれなきゃ、イタズラしてしまうぞである――――!!」

　金蔵は久々に見る孫たちの顔に、喜びを抑えられないようだった。

「ほら、真里亞。」

「お祖父《じい》様、ハッピーハロウィーン!! 今年はすごいの、驚いて驚いて!!」

楼座に促された真里亞が、ソファーの陰に隠してあったプレゼントボックスを取り出す。

気付けば、親族たちもみんな、同様のものをいつの間にか手にしていた。

「ほら、縁寿も。これをお祖父様に渡して。」

霧江も縁寿に、素敵な包装のされたプレゼントボックスを持たせる。

「おおおおぉ、真里亞ぁあぁあ、いつもありがとぉおおおぉ!! お祖父ちゃんは嬉しいぞぉおおおぉおおぉ!!」

真里亞のプレゼントボックスを受け取った金蔵は、破顔しながらそれに頰擦りをする。

「……………お館《やかたさま》様。威厳をお忘れでございます。」

「むむっ、そ、そうであったな。……嬉しいぞ、我が孫、真里亞よ。お菓子をくれたので、今年はイタズラは勘弁してやろうぞ。」

源次の声に慌てた金蔵が、取り繕うように当主らしい言葉を述べる。

「今度はお祖父様の番ー!! お菓子をくれなきゃ、イタズラしちゃうぞー!!」

「うむうむ、心得ておるぞ。源次……!」

「こちらを。」

源次は、サンタクロースのように担いでいた大袋の中から、真里亞宛てのプレゼントを探し出し、それを金蔵に手渡す。

「ほぅれ、真里亞〜!! お祖父ちゃんからのプレゼントであるぞぉおおぉ!! これはなぁあ、んんんん可愛《かわい》いぞおぉおぉお!! 真里亞にあげるのが惜しいワイ♪」

「……………お館様。威厳。」

「んぬぉおぉ…。こ、これは右代宮家当主からの、真里亞へのプレゼントである…。これはその、可愛い、……んん、ゴホンゴホンッ。う、右代宮家の貫《かん》禄《ろく》に相応しい品であるぞ。こ、心して受け取るが良い……。」

「ありがとう、お祖父様ぁ‼　だ〜い好き‼　チュッチュッチュ！」

「ぬッ、ぬほぉおおおぉおぉ…‼　おぉおぉ真里亞ぁあぁあぁ、我が可愛い孫よぉおおおお‼　ちゅっちゅっちゅっちゅ〜〜〜〜！！！」

「…………………。」

さすがの源次も、金蔵にそれ以上、威厳を保たせるのを諦める。それでも、今年の当主の威厳は、普段より十秒ちょっとは保ったようだ。

「お祖父様。ハッピーハロウィン。これは僕からです。」

「ハッピーハロウィン。これは私から。気に入ってくれるといいんだけど。」

「おおぉおおぉ、譲治に朱志香。今年もありがとう。私は、……私は嬉しいぞぉ…。」

金蔵はぼろぼろと涙を零《こぼ》しながら、譲治と朱志香の二人を抱き締める。

「おぉ、そして戦人か。……よく戻ってきたな、右代宮家に。……寂しかったぞ、この六年間…。」

「……いや、……まぁ、その…。………ハッピーハロウィン。気に入ってくれるかわからねぇけど…。」

「良いのだ……、良いのだ、戦人よ……。言いたいこともあろう、聞きたいこともあろう。……だが今はそれはなしだ。」

「祖父様……。」

「よく、………右代宮家に戻ってきてくれたな……。」

……私は、……嬉しいぞ……。」

金蔵はゆっくりと、……戦人を抱き締める。

戦人は最初、面食らったが、やがて金蔵の気持ちを理解し、同じように抱き締めた。

その光景を、……縁寿は呆然《ぼうぜん》と見ていた。右代宮金蔵って、…………こんな人だったたっけ……？

「縁寿。次はお前の番だぞ。」

「ほら、それをお祖父様に渡して。」

「…………ぁ、…………うん。」

両親にそう促されても、縁寿は、何が何だか、……よくわからない。母に渡されたプレゼントボックスを持って、……おずおずと前へ出る。

……それまで、あんなにも上機嫌に顔を綻ばせていた金蔵の顔が、なぜか歩み出た途端に、一際《ひときわ》険しくなったように感じられた。

いいや、険しくなったんじゃない。その表情こそ、……縁寿が想像する金蔵が、いつも浮かべているもののはずなのだ。

それこそが、右代宮金蔵。いつも険しい表情をしていて、短気で気紛《きまぐ》れ。……右代宮家で、もっとも恐ろしい人間…。

「………………。」

「…………………………。」

私の時にだけ、世界が静まりかえった気がする。

……どうして？　どうして私だけ？

でも、なら、……これがむしろ、正しいのでは？

これが、私が期待、……いや、理解する右代宮金蔵なのでは……？

まるで、お茶を運ぶカラクリ人形のように。縁寿はプレゼントボックスを突き出すように持ちながら、呆然と歩き、……金蔵の前で止まった。

金蔵は表情一つ変えずに、ゆっくりとプレゼントボックスに触れる……。

「んんんん縁寿ぇぇぇぇぇぇぇぇぇぇぬぇぇぇぇぇぇぇぇぇッ！！！」

途端、プレゼントボックスごと激しい抱擁。金蔵はその白髭《しらひげ》を、縁寿の頬にぞりぞりと押し付ける。

「お祖父ちゃんはッ、お祖父ちゃんは嬉しいぞぉぉおぉおぉぉ!!　私はこんなにも可愛らしい孫たちを持てて嬉しい!!　嬉ちい!!　嬉ちくて涙が止まらん、止まらぬぅぅうぅぅぅぅぅぅぅう!!」

「………お館様。鼻水が。……ついでに威厳もお忘れなく。」

「うむッ、源次、すまぬ!!　あひおふあふぅぅうぅうぅぅぅぅぅッ!!　ずびびー!!」

ハンカチで鼻をかむその姿は、孫たちからの贈り物に感涙を浮かべる、ただの好々爺《こうこうや》にしか見えない。

「ありがとう、縁寿。聞けば、体調が悪いのに無理をして来てくれたそうだな…。お祖父ちゃんは本当に嬉しいぞ…！　さぁ、お前にはこれだ。」

縁寿の胸に、リボンで飾られた小振りなプレゼントボックスを押し付ける。

……彼女は今になって気付く。金蔵からのお返しのプレゼントは、包装も箱の大きさも、全員違うものだった。

「縁寿には何だろうな。毎年、祖父様が誰に何を贈るか、自分で考えてるそうだぜ。これだけの大人数を、よくやるもんだよな。」

「………毎年。……自分で。…………。」

毎年。……何を？

自分で。……何を？

この、おかしなセレモニーが、……毎年。

お兄ちゃんが何を言っているのか、よくわからない……。

いとこたちは、今年のハロウィンプレゼントは何かなと嬉々《きき》としてはしゃぎ合っている。

真里亞が、プレゼントの重さ比べをしようと言ってきたが、縁寿はなぜか、ぼんやりしてしまう。

その後、大人たちも次々にプレゼントを渡していき、金蔵はそれらにも皆、返礼を渡し、体を気遣う言葉や、近況を問う言葉を掛けるのだった。

そして全員とのやりとりが終わる頃を見計らって郷田があらわれ、ランチの準備が整っていると告げた。

「そうか、準備が出来たか…！　さぁ、諸君！　郷田自慢のランチに舌鼓を打とうではないか。さぁさぁ、食堂へ移動しよう！」

「どうぞ、皆様。ご案内いたします。」

「プレゼントは私どもで、ゲストハウスのお部屋へお運びいたします。」

「どうぞ、置いたままでお食事に向かわれて下さい。」

紗音と嘉音がそう言うと、親族たちはプレゼントボックスをテーブルやソファーに置き、金蔵の後を追って客間を出ていく。

……縁寿だけが、金蔵からのプレゼントボックスを抱いたまま、……いつまでもぼんやりと立ち尽くしていた…。

■食堂

郷田のランチは、一度だってその期待を裏切ったことがない。これが楽しみで親族会議に来ているんだと秀吉が言うと、みんなも大笑いしながら頷きあった。

美味しい食事は、自然と会話も弾ませる。大きくなったわね。最近の調子はどう？　ぼちぼちでんな。互いの近況を尋ね合い、笑い合う楽しい食卓だった。


右代宮家の食卓は、序列に従った特殊な座り方になっており、金蔵と親族兄弟姉妹、いとこたち、そしてその母親たちがそれぞれグループになるよう工夫されている。

だから、ますます自然に会話が弾むのだ。

縁寿は、いとこたちのお喋《しゃべ》りからちょっと抜け、周りの様子を窺《うかが》ってみた。

……金蔵と親族兄弟姉妹はどんな様子だろう？

和気《わき》藹々《あいあい》と、楽しそうだった。親族兄弟姉妹は、普段はそれぞれの家庭で父親や母親を務めている。しかし、金蔵の前で兄弟姉妹たちだけで集まる時には、それらの責務を肩から下ろして、まるで子供の頃に戻ったかのように、若々しく、楽しそうにしているのだ。

普段は飄《ひょう》々《ひょう》としながらも貫禄のある父親の留弗夫も、そのグループではまるで、戦人がもう一人いると錯覚するくらい、陽気で楽しげだった。

金蔵だって、和気藹々としている。カネがどうのこうの、遺産がどうのこうのなんてことは、一言だって口にしない。それどころか、我が子を無能だの何だのと罵りさえしない。年に一度の、自分の家族の勢揃いに喜ぶ、右代宮金蔵という名の、ただの上機嫌な老人のように見えた。

母親たちのグループも、同じく和気藹々だった。

子供の教育問題から家庭の話、家族の健康問題まで、母親らしい話題が次々に飛び出している。秀吉と南條もその輪に加わり、楽しそうに話をしていた。

そして、いとこたちのグループは？

……こんな楽しげな食卓で、楽しげなグループに囲まれて、……賑やかでないわけもない。真里亞は絶好調で、ハロウィンにまつわるウンチク話を続けている。それに譲治や朱志香が相槌《あいづち》をうち、戦人がボケては、真里亞に笑われる。縁寿が望めば、その輪には自然に加われたし、デザートに興味を移せば、自然と輪から抜けることが出来る。

そんな、……楽しくて、それがとても当たり前に感じられる幸せ。……まるで、春の日差しの中でまどろみを覚えているかのような気持ちにさせられた。

「天気予報によると、今夜辺りからだいぶ崩れるらしいな。」

金蔵が言うと、留弗夫は日が差し込む窓に目をやりながら答える。

「台風らしいからな。こりゃ、今年も一泊じゃ済まなそうだぜ。」

「はっはっは。私は一向に構わんぞ、一泊と言わず、いつまででも泊まっていくがいい。可愛い孫の顔が何日でも見られるなら、私は毎日、雨乞いをしても良いぞ。」

「よしてよ、仕事があるんだから。」

口ではそう言いながら、絵羽はまんざらでもなさそうに笑っていた。

「お父様が島を出ればいいんじゃない？　そうすれば、もっと好きな時に孫の顔を見られるでしょうに。」

楼座が本気とも冗談ともつかない口調で言うと、

蔵臼は笑い声を上げた。

「はっははは。確かに。風情はあるが、離島の暮らしはそろそろ堪えるんじゃありませんか？」

　金蔵は二人に目をやると、口元にかすかな笑みを浮かべる。

「……都会はうるさい。私の家族だけしかいない、静かな島が一番だ。私はここを気に入っている。」

「でも、六軒島じゃ、いざという時、お医者様を呼ぶのにも時間がかかるわ。」

「同感よ。もうお父様も歳《とし》なんだから、せめて新島《にいじま》に引っ越すべきだと思うわ。」

「……私はもう、老いた。家族だけに囲まれて、静かに暮らしたい。……そして私は幸せ者だ。それを実現出来る、この島があるのだから。」

「お父さん……。」

　蔵臼の声には静かな驚きがこもっていた。留弗夫も、絵羽も、楼座も、穏和な顔をした父を見る……。

「む……。しんみりさせてしまったな。諸君、これで郷田のランチは終了だ。孫たちよ、明日からはずっと雨らしい。晴れているのは今しかないぞ。薔薇《ばら》を愛《め》でて、それから浜辺を散歩してはどうか。」

「そうですね。じゃあ、みんな。そうさせてもらおうか。」

　譲治がいとこたちに呼びかけると、途端に真里亞が目を輝かせた。

「うー！　薔薇を愛でて、浜辺を散歩するー！　貝殻拾いして、ガラス拾いもするー！」

「ガラス拾い？　何だそりゃ、危ないな……！　……なあ朱志香、砂浜にガラスが落ちてんのか？」

「ガラスの欠片《かけら》が、波に洗われて丸くなって、綺麗《きれい》な石になって流れ着いてるんだよ。忘れたのかよ、戦人。昔、一緒に拾ったろ？」

「あぁ……、あれ、ガラスの欠片だったのか。俺はてっきり、そういう綺麗な石なんだと思い込んでたぜ。」

　真里亞は縁寿の顔を覗き込み、心なしか年上ぶった口調で言う。

「縁寿はガラスの石、見たことある⁉」

「……ない。」

「じゃあ行こう‼　真里亞が教えてあげるよ‼　行こう行こう！　でも早い者勝ちだよ！　真里亞が全部拾っちゃうー！」

「へへっ、なら私も負けないぜ。誰が一番綺麗で大きなガラス石を拾えるか、競争しよう！」

「やれやれ！　ここは一つ、童心に返るとするかな！　負けねぇぞー！」

「じゃあ、僕たちは浜辺へ行ってきます。」

「うむ。いとこ同士、のんびりしてくるが良い。」

いとこたちは席を立ち、賑やかに食堂を出る。

縁寿は真里亞にぐいぐい手を引っ張られて、走らされる。でもその表情は、真里亞の満面の笑みと違って、どこか上の空のようだった……。

■浜辺

いとこたちは、波打ち際を散歩しながら、色々な遊びをした。波で研磨された、宝石のようなガラス石を探したり。それぞれの近況を語り合ったり、茶化したり。砂に文字を書いてみたり。返す波を追ってみたり、寄せる波から逃げてみたり。

いとこだけの、楽しい時間が過ぎていった。

「待て待て、真里亞ー‼　今度は許さねぇぞー‼　わっはっはっは！」

「きゃっははははは‼　やだやだやだやだ、きゃっはっはっは！」

「転ぶとケガをするよ。二人とも気を付けて。」

笑いながら忠告した譲治に、朱志香が声をかける。

「風が強くなってきたかな。そろそろ引き上げた方がいいかもしれねぇぜ。」

「そうだね。空も曇ってきた気がするよ。………戦人くん、真里亞ちゃん！　そろそろおしまいにして、一度ゲストハウスに戻ろうか。」

「うー？　やだー！　もっと遊ぶー!!」

「こらこら、聞き分けろぃ。じゃあこれでおしまいだ。ほら、俺のガラス石やるよ。」

「うー!!　本当!?　ありがと戦人!!　これで一番数が多いのは真里亞だから優勝だね！　うーうーうー!!」

朱志香はふと心配そうに振り返る。そこには、騒ぎから外れて、どこか浮かない顔をした縁寿がいた。

「縁寿ー、大丈夫か？」

「…………うん。」

「どうした、縁寿。少し元気ないぞ。」

「疲れたんだよ。さ、みんなで戻ろう。」

戦人と譲治もそう言いながら近付いてくる。

確かに、縁寿の表情は、疲れたようにも見えただろう。でも戦人にだけは、少し違うものに見えた。

「何かあったのか。話してごらん。」

「…………何でもない。」

口ではそう言うが、何か納得がいかないと表情が物語っているように見えた。

縁寿がそれを口にせず、戦人にそれが思い当たらない以上、彼にそれ以上を察することは出来ない。だから、その小さい手をそっと握って、いつでも話していいよと、無言で伝えることにするのだった…。

いとこたちは林道を上り、薔薇庭園を目指す。

さっきまではあんなにも暖かな陽気の一日だと思っていたのに。空の色は鈍くなり、風も心地好さよりいじわるさを感じさせるようになっていた。ぼやぼやしていれば、その内、雨粒さえ混じり出すかもしれない。

「これで、あとはずーっと大雨ってわけか。何だかゲンナリするぜ。」

差し交わす枝の隙間に覗く曇天を見上げて、朱志香がため息をつく。

「でも、短い時間だったけど、童心に返れて楽しかったよ。」

　そう応じた譲治の目は、嬉しそうにはしゃぐ真里亜に向けられていた。

「このガラス石、早くママに見せてあげるの！　真里亜が優勝したってママに教えるの！」

「いっひっひ。俺が見つけたヤツを譲ったんだけどなー。」

「うー！　真里亜がもらったから、真里亜のものなの！　だから真里亜が優勝なの！　うーうーうー‼」

　縁寿は、兄に手を引かれながら、ぼんやりと歩いている。きっと朝が早くて、もう眠いのだろうと譲治たちは思っていたので、特に言葉はかけなかった。

　林道を抜け、薔薇庭園の景色が広がる。

　強い風に、薔薇の茂みがうねるのが見えた。

「ママー‼　見てー‼　真里亜が優勝したのー‼」

　真里亜が手を振って叫びながら駆け出す。見ると、ゲストハウスの前で楼座が手を振っていた。

「私は一度、自分の部屋に戻るぜ。そしたらすぐ、いとこ部屋に行くよ。」

「うん、わかったよ。じゃあ、後ほどね。」

　朱志香も屋敷の方へ駆け出していく。

　譲治が、僕たちも行こうかと振り返る。

　でも、縁寿が気難しそうな顔をして、立ち尽くしているのに気付き、何か事情があって機嫌を悪くしているのかもしれないと察する。

「……大丈夫かい？」

「あ、あぁ、大丈夫だよ。悪ぃけど、先に行っててくれねぇかな。」

「うん、わかったよ。じゃあ、後で。」

　戦人にそう言い残すと、譲治もゲストハウスへ向かう。薔薇庭園には、譲治に手を振る戦人と、……その戦人と手を繋ぎながら、ずっと俯いている縁寿が残った。

　どうした縁寿？　……という言葉は、さっきからずっと掛けている。お腹が痛いとか、明白な理由があって不機嫌であるとか、……そういうのでないことはわかっている。

　でも、幼い少女には、彼女にしかわかりえぬ理由で機嫌を崩すことだって、時にはあるはずだ。戦人はそれを理解しているから、急《せ》かすことは一切せず、妹の手を握り締めたまま、美しい薔薇庭園の景色を眺めているのだった。

「………………お兄ちゃん。」

「……どうした。」

「どこ。…………………ここ。」

　縁寿は問う。全てが銀幕の向こうの出来事であるかのように。戦人は、その問いの意味を理解しながらも、素っ気なく言った。

「どこって。六軒島だろ。」

「違うわ。」

「違わねぇさ。」

「これのどこが、六軒島だっていうのよ。」

「一九八六年十月四日の。……お前が知りたがってた六軒島だ。」


「嘘《うそ》よ。」

「どうして。」

「こんなの、………嘘っぱちだわ。」

　縁寿は兄に握られていた手を払う。

　その手が茂みの薔薇を叩き、はらりと花びらを散らせた。

　しかし戦人の表情は、静かな落ち着いたものだった。

「……何が気に入らない？」

「右代宮金蔵って！　あんな人のわけないでしょう⁉」

「孫たちとしばらくぶりに再会したなら。………どこの祖父さんだって目尻を下げるだろうぜ？」

「少なくとも右代宮金蔵は、そういう人じゃなかったでしょう⁉　右代宮金蔵ってのはッ…！」

「厳格で気難しく、短気で怒りっぽい？」

「わかってるじゃない‼　何よ、あれ‼　あれのどこが、右代宮金蔵なのよ⁉　ハロウィン？　プレゼント交換⁉　何よ、それッ‼　こんなの、右代宮金蔵じゃない、六軒島じゃない…‼」

「………縁寿は、覚えてないのか。」

「何がよ…！」

「こんなのは、いつも恒例だったじゃねぇか。」

「恒例…？　これが⁉」

「そうだよな。お前が親族会議に来たのは、六歳より前なんだもんな…。……なら、覚えてなくても無理はない。」

「覚えてなくてもって、…………。」

縁寿は、兄が言おうとしていることを理解はする。……でも、それを受《う》け容《い》れることは出来なかった。

「右代宮金蔵は、確かに厳しい人だったさ。若かった時は、相当、キツく息子たちに当たっていたらしい。……それが半ばトラウマになって、クソ親父たちが未《ま》だ、祖父様のことをおっかながっていることは、……まぁ、確かにハズレじゃない。

でもそれは、……祖父様の外の顔だ。右代宮家で、親類一同、水入らずで過ごす時の顔じゃない。」

「……あの、目尻を下げて孫たちを溺愛する、涙腺の緩んだ老人が、……右代宮金蔵の、本当の姿だっていうの？」

「縁寿だって、遊んでもらったり、頭を撫でてもらったりしたことがあるはずだ。本当に覚えてないのか……？」

「…………………………。」

そういったことが、……あったかもしれない。しかしそれは、金蔵のちょっとした気紛れで……。

いつも両親に言われてた。……お祖父様はとても厳しい人だから、粗相がないようにって。……怖い人だから、くれぐれもって、……いつも、……いつも……。

「………だから…。………怖い人なのよ…。」

「幼いお前は、親の言い付けを過剰に聞いて鵜呑《うの》みにする、よく言えば素直な、……悪く言えば思い込みの激しい子だった。……親父たちは、行儀良くしてるように念を押していただけなんだ。」

「……私、……見てたもん！　知ってたもん！　右代宮金蔵は恐ろしい人だ、って！　怒鳴ってるところを見たことがあるもん!!　私は覚えてる、忘れない!!」

「さっきも見た通り、祖父様は唐突なお人だ。……ひょっとすると、何かを驚かそうとしたのかもしれない。あるいは、親たちとの真剣な議論の中で、つい怒鳴ってしまったこともあったかもしれない。」

「それを、私が勝手に怯えて、……勝手にそうだと思い込んだって言うの？」

「……………………。」

「そんなはずないわ、そんなはずない！　だって私は覚えてるもの、忘れない！　ちゃんと見たわ、右代宮金蔵が怒鳴ってる恐ろしいところを！　父さんも母さんも怯えていたわ、だからわかるの、私はわかる!!」

「………幼いお前が抱いた祖父様の印象は、そのまま残り、お前の成長と共に膨らんだ。……お前は緊張で体調を崩しやすかったから、そう何度も六軒島に来れたわけじゃない。祖父様と最後に会ったのは五歳の頃だ。」

「お、……お兄ちゃんだって、六年間、右代宮金蔵には会ってないじゃない。」

「そうだな。でも、六年ぶりに帰ってきて、……祖父様は六年経っても、まったく変わってなかったって知ったぜ。」

「金蔵は、……気紛れで何を考えてるかわからなくて、……不気味なオカルト趣味の奇人で……。」

「オカルト趣味なのは間違いない。余生の趣味にしちゃ、ちょいと珍しいものだったのは事実だ。……その不気味な収集品で孫を怖がらせてからかう、悪い趣味があったことは、俺も認める。」

戦人もかつて金蔵に、からかわれたことがある。

おかしな杭《くい》が七本も詰まったアタッシュケースを見せられ、……これは中世の昔に、魔女が生贄《いけにえ》の儀式で、心臓を抉《えぐ》るのに使った杭だ、みたいなことを。

脅された当時はそこそこに怖かったが、今にして思うと、文字通りの子供騙《こどもだま》しだ。祖父様は孫とじゃれ合いたくて、……怖がらせてからかっていただけなんだ。

「祖父様はきっと、……お前にも同じことをしてからかったと思う。幼いお前が、それに怯えて、祖父様を不気味で恐ろしい人だと思い込んだとしても、無理もない話だと思う。」

「……お、……お兄ちゃんが何を言ってるのか、……わからないっ……。」

縁寿は下唇を嚙《か》みながら俯く。何を言ってるかわからないと言っておきながら、……理解し、それを受け容れまいと、抗《あらが》っているようだった。

「さっき、客間でハロウィンのプレゼント交換があったな。」

「……何よ、あれ。あんな甘ったるいこと、右代宮家でやるわけがない……！」

「お前は、……まるで覚えてないんだな。」

「私もかつて、プレゼントをもらったことがあるというの⁉　覚えてない‼　そんなのあるわけがないッ！」

「……オカルト好きで西洋かぶれの祖父様が、ハロウィンを祝わないと思うか？　……祖父様のハッピーハロウィンは、もう親族会議の挨拶みたいなもんだったぜ。……縁寿だってもらってるはずだ。

……幼いってのは残酷だな。祖父様が心を込めて選んだろうプレゼントも、……お前の心にはまったく残らなかった。」

「私が幼かったから覚えてないだけで……、あれが、……あれがッ、……真実の十月四日だというのッ⁉」

「あの日も、六年前と何も変わらず、祖父様はハッピーハロウィンの声とともに客間にやってきたよ。

そして、俺との六年ぶりの再会に涙を零してくれながら、……俺とプレゼントの交換をした。

……祖父様は、縁寿が来れなかったことを残念がっていたよ。だから、縁寿にぜひ渡してくれと、霧江さんにプレゼントボックスを預けていた…。」

「そんなプレゼント、私は知らない、受け取ってない…!!」

「……そうだな。……お前に届けることは、出来なかったな…。」

「私は信じないッ!! あんな右代宮金蔵なんて、信じない！ じゃあ親族会議はどうなの!? 遺産分配のためのきな臭いものじゃなかったの!? 大人たちはみんな資金繰りに困っていた！ そのために金蔵の遺産を渇望していた…！」

「…………縁寿はそんなことを、どこで知った？」

「どこって、……そうでしょ!? それが真実でしょう!?」

「幼い縁寿に、親父が自分の会社の経営が苦しいなどと相談すると思うか…？ 親父だけじゃない。蔵臼伯父さんや絵羽伯母さん、楼座叔母さんが、……幼い縁寿に、資金繰りに困っているから早く遺産が欲しいなんて話を、……仮にするにしても、お前がいる前でするると思うか…？」

「だ、だって、……でも本当でしょう!?!?」

結論から言えば、それは事実だった。縁寿の言うことに、間違いはない。留弗夫だけでなく、蔵臼も秀吉も楼座も、みんな会社の資金繰りに困っていた。

縁寿がそれを知ったのは、……六軒島爆発事故が、まことしやかに陰謀説を囁《ささや》かれるようになり、……世間が妄想したミステリーで島を覆うようになり。週刊誌やテレビ番組が、親族たちの当時の内情を調べ、縁寿のいる未来に、それを発表したからだ。

「……お前がそれを知ったのは、………一九八六年よりも、後のことだ。」

「でも、事実でしょう!? 事実は真実ッ！」

「だから、六軒島での親族たちは遺産を巡ってギスギスしていたってわけか？ ………そこに、縁寿の幼い頃の、親族会議では粗相がないように、行儀良くしているようにと、親に重ねて言われて緊張した記憶が重なる…。」

「わ、……私の知っている六軒島が、……右代宮家が、………間違ってるって言うの……⁉」

「…………………………。」

「間違ってるのはお兄ちゃんよ‼　あんなのありえない、あるわけがない‼　私は認めないわ、あんな右代宮金蔵ッ。断じて断じて、あんな右代宮金蔵を受け容れることなんて出来ないッ‼」

「縁寿は、信じないのか。」

「えぇ、信じない‼　お兄ちゃんがどういうつもりでこんなものを見せているのかわからないけれど！　だって、これはお兄ちゃんのゲーム、いえ、ゲーム盤なんでしょう！」

「……そうだな。……これは、俺のゲームだ。だから確かに、これは俺の物語であり、俺が紡いでいる。だからこそ、もしもお前が島に来ることが出来たならという、ＩＦを混ぜることが出来る。」

「ほらッ！　お兄ちゃんの物語じゃないッ‼　全部お兄ちゃんの、……嘘っぱちの作り話じゃない‼」

「……………………そうだな。……これは全て俺の、作り話だ。」

「ほら‼　認めたわね？　認めたじゃない‼　やっぱりこれは、お兄ちゃんの嘘なのよ…！　どうして嘘をつくの⁉　どうして私に、真実を教えてくれないの⁉」

「……真実より。……もっと大切な。……どうしても伝えたいことがあるからだ。」

「真実より大切なこと……⁉　何それ、わけわかんないッ。」

「それをわからせるためのものが、俺のゲームだ。」

かつてベアトのゲームが、戦人に魔女の存在を信じさせようとすることが目的だったように。戦人のゲームは、……縁寿に、真実より大切な何かを、伝えることを目的とする。

ゲームは、いつだってその結果を強制しない。ベアトだって、戦人が自ら敗北を認めない限り、永遠に勝つことは出来ないゲームだった。

戦人のゲームも同じ。縁寿が自ら敗北を認めない限り、……戦人が勝つことは出来ないゲームなのだ。

だから戦人は、かつてのベアトのようにゲームを進める。信じるかどうか。納得するかどうかは、全て対戦相手が決める。そのために、……戦人は自分の幻想で、縁寿を包み込もうとしている……。

「もう下らない茶番は飽き飽きだわ。お兄ちゃんに、真実を話す気がないというなら、もうおしまいにして！　私は私の真実を自分で探す！　お兄ちゃんには頼らない…！　………そうよ。もともと、頼るべき人間なんて、……私にはいなかったじゃない…。……私は、……いつだって、……一人ぼっちだったわよ……。」

「悪いが。このゲームから降りることは、許さない。」

「……あぁ、そうだったわね。ゲームマスターが負けを認めない限り、ゲームは永遠に終わらないんだったっけ。」

「そんなつもりはないさ。……黙って話を聞けってだけのことだ。」

「……あぁ、そう。なら黙ってることにするわ。……プレイヤーがいなくても、駒は勝手に動き、ゲームは進む。……そうだったわよね。」

「…………………。……そうだな。プレイヤーを離れ、少し傍観者になるといい。そして、また戻ってきたい時に、戻ればいい。」

「そうさせてもらうわ。これは根競《くら》べよ。………お兄ちゃんが真実を誤魔化すことを諦めるまでのね。」

「……………………。」

「真実より大切なこと？　……意味わかんない…！　そんなもの、あるわけがない…！」

「あるんだよ。縁寿。……仮に、俺の物語が真実でなかったとしても、あったとしても。……お前は大切なものを、この島でなくしているんだ。」

「お父さん、お母さん。そしてお兄ちゃん。……私がなくしたのは家族と、そして全てよ。」

それ以上の問答は何の意味もないと吐き捨て、縁寿はそっぽを向く。そんな仕草にさえ、戦人の表情は穏やかなままだった。

「勝手に進めなさいよ。じゃあね、お兄ちゃん。」

「…………物語だけはちゃんと見ていろよ。聞くだけでもいい。」

「気が向いたらね。……じゃ。」

縁寿の目が、ぼんやりと曇る。そして一際強い風が、ざぁっと吹いて、彼女の髪を大きく散らした。

その風が埃《ほこり》を運んだのだろう。縁寿は鼻をむずむずさせてから、大きなくしゃみをする。

「…………うぅう。……お兄ちゃん…？」

「何だい。」

「……いつまでここにいるの…？　何かお天気、変…。……ゲストハウスに帰ろうよ。」

もう、縁寿の瞳は曇っていない。しかし、先ほどまでの縁寿とは、どこか瞳の色や雰囲気が、違うように見えた…。


縁寿は幼い少女特有の仕草で、飽きたからもう行こう行こうと催促する。その縁寿は紛れもなく、六歳の縁寿だった。

「そうだね。……じゃあ、縁寿はゲストハウスに戻ってるといい。お兄ちゃんはまだここにいるよ。」

「どうして…？　もうすぐ雨が降ってくるよ。」

「そろそろ来るはずなんだ。だから俺は待ってるよ。」

「待ってるって？　…………誰？　…………………え？」

その時、縁寿の目には、強い風に混じって、金箔《きんぱく》が飛び散ったように見えた。

いや、見えていたに違いないのだが、……それを自分でも正しく形容出来なくて、風に舞う金箔のように感じたのだ。

「来たか。……ずいぶん待ったぜ。」

まるで風に語りかけるように。……戦人は誰の姿もない薔薇庭園に、そう告げる。

そんなはずはない。だって兄のその口調は、紛れもなく、目の前にいるかのような誰かに向けたものに違いなかったからだ。

だから縁寿は、自分の目にだけ見えないのかと思い、ごしごしと両目を擦る。そして目を大きく見開いた時、再び、ざぁっと大きな風が吹いた。

咄嗟《とっさ》に目を瞑《つぶ》り、……………恐る恐る開いた時。

薔薇庭園の向こうに。そう、それは船着場から至る階段に。……人影があらわれるのを見た。まるで金箔の風と共にあらわれたように、縁寿の目には見えた……。

結い上げた金髪。白いシャツに黒いジャケット。

ステッキを片手に、短いスカートを揺らしながら颯爽《さっそう》と近付いてくるその女性を、戦人は親しげな笑みで迎えた。

「遅ぇぞ、ベアト。」

「そうか？　むしろ早いぞ。」

「たまにはお前も一緒に船に乗ればいいんだ。」

「柵に摑《つか》まってお前と一緒に叫ぶか？」

「いいぜ、叫ぼうぜ。落ちるー落ちるーってな。」

「くっくっくっく！　なるほど、それも悪くなかった……！　認めよう、どうやら妾《わらわ》が来るのは遅かったらしい。」

二人は自然と歩み寄り、抱擁を交わす。

それは、数年来の親友との再会のように見えた。

「………………………。」

縁寿は、見知らぬ女の姿に驚き、隠れる物陰を探す。しかし、ベアトと目が合ってしまい、逃げ損ねてしまう…。

「おお、そなたは縁寿か。」

「…………………っ。」

見知らぬ女に突然、自分の名を呼ばれて驚く。

「こやつも六歳の頃は、なかなかに可愛かったではないか。」

「……お、……お兄ちゃん。……この人、……誰……？」

「お兄ちゃんの友人だ。」

「友人ぃいいいぃん!?　それはあんまりであろうがぁ

あぁ！」

「……お兄ちゃんの、……友達………？」

「こいつはベアトリーチェ。お祖父ちゃんから聞いたことないか？　右代宮家に黄金を授けてくれた、黄金の魔女の話を。」

そんな話も、……あっただろうか。

黄金の魔女。

……思い出した。六軒島でお泊まりの時、親の言うことを聞かなかったり、いつまでも夜更かししていたりすると、森にさらっていってしまう、恐ろしい魔女のことだ。

「雨の夜。……真っ暗な森を窓から眺めてると、……魔女と目が合って、さらわれてしまうかもしれないって、……お母さんに言われた。」

「ということは。妾は夜更かしの子供を見張るため、寒い雨の中、窓を一つ一つ覗き込まねばならぬというのか。それはあまりに無体な…！」

「わっはははは、確かに。縁寿、それはお前に夜更かしをさせないための、親の作り話だ。こいつはそんなことはしない。」

「良かろう、名乗ろうぞ！　妾は黄金の魔女ッ、ベアトリーチェ！」

「の、お孫さんだ。」

「孫………？」

「お、……お孫さんとは、何ともしまらぬ呼び名であるな。」

「だってそうだろ。祖父様に黄金を授けて、黄金の魔女と呼ばれたのは、お前の祖母《ばあ》様の話だろうが。」

「む、むむむ、確かにそうではあるが。……黄金の魔女の孫、か。……うぅぅむ、そのキャッチコピー、もう少しマシなものにはならぬのか。」

「……この人、魔女なの……？」

「あぁ、そうだよ。今日の親族会議に招かれたお客さんだ。」

「……怖い魔女じゃないの？　暗い森に私をさらったりしない…？」

「おのれ、留弗夫に霧江め。一体、妾を何だと思って吹き込んだのやら！　妾はそんなことはせぬわ…！後で厳重に抗議する！　ぷんぷん！」

縁寿は呆気《あっけ》にとられた様子で彼女を見つめる。

……何だか感情の激しそうな人だが、……私がそれまでずっと抱いていた、黄金の魔女の不気味なイメージとは、かなり掛け離れた人だった。

いちいちオーバーアクションで、賑やか。……千年を生きた魔女とか、魔界の様々な悪魔を使役し……、などと真里亞お姉ちゃんが教えてくれたイメージからは、あまりに離れている。何というか、お母さんの友達にいてもおかしくなさそうな、元気なお姉さんという感じだった。

戦人と魔女は、気心の知れた友人同士のように、楽しげに会話をしている。

犬などは、初対面の人間には心を許さない。しかし、飼い主が親しげにしているのを見ることで、安心出来る人物であると判断するという。多分、縁寿の心にも似たものが作用しているに違いない。

ちょっと強引そうで気性の激しそうな、魔女と名乗る彼女が兄と親しげに話す様子を、縁寿は傍らからじっと見守っているのだった…。

「………その鍵は？」

ベアトは、縁寿が首から下げる金色の鍵に気付く。

縁寿は思わず、守るように鍵を握り締めてしまう。

「縁寿の、大切な鍵だ。」

その曖昧な言葉に、魔女は一瞬だけきょとんとした表情を浮かべる。しかしすぐに、その意味を理解したようだった。

「………なるほど。そういうことか。」

「すべきことを、明確にした方がわかりやすいだろうと思ってな。」

「…………………。」

「安心せよ、縁寿。そなたの大切な鍵を、奪ったりなどせぬぞ。」

「……本当に……？」

「もちろんであるとも。それはそなたの鍵であり、そなたが決めることである。戦人も、そして妾たちも、そなたを導く道標の役にしか過ぎぬのだから。」

「……あなたは、この鍵が何に使うものなのか、……知っているの…？」

「もちろんであるとも。だが、それを教えるわけにはいかぬ。」

「どうして……？」

「その鍵をどう使うかは、そなたが自分で決めねばならぬからだ。」

魔女は、笑顔で兄と同じことを言う。二人は頷き合うが、私にはちんぷんかんぷん。まるで、みんななぞなぞの答えを知っているのに、私だけ答えを知らないなぞなぞを出されて、笑われているかのように感じた。

「やがてわかる。無理に考える必要はない。」

「……………。」

縁寿は鍵をぎゅっと握り締める。

意味が自分だけわからなくとも、……これは大切にしなさいといって兄にもらった、自分の鍵なのだ。

幼さゆえの疑り深《うたぐぶか》さを持つ彼女は、使い方を教えてやるから貸すが良いと魔女が言い出し、鍵を奪われるのではないかと怯えていた。

無論、その胸中は表情で丸わかり。魔女は、そのあけすけな表情に思わず笑ってしまう。

「安心せよ。そなたのその鍵は、誰にも奪うことは出来ぬのだ。」

「……誰にも奪えない…？」

「そういう魔法が込められているとでも理解せよ。とにかく、安心するが良い。妾も戦人も、そして島の誰も、そなたから鍵を奪うようなことはせぬ。」

「本当に……？」

「あぁ。本当だよ。そういう魔法が掛かってるんだ。」

鍵は首飾りのように、普通に掛かっている。

縁寿が望むなら、今すぐにでも外せるし、大人が力任せに奪おうとすれば、それはあまりに簡単なことのように思えた。

しかし、兄と魔女は口を揃えて、誰にも奪えない魔法が掛かっていると言う…。

「………魔法なんて、…………本当に…あるの…？」

六歳の縁寿とて、魔法という言葉は知っている。実際には魔法は存在せず、……ある種のおまじないの時に、それを魔法と称することがあるということくらいは、もう理解していた。

しかし、兄と魔女は素直な意味で、魔法と口にする。

「あぁ。魔法は存在する。」

「……本当に…？」

「真里亞もよく妾のことを話しているであろう？　魔女はいると。魔法は存在すると、そなたによく語ったはずだぞ。」

確かに、彼女はよくそれを語ってくれた。遊びの中でのことならば、縁寿も一応は信じていた。

しかし、幼くして彼女はどこか醒めているところがあり、……真里亞が上機嫌に魔法のことを語るのを聞きながら、そんなものが本当にあるわけがないとも思っていた。

「なら、見せて。」

「うん？」

「見せて、魔法！　じゃなきゃ信じない…！」

「おいおい…。ベアトは島に来たばかりで、まだ屋敷に挨拶にも行ってないんだぞ…。」

戦人が取り繕うように言う。それを聞き、やはり魔法など存在しないのだと縁寿は確信する。

「魔女なんて嘘っぱち…！　縁寿は知ってるもん！」

「おい、よすんだ。ベアトが気を悪くする……。」

「良い良い。魔女に会えば、誰だって同じことを問うだろう。いつもならば、このような幼子の挑発に付き合いはせぬのだが、戦人の妹であるからな。特別に披露してやっても良い。」

「いいのか…？」

「良い良い。では見せよう、縁寿。」

「う、……うん。」

やれるものならやってみろと挑発しておいて、いざ見せられるとなると、ちょっと臆してしまう。ごくりと唾を飲んでから、魔女の顔をじっと見上げる。

　魔女は、そっと左手を差し出し、縁寿の顔に近付けた。そしてゆっくりと手のひらを開いてみせた。

　縁寿は、まさか自分に、カエルになってしまう魔法を掛けたのではないかと怯える。

　しかし、しばらくの間、歯を食いしばって待っていても、一向に何も起こる気配はない。

　だから、怯えた分、不機嫌になりながら反論する。

「何も起こらないよ。」

「早とちりするでない。まだ魔法を使ってはおらぬぞ。ほれ、妾の手のひらをよく見るが良い。タネも仕掛けもないな？」

　あぁ、そういうことか……。ようやく意味を理解し、縁寿は魔女の手の表と裏を確認する。

「……うん。何もないよ。」

「よく見ておれ。こうして握る。……そして人差し指を立てる。」

　人差し指を立て、ゆっくりと縁寿の目の前に突き出してくる。退いたら負けだと思った縁寿は、指の先端に集中しながら、その場に踏《ふ》み止《とど》まる。

「人差し指の先を、よぉく見ておれ。行くぞ？　早いぞ。」

　魔女は、その人差し指を素早く振り上げ、天を指さす。

　縁寿が見上げた時には、逃げるように指は下方へ振り下ろされる。

　そんな調子で、上、下、左、右、また左と、まるであっち向いてホイでもされているような感じになる。

　指先を目で追えなかったら負けになるような気がして、縁寿は真剣に顔をぶんぶん振る。

　縁寿は幼い頃から、とても負けん気が強かった。大人には絶対に負けたくなくて、どんな下らないゲームでも真剣にやってしまう。

魔女の手の動きはどんどん早くなる。縁寿も負けない。

そして、天を指した指が一気に振り下ろされた時。

……人差し指は握られ、ただの拳になっていた。

まさか、その拳の中から、何か出てくるというの…？

縁寿は、そんなこともあろうかと、ずっと指を追っていた。空っぽだった手に、何かを握る隙などなかった。

「……………………。」

「良いか？　手を開くぞ…？」

魔女はゆっくりと、その右手の拳を開く……。

すると、………そこには……。

「………え？　………え!?　………どうして!?　どうして、お兄ちゃん!?」

魔女は、可愛らしく包装されたその飴玉《あめだま》を、縁寿にプレゼントする。縁寿はそれを受け取り、何か仕掛けがあるはずだと躍起になるが、それは何の変哲もない、本当にただの飴玉だった……。

「どうして!?　手品でしょ、お兄ちゃん!?　お兄ちゃん!!」

「いいや。魔法だよ。縁寿も、ずっと見てただろ？」

「ん、………んんんん………！」

ずっと見ていたはずなのに、……どうして……。

納得は行かないが、少なくとも魔法でないとは、見破れなかった。眉を歪《ゆが》めて下唇を噛む妹に、兄は、魔法だってばと、もう一度優しく言う。

「そろそろ、屋敷へ挨拶に行く。戦人も付き合うが良い。妾一人では窒息してしまうわ。」

「そうか？　じゃあお供させてもらうかな。……縁寿はどうする。ゲストハウスに戻ってるか？」

「………お、お兄ちゃんと一緒がいい。」

未《いま》だに納得は出来ない。でも、……ひょっとすると本当に……。

表情は相変わらず不機嫌なままだが、………魔女にわずかの、興味も湧いてきたようだった。

「さぁ、では行こうではないか。黄金の魔女の帰還であるぞ…！」

「黄金の魔女の、孫の帰還だけどな。」

「そのキャッチコピー、もう少し何とかならぬものか…！」

兄と魔女は、本当に仲良し。漫才コンビのように意気投合しながら、歩き出す。

縁寿は、自分のことを兄に忘れられないように、兄の服の裾をずっと握っているのだった…。

■貴賓室

屋敷の貴賓室には、パンプキンティーの甘い香りがいっぱいに広がり、笑顔と笑い声で満たされていた。

「うっははははははは!!　それは良い。元気そうで何よりだ…！」

「そなたも元気そうで何よりだ、金蔵。余命幾ばくとは片腹痛いわ。」

「そなたに元気をわけてもらっているだけだ。書斎に戻れば、枯れ果てた年寄りが窓辺で呆《ぼ》けているだけよ。」

「そなたの死ぬ死ぬ詐欺にはもううんざりしている！　もう諦め、百まで元気に生きると誓ってしまえぃ。」

「俺も、祖父様には六年ぶりに会ったけど、全然変わってねぇんで、驚いたもんな。」

「わはははは、戦人め。この六年で世辞まで学んだか！　残念だが、それは節穴というものよ。しっかりかっきり、老いぼれておるわ。」

「金蔵が百歳になってもピンピンしているのに、千円賭けるぞ。」

「あぁ、俺も。百歳になっても祖父様は今と変わらないさ。」

「わっはっはっは！　これ以上褒めても何も出ぬというのに！」

金蔵は上機嫌に笑う。

ベアトも戦人と席を並べ、朗らかに笑っていた。

縁寿は窓際にぽつんと立ち、……あの肖像画の魔女が、お祖父様とどういう関係なのか理解しようと、じっと様子を凝視していた。

ドンドンとノックがある。

「源次か？　入るが良い！」

扉を開けたのは、やはり源次だった。

「……失礼いたします。蔵臼様と夏妃様がお越しでございます。」

彼が扉の陰に身を引くと、二人がにこやかに入室してくる。

「お父さん、おぉ、戦人くんも一緒かね。」

「ご無沙汰しております、ベアトリーチェさん。お変わりはありませんか？」

「相変わらずであるわ。さぁ、座れ座れ。縁寿も、どうしてそんな窓際にいるというのか。こっちへ来て座るがいい。」

動こうとしない縁寿を見て、戦人も声を掛ける。

「縁寿。こっちにおいで。」

「………ここで見てるからいい。」

縁寿は、ベアトにもらった飴玉を握り締めて、まだ警戒を解かない眼差《まなざ》しで、じっと凝視を続けている。源次が椅子を勧めるが、首を横に振るだけだった。

「好きにさせてやりなさい。さぁ、蔵臼も夏妃もそこに座るがいい。」

二人を呼んでくるように命じたのは金蔵だった。

だから戦人は控えめな態度で言う。

「……何か重要な話でも？　俺と縁寿は席を外した方がいいかな。」

「おいおい、そなたが帰ったら妾は誰に相槌を打たせればいいというのだ…！　金蔵、戦人がいても構わぬであろう？」

「隠す話でもない。構わぬ。」

しかし、黄金の魔女ベアトリーチェのいる貴賓室に、蔵臼と夏妃を呼び出したのだ。金蔵の話が、気楽なものとは思えないのだが……。

構わぬと言われ、ベアトからもいてくれと頼まれたので、戦人も付き合うことにする。話の邪魔をしないようにとソファーを立ち、窓際の縁寿のところに行く。

縁寿はもう放さないとばかりに、ようやく戻ってきてくれた兄の胴にしがみ付いた。

「あぁ、なるほど。どうして妾が縁寿に嫌われているか、わかったぞ。」

「え？　どうしてだ？　縁寿は別に、お前のことを嫌ってなんかないだろ？」

「くっくっく。これだから戦人は女心がわからぬのだ。」

ベアトは縁寿に微笑みかけるが、縁寿はプイッとそっぽを向く…。

「くっくっく！　女は幼くとも女であるなぁ。」

ベアトが笑い終えると、そこで一度話題は仕切り直しとなった。

一体、金蔵は蔵臼たちを貴賓室に呼び出して、何の話を始めるというのか。自然と一同は沈黙した。

「黄金の魔女ベアトリーチェよ。滅ぶ運命にあったはずの右代宮家を救ってくれた大恩、一日たりとも忘れたことはないぞ。」

「くっくっく！　感謝せい、感謝せい。」

「祖父様が感謝してるのは、お前の祖母《ばあ》さんの方だからな。」

「えぇい、やかましいっ。」

窓際の戦人に向かって、ベアトが声を飛ばした。

蔵臼は笑うこともなく、……大真面目な顔で言う。

「いいや、同じことです。莫大《ばくだい》な黄金を、三代にもわたり、右代宮家に貸し付けてくれました。それも無償で。」

「……本当に、いくら感謝してもしたりません。」

「蔵臼、夏妃。そう畏まるな。黄金など、妾にはレンガも同じよ。置き場もないから金蔵が預かっててくれて助かる。」

「ひゅう。死ぬ前に一度は言ってみたいセリフだぜ。」

「……お兄ちゃん。………黄金の魔女って、お金持ちなの…？」

「ん？　そりゃそうだな。何しろ十トンもの黄金を、ほいっと祖父様に貸し出したんだからな。」

　金蔵はしみじみとした表情で口を開く。

「そうだ。必ず返すと約束し、もう数十年も借りている。その恩は、もはや返しきれないほどだ。」

「当家が感謝の気持ちを忘れたことはありません。ねぇ、あなた。」

「無論だとも。三代にわたりベアトリーチェさんたちが気前良く貸してくれなかったら、右代宮家はとうに滅んでいましたとも。辣腕のお父さんとて、軍資金がなければ何も出来なかったのですから。」

「もはや、カネがカネを呼び、黄金の軍資金は静かに眠るのみだ。………蔵臼。私が何を話そうとしているか、わかるか。」

　その言葉の意味するところを、蔵臼は呼び出された時から、予感していた。

　借りたものはいつか返す。その日が訪れたのだ。

「……はい。わかっています。お父さん。」

「ベアトリーチェよ。私はもう、老い先わずかだ。おそらく。……今日のこれが、私とお前が会うことの出来る、最後の親族会議になろう。」

「何を気弱なことを。そんなことがあろうはずもない。」

　ベアトは一人笑う。戦人も視線で求められたので一緒に笑うが、金蔵と蔵臼たちは笑わない。

　どうやら、金蔵には健康上の大きな懸念があるらしかった……。

「無論、すぐに死ぬつもりもない。しかし、来年会おうと絶対の約束をすることは、おそらく出来ぬ。私は、いつ如何《いか》なる時でも、出来ぬ約束をしたためしは一度もない。」

「そのようなことを胸を張って言われると、妾も返す言葉がないぞ。……本気で言っているのか。」

「ベアトリーチェよ。もう、しっかりとけじめを付けたいのだ。私がこうして元気である内にな。だから私は今日、それを決心することとした。」

老当主の声には切なるものが宿っていた。

真摯な表情からも、そこに一切の迷いがないことが窺えた……。

「………お兄ちゃん、お祖父様は何の話をしているの…？」

「静かに。………祖父様は今から、……とても大事な話をする。」

もう戦人にも、金蔵が何を切り出そうとしているか、わかっていた。多分、ベアトもわかっている…。

かつて、鷲のように雄大に空を支配した右代宮家は、関東大震災をきっかけに滅びかけた。鷲は片翼をもがれて地に這《は》い、死にかけたのだ。それを、黄金の魔女が、黄金の奇跡によって救った。

黄金の魔女に守られながら、鷲は長い時間を経て傷を癒やし。ようやく、魔女のもとから巣立つ日が来た、ということなのだ……。

「そなたの祖母より借り受けた黄金を全て。そなたに返還する。………蔵臼、異論はないな？　元より、あの黄金は右代宮家のものではないのだ。」

「無論です。何の異論もありませんとも。」

そう言って微笑んだ蔵臼に、魔女はわざとらしく口元を歪めてみせる。

「良いのか、蔵臼。そなたは投資家であろう？　カネはいくらあっても足りぬであろうが。金蔵から黄金を譲り受けたいと思っていたのではないのかぁ？」

「ははははは…。それを言われれば、確かに否定は難しい。しかし、元より父とあなたの契約であり、そしてもともとあなたの黄金です。」

「主人は仮にも次期当主。お父様が一代にて当家を復興させたように。主人も一代で当家を繁栄させるでしょう。そしてそれは、主人と私で成し遂げることです。」

堂々たる宣言だった。金蔵は満足げに口を開く。

「むぅ。よくぞ言った。その意気であるぞ。」

「……十トンの黄金に未練はないというか。やれやれ、大したものよ。黄金の魔法が効かぬ相手には、魔女も形無しであるな。」

「そなたに黄金を返還する。だが、黄金の魔女ベアトリーチェが、右代宮家にとって最大の恩人であることは未来永劫《えいごう》変わらぬぞ。」

「………………………………。」

黄金の魔女より貸し与えられた黄金を返還する。単純にして明快な話だった。しかし、当の黄金の魔女は、少しだけ寂しげな表情を浮かべる。

縁寿には、それがどうしてかよくわからなかった。

「………返すというものを、いらん、やるとも言えぬしな。やれやれ。」

ベアトはソファーを立つ。そして窓際に移り、風にうねる薔薇庭園を見下ろすのだった。

……その背を眺めていた金蔵は、やがて息子に向き直る。

「蔵臼よ。我が遺産についても、私が生きている内にお前たちに贈与することにした。」

「お、お父さん……。」

「私が死ねば、葬式で大忙しな上に、遺産はどうするのかと絵羽たちががっついてくるであろうが。今から分けておけば、葬式が気楽になるというものよ。……蔵臼、メモを取れ。源次も書記を頼む。これより、財産の分け方を説明する。」

戦人は、その話が、自分が耳を傾けるべきものではないと察し、窓際にたたずむベアトのところへ行く……。

「よう、大金持ち。黄金が余ってるなら少しは引き取るぜ。」

「黄金など、薪に変えて炉にくべれば、シチューを煮る程度の使い道はあるというものよ。」

「どうしたよ。何だか、つまらなそうな顔をしてんな。」

「とうとうこの日が来たか。………寂しいものよな。」

「……そうか？」

「妾の魔法で、右代宮家は蘇《よみがえ》り、そして六軒島は生まれた。……その右代宮家が、もう妾の黄金の力には頼らぬという。妾の魔法から、巣立つということだ。」

「そうだな。……そういうことになるな。」

「妾は六軒島を、魔女の島と、妾の島と呼んできた。」

「……そうだったな。」

「その六軒島が、妾に黄金を、魔法を返すという。……六軒島が、魔法から目覚める日が、来たということだ。」

「…………………。……そうだな。」

「最後のゲームと、わかってはいたさ。……しかし、こういう形ではあっても、それを切り出されると、……意外に堪えるものよ。」

「お前って、結構サッパリしてそうに見えて、未練たらたらなタイプなのな。」

「残忍で執拗《しつよう》なタイプは、大抵は寂しがり屋で未練がましいものよ。」

「そうだな。お前はそういうヤツだもんな。」

「……妾と、そなたのためのゲームだった。」

「楽しかったぜ。お前が六年の間に、練りに練った、愉快なゲームだった…。」

「かつて妾はそれを、互いを苛《さいな》む永遠の拷問と称したっけな。」

「……永遠が、永遠であると信じられる内が一番幸せなのさ。物事には、全て終わりがある。そしてそれを自覚しなければならない。」

「目を背けずに、な。」

「昇らぬ日はないように、沈まぬ日もねぇってことさ。」

「…………………………。」

縁寿には、兄と魔女が何の話をしているのか、わかるはずもない。……しかし二人から、とてもとても長い時間を共に過ごし、互いのことを理解しあった、まるで夫婦と呼んでもいいくらいの雰囲気を感じることは、幼い彼女にも出来ないことではなかった…。

そんな彼女の様子に、ベアトは気が付く。

「………縁寿。妾たちはかつて、互いのためにゲームを紡いだ。しかし、それはもう終わった。このゲームは今、妾たちのためでなく、そなたのために紡がれているのだ。」

また、謎めいたことを言われる。胸元の鍵を握り締めながら、縁寿は兄の顔色を窺う…。

「今日という日の猫箱の中身を、俺たちは縁寿に届けなくちゃならない。……お前に持たせたその鍵は、猫箱を開くための、鍵なんだよ。」

「…………猫箱、………って…？」

「今日という日のことだ。」

ベアトが答えた。

「縁寿があれほど辿り着きたいと願った今日に。お兄ちゃんは魔法の奇跡で縁寿を招いた。………縁寿は、最後の魔女として、今日という日を語り継がなくちゃいけない。」

「それは、…………私がここに残ってはいけないということ…？」

縁寿の口調が、少し乾く。兄の言葉の意味を理解し、眉をひそめる。

……駒としての縁寿に、再びプレイヤーの縁寿が入り込んでいた。

「私は一九八六年の六軒島へ辿り着きたくて、どれほど長い間、苦しんだことか…。そして私はやっと辿り着いたの！　なのにそれを、追い出すの…⁉　お兄ちゃんは言ったわ、私が自分で決めていいって！」

「そうだな。確かにそう言った。」

「帰らないわよ、私は。そして、まるで私を甘やかすかのような、このおかしな作り話も止めて…！　私は今日という日の真実を知りたいの‼」

「十二年を経ても遡りても、気難しい女であるな。」

「うるさいわね、あんたには聞いてないわよ…！

それにあんたこそ何よ、そのザマは…！　黄金の魔女は、復活の儀式のためにやってきたんじゃないの⁉︎　雷鳴と共に島にあらわれ、これから十三人もの人々を生贄に捧げようとしてるんでしょう⁉︎　そのあんたが、何でこんなにものんびり団欒《だんらん》してるのよ！

わけがわかんないッ。」

「わけがわからぬのは、そなたの方であるぞ。何だ、そなたは。妾に、そんなにも人殺しをして欲しいのか。」

「あんたは、それを物語に記してメッセージボトルに封じて海に投じたわ！　後の世界にはその内の二本が伝わってる…！　どちらも酷《ひど》い連続殺人の物語じゃない！」

「二本しか流れ着かなかったとは残念残念…！　一番の力作だった『Ｌａｎｄ』が人目に触れなかったのは残念なことだ。」

明るく笑ってみせたベアトに、戦人は尋ねる。

少しだけ遠慮がちに。

「前から聞きたかったんだが、あのメッセージボトルは何なんだ？」

「そなたとのゲームを練りながら、その過程で生み出した派生の物語のようなものよ。一つのゲーム盤から、異なる複数の物語を無限に紡ぎ出せることに気付き、面白くなってしまってな…！」

「いつか俺に読ませようと、書き溜《た》めてたわけか。」

「うむ！　あまりの力作に、そなたを待つのが惜しくなってな…！　アガサ・クリスティーに倣い、妾もそれを瓶に封じて海に投じてみたのだ。ミステリアスであろう⁉︎」

「馬鹿にしないで…！！　あれはあんたの犯行計画書よ！　あんたは黄金の在《あ》り処《か》をちらつかせながら親族の不和を煽《あお》り、残酷な連続殺人事件を目論《もくろ》むのよ…‼︎」

「やれやれ。一九九八年では、妾はそういうことになっておるのか。……なるほど、無理もないことであるな、くっくっく。」

「はぁ⁉　何を開き直ってんのよ…‼　私を拍子抜けさせようと目論んでるの⁉　私は騙されないわよ、ベアトリーチェ！　お兄ちゃん‼　私はお兄ちゃんの手なんか借りなくたって、一人で真実に辿り着いてみせる！」

「ここが、その真実であるというのにか？　そなたはかつて、グレーテルと名乗ったが、どうやら、ミチルと名乗った方が相応しいようだぞ。」

「いい加減にしてッ！！！」

縁寿はベアトの頬を引っ叩こうとする。

しかし、身長の差が激しく、その手は届く前に、ひらりとかわされてしまう。

「馬鹿馬鹿しい……。馬鹿馬鹿しい……！　私は認めないわよ…。こんな茶番が真実なんて、………絶対に認めないんだから…‼」

そう吐き捨てると、縁寿の瞳が曇る。


そして、すぐにそれは晴れる。その時にはもう、縁寿は六歳の彼女に戻っていた…。

「………そうだな、縁寿。それが、妾が残した罪であり、最後の物語を用意する理由なのだ。」

「…………………？」

話がわからず、きょとんとする縁寿の頭を、ベアトは優しく撫でる。

「そうとも。この物語は茶番である。真実であろうはずもない。……しかしそれでも。……いや、そうしてでも。……そなたにはどうしても伝えたいことがあるのだ。」

「ベアト。それはもう、俺が伝えてる。それ以上は、無理強いしたくない。」

「そうか。」

「…………お兄ちゃんたちが、何の話をしているのか、わかんない。……縁寿、もう眠いよ。」

「そうだな。俺たちはお暇《いとま》した方が良さそうだ。」

「金蔵よ。妾はまだここにいなければならぬのか。」

熱心に話し込んでいた金蔵は、呼びかけに応じて振り返った。

「すまぬ、そなたはもう少しここにおれ。……続けるぞ蔵臼。それでだな、福音の家への援助については蔵臼が右代宮家当主の義務としてこれを継続し…、」

「……やれやれ。すまんな、戦人。妾は送ってやれぬようだ。……源次よ。この二人をゲストハウスまで送ってやってくれぬか。」

「かしこまりました。……戦人様、縁寿様。ご案内いたします。」

「ありがと。……じゃあな、ベアト。あとで。」

「うむ！　そなたとは語りたいことが山ほどだ。それに今夜は水入らずで過ごしたいぞ。たまには夫婦らしいこともせぬとな…！」

「な、何だよ、夫婦らしいことって。いっひっひ…！」

■薔薇庭園

縁寿は退屈したせいで、すっかり眠くなってしまっていた。少し昼寝をするといいかもしれない。

風の強い薔薇庭園を、妹の手を引きながら、俺は歩いていた。案内の源次さんと話をすると、……彼は以前から、祖父様が黄金をベアトに返還して、遺産問題を早々に決着させたいと願っているのを知っていたことがわかった。

「……お館様は、人生を終えるという最後の仕事の準備を、お始めになったということでございます。」

「自分が死んだ後のことなんて、人は普通、考えないぜ…。……はー。やっぱ祖父様はスケールが一つ違うぜ。」

「今日は、右代宮家が黄金の魔女の庇護《ひご》から飛び立つ、新しい飛翔《ひしょう》の日なのでございます。」

「………確かに。へへっ、カッコいい言い方だな。」

今夜は豪華なハロウィンパーティーが開催される

ことになっており、郷田さんたちにはその準備が命じられているそうだ。

しかしそれは、ただのパーティーじゃない。

ベアトリーチェへの黄金の返還式なのだ。

夕食の冒頭に、祖父様はそれを発表し、拍手とともに三代にわたるベアトリーチェの恩に感謝する。

そういう筋書きでもう準備が進んでるんだそうだ。

「親父たちには、まだそれは秘密なんすか？」

「一応は秘密にしております。……ただ、お館様のお考えは、唐突に今日、思い付いたものではありません。もう何年も前から、今日という日について考えを重ねられ、時に皆様に相談もされておりました。おそらく、今宵《こよい》の発表に驚かれる方はいないでしょう。」

「うちのクソ親父。どうやら会社のことで、カネの工面が大変そうだし。祖父様からのちょいと早い遺産のプレゼントに、舞い上がっちまうかなぁ？」

「むしろ、大きな責任に奮い立たれるでしょう。……留弗夫様は島を出られ、大成し見事な成功を収められました。しかしそれは、お館様の財産によって支えられたものです。」

「……それが、唐突に遺産をドンと出され、これからはお前の力だけでがんばるのだぞとなるわけか。

……へへ、かえってプレッシャーがあるかもなぁ。」

「ご兄弟の皆様は、お館様というあまりに偉大過ぎる父親に、もう何十年も苦しんできました。……偉大過ぎる親は、ただ存在するだけで、子には重荷《おもに》になるものなのです。」

「それが今夜。……本当の意味で、一人前になって巣立つってわけだ。」

「お館様は今宵を、黄金の返還式とお呼びになるようです。……ですが最初は、生前葬と呼ぼうと考えておいででした。」

「生前の葬式じゃあ、何だか落ち込んじまう。新しい出発の日、巣立ちの日って方が、確かに右代宮家にはぴったりだぜ。」

ふと手にかかる重みが増したかと思うと、縁寿が小さな声を上げた。

「…………お兄ちゃん、……眠い……。」

「ほら、もうゲストハウスにつくよ。お母さんの部屋へ行くか？　それともいとこ部屋に？」

「どこでもいい……。……晩御飯まで、…………寝てる……。」

縁寿は、俺の手を握ったまま、しゃがみ込んで眠ってしまいそうになる。

そんな妹を、俺はしっかりと背負う。

背中から伝わる温かさに安堵したのだろう。やがて縁寿はまどろみの中に沈んでいくのだった……。


あの日、何があったの……？

一九八六年、十月四日から五日の間の二日間に、一体、何があったというの？

六軒島爆発事故は、そのあまりに大規模な爆発により、何時何分に起こったか、ほぼ正確に特定されている。それは、十月五日二十四時〇〇分。揃い過ぎた数字は、この事故が人為的であることを示している。

後に、生前の右代宮金蔵を知る者から、以下の証言が得られるようになる。右代宮金蔵が生前、二十四時ちょうどに島を爆発させる仕掛け時計なるものを作らせていた、というものだ。それは彼の秘密の書斎にあるらしい。彼が自分を精神的に追い詰め、妙案を紡ぎ出したい時、その仕掛けを作動させ、二十四時が迫る緊張感から何かの閃《ひらめ》きを得ていたらしいという話だ。

生前は、奇人、右代宮金蔵のホラ話だろうくらいに思われていたが、……六軒島爆発事故が二十四時ちょうどに起こったことは、これを裏付けるものとなった……。

■とあるレストラン

「……クレイジーな話だわ。」

店内の喧噪《けんそう》に、縁寿の声が混じる。二人がけのテーブルで向かい合っている相手は、ウィッチハンターの権威として知られる大月《おおつき》教授だった。

「その狂気の狭間《はざま》に、魔法めいた力を求めたに違いありません。精神的な瞬発力とでも言えば、そう眉唾な話でもないでしょう。」

大月教授は熱っぽく語り続けている。

ウィッチハンター。六軒島を巡るイカレたファンタジーを弄ぶ好事家たち。自分の家族の死を面白おかしく脚色する彼らを、縁寿が愛するわけもない。

しかし、あの日に何があったかを知ろうとする縁寿にとって、彼らが島についてもっとも詳しい人間たちであることは、皮肉の極みと言えただろう。

「その仕掛けを使えば、島を跡形なく吹き飛ばすことが出来る。……後には何も残らない。あそこで何があったとしても、なかったことに出来る。」

「右代宮絵羽氏が何某《なにがし》かの陰謀の首謀者であるとする説は、早くから囁かれてきました。しかし、あれだけの大爆発を如何にして起こしたのかが説明出来ずにいました。」

「その仕掛け時計により、それが可能であったことが証明された……。」

「左様です。右代宮絵羽氏は、二十四時に爆発すること、そしてその爆発半径について、充分に理解した上で、九羽鳥庵《くわどりあん》に避難していたと考えられます。」

「……財産を独り占めにするために、みんなを殺して、爆発によってその痕跡を消した…。」

「そう考えると、六軒島のミステリーはもっとも筋が通ります。絵羽氏が、あの日あの島で何があったのか、語ろうとしないことにも合点が行くわけです。」

言い終えてグラスに口をつける大月をぼんやりと眺めながら、……縁寿は目を鋭く細め、思考に没頭していく。

その仕掛け時計がどこにあり、そして絵羽が如何にしてそこに至ったか。それについては、数々の偽書が推測している。私が考えを巡らすまでもない。

絵羽は仕掛け時計を作動させ、爆発から逃れるため、九羽鳥庵まで避難し、自分一人だけ生き残った。それが全てであり、答えであり、何もかもを雄弁に語っている。

……私が絵羽に引き取られた当初。私たちはまだそれほど、険悪な関係にはなかった。私は彼女に何度も聞いた。あの日、あの島で何があったのか。

彼女の答えは後に全て、覚えていないに統一される。しかし、彼女も混乱していたのだろう。一番最初だけは、私の問いにこう答えたのだ。

何も、話すことは出来ない、と。

彼女は口を滑らせたのだ。彼女はあの日、何があったのか、知っている。そして彼女は真実を何も語らぬまま、この世を去った。真実を猫箱に閉ざし。その鍵を抱いたまま、この世を去ったのだ。

答えは一つしかない。

全ての犯人は、彼女なのだ。

彼女は全ての財産を独占し、大富豪となった。そしてその後、それを愛息子に受け継がせることが出来なかったことを悔やみ、私を呪った。……あのクソババアのことは、思い出すだけでも反吐《へど》が出る。

私は右代宮絵羽を許さない。

絶対に、……絶対に…………。

私が望むのは、真実を覆い隠す幻想への、復讐《ふくしゅう》。

あの日、何があったのか。それを知ること。

私を未だ生き永らえさせる、唯一の目的……。


「はっははははは。それだけ嫌われりゃ、会長もあの世で笑いが止まらねぇでしょうぜ。」

セダンのハンドルを片手で操りながら、天草《あまくさ》は愉快そうに笑った。

「……うるさいわね。あのクソババアの罪を暴くのよ。……全て吹き飛ばして完全犯罪なんて、私は認めない。絶対に。」

「つまりお嬢の旅は、家族のための復讐の旅ってわけだ。」

「悪い？」

「まさか。生きる目的があるの、大いに結構ですぜ。」

「……それ切ってくれる？」

「おや。M・ザッキーはお嫌いで？」

天草がラジオを切る。代わりに無機質なエンジン音が、車内を満たすBGMになってくれた。

「おかしい？　弔い合戦なんて。」

「別に。それを生きる目的にしてる連中に、戦地じゃよく会いましたから。」

「……あんた、傭兵《ようへい》として戦場に行ったことあるのよね。」

「まぁ、ほどほどには。」

「家族の仇《あだ》を取るために戦っている人って、強い？」

「そりゃあ、強いですぜ。……家族の仇を取るために、体に爆弾を巻きつけて自爆するヤツだっている。人は、仇討《あだう》ちのために死ねる生き物ですぜ。」

「……そうね。私も死ねるわ。」

「少年兵ってヤツを、ご存知で？」

「子供の兵隊？」

「そうです。親を亡くした身寄りのない子供たちが、武装勢力に拾われて兵士になるんです。……パンと銃を与えられ、復讐の方法を教えられる。……所詮は子供、使い捨てですがね。引き金さえ引けりゃ、戦場じゃ誰だって兵士になれる。」

「私がそれだって言いたいの？」

「復讐は、生きる目的になります。そして、兵士になれるほどの力も与えます。……親の亡骸《なきがら》にすがって泣くことしか出来なかった少女が、一夜にして兵士に生まれ変われるほどの奇跡を見せてくれる。……復讐ってヤツほど、パワーを与えてくれるものはありませんぜ。」

「そうでしょうね。それがまさに、私だわ。」

「少年兵問題ってのを、ご存知で？」

「知らないわ。」

「銃を与えられ、復讐の仕方を習った少年兵は、それを生きる目的とします。いや、少し違う。それを、銃を撃つ理由にします。…………しかし、復讐ってのは、終わりがない。いつしか、銃を撃つのに、理由がなくなってくるんです。」

「……どういう意味？」

「復讐のために、銃を撃っていた。それがやがて、理由もなく、銃を撃つようになるんです。」

「復讐を忘れてしまうということ？」

「出来もしない復讐に、やがて疲れ果て、その目的を忘れちまうんです。そして、手元には銃しかない。やがてメシを食うために、銃を撃つようになる。」

「……復讐のために銃を取った少年兵は、やがて野盗か何かに成り果てるってこと？」

「何しろ、学校にも通わず、職も学ばせてもらわなかった連中です。」

習ったのは、銃の撃ち方だけ。

そして褒められたのは、相手を殺した時だけ。

「やがて、自分の生きる目的は、復讐のためでなく、その手段のためだけに成り果てていく。……気の毒なことです。」

「私もやがては復讐に疲れ果てて、……えーと、私の場合だと何だってのよ。」

「真実を暴くことに疲れ果て。お嬢はやがて、右代宮絵羽を憎むだけの人生に成り果てていく。」

「すでにそうだけど、何か？」

「ヒャッハ……！　そういえば、そうでしたっけ。」

天草が何を言いたいのか、わからない。

どうせ、私を不愉快にさせる何かだろう。

ならば興味なんてない。

「……………復讐なんて下らないことだ。そう言いたいんでしょう？」

「お嬢の人生はまだまだ長い。何だって出来る若さがある。……その貴重な若さを費やすには、ちょいとこの旅は勿体《もったい》ないんじゃねぇかなぁと思いましてね。」

「余計なお世話よ。……私ね、ほら、飛び降りたでしょ？　ビルから。」

「せっかく、九死に一生を得たってのに。」

「あの時ね。私は死んだのよ。だから私はもう亡霊ってわけ。家族の仇を討つために、あの日の真実を暴くことだけを目的とした、ね。」

「……やれやれ。お嬢は大した鉄の意志をお持ちだ。」

「あんたみたいな軽薄な男に、私の気持ちなんてわからないわよ。」

ここまで言えば、天草はもう、口を閉ざすしかない。肩を竦める素振りを見せるが、私はそれを無視した。

「私、眠いからもう寝るわ。少し黙っててくれる？着いたら教えて。」

「へい、了解です。」

別に眠くはなかった。

話が不愉快だから、そういうことにしただけだ。

「ならないで下さいよ。少年兵には。」

狸寝入《たぬきねい》りを決め込み、私は無視する。

しかし天草は続けた。せめてこれだけは聞いて欲しいというように。

「お嬢の旅は最初、真実を知る旅でした。それがだんだん、復讐の旅になっている。………真実を暴くことで、復讐する旅だ。しかしお嬢もわかってる通り、六軒島にはもう、何も残ってやしません。何の跡形も残ってやしない。……真実を暴くことは、並大抵のことじゃないかもしれませんぜ。」

……天草が何を言いたいのか、わかってる。

事故当時、警察があれだけ調べて、右代宮絵羽が犯人であることを示す物的証拠を見つけられなかった。さらにあれから、十二年も経っている。

……小娘に過ぎない私が、札束だけを武器に、関係者にちょっと聞き込みをして回ったくらいで至れる真実なら、とっくに誰かが暴いていただろう。

私は、真実に辿り着けないかもしれない。するとやがて、………真実を暴きたいという、最初の気持ちは薄れて消えていくだろう。そして後には、絵羽を憎むという気持ちだけが残る。

少年兵たちが初心を忘れ、生きるために銃を撃ち始めるように。私も初心を忘れ、生きるために憎むようになる。ただ右代宮絵羽を憎み、……さりとて、真実を暴くという復讐にも挫折し、……それでもただただ、右代宮絵羽を憎み続けるだけの、人生。

……復讐のために銃を撃つのと、生きるために銃を撃つのに、何か違いが？

引き金を引けば、誰かが死ぬのは同じだ。

私の場合は？　真実を暴いて絵羽を憎むのと、それを諦めて絵羽を憎むのに、何か違いが？

何も変わらない。結局、真実に至ろうと至らなかろうと、私は死ぬまで、絵羽を呪って呪って呪い抜くのだ。

…………何て、クソッタレな人生。

でも、それがもう、私の全てなの。

……私の意識は少しずつ、まどろみに沈んでいく……。

お兄ちゃんは、どうしてこんな変な六軒島を見せるの…？　これが真実だっての？　いい加減にして、こんな茶番。

どうしてお兄ちゃんまで、私に真実を隠すの？　お兄ちゃんたちの仇を取りたいから、暴こうとしてるんじゃないの。

………それとも、お兄ちゃんも、天草と同じことを言い出すの？　復讐なんて、何の意味もないから、止めてしまえと。だからこうして、……あやふやに誤魔化して、私を煙《けむ》に巻《ま》こうとしているの……？

……余計なお世話よ。お兄ちゃんたちのためだけに、私は復讐しようとしてるんじゃないの。

私のために、私は復讐しようとしてるの。

だって、そのためだけに、私は生きてるんだから。

生きるために、復讐しようとしている、私。

…………………………。

お兄ちゃんが何を考えてるのか、……わからない。

■ゲストハウス

外はすっかり雨になってしまっていた。

しかし、いとこ部屋はとても賑やか。たとえ、雨が降ろうと槍《やり》が降ろうと、彼らの楽しいひと時にはなんの差し支えもなかった。

「いっひっひ――!!　俺、フルハウス～!!　ドーン！」

「うわっ。ブラフじゃなかったか…！」

譲治が天井を仰ぐ。ベッドの上で車座になり、いとこたちは大盛り上がりしていた。

「や、やられたぜ……。戦人がデカく張る時は、役なしのことが多いと思ってたんだがなぁ…！」

「そう思わせるために、ここまで負けてきたんだぜぇ？　最後に勝つために負けを布石とする男、右代宮戦人！　いっひっひ！」

「うー、戦人すごい、戦人すごい…！　真里亞、またコインなくなっちゃった。」

「私のコインを分けてやるよ。一緒に戦人をぶっ潰そうぜ！」

　そう言うと、朱志香は真里亞に数枚のコインを手渡した。トランプがあるだけで、いとこたちは何時間だって楽しく過ごせる。彼らの元気さの前には、時折の落雷も、ちょっとしたアクセント程度にしかならなかった。

「そろそろお腹が空いたね。夕食はまだかな。……朱志香ちゃん、何時頃かわかる？」

「さぁ。そろそろじゃないかな。今夜は郷田さんたち、ずいぶん張り切ってたなぁ。」

「へへっ、ってことはずいぶんと期待出来そうだぜ。俺との六年ぶりの再会を祝してかなぁ？」

「さっき紗音に聞いたけど、ハロウィンパーティーがあるって言ってたよ。ホールで立食形式でやるそうだよ。すごいね。」

　譲治の言葉に、真里亞の表情がいっそう輝く。

「ハロウィンパーティー!?　すごいすごいすごい、うーうーうー!!」

　その時、ノックの音が響いた。

「ん？　はーい、どちら様ぁ？」

　朱志香が応え、扉が開くと、縁寿がいた。

　兄に背負われて帰ってきた後、縁寿は両親の部屋で寝ていたのだ。

「おぉ、縁寿か！　起きたか？」

「あのね、お兄ちゃん。晩御飯だからお屋敷、行くって。準備しなさいって。」

「うーうーうー!!　ご飯だご飯だ～!!　お腹空いた～～!!」

　一番元気にはしゃいでいた真里亞が、一番空腹だったのだろう。飛び上がって喜び、ベッドから跳ね降りる。

彼らがぞろぞろとベッドを降り、靴を履き始めると、霧江たちも姿を見せた。

「おら、ガキども。メシだぞ、行く支度をしろぃ。」

「今日は何だか素敵みたいよ。楽しみね。」

「うー!! 真里亞知ってる! ハロウィンパーティー!」

真里亞が嬉しそうに両手を挙げると、縁寿は小首を傾げた。

「……ハロウィンパーティー?」

「きっひひひひ! 真里亞だけ知ってて、縁寿は知らない。きっひひひひ。」

「お母さん、ハロウィンパーティーって何ぃ?」

「さぁ、何かしらね。行ってのお楽しみね。」

霧江が釈然としない様子の縁寿の手を引くと、一行は後を追うように廊下へと出ていく。一階に下りると、そこには秀吉たちと嘉音が待っていた。

「みんな、えーかぁ? そろそろ行くでー。」

「皆様、お揃いでしょうか。ご案内いたします。」


「真里亞、こっちいらっしゃい。襟が変よ。」

楼座は娘を呼び寄せ、身だしなみを整えさせる。

「あぁ、お腹空いちゃったわー。親族会議の一番の楽しみは食事よねぇ。縁寿ちゃんは、お腹空いた?」

絵羽が縁寿に微笑みかける。

「……うん。空いた。」

「縁寿。空きました、でしょう?」

「くすくす。いいのよぅ。そうよねー、お腹空いたわよねぇ。伯母さんもお腹ぺこぺこよぅ。」

「よし、出発するぞー。表は風も強いみたいだからな。傘を飛ばされるなよ。」

留弗夫が先導するように歩き出した。

「皆様、傘をお持ち下さい。」

玄関に用意してあった傘立てから、嘉音が一本ずつ傘を取って手渡していく。

「はい、縁寿ちゃん。傘。」

「ありがとう、絵羽伯母さん。」

「くす。……あぁ、やっぱり女の子は可愛いわねぇ。

今度、伯母さんのお家《うち》にも遊びにいらっしゃい？　約束よぅ？」

その様子を見ながら、戦人は微笑む。

「……絵羽伯母さんって、縁寿のこと、気に入ってるんだ？」

「うん。母さんは本当は、娘が欲しかったらしいんだよ。」

「あー、聞いたことあるぜー。小さい頃、私もずいぶん可愛がってもらった気がする。」

「うちのママは、本当は男の子が良かったたって言ってたよ、うー！」

するとと楼座は、真里亞の頭をそっと撫でてから言った。

「元気に生まれてきてくれれば、性別なんてどうでもいいのよ。真里亞は大切な大切な、神様からの授かり物なんだから。」

表へ出ると、少しだけ風雨が強い。

縁寿とすっかり打ち解けた絵羽は、一緒の傘で行きましょうと誘っていた。何の話で盛り上がっているのかはわからないが、わずかな時間でもう意気投合してしまっている。

戦人はそれを見ながら、傘を広げる。自分にじゃれ付いてくる妹も可愛いが、誰かに上機嫌な笑顔を見せる妹だって、同じくらい可愛く、微笑ましい。

風雨は強いけれど、これも夕食の味をさらに盛り上げる、ちょっとしたスパイスに違いなかった……。

■玄関ホール

ホールは、素敵な飾りつけによって、ハロウィンパーティーの会場に生まれ変わっていた。

右代宮家での食事は、いつも食堂だ。ホールで立食形式でのパーティーなど、誰にとっても初めての経験だった。

「いよぉ、戦人ぁ！　おぅ、真里亞！　久しぶりであるな……！」

　待ちかねていたというように笑顔を見せたベアトは、豪奢《ごうしゃ》な黒いドレスに着替えていた。手にした煙管《きせる》も、実に様になっている。

「ベアトー‼　ハッピーハロウィーン！　トリックオアトリート…‼」

「くっくっく。お菓子はあるが今はやらぬぞ。食事の前であるからな。」

「くす。ありがとう、ベアトリーチェさん。相変わらずお美しいわね。」

「楼座こそ！　子持ちとは思えんぞ。わっはっは！」

「お前、少し出来上がってねぇか？　耳が少し赤いぞ。」

　魔女は上機嫌で、戦人の耳元に顔を近付ける。

「んー？　あの後、ちょいとそのだな、うっひっひー！　金蔵が珍しい酒を手に入れたというのでな、まぁその、ほんのチョビっとだ…！　わっはっははははは！」

「食事の前のお菓子は自重するのに、飲酒は自重しねぇんだな…。」

「失礼いたします。ベアトリーチェ様、お館様がお呼びでございます。」

　紗音が示した方に目をやると、肖像画の前にいる金蔵が、こっちへ来いと手招きをしているのが見えた。

「やれやれ。セレモニーとは、金蔵も形式にこだわる男よ。」

「例の、黄金の返還式云々《うんぬん》ってことなんだろ。右代宮家にとっては、一つの大きな節目なんだ。付き合ってやれよ。」

「ちと寂しい気持ちもあるがな。」

「右代宮家顧問錬金術師であることは、これからも変わらねぇさ。」

「であるな。では行ってくる。後ほどな？　源次の話によると、今日のパーティー、ちょっとした趣向があるらしいぞ。楽しみにしておれ…！」

「用意したのはお前じゃないだろーが。」

「わっはははは、いちいち細かい男よ…！　では後ほどな！」

ベアトは手を振りながら、踵《きびす》を返《かえ》す。

「……お兄ちゃん、今日は何かあるの？　何か特別な日……？」

縁寿も、それを感じ取っているようだった。

意味もなく緊張してしまっているらしい。

「右代宮家にとっては、特別な日だ。だが、縁寿は気楽にしてていいんだぜ。」

「うん。……あ、そうだっ、私ちょっと絵羽伯母さんとお話ししてくるねっ。」

縁寿は、また向こうにいる絵羽のところへ行く。

その小さな背中を見送りながら、戦人は頰をゆるめた。

よっぽど意気投合したんだな。まぁ、伯母さんに懐くならいいか。これがクラスメートのスカした男子だったら、たとえ小学生であっても許さんぞっ。

異性交遊はお兄ちゃんがいいと言うまでいけませんっ。

その時、ホールに源次の声が響いた。

「皆様、ご静粛に願います。」

次第にざわめきは収まり、今夜が雨であることを、もう一度思い出させてくれた。

シンと静まりかえる。親族一同も、今夜の催しが、ただのハロウィンパーティーではないことは、薄々想像がついているようだった。

戦人はすでに、知っている。右代宮金蔵からベアトリーチェへの、長年にわたり借り受けてきた黄金の、返還式なのである。

まず、金蔵によって、それが宣言された。右代宮家は復興を果たしたのみならず、かつてない隆盛を極めたと。よって、大恩人ベアトリーチェより借り受けた黄金を、今こそ返還すると。

真っ赤なリボンで飾られた、ずっしりとしたインゴットが、金蔵の手から、ベアトリーチェの手へ返還される。

「………三代にわたる、黄金の魔女ベアトリーチェの恩。右代宮家は未来永劫、忘れることはないであろう。」

「やれやれ。しまう場所もないが、特別に引き取ってやろう。」

「………ベアトリーチェ様。」

「ん、んんっ、ゴホンゴホン。」

あのベアトリーチェが、源次に発言で注意を受けるとは。誰もが思わず笑ってしまう。

威儀を正した魔女は、やがてゆっくりと口上を述べ始める。

「右代宮家顧問錬金術師ベアトリーチェである。今宵をもち、十トンの黄金の貸し出し契約の終了を受け容れるものである。……我が祖母の代より数十年。片翼をもがれた鷲は、再び飛翔の時を迎えた。妾はそれを見守り、子々孫々まで未来永劫の繁栄を心より祈るものである。」

拍手がホールを包んだ。

せっかく貫禄のあるスピーチが出来たのに、終えた途端にペロリと舌を出して苦笑いを浮かべている。ベアトの真面目モードは長続きしないらしい。

金蔵は重々しく頷いてから、口を開いた。

「黄金の魔女ベアトリーチェは、名を受け継ぐことで、千年を永らえる魔女である。よって、彼女の子々孫々に至るまで、その全てがベアトリーチェであり、その全てが当家の顧問錬金術師なのである。右代宮家子孫一同は、ベアトリーチェの恩義を永遠に讃《たた》え、子々孫々まで永遠にそれを伝えるのだ。………ベアトリーチェは、未来永劫、右代宮家の恩人であり、尊い絆《きずな》で結ばれた家族なのである。」

「………ご承認いただける方々は、拍手をもって、お願いいたします。」

源次がそう促すと、親族たちは顔を見合わせてから、一斉に拍手した。

誰もが温かい微笑みを浮かべていた。

「ありがとう、諸君。………ベアトリーチェよ。そなたは右代宮家の一員だ。それは血より尊き絆によるものだ。」

「わっはっは、カネの貸し借りの縁は、血より大切であるからなー。」

「……ベアトリーチェ様。」

「んが、んっん…！」

その後は、金蔵の小難しいスピーチが続いた。今夜をもって、金蔵は右代宮家の当主を引退するということ。そして、財産分与を今夜、さっそく発表すると宣言した。金策に困っていた親族兄弟たちは、金蔵の死を待たずして転がり込む遺産に、どよめく。

「お前たちがそれぞれ、カネに苦労しているのは知っておる。それらの問題は全て、これで解決出来るであろう。……ただし心せよ。これは、死を待たずして与える遺産である。私はお前たちを厳しくも、常に見守ってきた。しかし今宵をもって、お前たちの父はそれを止めるのだ。………私は雲上から見守るかの如《ごと》く、お前たちが飛翔するのを眺めているだろう。もはや、何の口出しもせぬ。……そなたたちの生きたいように生きるが良い。」

「お、………親父……。」

「お父様……。」

留弗夫と楼座は、言葉を失う。

「わかりました…。……私たちは、必ずや飛翔してみせます。」

「力を合わせ、右代宮家をますます繁栄させることを、兄弟姉妹一同、ここに誓います。」

長女と長兄の宣言は、力強かった。

「そやで…！　わしらは力を合わせたら、向かうところ敵なしや…！」

秀吉がおどけるが、源次に諫《いさ》められてしまう。

しかし、彼が浮かれたい気持ちもわかった。

……親族たちは、遺産を巡って、ギスギスといがみ合ってきたのだ。しかし今宵。……遺産は綺麗に分配され、彼ら全員の金策が解決された。そうなればもう、親族同士、何もいがみ合う理由はないのだ。むしろ、手を取り合い、ますます互いを繁栄させていくべきなのだ。

絵羽と楼座は、涙を浮かべていた。……それは留弗夫もだった。

こんなにもいい歳になって、……彼らは今日。

……ようやく、巣立ちを迎えたのかもしれない。

六軒島という、魔女の魔法で編まれた巣から、右代宮家の鷲たちが今宵、それぞれに旅立っていくのだ。……力強く、己の力で。

金蔵は思う。初めからこうしていれば良かったのだ。……遺産問題を、自らがもっと早くに解決していたなら、子供たちがいがみ合う必要はなかったのだ。それを、不機嫌を装うことで、彼らに全て任せきりにし、兄弟姉妹たちの関係を冷めたものにしてしまった。そう。全ては自分の責任だったのだ。

今や、絡まった縄は解かれた。それはまるで、金蔵の体を締め付ける、目に見えぬ縄のようでもあった。それが今や解かれ、彼は久しく解放感を覚えるのだった…。

兄弟姉妹四人は前に歩み出て、新しい当主、蔵臼をみんなで支え、ますますの繁栄を金蔵の前で誓い合う。彼らの顔は、不思議な若々しさに溢《あふ》れていた。

当然だ。彼ら四人が、こんなにも自然な気持ちで結束したことなんて、………子供の頃以来なのだから。子供の頃の瑞々《みずみず》しい気持ちに戻り、彼らは再び、結束するのだ。

蔵臼が宣言を終えると、ホールは温かな拍手で溢れた。いとこたちも、使用人たちも、……いつまでもいつまでも、拍手を惜しまなかった。

縁寿は、……呆然とそれを見ていた。………この四人は、子供の頃から、ずっといがみ合ってきたはず。そしてさらに、それぞれが金策に悩み、金蔵の遺産を目当てに不毛な鍔迫《つばぜ》り合《あ》いを繰り返していたはず。

……その、私が認める〝真実〟の世界さえも、……この黄金の返還式によって、書き換えられる。彼らが本当に仲良しだろうと、あるいは私が信じるように、いがみ合っていたとしても。……それは今日、この場で、全て乗り越えられたのだ。

信じちゃ駄目。………こんなの、お兄ちゃんの茶番。それがわかっていても。………お父さんたちが、涙を浮かべて微笑みながら、肩を抱き合うその光景に、……熱いものが目に浮かぶのを感じずにはいられない。

「信じないわ……。………これも全部、……お兄ちゃんの茶番なんでしょ………。」

「お前は、何を見たら、聞いたら。信じることが出来るんだ…？」

戦人は優しく尋ねる。

「………赤で。…………赤き真実で言ってくれたら。」

「赤で言えなければ、全ては嘘なのか？」

「……信じない…。……私は、……こんなの………。」

縁寿は俯き、黙り込んでしまう。

ゲームマスターである戦人には、赤き真実を使うことも出来る。しかし、赤き真実というルールは、魔女のゲーム盤にだけ出てくるものだ。ニンゲンの世界に、赤き真実など、存在しない。自らが見て、聞いて。……信じるに足ると、自らが信じたものを、赤き真実として受け容れるのだ。

縁寿が認めない限り、どんな真実も、真実たりえない。それに、気付いて欲しいと戦人は願っている。

赤き真実という、ゲームのルールで真実を押し付けても、何の意味もないのだ。

縁寿は、自分の力で、自分の心で。真実を真実として、受け容れなければならないのだ。

それは、縁寿が決める。誰にも無理強い出来ない。だから縁寿がこの光景を、茶番だと断じてもいい。

しかし、ならば、………縁寿が今、零している熱い雫《しずく》には、一体どういう意味があるのか。

……縁寿は誰にも教えられずに、それを考えなくてはならない……。

縁寿は一度だけ鼻を啜り、目を擦った後、六歳の彼女に駒を譲った。


その後は、和気藹々とした楽しいひと時となった。

美しく彩られた料理が次々に運び込まれ、シャンパンのコルクが気持ちの良い音を聞かせる。いくつも置かれた小さなテーブルにはそれぞれ、テーマが設けられていた。そうすることで、いくつものテーブルを巡りながら、どれを食べようかと迷う、立食パーティーの一番の楽しさを演出している。

このような演出に関しては、郷田は天才的だ。彼を手放したホテルは、それを改めて後悔した方がいいだろう。

もちろん、熟年には立食パーティーは少々、疲れる。なので椅子も用意されている。しかし新しい料理が運ばれてくる度に、それを見に席を立ち、自然といくつかのテーブルを巡ることが出来る。その過程で、新しい輪と交流出来、そしてその輪は流動的に散っては混じり、動き回った。

人は面白い。輪のメンバーが代わると、がらりと話題まで変わる。そんな万華鏡のような、楽しく賑やかなハロウィンパーティー。

壁に飾られた、折り紙の鎖飾りなどが童心を呼び起こしてくれる。そこでは誰もが、子供の頃に戻ったかのような気持ちで、楽しく過ごしているのだった……。

食事が一段落した頃、パンパンと景気良く手を叩く音が聞こえた。

「さぁさぁ、皆様。お集まり下さい。本日のとっておきでございます…！」

手を叩いているのは郷田だった。

一同は、何だ何だと集まる。彼の前にあった配膳台車の上には、切り分けられた大きな一ホールのチョコレートケーキが置かれていた。

「本日は、今夜のハロウィンパーティーの目玉として、この特製ザッハトルテをご用意させていただきました。ご覧の通り、チョコレートにて片翼の鷲の紋章をあしらった、右代宮家だけの一品でございます！」

その見事なケーキに、一同は感嘆のため息を漏らす。金蔵は、この中に一つだけ、アーモンドが入った当たりのケーキが用意されていると宣言した。見事それを引き当てた者は、王様あるいはお姫様となり、何でも願い事を叶えてもらえるというのだ。

年少の縁寿が先頭にそれを選び終える。急いでフォークを入れると、アーモンドが。……すると、程なく、歓声に続いてちょっとしたざわめきが広がった。

ケーキの中から縁寿に続いて絵羽までもが、当たりのアーモンドを取り出してみせたからだ。

……どうやら手違いがあったよう。実は、王様には特別なデザートが一品、用意してあったらしい。それはとても綺麗に飾られているため、二人で分けるには向かない。だから、王様が二人では、ちょっと都合が悪いのだ。…というより、なぜアーモンドが二つも…？

郷田がごにょごにょと言っているのを聞き、絵羽は肩を竦めて笑いながら言った。

「じゃあ、縁寿ちゃんがお姫様になりなさい。」

「お姫様っ。縁寿はお姫様なの…⁉」

「私はその付き人よ。ね、これならいいでしょう？」

悪いわけもない。

縁寿はひょっとしたら、言い出すのが遅かったので、当たりは絵羽になるものと思っていた。だから、それを譲ってくれるとは夢にも思わなかった。

「でも、いいの…？　絵羽伯母さんも当たりなのに。」

「いいのよ、縁寿ちゃんの付き人になれたもの。さぁ、お姫様。あなたが叶えて欲しい願いはなぁに…？考えてちょうだいな。」

「縁寿はっ、………願い事、もう決めてあるの……。」

「あら。それは何？　伯母さんに教えて？」

この楽しい時間の中に、いつまでもいたい。……永遠に。私の心の中に浮かんだ願望を、幼い私が代弁する。

「さ、……さっきまでの楽しいことが、ずっと続いて欲しいのっ。」

少しニュアンスが変わってしまった気がする。

それでも、それが私の偽らざる願いだった。

「じゃあこうしましょう。みんな聞いて。お姫様の命令よ。ついさっきまでみんなが盛り上がっていたように。縁寿ちゃんを楽しませてあげてちょうだい。」

「何かお題があるといいんだがな。」

「手品や、クイズなんてどうかしら。」

お父さんとお母さんが言う。

「お姫様に楽しんでもらえる出し物を、みんなで献上するのですね。」

「なるほどね。了解したよ。」

蔵臼伯父さんと夏妃伯母さんが頷き合うと、お祖父ちゃんは大きな笑い声を上げた。

「わっはっはっは！　なるほど、面白いではないかっ。」

「くす。良かったわね、縁寿。」

「う、……うん…！」

みんなが私を囲み、微笑みながら、何を披露しようか思案している。

私と遊ぶために、私のことだけを考えてくれる。

私にとって、それを独り占め出来るだけで、お姫様になれた喜びははちきれんばかりだった。

縁寿にとってそれは、夢のような時間だった。

遊びながら、いとこたちと楽しくお喋りした。

伯父や伯母たちとも、楽しくお喋りした。

ベアトは魔法と称して、色々な不思議を見せてくれた。真里亞はそれを魔法だと主張し、縁寿はそれを手品だと主張し、ますます盛り上がった。幼い二人があまりに盛り上がるので、大人たちも、自分が知る手品を披露しては、二人を大いに驚かせた。


　手品に限らず、クイズやなぞなぞ、様々な遊びが、彼らの子供時代の思い出を刺激する。給仕をしている使用人たちも、その輪に引《ひ》き摺《ず》り込《こ》まれ、ホールは今や、大賑わいだった。

　パーティーはやがて、縁寿を主人公にしたクイズ大会へと移り変わっていく。ホール内を巡り、それぞれのテーブルで待ち受ける出題者たちに挑戦するという形式だ。

　付き人となった絵羽は常に縁寿の側にいて、苦戦していると見ればヒントを出し、時には一緒に悩み、正解に辿り着くと両手でハイタッチをする。笑顔を浮かべた縁寿に目を細めるその様子は、……まるで本当の母親のようだった。

　幼い縁寿にとって、どの手品もクイズもなぞなぞも、知らないものばかり。知的好奇心が刺激されて、わくわくが止まらなかった。

　その上、美味しいジュースがよりどりみどりなのだから、まるで夢の中だ。縁寿はふわふわと、まるで雲の上を歩いているような気持ちだった……。

「縁寿…、お前、これを飲んじゃったのか⁉　これ、お父さんの飲み物だぞっ。」

　留弗夫は、グラスの中身が減っていることに気付いて目を丸くする。

「……縁寿も大人のブドウジュース、飲みたかったの。だからいいのー。」

「少し顔が赤いぜ？　大丈夫かー？」

　にこにこと笑っている縁寿の頬に触れながら、戦人も心配そうに言った。

「ちょっとしか飲んでないから大丈夫とは思うけれど……。」

「お母さん、……縁寿、大丈夫だよ。子供じゃないもん……。……うぃ…。」

目はとろんとしていて、少しふらついているようにも見えた。そこに、新しいグラスを手にした絵羽が近付いてくる。

「くすくす。縁寿ちゃんは、こっちを飲みなさい？　留弗夫お父さんが飲んでるのは、悪い飲み物だから、もう飲んじゃダメよー？」

「そうだな！　悪いのを飲んでると、縁寿も悪い大人になっちまうぜー？　いっひっひ！」

「縁寿、悪い大人にならないもんっ。お姫様になるもんっ。」

「そうよ。縁寿は私たちみんなのお姫様よ。」

「そうだな。縁寿は家族みんなのお姫様だ。」

　すると、絵羽も笑いながら言う。

「私にもお姫様よぅ。ぜひ今度、伯母さんの家にも遊びに来てね、絶対なんだから…！　いっぱいいっぱい歓迎してあげるんだから！」

「うんっ。ありがとう、絵羽伯母さん…！」

　みんなが、すごく優しくしてくれる。まるで本当にお姫様になったみたいな気持ち。

　……その輪を戦人は外れる。遠目に、幸せそうに笑う縁寿を見て、彼も微笑んだ。

　それに気付いたベアトが、そっと寄り添ってくる。

「………ああして幸せに笑えば、名前負けもせんのにな。惜しい娘よ。」

「そうだな。天使の名に相応しい笑顔だと思うぜ。」

「あの笑顔が、駒でなく、本当の縁寿のものであれば良いのだが。」

「……仮に違っても、あいつはこれを見てるさ。そして、自分で考えればいい。」

「そなたと縁寿のゲームは、慈しみに溢れているな。妾からすれば、もどかしいほどにな。」

「もどかしくて何の問題がある？　誰の邪魔もない。妨害も駆け引きも何もなしだ。」

「そうだな。このゲームは、もはや戦いでさえない。」

「言ってみれば、片付けなんだ。……俺たちのゲームの。」

「…………妾の気紛れなる行為が、あやつに及んだ罪は、償い切れぬ。」

「俺たちのゲームの責任だ。俺たち二人で償う。……だから俺たちで、縁寿に最後のゲームを送る。」

「縁寿は、あの鍵を正しく使えると思うか…？」

「……俺たちが正しいと思う方へ、無理やり引っ張ることも、もちろん考えたさ。」

「それは意味なきことかもしれぬな。……強制された選択は、正しくとも生涯受け容れ難《がた》い。」

「そういうことだ。………縁寿は、自ら考え、自ら選ばなければならない。それが、俺たちから見て正しくない選択であったとしても、……俺はそれを祝福しようと思う。」

「……ふむ。………ゲームマスターはそなただ。妾はもはや、何も口を挟まぬ。今宵をただ楽しむだけだ。」

「縁寿にとっては意味あるゲームだ。だが、俺たちにとっては、お疲れ様パーティーみたいなもんさ。」

「そろそろやってくる頃合いだな。しかし、良いのか？　縁寿にまた誤解されるぞ？」

「大丈夫さ。それに、むしろ必要なんだ。……お前が、そういう姿を見せたように。みんなもな。」

「……………ふむ。ならば我らも、この千秋楽祝いを楽しませてもらうとしよう。これほどの長きゲームにて皆、それぞれの役を見事、演じきってきたのだから。」


出題を終えた者たちが、思い思いの場所で一息つきながら縁寿の様子を眺めている。

金蔵は彼女に温かい眼差しを向けたまま、隣に立つ源次に話しかけた。

「ちょいと、簡単過ぎたかな…？」

「いいえ。ちょうど良かったと思います。」

「………源次。私は良いお祖父ちゃんを、演じられただろうか…？」

「無論でございます。」

「縁寿は幼い。そして、体調を崩し、六軒島へ来ないことも多かった。……私をよく覚えては、いないだろう。」

幼き子には、特有の酷薄さがある。それは、優しさに対して、当然に享受出来るものであると思い込んでいること。だから、人の優しさが当たり前過ぎて、……それを記憶に留めない。

「………親の恩と同じです。それを理解するには、縁寿様もお年を重ねられる必要があるでしょう。」

「やがては。………私のことを、面白いお祖父ちゃんだったと、思い出してくれるだろうか。」

「……はい。必ずです。」

「…………………………。」

金蔵の表情が、少しだけ曇る。

……世間が知る右代宮金蔵と、孫に接する金蔵は、まったく違う。やがて縁寿も年を経れば、右代宮金蔵が、世間でどのような評判を持っていたかを知るだろう。それを知った時。……縁寿は右代宮金蔵に対して、世間の知る暴君としての一面と、孫に微笑んだ顔のどちらを思い出してくれるだろう。

「………出来るなら、私の笑顔を思い出して欲しいが、……それは高望みであろうな。」

「…………………………。」

優美な人影が、そっと二人に近付いてきた。

「仕方あるまい。子供とはそういうものだ。」

「ベアトリーチェか。」

「子供は優しさに飽食し、それを決して記憶に留めぬ。あれが十二年を経れば、右代宮金蔵がどれほどの奇人変人であったかを知るだろう。それに塗り潰され、そなたの笑顔など、忘れ去られる運命よ。」

「………であろうな。いくら甘やかせど、報われぬ愛である。」

「だが。親の恩を思い出すのに、長い時間を掛けるように。……縁寿もやがて、きっと思い出すだろう。……そなたが孫に、どのような笑顔で接していたのかをな。」

「ふっ……。忘れても良い。ただ一時、私に向けて微笑んでくれただけで、私には何よりの冥土の土産になるのだ。これが、無償の愛の境地である。」

「祖父とは、報われぬ存在であるな。」

「報われておるとも。先ほどの縁寿の微笑みが思い出せれば。私は今夜、お迎えが来ても一向に構わんぞ。わっはははははははは……。」

金蔵は寂しく笑うと、マントを翻《ひるがえ》す。

彼が祖父として縁寿に施す愛は、もう充分だ。記憶に残って欲しい気持ちはあるが、それを願ってはならない。それが、無償の愛の境地。

そんな金蔵の後ろ姿を眺めてから、ベアトは再び縁寿の背を見つめる。

「…………縁寿。……それでもいつか、思い出してやれ。……金蔵がそなたに、どんな笑顔を見せていたのかを、な。」

一足先に次の出題者を求めて走り出した縁寿を、絵羽と秀吉が見守っていた。

「……あんなにも可愛らしい笑顔を浮かべられる子なのに、……私が、……それを奪うのね…。」

「絵羽…………。」

絵羽は俯く。目元には、涙が一粒、光っていた…。

「彼女の気持ちを考えれば、それは当然のことなのよ。……でも、私はそれを受け止め切れなかった……。」

「しゃあない。お前かて人間やで。そうそう人間、割り切れるもんとちゃう。」

「それでも、私が悪いのよ…！　仮にも一児を育てた母だったのよ!?　……あの子の母親に、私はなるべきだった。……なのに、私は悲しみに溺れ、それをしなかった…。」

「しゃあない。しゃあない…！　お前だけが悪いわけとちゃうで…！　そんなに自分を責めたらあかん！」

　もう絵羽は、嗚咽を止められなくなっていた…。

大粒の涙をぼろぼろと零しながら、俯いて震える…。

「私は、何て罪を……。………悲しいのは私もあの子もまったく同じだった…！　なのに私は自分の方が悲しいと決め付けて、……あの子の気持ちをまったく受け止めなくて……。………私は母失格なんだわ…。あの子の母になって、………あげられなかった………。」

「いいえ。……あなたはがんばってくれたわ、絵羽姉さん。」

「霧江さん…。」

　いつの間にか、絵羽の後ろに霧江がいた。留弗夫もいた。

「あなたが縁寿と打ち解けようと、色々な努力をしてくれたことを知っているわ。」

「……姉貴はよく堪えてくれたぜ。そんな姉貴の苦労も知らず、うちの娘が本当に迷惑をかけたな。」

　六軒島の事故の後。一人六軒島より生還した絵羽は、当日を欠席して生き残った縁寿を養子に迎えた。

　……後に、互いを傷つけ合うような悲しい関係になる二人も、最初からそうだったわけではないのだ。

　絵羽は縁寿の新しい親として、最後の唯一の肉親として愛情を注ごうと努力したのだ。自身の悲しみを懸命に堪えて。

　しかし縁寿はそれを受け容れなかった。唯一生還した絵羽を、自分の親を奪った犯人と罵ったのだ。

　……六歳の幼子の傷心を理解し、絵羽はそれでも耐えた。歯を食いしばって、報われぬ愛情を縁寿に注いだのだ。しかし、………絵羽だって、深く深く傷ついていた。彼女の悲しい努力はついに報われず、………続く未来は、悲しいものとなる。

「あなたは縁寿に、譲治くんに注いだのと同じ愛情を、与えようとしてくれたわ。」

「でも、……それは私だけの独りよがりで、……縁寿ちゃんにはまったく届かなかった…。」

「それを受け止めなかったのは縁寿だ。姉貴のせいじゃない。」

「六歳の縁寿ちゃんにそれを求めるなんて酷よ…！　それでも私は気持ちを伝えられるよう、もっともっと……、堪えなければならなかったのに…！」

「絵羽姉さん。これだけは信じて。」

「………………………。」

「私たちはあなたを、……責めてなんかいないのよ。」

「……霧江さん…………………。」

「縁寿のために、深く深く傷ついてくれて、ありがとう……。………あの子に人の心があるなら、いつか必ず、あなたが注いでくれた愛情に気が付いてくれるはず。」

「ありがとう、姉貴。俺たちは、いつまでも感謝してるんだぜ……。」

「…………良かったな、絵羽……。……お前のがんばりはな、……ちゃんと、……認められとんのやで……。」

「ううぅ……、うううぅぅぅぅ………っ…。」

「霧江様の陰に隠れて、おどおどしていた幼子が、いつの間にかあんなに元気になって…。」

熊沢はしみじみとした口調で言った。

郷田もまた、口を開く。

「……親族会議を重ねる度に、若者の成長を感じるものです。あと数年も経てば、縁寿様も恋を覚え、化粧を覚え、やがては一人前のレディに成長されるのでしょうね。」

「そうですねぇ……。普通に、年月を重ねて下さったなら…。」

残酷な運命は、……縁寿という雛《ひな》に、一人ぼっちの未来を強いる。

卵は温めなければ、孵《かえ》らない。彼女という卵は、誰にも温められず、孵ることもなく…。

「縁寿様は冷え切った卵のまま、孤独な未来を迎える他ないのでしょうか…。」

そう言って唇を噛んだ郷田に、熊沢は優しい笑みを向ける。

「……卵の殻は、いつだって内側から破られるもの。……冷え切った殻は、とてもとても硬いでしょうが、それでも破れぬものではありません。」

「縁寿様に、その強さがあるでしょうか。」

「それを、得ることが出来るか否か。それがこの最後のゲームと聞いています。」

「私たちはもっと、メッセージを送るべきではないでしょうか。……せめて温められぬ卵なら、殻が割りやすいよう、少しでも外から叩くとか。」

「自らの殻を割る力もない雛を、無理に卵の外へ出せば、寒風に耐えることは出来ないでしょうね。縁寿様は、その力とたくましさを、自ら得なければならないのです。」

「……ですから、その力とたくましさを、私たちから何とか伝えることは出来ないんでしょうか。」

「言葉とは、与えられるものでなく、受け止めるものです。……私たちが何を与えようとも、縁寿様が受け止めなければ、何の意味もない。」

「………そうですね。私たちが何を伝えても、縁寿様が耳を貸さなければ、意味がない。」

「ほほほほ……。見守るしかないんですよ、私たちには。馬を水場に連れていくことは出来ても、飲ませることは出来ないのですから。」

「縁寿様が、より良い未来を自ら選択してくれることを、……祈るしかありませんね。」

「縁寿様が、諦めと悲しみを紛らわせるためだけの怒りに身を任せず。……本当に縁寿様が求めておられる、たった一つの願いに純粋であってさえくれれば。彼女は絶対に、自分の一番の願いを叶えることが出来るでしょう。」

「皮肉なものです。……その一番の願いを、自ら一番最初に、否定されているのですから。」

「笑う門には福来る。泣きっ面に蜂。信ずる者は救われる。……人の思いが、その強さが、自分の未来を自ら生み出すのです。」

「せめて、その言葉だけでも掛けてあげたいものですが……。」

「戦人様も厳しい。……そのような言葉さえも許さず、縁寿様が自分の力だけで気付いてくれることを願っている。」

「……私たちには、見守ることしか出来ないのですね。」

「だから、せめて祈りましょう。彼女が、もっとも望む未来を、その手に掴めるように。」


「祖父様、縁寿の調子はどうかな。」

「戦人か。調子はわからぬが、楽しんではおるようだぞ。」

「源次さんの問題、聞いてたぜ。俺もうっかり騙されちまうところだったぜ。」

「恐縮でございます。」

「しかし意外だぜ。源次さんが、ああいうフェイクっぽい問題を出すなんてな。もっと素直な、わかりやすい問題を出すとばっかり思ってたぜ。」

「はっはははははは。我が友は無口であるから、そう思われがちであるが。……こやつめ、こう見えてなかなかの策士。なあ、南條よ。」

「ですな。源次さんとチェスを戦えば、それがよくわかりますぞ。」

「私とて時折、騙される。この真面目そうな顔で、しゃあしゃあと私を引っかけるのだ。昔からそうであるぞ。なのに何度騙されても私は引っかかる。わっはっはははははははは。」

「そういえばさ。………源次さんと祖父様って、どういう縁なんだ?」

金蔵が一瞬だけ、源次の表情を窺う。

源次がわずかでも首を横に振れば、それに触れるつもりはなかったらしい。しかし、源次は今さら隠す話でもないと、自ら口を開いた。

「……私とお館様はかつて、台湾にてご縁がありました。」

「わっはっは、ご縁とはよそよそしい…！　悪友であるわ！　こやつも私も、金持ちの放蕩《ほうとう》息子。親に迷惑を掛けてばかりのろくでなしであったわ。」

「源次さんが放蕩息子…？　そりゃびっくりだぜ……。じゃあ、源次さんもかつて台湾に移住してて、そこで祖父様に？」

「…………………いえ。私は台湾の人間でした。」

「源次さんは台湾の出身なのです。………いえ、戦前は日本領でしたから、源次さんももちろん日本人でしたがな。」

「負けん気の強い男でな。出会ったばかりの頃は喧《けん》嘩《か》ばかりよ。意気投合してからは、竹馬の友と呼ぶに相応しい最高の友人であった。」

「……戦後に色々と混乱がありました。その混乱の中、私を助けて下さったのがお館様なのです。……その時のご恩は、生涯かけても、返し切れないものです。」

「………それを言うな、我が友よ。……私がもう少し上手に説得出来ていれば、お前の家族たちも連れてくることが出来た…。私が不甲斐《ふがい》ないばかりに、お前しか救えなかった…。」

　戦人は台湾の歴史には詳しくないが、戦争が終わって日本が引き上げた後にも、色々な混乱があったらしいことは知っていた。

　金蔵はその混乱をいち早く察し、源次とその一族が脱出出来るよう手配した。しかし、源次の一族は台湾において大きな財産を保有していた。それを捨てることが出来ず、台湾に残ることを選んだのだ。

　その財産は、日本統治下での台湾総督府との蜜月によって築き上げられたものだった。そんな彼らが、戦後の新しい体制下で歓迎されたとは、思い難い。

　様々な混乱が起こった。そして、源次だけが難を逃れたのだ。

……放蕩息子のろくでなしと金蔵が称す彼が、今《こん》日《にち》のような性格に激変するような体験が、どのようなものであったかは、わからない。それは二人の間の、友情を巡る物語であり、……無関係の人間が歴史書を紐解《ひもと》いて、好き勝手に論じたところで、何の意味もない。

二人は昔からの旧友であり、そして命の恩人でもあり。激動の時代に翻弄されながらも、友情を末永く維持し…。表向きは使用人の頭ということになっているが、……二人きりで書斎にいる時は、少しだけ若い頃に戻って、酒を酌み交わすこともあるという。……今でも、そんな二人なのだ。

昔を懐かしむ彼らを残し、戦人はそっと離れる。

それ以上を聞くのは無粋なことだし、聞く必要もない。金蔵と源次が昔からの親友であること。そんなことは、すでに知っているのだから。

■廊下

中座する蔵臼を廊下へと見送った夏妃の元に、ベアトがドレスの裾をなびかせながら近付いてきた。

……まるで、一人になるのを待っていたかのようなタイミングだった。

「おぉ、夏妃か。どうだった、お前たちの問題は。」

「私たちなりに選《え》りすぐりを出題したつもりです。……楽しんでもらえたかどうか。」

ホールに目をやると、縁寿と絵羽が仲良く手を繋ぎながら、次は誰にクイズを出してもらおうかと相談し合っている。縁寿と絵羽。……不思議な組み合わせだが、とても楽しそうだった。

「……血の繋がらぬ、未来の親子か。こうして見ている分には、本当の親子そのものにしか見えぬ。」

「えぇ。………絆は、心で育むものです。血の繋がりなど、それに劣るものです。」

夏妃はそれを言ってから、……自らの言葉を噛みしめ、一人俯く。

「どうした。」

「……………私に、よくもそのようなことが言えたものだと、……驚いただけです。」

「………………………。……気にするな、妾のことは。」

「私が、あなたを拒絶してしまったから、……あなたはいくつもの世界で、辛《つら》い目に…。……それは全て、私の責任です…。」

「そなたの気持ちもわかる。……身籠もれず、何年も肩身の狭い思いをしてきたのだ。そこに突然、素性の知れぬ赤ん坊を渡され、養子にしろと言われたら、ショックを受けぬ女などおらぬ。」

「……だからといって、……あなたを崖より突き落としても良いという理由にはなりません…。」

「そうであるな。それは、そなたが生涯、背負うべき十字架であろう。」

「……はい。その覚悟です…。」

「ならば、そなたを苛む役は、その十字架だ。妾ではない。」

「私を、……恨まないというのですか…。」

「そう、しょげた顔をするなって。……いやいや、むしろ逆だなぁ。お前がそのしょげた顔を見せる限り、妾はそなたを咎《とが》めようとは思わぬ。そなたがその十字架を背負い続ける限り。妾はそなたを恨もうとは思わぬ。」

「この私を、……恨まないというのですか……。」

夏妃の両目から涙が零れる。

彼女は嗚咽をこらえながら、……静かに、泣いた。

「本当は恨んでたぜェ？　チョオ恨んでたっ。お前の抱き枕吊《つ》るしてサンドバッグにするくらい恨んださァ！　でも、お前を見ている内に、その気もなくなった。……お前は悔やみ、後悔している。そしてその気持ちをきっと、お前は生涯忘れない。」

「忘れるものですか……。……私は、人殺しなのですから………。」

「重い十字架、背負っちまったなァ。今じゃあんたに同情してる。ホントだぜ？　だって、全部、金蔵が悪いんじゃねぇか。あいつが、隠し子なんか作るから悪いんだし！　何しろ、お前への預け方が特に悪い！　子供が生まれないから養子にしろっ、なんてのじゃなく、可哀想な子だから育ててくれぬかとか、そなたを傷つけぬ言い方はあったはずだ。これだから男は、金蔵は…！」

「………………………。」

「もはや、恨みはない。それでも、そなたの十字架は軽くはならぬか。」

「はい。……あなたにどうすれば償えるか、未だにわからないのですから。」

「んじゃ、こうしよう。両腕を広げよ。」

「え、……え？　こ、……こうですか……？」

おずおずと両手を広げると、そこへベアトが飛び込み、夏妃をぎゅっと、抱き締める。

「……あ、あの、……こ、これは………。」

「二度と言わねぇから、一度くらい言わせろよ。……妾はよ、自分の母親に会ったことさえねぇんだからよ。」

ベアトは夏妃を抱き締めながら、小さな声で言う。もう二度と、絶対に口にしないその言葉を、夏妃に言う…。

「妾のことで悔やんでくれてありがとよ。……でもよ、妾はもう恨んでねぇからな？　それだけは信じてくれよ。…………カアサン。」

「……べ、………ベアトリーチェ………。」

頬を伝い落ちる温かい涙が、ドレスから覗くベアトの肩へと落ちていった。

紗音と嘉音は、配膳台車を押しながら厨房へ戻っていく。玄関ホールは、あれだけ賑やかで楽しい空気に包まれていたが、こうして廊下を歩いていると、やはり今夜は雨で、風がとても強かったことを思い出させられる。

でも、それで良いのだと彼らは思った。

お別れのパーティーは、寂しさの雨を一時忘れて、賑やかに過ごすのが正しいのだから。

「………これで、長かったゲームも、おしまいなんだね…。」

「清々するよ。……ようやく僕たちは、誰の玩具にもならなくて済む。……静かに忘れ去られて、埃に埋もれて消え去りたいね。」

「違うよ。私たちは、埃に埋もれて消えるんじゃない。」

「……………………。」

「閉じられる猫箱の世界で、誰にも知られることのない、私たちの未来を続けていくんだよ。」

「………そうだね。……ごめん。それは僕たちにも知ることの出来ない世界だから、……忘れてたよ。」

「私たちは、猫箱の世界で、どんな未来を紡がれるんだろうね。」

「それがわからないから、猫箱って言うんじゃないか。」

「………そうだね。」

「姉さんは、心残りはないのかい。………譲治様のこととか。」

「………………………。」

「姉さんは譲治様に、指輪をもらうまでしか出来ない。…結婚も、添い遂げることも、何も。」

「それが叶うのが、猫箱の中の、私たちの未来じゃない。……それは私だけじゃないよ。嘉音くんだってそう。朱志香お嬢様と嘉音くんの未来とか、ね。」

「……僕は……。」

「私が譲治様との婚約を破棄して、島を出ていっていなくなる未来だって、ありえるんだよ。その世界では、嘉音くんはもう、私のことなんか何も気兼ねしなくていい。………お嬢様と、青春を謳歌《おうか》することが出来るんだよ。」

「……姉さんが譲治様との婚約を諦められるなら、そういう世界もあるかもね。」

「だから。……私が譲治様と結ばれる世界と。あなたがお嬢様と結ばれる世界が、同時に存在出来るのが、猫箱の中じゃない。」

「………どんな矛盾した夢も、全てが同時に存在出来る世界。」

「それが、私たちという駒がしまわれる世界なの。……だから、寂しくなんかないし、悲しくもない。……今ここにいる私は、譲治様に指輪をもらうところまでしか、観測出来ないけれど。」

猫箱の中の、私には観測出来ない世界にいる私は、その後の、幸せな未来をきっと紡いでいるんだよ…。

猫箱は、どんな駒も玩具も夢もしまえる、不思議な箱なの。それは、私たちを閉じ込める檻《おり》なんかじゃない。むしろ、猫箱の中こそが、全てから解放される、無限の世界なんだよ……。

「全てから解放され、全てが同時に叶う世界。……でも、その世界の僕は、今ここにいる僕じゃない。……それが何だか、悔しくて。」


「………ね、嘉音くん。」

「何……？」

「しよっか。」

「………何を。」

「決闘。」

「……………………いいの？」

「私たちは、もっと早くに決着をつけるべきだった。なのに、こうしてゲームが終わる最後の瞬間までこうして、それを先送りにしてる。」

「……いいよ。……どうせ終わるゲームさ。最後の最後くらい。………僕らは自分たちの決着を、しっかりとこの手でつけるべきなんだ。」

「そうすれば、猫箱にしまう前に、私たちは未来を見ることが出来るもんね。」

「………いいとも。やろうじゃないか。……何で決める？　コイン？　それともまた鉄砲で…？」

「えっとね、……じゃー、私たちもクイズ大会にしよっか。」

「……はぁ？　………姉さんも物好きだな。」

「じゃあね、うーん……、第一問っ。」

■玄関ホール

　ぴょこんと、ホールの物陰から黄色いスモックを着た少年が飛び出してくる。

「うりゅー。真里亞、さっきはいじわるな問題で苛《いじ》め過ぎだよ……。」

　それは、困り顔をしたさくたろうだった。

「だって、縁寿といっぱい遊びたかったんだもん。簡単な問題だったら、すぐ解かれちゃうよ？」

「真里亞は縁寿のこと、大好きだもんね。」

「嫌いだよ？　さくたろのこと、ぬいぐるみだって馬鹿にしたもん。」

　真里亞はそう言って口を尖《とが》らせるが、その表情は決して言葉通りではなかった。

「縁寿は、幸せになれるといいね…。」

「なれるよ、きっと。だって、これだけの大勢が、あの子の幸せを願ってる。そして戦人はゲームマスターにまでなり、縁寿のためだけに、この最後のゲームを開いてる。……そこまでしてもらって、幸せじゃないわけがないよ。」

「……でも、幸せはみんなが用意することは出来ても、摑《つか》み取《と》るのは自分だからね。」

「そうだね。あの子は、幸せのカケラを拾うのが、すごく下手なの。それを教えようにも、十二年間の日々が、あの子の耳を塞いでしまった。……このゲーム、戦人が思ってるよりも、縁寿には難しいかもしれない。」

「………ボクは、縁寿はきっと幸せになってくれると思うな。」

「そうだね。……このパーティーをあの子が楽しいと、素直に思ってくれたなら。それが今のあの子に伝えられる精一杯かもしれない。」

どんな魔法を見せても、手品だと言って信じないあの縁寿が。十二年後の未来には、最後のベアトリーチェの名を受け継ぐのだ。

「あの子は、一度は私の白い魔法を理解したんだよ。」

「うん。ボクのことも、理解してくれたよ。」

「七姉妹のみんなさえ呼び出し、魔法を理解出来たはず。……そんな彼女が、自分にだけは魔法を使えないなんてね。」

「信じよ。かつての戦人も、そうだったではないか。」

すぐ後ろから聞こえた女性の声に、真里亞は振り返る。

「……ベアト。」

穏やかな魔女の表情を見て、真里亞もまた笑った。

「人に魔法を掛けるのは容易《たやす》い。そして人の魔法を信じることも、そう難しくはない。もっとも難しいのは、自らに魔法を掛けることなのだ。」

「それが縁寿に、出来るかな……。」

「出来るとも。あの戦人でさえ、魔法を理解した。その妹に、出来ぬ道理はない。」

「そうだね。………子供の内にしか見えない魔法もあるし。……大人になって理解出来る魔法もある。縁寿は今、その狭間にいる。」

「子供の魔法を失い、さりとて、大人の魔法も理解出来ぬ、もっとも辛き世代であるな。」

「そんな時に、大切な人たちが身近にいないなんて、……本当に可哀想だね…。」

力なく言ったさくたろうに、真里亞は微笑む。

「そんなことないよ。私たちは、いつだってあの子の側にいるんだよ。あの子が、それを信じないだけで。」

縁寿、それに早く、気が付いて。君の背中に微笑みかけて、温かく見守る大勢の人がいる。君が振り返ってさえくれれば、私たちはもっと微笑んで、もっと多くの言葉を掛けることが出来るんだよ。

………マリアージュ・ソルシエールの最後の魔女、エンジェ・ベアトリーチェ。

「もし正しい結末に辿り着けなかったとしても。……せめて今夜を君が楽しんでくれることを、心より祈っているよ……。」

楽しんでね、縁寿。

さようなら。

君との日々は、長かったような、短かったような。

それでも私には、永遠の思い出だよ………。

■食堂

静まりかえった食堂に、霧江と留弗夫の姿があった。

「何？　こんなところに呼び出して。………縁寿の話？」

「いや、違う。……………………。」

留弗夫は煙草《たばこ》をくわえ、ライターをいじる。

……手馴《てな》れているはずなのに、なぜか手こずり、留弗夫は何度も火をつける動作を繰り返していた。

「俺ぁ、こいつを棺《ひつぎ》の中まで。……いや、猫箱の中にしまい込んじまうつもりだった。明日の晩まで、口にチャックをしてりゃそう出来る。……簡単なもんさ。」

「……………………………。」

霧江は、双眸《そうぼう》を鋭く細める。

「俺ぁ、……今夜殺されるだろうな、って。……そういう話さ。」

「……知ってたわ。あなたが何か隠し事をしてるってことは。」

「そうかい。じゃあ俺の修行もまだまだだな。」

「………縁寿の話じゃないなら、誰の話？　まさか明日夢さんの話じゃ、ないわよね…？」

「戦人の話だ。」

「……同じような話よ。私は戦人くんには大人の対応をしてきたつもりよ？　明日夢さんの子であっても、私は縁寿と分け隔てなく接してきたつもり。ちゃんと我が家の子供だと思ってるから安心して。」

「我が家の子じゃない。俺とお前の子だ。」

「悪いけれど、そこだけは区別させてちょうだい。」

「違う。俺と、お前の子なんだ。」

はっきりと、言葉を区切りながら、留弗夫は言った。

「……………………何ですって。」

「死産したのはお前じゃない。明日夢だ。………あの時、お前と明日夢との二股を清算出来ず、俺はどうかしてたんだ…。」

「まさか、………まさか………。」

「……明日夢と俺は籍を入れていた。お前とは浮気の関係だった。そして明日夢は死産して、お前は出産しちまった。……俺の頭はしっちゃかめっちゃかだったぜ。」

混乱を極めた留弗夫が、形振《なりふ》り構わずに犯した罪が、………赤ん坊の、入れ替えだったのだ。

「あの頃は今以上にカネ回りが良かったからな。若かったから、無理も無茶もしたぜ。……札束でしばきながら病院を脅して、……お前と明日夢の子を、入れ替えたんだよ。」

霧江に子供が出来れば、二つの家庭が生まれてしまう。しかし、霧江が死産し、明日夢の子だけが無事に産まれたということなら、全ては丸く収まる。……死産をきっかけに、霧江との関係も清算出来るかもしれない。

……若気の至りの一言では到底許されない、大罪だった。

「…………だから俺は、お前たち三人に謝らなきゃいけない。……明日夢には、血の繋がらない赤ん坊を押し付けた。………あいつはおっとりしてるように見えて、案外鋭かったからな。……ひょっとしたら、気付いていたかもしれない。…でも、自分を母と慕う戦人を、最後まで愛情たっぷりに育ててくれたよ。」

そして、霧江と戦人には、……それ以上に罪を贖《あがな》わなくてはならない。二人は、母親と息子の、普通の家庭ならば享受出来たはずの温かな交流を、……全て奪われたのだ。

霧江は戦人を、明日夢の子と、今の今まで信じていた。体面上は親しげにしながらも、明日夢の子と思い、心の中では敬遠していた。

もう、そんな彼女を見ることに、……留弗夫の良心は耐え切れなかったのだ。

「…………そんな、…………私は…………………。」

霧江は絶句しながらしゃがみ込む。

「……俺を罵ってくれ。いや、この場で殺してくれてもいい。俺はそれだけのことをした。………これが、猫箱にしまい込む前に、俺が白状したかった秘密だ。」

「戦人…………くん…………………。」

「すまん、霧江。………戦人………。」

■玄関ホール

テーブルのジュースを飲んで、一息ついた時だった。

「縁寿ちゃん。ちょっとこっちへ来て。」

「………？　なぁに。譲治お兄ちゃん。」

窓際で、譲治お兄ちゃんと朱志香お姉ちゃんが呼んでいた。絵羽伯母さんは、他の人たちと話していて、何だか長そうだったので、私は譲治お兄ちゃんたちのところへ向かった。「なぁに？」

「もうすぐ、クイズ大会もおしまいだな。」

朱志香お姉ちゃんが言った。

「うん。あとは戦人お兄ちゃんとベアトリーチェでおしまい。………何だかさっきから眠い。」

きっと、盗み飲みしたお父さんの大人のジュースのせいだ。あれを飲んでから、ずっとふわふわしてる。……そのふわふわが膨らんできて、さっきから眠気も感じるのだ。

私は、くわぁ…っと大きいあくびをもらす。

「眠い？」

譲治お兄ちゃんが気遣ってくれた。

「……うん。ソファーがあったら、寝ちゃうかも。」

「そっか。……じゃあもうじき、このパーティーもおしまいだな。」

「………？」

朱志香お姉ちゃんは、どうしてそう考えるんだろう。……私が寝ちゃうと、お開きになってしまうのだろうか。私は、みんなが楽しそうにしている中でまどろみたいだけなのに。

「僕たちのさっきの問題、難しかったかい？」

「……うん。未だによくわかんない。……それに、眠い……。」

譲治お兄ちゃんと朱志香お姉ちゃんが出してくれたのは、難しい確率の問題だった。赤、青、緑の三つの箱に、一つだけメダルが入っていて、他の二つはビックリ箱。私が赤い箱を選ぶと、朱志香お姉ちゃんは緑の箱を開けて、中からクラッカーの音と同時にリボンやカボチャのオバケが飛び出す仕掛けを見せてくれた。そして、本当に赤い箱でいいのか？と言って、残る青い箱に交換してもいいと提案してきた。そこで、譲治お兄ちゃんはこう告げたのだ。赤い箱と青い箱、どちらに当たりが入っている可能性が高いか。……それが、問題だった。

私は悩んだ末、最初に選んだ赤い箱のままにした。なぜなら、どちらを選んでも確率は二分の一のはずだから。……ところが、答えはハズレ。青い箱は、赤い箱の約二倍、当たりの確率が高いらしかった。もし違いがあっても、もっと小数点以下みたいな差だと思っていた……。

そういえば、絵羽伯母さんは私が答えに悩んでいる時、問題を作ったという譲治お兄ちゃんにいくつか質問をしていた。モンティ・ホール問題とか、一九八六年にはまだないとか……。それから、朱志香お姉ちゃんは当たりがどの箱か事前に知っていて、私がどれを選んでもビックリ箱を一つ開けて、残る箱と交換してもいいと提案するつもりだったらしい。私には、どれもこれもチンプンカンプンだった。

「あれは事後確率って言ってね。ある特定の情報を知ることで、あるいは知らないことで、確率が変動することを言うんだよ。」

「………………。」

譲治お兄ちゃんは、わざわざ私を呼び出して、算数の講義がしたいのだろうか…。

……何だか余計、眠くなってきちゃった。

「もし。十個のケーキの中にアーモンドが一つだったら、当たる確率は十%だね。……でも、それが実は、百個のケーキの中から適当に選んだ内の十個だと〝教えられたら〟、どうなると思う？」

「十分の一どころか、当たる確率は百分の一だと思うよな…？」

「縁寿ちゃんが選んだケーキは何も変わらないのに。……縁寿ちゃんが何かを知ることによって、あるいは知らないことによって。縁寿ちゃんのケーキの中に、アタリが生まれるかどうかの確率が、変化したんだよ。不思議な話だと思わないかい。」

「……その話、難しそうだからもうやだ…。」

「縁寿。いいから最後まで聞いて。」

朱志香お姉ちゃんが、少し厳しい口調で言う。

この話が、私にとってどんな意味があるのか、……幼い私にはわかりかねた。

「僕たちが君に伝えたいのは、たった一つなんだ。だからこれだけは、忘れないで。」

「………なぁに。」

「これから未来。様々な情報が、君の手の中のケーキに干渉する。………それらを知ることで、君のケーキの中身は様々なものに変化するかもしれない。それは時に望むもの。……でもおそらく、それらのほとんどは、君の望まないものに変化するだろう。」

「真実は、いつだって縁寿の手の中にある。……誰かの言葉や、誰かが期待する真実を耳にすることで、その中身が変化するなんて、馬鹿らしいと思わないか？」
「君の中の真実は、最初から君の手の中にあるんだ
よ。……そしてその中身は、実は君自身が決めてい
るんだ。……君が何を聞き、何に耳を覆うかで、君
自身がその中身を変化させている。」
「意味がわからないと思うぜ。でも、理解して。六
歳の縁寿にはわからなくても、十二年を経ればきっ
と、わかるから。」
「…………………。」
二人はものすごく真剣な表情で、私の肩を摑みな
がら言った。……私には、彼らが何を伝えようとし
ているのか、わからない。
「君の手の中の真実は、不変じゃないんだ。それは
君に対する様々な干渉で変化してしまう。……だか
らもし、君がその手の中の真実を大事にしたいと願
うなら。」
「その真実を、縁寿が自分で守るんだ。それを、忘
れるんじゃないぜ。」
「…………………………。」
とても大事な話を聞いたのだと思う。
今はまだわからないけれど……。
その意味がわかるまで、心の中にしまっておこう。
……さぁ、いよいよ最後。
私と絵羽伯母さんは、その二人に近付いていく。
「あとは、お兄ちゃんとベアトリーチェの問題で、
おしまい。」
「そうか。あれだけ大勢いたのに、もうおしまいな
んだな。」
「どうであったか。今夜のパーティーを楽しめたか
…？」
「うん。楽しかった。でもちょっと、もう眠いかも。」
「……そうね。あれだけはしゃいだもんね。」
私はごしごしと目を擦る。
「妾もとっておきの問題を用意したが、……どうす
る？　眠いようならば止めても良いのだぞ。」

「うぅん。ここまで来たからがんばる……。………ふぁ……。」

お兄ちゃんとベアトリーチェは、私のあくびを見て笑う。

「もう、お開きの時間だな……。」

「うむ。縁寿よ。妾の問題は、また今度にしよう。そのような寝惚《ねぼ》け眼《まなこ》で解けるほど、易しくはないのでな。」

「…………やだ。……せっかく、いっぱいがんばったのに…。……お兄ちゃんたちのクイズにも、……挑戦したい……………。」

もう、……眠くて、眠くて……。

…………………………。

縁寿はふらふらと、隅にある椅子に近付くと、そこにすとんと座る。そして、椅子に飾られたお人形のように目を閉じてしまう。可愛らしい寝息が聞こえ出すのに、そう時間は掛からなかった…。


そして縁寿が眠ってしまうのを見届けると、ベアトは静かに言った。

「皆、静かに。……縁寿が眠ったぞ。」

すると、一同の和やかな喧騒《けんそう》は、すぅっと静かになった。みんなが、じっと縁寿の寝顔を見ている。

それは、ようやく寝付いた赤子を、慈しみの眼差しで見守るかのようだった。

「……縁寿ちゃん、楽しんでくれたやろか。」

「当然であろうが。……今は、そこまでは感じぬかもしれぬ。しかしやがて、今夜のパーティーのことを思い出し、それがどれほど楽しかったかを、噛みしめてくれるであろう。なあ、戦人。」

「…………そうだな。」

「……私たちも、縁寿ちゃんと遊べて、楽しかったわ。」

絵羽はそう言って笑う。いつの間にか一同は、すやすやと眠る縁寿を、遠巻きに囲んでいた。

主賓である彼女が眠り、……このハロウィンパーティーは、一つの終わりを迎える…。

「さらばだ、我が孫よ。……お祖父ちゃんは、十二年ぶりに遊べて、嬉しかったぞ。……私のことを何も覚えていなくても良い。傲慢なる暴君と記憶してくれても良い。……だがたまには、目に入れても痛くないほどに可愛がっていたことも、思い出しておくれ。」

寂しげに微笑んだ金蔵に、南條は言う。

「思い出しますとも。……縁寿さん。あんたの人生は長い。十二年を経ても、まだまだ長い。その人生が有意義なものになることを、祈っておりますぞ。」

続いて声を掛けるのは、蔵臼と夏妃だった。

「……君が、右代宮家全員の、最後の孫であり娘だ。私たち全員が、君の幸せを祈っているよ。」

「縁寿ちゃん。お元気で。……幸せは見つけるものでなく、作るものです。思い出も、実は同じなんですよ。」

「そうだな。……歳を重ねて思い出し、初めて意味を知るということもあるものだ。」

次は秀吉が笑顔で口を開く。いつも大きな声を、今だけは潜めて。

「わしのこの愛嬌《あいきょう》ある顔、たまには思い出してや。わしらにとって、あんたに思い出してもらうのが何よりの供養なんや。」

「嫌ぁね。死ぬわけじゃないでしょ。猫箱という、カーテンの向こうに行くだけじゃない。」

「せやな。カーテンなんてもんやない。今と同じや。縁寿ちゃんはすやすや眠っとる。わしらはこうしてすぐ近くにいて、それを見守っとる。……わしらは、いつだって側《そば》におるんやで。」

一同の表情は微笑みのままだったが、鼻を啜るような音が何人からか聞こえた…。

このパーティーは、今日、訪れることが出来なかった彼女のためだけのものではない。今日、彼女を迎えることが出来ず、……彼女に別れの言葉を告げることも出来なかった、彼らのためのものでもあるのだ…。

「縁寿。力強く生きろよ。……俺たちの血が流れてるんだ。絶対にその力はあるさ。」

「……絵羽姉さん。うちの娘のことを、よろしくね。……素直じゃない子だし、わがままで短気なところもある。きっと迷惑ばかり掛けるだろうけれど……。」

「私が、きっと幸せにするわ。縁寿ちゃんが望む限り、……必ずね。」

霧江に答える絵羽の瞳は、かすかに潤んでいた……。

「縁寿様っ…、私の顔を覚えていなくても構いません。でもせめて、私の料理の味だけは忘れないで下さいませ…！」

「ほっほほほほほほほ。この熊沢のことも覚えていろとは申しません。でもせめて、鯖《さば》の絞り汁ジュースの味だけは忘れないで下さいませ。」

そんなのいつ飲ませたんだっ、誰かのツッコミに一同は苦笑する。

「本当に可愛い寝顔ね。……まさに名前の通り、天使の寝顔だわ。」

「ママ、天使じゃないよ、魔女だよ。縁寿が最後の魔女、エンジェ・ベアトリーチェになるんだから。」

「その魔法は、彼女を幸せにしてくれるかしら。」

「白き魔女になるか、黒き魔女になるか。……それは縁寿が決めるよ。私は、その両方を伝えた。」

「きっと、彼女を辛い人生が待ってる。縁寿ちゃんはきっと、世界一自分が孤独だと信じると思う。……でも、私たちはあなたのすぐ後ろにいて、いつも応援しているからね。それを、忘れないでね……。」

嘉音と寄り添うように立ちながら、朱志香は口を開く。

「縁寿……。忘れるんじゃないぜ。自分も、幸せも、運命も。作るのは自分自身なんだ。自分だけが決められる。それは誰かに与えられるものでも、そして誰かに隠されて探すものでもない。……それを、忘れるんじゃないぜ。」

「きっと、伝わったと信じます。」

「……だといいけど。」

「僕とお嬢様の物語は、絶対に縁寿様にそれを伝えています。」

「…………うん。」

紗音は、隣の譲治をそっと振り返る。

「譲治様も、何かお言葉を掛けられてはどうですか。」

「……僕から伝えたいことはもう、あのビックリ箱の問題で全てだよ。」

「あの難解な問題から、何かを汲《く》み取《と》ってくれるでしょうか。」

「わからない。でも、彼女は聡明《そうめい》だからね。きっと、何かをわかってくれるよ。」

「……縁寿様。あなたが正しき未来へ導かれることを、お祈りいたしております。」

一人一人が歩み出ては、縁寿に別れの言葉を掛ける。

そして最後に、戦人とベアトが、進み出る……。

「縁寿。………少しはみんなのこと、思い出してくれたか？」

もちろん、すやすやと眠る縁寿が答えるはずもない。しかし戦人は、続ける。

「確かに右代宮家は、ちょいと変わった一族だ。大金持ちだし、それを巡っておかしな噂話《うわさばなし》も飛び交っただろう。……しかしそんなのは全て、島の外の連中の勝手な憶測だ。」

「……幼さゆえに、優しき思い出を記憶に留められなかったそなたを、誰も責めはせぬ。しかしそれでも、思い出してやれ。……忘れることが罪ではない。……思い出さぬことが、罪なのだ。」

「俺たち全員。………縁寿をパーティーに呼べて、本当に楽しかったぜ。……なぁ、みんな。」

戦人の言葉に、一同は皆、頷く。

皆、彼女の未来にあまりに無慈悲な孤独が待ち構えていることを知っている。それを癒《いや》すことは、もう彼らには出来ない。

一つだけ出来るとしたら。………………縁寿に、かつてどれだけ優しくて楽しい親族たちがいて、………そして今も未来も、ずっと彼女の身を案じて、見守っているということを、思い出してもらうことだけだ。

「言うまでもなく。……これは幻想だ。そなたは一九八六年十月四日の六軒島には、辿り着けぬ。これは全て、ゲームマスターの戦人が描いた、そなたと妾たちが一夜のパーティーをともにするという、魔法幻想。」

「でも、思い出せただろ…？　みんながどれだけ優しくて、………楽しく親族会議で団欒していたか、……本当のことを、思い出してくれただろ…？」

縁寿はすやすやと寝息をたてている。その言葉が彼女に届いたかどうかは、……わからない。

「絵羽伯母さん。」

「………………。」

絵羽は泣いていた。目元を押さえ、それでもなお溢れ続ける涙が頬を濡《ぬ》らしていた。

「……縁寿を、頼むぜ。」

「私なんかに、………彼女の母親になる資格は、……本当にあるのかしら……。」

「あるぜ。………伯母さん自身が、あれほどの悲しみの中にあったのに。……縁寿の母になろうと、あんなにがんばってくれた。」

「でも、私は結局…………。」

「いいんだ、伯母さん。…………縁寿、よくお聞き。」

戦人は縁寿の手を取り、そして絵羽の手も取り、二人の手を重ねながら言う…。

「……悲しい運命により、二人が傷つけ合う未来があったことを、俺たちは知ってる。……それは縁寿にとっても悲しいことだし、……絵羽伯母さんにとっても悲しいことだった。………お前に心を開けと頼むのも酷な話だった。そして、絵羽伯母さんに、それでもなお縁寿のために自分の悲しみに堪えて欲しいと頼むのも酷な話だった。」

「………そなたも、絵羽も。どちらも悪くはない。」

「だからといって、……お前に何かを許せと、俺たちには頼めた義理もない。……だから許せとは言わない。………ただ、せめて、わかってやってくれ。時間が掛かってもいい、どれだけ未来でもいい。……絵羽伯母さんのことを、わかってやってくれ。そしてたまには俺たちのことも、………思い出してくれ。」

「妾のこともであるぞ。陽気で気立てが良く、容姿端麗、まさに女の鑑《かがみ》である妾のことも、たまーにで良いから思い出し、朝昼晩、妾の名を唱えて崇《あが》め奉るのだぞ。」

一部、同意出来ない部分があったらしく、親族たちが苦笑いしている。

絵羽は膝をつき、そっと縁寿の頬を撫でながら、最後に言った。

「………伯母さんを許してくれなくてもいい。……でもね。伯母さんは、あなたを憎んでなんかいないの。……せめてそれだけは、わかってね……。」

絵羽は目元を擦り、ゆっくりと立ち上がる。

秀吉がその肩を抱き、留弗夫と霧江が寄り添った。

「………源次さん。縁寿を横になれるところに運んでやってくれるか。」

「畏まりました、戦人様。……ゲストハウスでよろしいですか。」

「ゲストハウスに一人ぼっちでは、気の毒が過ぎよう。」

「そうだな。……客間のソファーにお願い出来るか。もしも目が覚めて、戻ってきたくなったら、いつでもそう出来るように。」

源次は、そっと縁寿を抱き上げ、客間へ向かう。

その後ろ姿を、一同はじっと、いつまでも見守っているのだった……。

二人が廊下の向こうへ去り、見えなくなった頃。

金蔵は、片翼の鷲の使用人たちに向き直る。

「紗音、嘉音よ。……これを枕元に置いてやると良い。先ほどのプレゼントと一緒にな。」

「はい。畏まりました。」

嘉音がそれを丁重に受け取り、胸に抱いた。

二人は恭《うやうや》しく頭を下げると、足早に源次と縁寿の後を追うのだった。

■客間

源次は、縁寿を客間のソファーまで運び、そっと寝かせる。そこに紗音が、温かな毛布を静かに掛けた。嘉音も足音を忍ばせながら、リボンで飾られたプレゼントボックスを枕元に置く。

そして、そこに新しく添えられたメッセージカードには、こう書かれていた。

〝いつも、みんな一緒だよ。――右代宮家のみんなより〟

縁寿は、むにゃむにゃと言いながら、それらに手を伸ばして頬に抱き寄せる。

「行こう。起こしてしまわないように。」

落ち着いた声音で、源次が促した。

「姉さん。」

「……うん。…………？」

紗音は、縁寿の目元が銀色に輝くのを、見た気がした……。


使用人たちが去った後の客間を、静かな雨の音が閉ざす。すやすやと眠る縁寿を、そっと包み込む。

きっと、楽しかった時間を、もう一度夢で思い返しているに違いなかった……。

■玄関ホール

客間から戻ってきた源次たちを、戦人とベアトが迎える。

「ありがとう。源次さん、縁寿はよく眠ってたか…？」

「はい。よくお休みになっております。」

「紗音よ。ここでの騒ぎは、客間へは届かぬか…？」

「はい。扉も閉めておりますし、客間には届かないと思います。」

「…………縁寿。良い夢、見ろよ。」

安らかな寝息を立てているだろう妹を思いながら、戦人は少し寂しげに言った。

「さぁって!!　しんみりしたお別れ会はこれまでである ぞ!　さぁここからは盛大に行こうぞ、二次会だぁあああーッ!!」

ベアトが頭の上で、パーンと威勢良く手を叩くと、ホールはまたたく間に黄金の蝶《ちょう》たちが飛び交い金箔を撒《ま》き散《ち》らす、黄金のパーティー会場に変わった。

その中央に立った金蔵は、一同を見回しながら両手を広げる。

「さぁ、ここからは賑やかに行こうではないか!」

「そういうことだな!　さぁ、もう反魔法の毒素は一切なしだ!!　みんな、入ってきてくれ!　俺たちのお疲れ様パーティーの始まりだぜィ!!」

戦人の両肩に黄金蝶が一匹ずつ留まったかと思うと、次の瞬間、それは高い襟を有した金縁の黒マントに変わった。

盛大な拍手と歓声とともに、ホール内を黄金の蝶の旋風が吹きぬける。その後には、大勢の顔が増えていた。

「未来の魔女に幸あらんことを。そして過去の私たちにはねぎらいを、ですね。」

「でございますな。今宵は我らも楽しませていただきましょう。」

そう言って進み出たのは、ワルギリアとロノウェだった。歓迎の笑みを見せつつ、ベアトは口を尖らせる。

「今宵に限らず、いつも楽しんでおったではないか！」

「ぷっくっくっく。世の中、万事は楽しんだもの勝ちでございますよ。」

「さぁ、七姉妹もいらっしゃい。」

ワルギリアに促されたのは、かしましい少女たち。

「煉獄《れんごく》の七姉妹、ここにッ‼」

「もうこれでゲームが終わりなんてぇ！　うわぁん！」

「二次会で泣かないの、もうッ。この泣き虫！」

「バトラ卿《きょう》、ベアトリーチェ様、お招きを感謝します！」

「六歳の縁寿様の寝顔、一人占めしたぁい！」

「私はお料理ぜぇんぶ、一人占めしたぁい‼」

「じゃあ私は良い男をぜぇんぶ一人占めぇ‼」

「そこでなぜ戦人にしがみつくッ！　離れんか、泥棒猫！」

ベアトが慌ててアスモデウスを引き剥がす。

戦人は気を取り直すように、小さく咳払《せきばら》いしてから言った。

「よく来たな、煉獄の七姉妹！　盛大に楽しんでくれ！」

「ゴールドスミス卿。やはり、彼女らがやってくると急に賑やかになりますな。」

「賑やか、大いに結構ではないか！　それにまだまだ足りぬぞ、この程度で賑やかとはな！」

再び黄金の旋風が吹きぬける。その後には、ウサギの耳を持った三人組の姿が。

「シエスタ姉妹近衛《このえ》隊、ここに‼」

「このようなお席にお呼びいただけましたことを、光栄に思いますッ。」

「全然遊び足りない内に、もうおしまいにぇ。にっひひひひ！」

「それについては妾も同感であるぞ。しかし安心せよ、妾たちのゲームはまだまだ続くぞ。」

「猫箱の中で、永遠にな。よく来てくれた、シエスタ姉妹。」

「バトラ卿っ、ご招待を心より感謝するものでありますッ。我ら一同、今後もますます、」

「よせやい00、そういう堅苦しいのはよ。今夜は無礼講だぜ、無礼講！」

「そういうことにぇ！　戦人はわかってるにぇ、にっひひひひひひひ!!」

「だ、駄目です、４１０。羽目を外し過ぎです、怒られますッ。」

すぐ近くの何もない空間に、突然大きな暗闇の穴が開いた。そこから赤いドレスを着た人影が飛び出してくる。

「ハァイ、リーチェ。ご無沙汰ね！　すごいわ、これだけ揃うのはいつ以来かしら？」

「おお、ガァプ！　夏妃の法廷以来ではないか？あの時は到底、賑やかとは言い難かったがな！」

「賑やかと聞いてはッ！」

「私たちの出番がないとは言わせないッ！」

大仰な、芝居がかった声が響いた。

黄金の輝きと共にあらわれたのは、愛を司《つかさど》る大悪魔ゼパルとフルフルだった。

「……すげーぜ、一体、何人いるんだよ。」

「この調子で増えたら、僕たちニンゲンの方が少なくなってしまいそうだね…。」

幻想の住人たちを眺めながら、朱志香と譲治が感嘆の声を漏らす。

「もう出てきて大丈夫だよ、さくたろー！」

「うりゅー!!」

テーブルの陰から飛び出したさくたろうが、ぱたぱたと真里亞に駆け寄ってきた。

二人がじゃれるように抱き合った時、純白の光がホールに射《さ》し、さらなる来賓が姿をあらわす……。

「バトラ卿。お招きに与《あずか》り光栄デス。」

「謹啓、光栄なるものと知り奉るもの也《なり》。」

それはアイゼルネ・ユングフラウの異端審問官ドラノール。そして二人の補佐官、コーネリアとガートルードだった。

「よぉ！　よく来てくれたな。久しぶりだぜ、元気だったか。」

「元気デス。あなたたちと戦っている時が一番デス。ハンコ押しはもうやりたくないデス。」

「謹啓、上司ドラノール。決裁箱は山積みであると知り給《たま》え。」

「謹啓、我が有休申請の決裁を急ぎ給え。切に望むもの也や。」

「ぷ、わっはっはっはっはっは！　相変わらず大法院暮らしは窮屈であるものよ！」

「……バトラ卿。少しだけ残念なお知らせがありマス。」

「ん、どうした。」

ドラノールは、そっと封筒を取り出す。それは、戦人が今夜のパーティーのために配った招待状だった。

宛先人の名は、……古戸《ふるど》ヱリカ。

「……私たちも手は尽くしたのデス。」

その招待状には、見慣れぬ異国の言葉が書かれたスタンプがいくつも押されている。戦人には読めずとも、宛先不明で返送されてきたことが想像出来た。

「そうか……。苦労をかけたな、ありがとう。」

「忘却の深遠は、住所なき無限の砂漠、あるいは深海の底。……ベルンカステル卿以外の誰にも、彼女の居場所を知ることは出来ないのデス…。」

「一応、あの魔女どもにも招待状は送った。……気を利かせて、連れてきてくれりゃいいんだがな。」

「……ベルンカステル卿は猫のような御仁よ。興味があれば勝手に寄ってくるが、興味がなければ、いくら呼ぼうとも姿をあらわさぬ。」

「あっはは、そうね、あの子はまさに猫。エサは食べに来るけど、決して頭は撫でさせない。」

それは尊大な、しかし可愛らしい少女の声だった。

姿を見せる前から、戦人にはそれが誰かわかる。

「ラムダデルタ。お前は来てくれたんだな。」

空間の一部がかすかに揺らいだかと思うと、次の瞬間、両手に荷物を提《さ》げた絶対の魔女があらわれた。

「私、こー見えても全然ヒマじゃないのよねぇ？　でもまーイチオー、ベアトの後見人だしー。あんたの後見人も私じゃなかったっけー？　まーそんなわけで、義理よ義理。ちょっと近くまで来たから寄っただけ！　あー、そこの郷田！　これ、手土産に色々持ってきたの！　適当に盛り付けて出しちゃってもらえるー？」

義理で、たまたま近くに来たから寄っただけというのに、立派に包装された一升瓶だの重箱だの、手土産をきっちり持参している。

「ベルンカステルはまだ来ていない。」

「来ないんじゃなーい？　負けたゲームにのこのこと顔を出す子じゃないわよ。」

「……で、あろうな。何しろ、プライドの高い御仁だ。」

「あいつにゃ、散々な目に遭わされたが、それでもこのゲームにかかわったプレイヤーの一人のはず。最後のゲームの最後の夜を、のんびり祝ってもいいのにと思ったんだが。」

「そうね。あの子がいなかったら、このゲームはこの結末を迎えなかったかもね。敵も味方も、ゲームを成立させるための絶対要素よ。」

「そうであるな。敵がいなければ、ゲームにさえならぬ。」

「私は敗北さえもゲームの一部として楽しんでるけれどね。あの子はそうじゃない。……仕方ないわ、色々あったから。だから、あの子を責めないであげて。」

「本当は、感謝するつもりだった。……色々あったが、お前がいなかったら、今日を迎えられなかったと感謝しようと思ってた。」

「……ありがと。今度あの子に会えるのがいつかはわからないけれど。運が良ければ数百年後にはまた会えるわ。その時、伝えてあげる。そうそう、それはそうと。招待状はないんだけれど、今日はお客を連れてきたわ。」

「客？　誰だ？　心当たりには軒並み、招待状を送ったつもりだったんだが…。」

「いらっしゃい、二人とも！　紹介するわ。」

ラムダが指を弾くと、空間が爆《は》ぜて、二人の人影が姿をあらわす。

「………ウィラードではありまセンカ！」

「よぉ。相変わらず、ちっせェな。」

「……知らぬ客人だ。彼らは何者であるか？」

ベアトがそう言って小首を傾げた。

「痛ででッ、抓《つね》るな、尻ッ。」

「ウィル、まず自己紹介が先ではありませんか？　多分、この世界の戦人くんたちは、私たちのことを知りませんので。」

「服に片翼の鷲があるな。右代宮家の人間なのか…？」

不思議そうに言う戦人に、理御《りおん》は非の打ち所がない優美な礼をする。

「右代宮理御と申します。私の世界では、あなたとは仲の良いいとこ同士です。」

「紹介するわー。奇跡的確率の世界でのみ生まれる、右代宮家の次期当主よ。そこでは朱志香は一人っ子じゃない。理御の妹なのよ。」

「そりゃ驚いた…。そんな世界があるのか……。」

「………………、もしや、そなたは……。」

表情を曇らせた魔女に、理御は穏和な微笑みを向ける。

「初めまして、ベアトリーチェ。私はあなたのことを、よく知っていますよ。」

「……………………。」

「私にとって、あなたが幸せな笑顔を浮かべることは、何にも勝る喜びです。……今夜を迎えられたあなたを、私は誰よりも祝福します。」

「……そうか。……そなたなのか……。……よくぞ、来てくれた……。」

ベアトは、理御がどういう存在なのかを察する。

そして二人は、鏡に映る自分であるかのように、互いの顔をまじまじと見つめ合った。

「俺はウィラード。あんたの知らないゲームで巻き込まれた、ただの通りすがりだ。」

「彼は、私と同じ大法院の異端審問官デス。優秀でしたが、もう引退ヲ。」

「そうか、ドラノールの友人なら、悪いヤツじゃないな。ようこそ、歓迎するぜ。」

「ラムダデルタ卿。この二人は、一体どこから？」

「ベルンが連れてきて駒にしたのよ。……用済みにされて潰されかけたところを、私が預かったの。後味が悪いのは嫌だって、アウアウに言われてね。」

「大丈夫であるか？　もし万一、ベルンカステル卿がここに来るようなことがあったら…。」

「このゲーム盤の上では私の駒よ？　こんなところでひょっこり再会したら、あの子がどんな表情を浮かべるか、見てみたくて。くっすくすくすくす！」

「……よくわからんが、性悪なことを考えて連れてきたってことは理解したぜ。」

「私の手土産はこれで終わり。あとはのんびりくつろがせてもらうわ。じゃ、あとはホストのあんたに譲るわね。」

ラムダデルタが踵を返す素振りを見せると、すぐさま恋の悪魔たちが進み出て、高らかに声を上げた。

「さぁ、バトラ卿！」

「あなたが告げなきゃ始まらないッ。」

「「今宵の、長きにわたるゲームの、お疲れ様パーティーの始まりを!!」」

「諸君、静粛に!!　我らが領主、バトラ卿のお言葉であるぞ…！」

ベアトの声が響くと、誰もが彼の方に向き直る。

「よせやい、それ。何か恥ずかしい。」

「妻の大事な仕事であろうが。奪わせはせんっ。」

ベアトは拗《す》ねる仕草をしながら、戦人にシャンパンのグラスを渡す。気付けば、全員の手にシャンパンのグラスが握られていた。

「真里亞は子供なんだから、ジュースにしなさいっ。」

「うー!!　真里亞もシャンパンがいいー！」

「ほら、真里亞ちゃんも僕とお揃いの白ぶどうジュースにしよう。」

「戦人ー、ぬるくなっちまうぞー！」

朱志香が大きな声で呼びかけると、金蔵もグラスを軽く持ち上げながら言った。

「同感であるな。始めよ、戦人。」

「異議はありませんな。さぁ、こちらへどうぞ、バトラ卿。」

ロノウェが中央を勧める。戦人がそこへ歩み出ると、一同は沈黙して彼の言葉を待った。

「よく集まってくれたな、みんなッ!!　長かった俺とベアトのゲームは、これで全ておしまいだ…！　これまで、駒として、プレイヤーとして、あるいはゲームマスターとして関わってきたみんなを、今宵は招待させていただいた！　どうか明けぬ夜を、存分に楽しんで欲しぃ!!」

乾杯。

「「乾杯ぁあああぁぁいぃ!!」」

全員の発声とともにグラスが天を突き、その後、あちこちでグラスのぶつけ合いによる軽やかな音が響き渡った……。

■客間

……私一人だけが、……楽しい喧騒から、はぐれている。

それが悲しくて零したものか、わからない。

気付いた時、私の頰は涙で濡れていた。

私はソファーの上に横になり、毛布を掛けられている。……眠くなって、椅子に座って寝てしまったところまでは、辛《かろ》うじて覚えてる。誰かがここへ運んで寝かせてくれたのだろう。聞こえるわけじゃないけど、……まだみんなはホールにいて、楽しそうにしている気がする。

……私も、そこへ行きたい。

違う。

行こう。私も、そこへ。

……私はいつだってそれを求めていたのに、……そこへ踏み出そうとは、決してしなかった。

行こう、みんなのところへ。

私はまだ頭がぼんやりとしてるから、……難しいことは考えられない。でも、それでいいんだ。頭は空っぽで、構わない。私はみんなと一緒にいる。一緒のところへ行く。……それだけでいいんだ。


ソファーより身を起こし、揃えられた靴を履く。

行こう。みんなのところへ。

客間の扉は閉まっていた。……開けようとするのだが、要領が悪いのか、開けることが出来ない。

それがまるで、ついさっきまで見ていた、悪い夢の続きのようで気持ちが悪い。

「……開かない。どうして？　鍵は掛かってないのにっ…。」

だんだん不愉快になってくる。

鍵を開け閉めするつまみはこちら側に付いている。それをひねれば、開け閉めが出来るはず。

回す。カチャリ。扉が開かない。

……今ので逆に鍵を閉めてしまった？

回す。カチャリ。扉が開かない。

……さっきので開かないなら、今度は開くはずなのに。もう、どっちに回せば鍵が開くのかよくわからない。私は何度もがちゃがちゃと回してはドアノブを激しくひねる。

だんだん、どうしてこんな不便な扉を閉めて私を閉じ込めたのかと、苛立《いらだ》ちさえ覚えてきた。

とうとう堪忍袋の緒が切れ、激しく扉を叩くが、その音が誰かを呼ぶということはなかった。

どうして私だけ、こんなところに閉じ込められてるの⁉　みんなはすぐそこのホールで楽しいパーティーをしているのに……！　私をここから出して……‼

その時、………冷たい風が、ひょおっ、と吹いた。

その風は私の髪を揺らす。

室内で、風……？

振り返ると、……窓のカーテンが大きく揺らいでいた。キィと擦るような、泣くような音。……いつの間にか、観音開きの窓が、闇夜に向かって開いていたのだ。そこから入ってくる冷たい風が、……この窓だけが、この部屋からの唯一の出口であると教えてくれた。

え？

開いた窓の外の闇夜が、エメラルド色の目で私を睨《にら》んでいることにたった今、気付き、小さな心臓が跳ね上がる。

コロン、と、……可愛い音が鳴った。

少しの間を置いて、ようやく理解する。

その音は、猫の鈴。睨む暗闇のエメラルドの目は、……開いた窓辺にたたずむ、猫のものだったのだ。

その漆黒の上品な毛並みは、エメラルドの目だけを残し、闇夜に姿を溶かすには充分だった。

……右代宮家で猫なんて、飼っていたっけ。鈴がついているなら、野良じゃない。誰かの飼い猫だ。

とにかく、その猫が窓辺に立ち、……私をじぃっと見つめていた。

「………あなたはだぁれ……？」

私は問いかけるが、……猫が返事をするわけもない。可愛い猫とは思わなかったけれど、……私に何か伝えることがあるのかもしれないと思い、……ゆっくりと近付く。

すると猫は、くるりと背を向ける。そして私に振り返り、まるでついてこいとでも言うように、コロンという鈴の音を残して、闇夜へ飛び降りる。

窓の外を覗くと、私が来るのを待つように、猫は雨に打たれるまま、そこにいた。

……私はようやく気付く。

この密室の客間から出る、唯一の出口がこの窓だった。猫は、私にそれを教えに来てくれたに違いない。いつまでも私がここでぼーっとしていると、猫はいつまでも雨に打たれてしまう。

いけない。風邪を引いちゃう。

私は窓枠によじ登り、そこから表へ出る。風は強く雨も冷たいが、思ったほど体は濡れなかった。お屋敷の陰になっているせいかもしれない。

猫は、私が出てきたことを見届けると、先導するように、お屋敷の壁に沿って歩き出す。闇の中にすぐに溶け込んでしまうが、時折、振り返り、鈴を鳴らすことで私に存在を教えてくれた。

やがて、明かりが漏れている大きな窓が見えてくる。

それはホールの窓だった。

中を覗くと、みんなが楽しそうにしていた。

声は聞こえないけれど、すぐそこにみんながいた。

「開けて……！　開けてー!!」

私は窓をばんばんと叩くのだが、それは誰の耳にも届かない。

……よほど窓が厚いのか、中が賑やかなのか。

……あるいは、こちらが闇夜だから、私の姿も闇に溶け込んでしまっていて見えないのか。とにかく、いくら叩いても、誰も気付いてくれる様子はなかった。

ここまで来ると、寂しいという気持ちより、どうして私に気付いてくれないのか、どうして私だけを一人ぼっちにして、あんな部屋に閉じ込めていたのかと、怒りの感情の方が強くなってくる。

もう、いいもんっ。どこかから中に入って、みんなに怒ってやる。

私が窓を叩くことを諦めたと悟ると、猫は再び鈴を鳴らして先導する。

……でも、猫はどこへ行こうというのだろう？

お屋敷の壁に沿って進んでいるのはわかる。でも、玄関はそっちじゃないはずだ。

玄関の鍵は閉まっているのかもしれない。きっと猫は、お屋敷の中に入れる場所を知っていて、そこへ私を案内してくれているに違いない。

ホールから漏れていた明かりから遠ざかり、……庭園のわずかな外灯の明かりしかない真っ暗闇を、私と猫はしばらく歩く。

すると、……それを見つけた。開いている、窓だ。

猫はその下で、窓と私の顔を交互に見て、そこから入れと促しているように見えた。

「ありがとう、猫さんっ。お礼にあなたにミルクをあげたいの。一緒にいらっしゃい？」

抱き上げようと近付くと、猫は私の手をするりと逃れ、花壇の茂みの中へ飛び込んでいく。そして、まるで茂みの中の闇に溶けてしまったかのように、その気配はなくなった。いくら耳を澄ませても、もうあの鈴の音が聞こえることはなかった……。

突然、風向きが変わり、私に激しい雨が当たるようになる。いつまでも、こんなところに立っているわけにはいかなかった。

「………入ろう。……どこの部屋だろ。」

窓枠をよじ登り、部屋の中に入り込む。すると、音もなく窓は閉まり、ひとりでに鍵まで締まった。

……手間が省けて良かった。

その部屋は真っ暗だった。でも、目が闇に慣れていたお陰で、何となく様子がわかる。

広い部屋。そして長く大きな机とたくさんの椅子。

……ここは、食堂だったのだ。

それがわかり、安心したせいか、目がみるみる見えなくなっていく。私は明かりのスイッチを求めて、壁を探りながら壁伝いに進んだ。

そしてようやく、慣れた形状の手触りを見つける。

……これを押しても、明かりがつかないというじわるがあったらどうしよう。

カチリ。

そのいじわるはなく、……むしろ逆で、いじわるなくらいに眩《まぶ》しくて目に痛い明かりが、食堂を満たすのだった。私はぎゅうっと閉じた目を、ゆっくりと開いていく。

…………そして。

……部屋の惨状を、理解した。

食堂の中は、血塗《ちまみ》れで、………ごろり、……ごろりと、………何人もの人間が倒れていた。

そして、その内の二人が、………自分の両親であることに気付いて、愕然《がくぜん》とした。

窓に落雷の光が閃き、轟音《ごうおん》が響く。

喉を絞められるような息苦しさの中、私の全身はがたがたと震え始めた。

■玄関ホール

「やぁ、盛り上がっているかい、参加者諸君!!」

「盛り上がらない子は、私たちが食べちゃうわ！」

「「騒げや歌えや!! 今宵の酒宴を！ あっはははははは!!」」

ホールはニンゲンと魔法幻想の住人たちが入り混じり、大変な賑わいだった。

最初の内は、それぞれが輪になってしまい、打ち解け難い雰囲気だった。しかし、今はもうそれもなくなり、双方が入り混じって楽しく談笑している。

その光景を紗音と一緒に眺めながら、ドラノールは呟《つぶや》いた。

「何とも、摩訶不思議《まかふしぎ》な光景デス。」

「くす。そうですね。ドラノール様、お代わりはいかがですか？」

「ジュースならもらいマス。子供ですノデ。」

その時、廊下の奥から早足で近付いてくる気配があった。離席していたらしい戦人が、ホールに戻ってきたのだ。そして使用人を探し、最初に目が合った紗音を呼ぶ。

「お、紗音ちゃんでいいや。……ちょっといいかい。」

「はい、戦人様。お呼びでしょうか。」

「悪ぃんだけどさ、客間の鍵を貸してくれるかい。」

「客間、でございますか…？　マスターキーでも開きますが、……何か？」

「いや、縁寿の様子を見に、客間に行ってきたんだが。鍵が掛かってたんだ。」

「鍵ですか…？　私たちは縁寿様をソファーにお運びした後、扉は閉めておりますが、鍵は閉めておりません。」

「……………あー、まさか縁寿のヤツ。自分だけ仲間外れにされたと思って、内側から鍵を閉めてイジケてやがんのかぁ。やれやれ。」

「くす。お開けしましょうか？」

「そうだな、すまん。頼めるか。」

戦人は紗音を連れて廊下に出る。

ホールを振り返ると、ラムダデルタが、私たちもクイズ大会をやりましょうよと音頭を取っている。

どうやら、絶対の魔女から褒美が出るらしい。ノリのいい一同は、やろうやろうと意気込んでいる。

戦人はその盛り上がりの様子に満足の笑みを浮かべながら、客間へ向かうのだった。

■廊下・客間前

「……………鍵が掛かっておりますね。開けてよろしいですか？」

「んー……。さっきは寝ていたら悪いからとノックはしなかったんだが、鍵を掛けたってことは、起きたって証拠だしな。……一度、ノックするか。」

戦人はドンドンと扉を叩き、縁寿の名を呼ぶ。

しかし、部屋の中から反応はなかった。

扉に耳をつけ、中の様子を窺うが、縁寿が機嫌を悪くしてクッションを投げつけているような様子は、まったくなかった。

「一通りヘソを曲げてから、また寝ちまったのかもな。……開けてくれるか？」

「畏まりました。」

紗音はマスターキーを取り出し、鍵を開ける。

そして、どうぞと場所を譲った。

「……縁寿…。入るぞー……。」

もし眠っていたなら起こさないように、戦人は小さな声でそう言いながら扉を開ける。

すると同時に、ひゅうっと冷たい風が吹きぬけた。

外気を感じさせるその風に、すぐ二人は違和感を覚え、顔を見合わせる。

……客間の中に縁寿がいないことは、一目でわかった。開け放たれた窓のカーテンが、ばさりと大きく舞う。

「縁寿……、……縁寿……？」

ソファーの上には、くしゃりとした毛布が置かれている。眠っていた縁寿が目を覚まし、抜け出した形そのままだった。

毛布はほんのり温かい。先ほどまでここで眠っていたのは間違いなかった。

「縁寿様……？　……いらっしゃいませんか……？」

隠れん坊のわけもあるまい。……客間のどこにも、縁寿の姿はない。戦人は開け放たれた窓から、雨の降りしきる闇夜を窺う。

……こんな雨の中を、窓から表に出て、どこへ……？

「縁寿様は、窓から出ていかれたというのでしょうか……。」

「……寝惚けるにも、ちょいと程があるな。」

玄関から出たわけではないのだから、傘も持っていないだろう。こんな風雨の闇夜へ、縁寿が飛び出ていく理由を想像するのは、あまりに難しかった。

……………嫌な予感がする。

こんなはずはない。このゲーム盤のゲームマスターは俺だ。過去のゲーム盤とは違い、今回の俺には完全な権限がある。なのに、ゲームマスターの俺に把握できない事態が起こるなんて、あるものか…。

大きな落雷が一瞬、景色を真っ白に浮かび上がらせるが、その中に縁寿らしき人影を見つけ出すことは出来なかった……。

■玄関ホール

淡く輝く黄金蝶がゆっくりと飛び交うホールに、ラムダデルタの上機嫌な声が響く。

「じゃあじゃあ、次は私が問題を出す番ねー！　えっとねえっとね、一ホールの三分の一のケーキと四分の一のケーキと五分の一のケーキがお皿に載ってるの！　一ホールを食べるのには三十分かかるとして、食べ終わった時、お皿にケーキはいくつあるでしょう⁉」

その時、大きな落雷の音と共に、一瞬だけ照明が瞬いた。賑やかな声が一瞬にして、ロウソクの火を吹き消すかのように消える。

「……0個でしょ。あんたが引っかけられた問題じゃない。」

その静寂の中、ラムダデルタの問題に答える声が、静かに響き渡る。人垣が割れ、……少女の姿をした、千年の魔女がゆっくりと姿をあらわす。

彼女は招かれている。このパーティーの招待状を持つ、正当な来客だ……。

「……遅刻してごめんなさい。パーティーを盛り上げる催しの準備をしていたら、すっかり遅くなってしまって。」

ベルンカステルはそう言いながら、じろりと一同を見回す…。無言で視線を注いでくる、ウィルと理御がそこにいた。

「あら。カケラの海で朽ち果てたと思っていたら。」

「今は私の駒よ。素敵でしょ？」

「……ふ。」

ラムダデルタを一瞥《いちべつ》すると、もう一度じろりと二人を見て、薄気味悪い笑みを浮かべるが、すぐに興味をなくしたようだった。

「戦人はどこ？　ベアトは？　招待客が来たのよ？　出迎えて欲しいものだわ。」

「……俺はここだ。」

「そなたを招きはした。だが、来るとは思わなかったのでな。……なるほど、これは奇跡というわけだ。」

「上手《うま》いことを言うじゃない。くすくす……。……………何をみんな静まりかえっているの？　パーティーでしょう？　わざとらしいくらいに賑やかにしてちょうだい。それとも、私を沈黙で迎えるという余興なの…？」

「今度はお前の番だ。」

「……何が？」

「戦人はどこだ、とお前は尋ねた。だから俺はここだと答えた。次はお前の番だ。」

その口調に不穏なものを感じ取り、ベアトは顔色を変える。

「……戦人よ、何の話だ？　何かあったのか…。」

「縁寿が消えた。ゲームマスターの俺にさえ、どこに行ったかわからない。」

「そんな馬鹿な…！　これはそなたの開いた、特別なゲームであろう⁉　そんなことがあるわけがない…！」

「………縁寿が消えたのが、ゲームマスター戦人のシナリオでないならば。………ゲームマスターが他にいることになるわね。」

「ラムダデルタ卿……。そのようなことがあるというのか…⁉」

ざわめく一同に、ベルンカステルは悠然と微笑みかける。

「ええ。私も驚いてるわ。……胸がすくような楽しいゲームを始めようとゲーム盤を広げたら。まったく同時に、戦人もおかしなゲームを始めていたというわけ。……ゲームマスターが二人なんて、おかしなこともあるものね…？」

一つのゲーム盤に、二人のゲームマスター。

……戦人の目が鋭さを増す。

「それはつまり、……お前が縁寿をどこかに隠したと認めたということだな。」

「……ねぇベルン、これは何？　パーティーを盛り上げる催しの準備、……ってヤツぅ？」

「……ラムダたちはクイズ大会で楽しく盛り上がってたわね。だから、私もそれに加わることにしたの。」

ベアトリーチェは静かな怒りを込めて、ベルンカステルを睨んだ。

「縁寿は、その人質のつもりというわけか。」

「そういうことよ。……戦人、ベアト。あなたたちにゲームを挑みたいの。拒否権はないわ。縁寿が大事な妹ならね。」

「……………何が望みだ。」

「あんたとベアトを巡るゲームで、私はラムダと賭けをしていた。……それには、私は負けたことを認めなくてはならない。少なくともラムダに対しては、ね。」

「くすくすくすくす。……ベルンってドライそうに見えて、なかなか執念深いのね。つまりこういうことでしょ？　私には負けたけど、戦人やベアトに負けたわけじゃない。」

ベルンカステルは、にやりと笑うかと思った。

しかし、笑わなかった。

ただ冷酷な目で、言葉なく語った。

戦人はそれを、理解する。

ベアトと何度もゲームを重ねた。

それは、ベアトより言葉なきメッセージを受け取るためのゲームだった。

だから、わかる。理解する。

「俺たちと勝負したい。……そういうことか。」

「……恐ろしい敵であるぞ。」

「だが引けない。」

「わかっておる。……縁寿をベルンカステル卿の玩具にさせるわけにはいかぬ。」

ベアトも理解していた。

最後に戦いを申し込みたいというベルンカステルの気持ちを、理解していた…。

「……ベルンが正々堂々となんて、ね。」

「笑えば？」

「どうして。」

「ありがと。」

「……………。」

ラムダデルタもまた、理解する。

戦人とベアトの物語が終わり、全てが猫箱にしまわれる前に。ベルンカステルは初めて観客席から舞台へ上がった。舞台の上の明るさを嫌い、舞台袖に隠れていた魔女が、……舞台中央へ歩み出る勇気を見せたのだ。

ラムダデルタはその勇気に至った、ベルンカステルの人間的感情に、友人としての理解を示す…。

「私に出来ることは？」

「私のゲームの立会人をお願い。」

「……いいわよ。そのゲームに参加したら、縁寿を解放することを約束出来るならね。」

ベルンカステルが挑もうとする最後の戦いを、正式なものにするために。……ラムダデルタは、それを約束させる。

「……無論よ、ラムダ。約束するわ。ゲームが終わったら縁寿は解放する。」

「私の顔に泥を塗らないでよ…？　私、かかされた恥は、絶対に相手を後悔させるまで許さないんだから……。」

ラムダデルタは静かに凄《すご》む。

しかしベルンカステルは、そんな表情さえ可愛らしいとでも言うかのように、薄く笑って答える。

「誓うわ。……私たちの友情にかけて。」

「……ヒュウ。」

ラムダデルタは口笛を吹いてにやりと笑う。

どうやら、その言葉は、ベルンカステルのものの中で、一番信頼のおけるものだったらしい。

「絶対の魔女、ラムダデルタの名において、あんたたちの勝負の立会人を引き受けるわ。……戦人、ベアト、異存はないわよね？」

戦人とベアトは、頷き合ってから、ラムダデルタにも頷き、決意を示した。

「……………嬉しいわ。やっと私たちは戦えるのね。」

「ベルンカステル。いずれ、お前とは直接戦うことになると予感していた。」

「いつから？」

「………………………。……わからない。ひょっとしたら、お前の名を知るよりも、もっと前からかもしれない。」


戦人は、思い出せぬ無意識の世界のどこかで、彼女に語り掛けられたことがあったのを、おぼろげに覚えている。

当時、それは、ベアトとの戦いに助言するもののように聞こえた。しかし、今にして思うと違う。

……眩しい日向《ひなた》に出ることの出来ぬ、臆病な猫の、舞台袖よりの参戦だったのかもしれない。

だから、いつかやがて、ゲーム盤の上で対峙《たいじ》する日が来ることを、おぼろげに予感していた……。

「……こいつも、プレイヤーの一人だったんだ。……ゲーム盤を片付ける最後の最後で、こいつはやっと、舞台に上がる勇気を持てた。……俺は、その勇気ある決闘の申し出を、受けて立ちたい。…………お前の駒だった、あの勇敢な女の名にかけてな。」

「私はヱリカに決闘を押し付けたわ。………勝ちたかった。それ以上に負けたくなかった。敗北の味を思い出すかもしれない恐怖が、私を苛んだ。………

そして今にして思うと、あの時のあんたたちに、私は嫉妬していたんだわ。」

「………ヱリカは、お前の優秀な駒で、俺の好敵手だった。その最期を看取《みと》らず、忘却の深遠に葬ったお前を、俺は許さない。」

「どうしろと言うの…？　ヱリカに謝れと？」

「ヱリカを忘却の深遠から救え。そしてこのパーティーに招け。」

「………ヱリカを…？　救え………？」

「妾も戦人に同じだ。あやつは敵方の駒なれど、その役割に忠実であったに過ぎぬ。好敵手なくして、ゲームは成立せぬ。……敵であることは変わらぬが、我らの大切な友人だ。」

「…………あれだけ、あんたたちを苦しめたのに…？」

「俺たちはフェアに戦った。勝敗が互いの運命を分けたが、……決闘をかわした俺たちは、ずっと友人だ。」


「…………………………。」

迷いなき戦人の言葉に、ベルンカステルは目を閉じる……。

「ベルンも、友人になりたいのよね？　だからベルンも、フェアに戦いたくなったんでしょ？」

「……笑えば？」

「笑わぬ。」

「むしろ歓迎だ。」

戦人とベアトは、……微笑みを浮かべていた。

「………人質を取ってるのに？」

「取らなきゃ、お前は舞台に出られなかったんだろ。」

人質など、必要なかったのだ。

戦人たちはベルンカステルが望みさえすれば、最後の決闘を引き受けたのだ。

……沈黙するベルンカステルの表情から、何を思うのか読み取ることは、難しい。

「いいわ。」

彼女は唐突に、そう言った。その意味に気付きつつも、ラムダデルタはあえて問う。

「………何が？」

「……ヱリカを深遠から、解放するわ。」

「よく決意したな。」

プライドの高いベルンカステルにとって、自分を負けさせた駒を許すのは、耐え難いことのはずだ。

戦人にはそれがわかっているから、ベルンカステルの見せたその慈悲が、……彼女の精一杯であることを、理解出来る…。

ベルンカステルが指を鳴らすと、彼女の影から一匹の黒猫が、ぬるりとあらわれる。

「深遠の奥底に、ぞんざいに放り投げたから。……到着は遅れるかもしれない。」

「構わぬ。料理も酒も、決して尽きることはないのだから。」

「……お行き、子猫。……あの子をここに案内しなさい。」

そう命じると、黒猫は鈴を鳴らしながら、虚空に溶けて消え去る。

「まさか、あんたがヱリカを許すなんてね。」

「………許す気はないわ。だからもう、私の駒じゃない。……誰かが拾えば？　あんただって、理御たちを拾ったわけだし。」

「……………ベルンカステル。感謝する。」

「じゃ、甘ったるい時間はこれくらいでいい…？すでに私には、苦痛なの。」

「いいぜ。……ゲームはどこでする？　ここで賑やかにでも、……静かないつもの場所でも、どこでも構わない。」

「……ベルンカステル卿が、これほどの大勢の前に姿をあらわす勇気を見せたのだ。……これ以上、苛めることもあるまいぞ。」

「そうだな。………ならば、いつものあの場所しかないだろうぜ。」

「ベルン、問題ない？」

「……ないわ。」

それを聞き届けると、ラムダデルタはホールの一同に向けて大きな声を上げた。

「ごめんね、みんな…！　私たちはちょっと失敬するけれど、みんなは引き続き楽しんでいてちょうだい！　ゼパル、フルフル！　あんたたちが盛り上げてて！　ヱリカが来たら、みんなで歓迎してあげて。」

「「ええ、ラムダデルタ卿!!　仰せのままに!!」」

「では招こうぞ、我らが思考を巡らして戦うに相応しい、いつものあの部屋へ…！」

戦人が指を鳴らすと、空間が砕け散って爆ぜる。

■魔女の喫茶室

そこは、かつて魔女たちが、時に議論を、時に陰謀を、時に推理を尽くしたあの、魔女たちの喫茶室。

そこに再びベルンカステルを招き、最後のゲームを開催する……。


「……ベルンカステル。ゲームの用意はあるのか？」

「もちろん。……じっくりと作り上げた、自信作のゲームよ。」

「ゲームマスターがベルンで、戦人とベアトはプレイヤーということね？　ベルンが殺人ゲームの物語を披露し、プレイヤーの二人が、ニンゲンのトリックで再構築出来るか挑む、いつものゲームね？」

「ベルンカステル卿の描くシナリオがどのようなものか、興味があるぞ。」

ベアトリーチェの表情は、密室殺人劇を意のままに紡ぐ、魔女のそれへと変わっていた。

「……俺たちが青き真実で指摘し、お前が赤き真実でそれを弾く。そのルールで問題ないな？」

「………私のゲームは、もっとシンプルよ。ただの犯人当てクイズ。」

「へぇ…？　それってどんなゲーム…？　先に見せてもらってもい〜い？」

ベルンカステルが手のひらを上へ向けると、そこに青白く光るカケラがあらわれる。そのカケラにラムダデルタは手をかざして、目を瞑った。彼女の脳裏に、ゲームのロジックが鮮やかに描き出される……。

「……ね？　簡単なゲームでしょう？」

「確かに……。これは戦人たちがやっていた思考ゲームに比べたら、はるかに単純だわ。これはもはや、魔女とニンゲンのゲームじゃない。」

「そうよ。これはもはや、ニンゲンのゲーム。」

「……驚いたわ。ベアトというファンタジーと戦うためにベルンが用意したゲームが、純粋なミステリーだったなんてね。」

「説明してくれ。」

ラムダデルタは戦人たちに向き直る。

「極めてシンプルよ。……ベルンの用意した物語を観劇する。その中には、いくつかのルールがあるけれど、それに従って読み解くことで、一なる真実、即《すなわ》ち解答が得られるように出来ているの。」

「つまり、……普通に、推理小説だってことなのか。」

「なるほど…。となれば、妾たちは正々堂々とその答えを探せばいいということか。」

ベアトのゲームは、ミステリーかどうかを争うものだった。しかし、ベルンカステルのゲームは、ミステリーなのだ。それを争う必要は初めからない。

そして、奇跡の魔女は告げる。

「動機もトリックも切り捨てた。……あんたたちに求める答えはたった一点よ。」

「フーダニット。」

戦人は、そう言って不敵な笑みを浮かべた。

ベアトが感嘆の吐息を漏らす。

「……何と単純かつ、これ以上ないほどに我らの決着に相応しいゲームなのか。」

「そうだな。……何の小細工もない。ストイックなまでに、シンプルだ。」

「これは、正真正銘の決闘であるな……。」

「立会人として宣言するわ。……このゲームは〝解けるように出来ている〟。つまり、あんたたちの決闘の舞台として、公平であることを保証する。……………本当にいいの？　……戦人とベアトは、ミステリー好きだったことがきっかけで交際を始めたのよ。……私には、よくひねったシナリオだとは思えるけれど、……この二人に通用するかは、……ちょっとわからないわよ……？」

「……私の精一杯のシナリオが通用しないなら、その時はその時よ。」

「……ベルンカステル。どちらが勝とうと、負けようとも、これだけは約束する。」

「…………何？」

「この決闘が終わったら。……俺たちは友人だ。」

「……ふっ。……………それ以上は止めて。くすぐったくて死んでしまいそう。」

ラムダデルタが手を叩く。

パンと小気味好い音が響き渡った。


「朗読はベルンが？　それとも私が引き受けようかしら…？」

「……朗読者は不要よ。」

「え？」

「……朗読の巫女《みこ》は、自分の口を通して、物語を脚色することも歪めることも出来る。……たとえ私のゲームに小細工がなくとも、朗読の術で、いくらでもそれをすることが出来る。」

「そうであるな。……それもまた、ゲームマスターの権利の一つだ。」

「あんたたちとしたい決闘は、シンプルでありたいの。……………だから、朗読者はいらない。あんたたちが自らの目と耳で、物語を読み、聞きなさい。」

「朗読者がいないということは、………いわゆる、物語のト書きに、一切の虚偽が混じらぬということか。」

「受けて立つぞ、ベルンカステル。

何の小細工もない、正真正銘の、ミステリーの一騎打ち。……お前の正々堂々を、俺たちも正面から受け止めてやる。」

「……ありがとう。……負けないわよ、私も。」

「ちっちっち。それではダメであるな、ベルン卿よ。」

「……？」

「あぁ、そうだな。ミステリーを突きつける魔女は、そんな態度じゃ駄目だぜ、あぁ、全然駄目だな…！」

戦人たちが何を求めているのか、ベルンカステルは理解し、ふっと笑う。ラムダデルタも頷き、この最後の決闘を、存分に楽しむように告げる。

「ふっふふふ……、あっはっはははははは……。ニンゲンと魔女が仲良く肩を並べてミステリー談義なんて！　馬鹿馬鹿しいわ、笑えるわッ。あんたたちの仲良しミステリーが、私の用意したミステリーに通用するかどうか、試してあげるッ！　受けてみなさい、私のミステリー!!」

「そうでなくてはッ！　奇跡の魔女、ベルンカステル卿の挑戦状、確かに受け取ったぞ！」

「さぁ、勝負開始だ!!　ゲームマスター、右代宮戦人!!　そして無限の魔女、ベアトリーチェがお相手してやる！　ぶっ飛ばされても泣くんじゃねぇぞッ!!」

「食らうといいわ、これがベルンカステルのミステリーよッ！！！」

ベルンカステルが、ゲームを封じ込めたカケラをテーブルに叩き付けると、それは砕け散って、眩い光とともにゲームのシナリオを構築する。

ベルンカステルの手によるミステリーが、……幕を開ける……。

■食堂

降り止まぬ雨の音だけが、部屋を満たしている。

鮮血に彩られた、無慈悲の食堂を、満たしている……。

「…………………………。」

私はいつの間にか、床に倒れて、意識を失っていたのだ。意識がゆっくりと戻り、……この部屋に何があったか、記憶を蘇らせる。

だから、それが戻りきる前に反射的に目を背けた。

……そして、恐る恐る、明かりに照らされた室内を見直す……。

血塗れの食堂には、六人の骸《むくろ》が転がっている。

不思議なもので、意識がゆっくりと戻ってくると、目の前の恐ろしい光景も、少しだけ和らいで感じられるのだ。だから今度は、六人の死体が誰であるか、はっきりと見ることが出来た。

まず、……自分の両親。……血化粧で真っ赤に染まった、無残な姿だった。

そして、向こうに倒れているのは、秀吉伯父さんと、……絵羽伯母さん。いつも面白いことを言って笑わせてくれる秀吉伯父さんも、……そして、私のことをすごく可愛がってくれる絵羽伯母さんも、……骸を晒《さら》している……。

あそこに倒れているのは、使用人の源次さん。

そして、そこに倒れているのは、……楼座叔母さんだった。

六人。

この部屋には六人もの人間が、……命を奪われ、横たわっているのだ……。

意識を失う前に、涙を流し尽くしたからだろうか。

……それらが辛い光景であることに変わりはなかったが、……どこか乾いた気持ちで見られるようになっていた。だから、両親が死んでしまったことへの悲しみは、もう出尽くしてる。

次に湧きあがった感情は、……それ以外の人たちは無事だろうか、確かめたいという気持ちだった。

その時、カリリと、……硬いものを引《ひ》っ掻《か》くような音が聞こえた。気のせいかと息を潜めると、もう一度同じ音が聞こえた。

それは多分、廊下へと続く扉からだ。

扉を外側から、誰かが引っ掻いているのだ。

誰が引っ掻いているのかは、もちろんわからない。でも私はどういうわけか、きっとあの黒猫が引っ掻いているに違いないと、そう思った。

……黒猫が、この部屋を出ようと言っている。私はそう理解し、扉のノブに手を掛けた。

…………？

すぐに違和感。それは施錠の手応えだった。客間に閉じ込められた、あの嫌な気持ちが、背中をぞわりと這い上がる。……しかし、客間の時と違い、施錠のつまみをひねると、簡単に開けることが出来た。

ドアノブの手応えを確かめながら、ゆっくりと扉を開く……。


すると、………薄暗い廊下の向こうに、黒猫が駆けていくのが見えた。

そして立ち止まり、エメラルドの瞳を暗闇に輝かせ、……私が来るのを待っているようだった。

「…………………………。」

廊下は、……不気味な静寂に支配されていた。

黒猫は、私が来たことを見届けると、先導するように歩き出す。床を踏みしめると響く軋《きし》むような音と、猫の鈴の音、……そして風雨の音以外に聞こえるものは、何もなかった。

……パーティーは玄関ホールでやっているのだ。廊下に出れば、その賑やかな気配が、少しは聞こえてもいいはず……。

「………私が食堂で意識を失ってる間に、……深夜になっちゃったのかな…。」

それは妥当な推理だった。

そして、とうとうホールに至る。

……ホールは寒々としていて、あの賑やかで楽しかったパーティーの気配は、微塵《みじん》もない。

あの楽しかった時間は、……まさか、全て幻……？

黒猫は、コロンと鈴を鳴らす。見ると、二階への大階段に足を掛け、ついてくるように促していた。

「…………二階に行くの…？」

黒猫は頷く仕草を見せてから、音もなく階段を上っていく。

……一階はお客さんが出入りしてもいいところだけど、二階は蔵臼伯父さんたちのお家だから、勝手に階段を上ってはいけないと怒られたことがあるのを思い出す。しかし、今の私には、猫の後を追う以外の選択肢は思い付かなかった……。

縁寿は、暗い廊下を黒猫とともに歩く。

やがて、一つの扉の前に辿り着く。

黒猫は、カリリと扉を引っ掻いてから、振り返る。

……開けろ、と促しているに違いない。


「うん……。……開けるね……。」

縁寿はノブに手を掛けるが、……またしても施錠の手応えを感じる。鍵が掛かっているよ。……そう言おうとして振り返ると、……黒猫の前には、どこからあらわれたのか、一本の鍵が置かれていた。

それを拾いあげ、鍵穴に差し込む。……その時、縁寿はようやく、指先の違和感に気付いた。

血。

指先が、いつの間にか、真っ赤な血で染められているのだ。

短い悲鳴とともに、抜いた鍵を落としてしまう。ようやく気付く。薄暗闇なので気付かなかった。

黒猫の鍵は、……血でべっとりと汚れていたのだ……。

……縁寿の、麻痺《まひ》していた感情が蘇る。恐怖を吐き出す悲鳴が、薄暗い廊下に響き渡った……。

それでもやがて、縁寿はその扉を開けるだろう。

その扉の中は、……夏妃の部屋だった。

　室内は、酷く荒れていた。ぐしゃぐしゃのシーツと毛布。化粧品や書物が転がり、まるで台風が通り過ぎたあとのようだった。

　そして、……死体。

　蔵臼と夏妃の死体が、無残に転がっている……。

　縁寿はもうじき、この部屋に足を踏み入れるだろう。そして再び、恐怖の悲鳴を上げることとなるのだ……。

　それは、食堂と夏妃の部屋だけではない。

　風雨の薔薇庭園では、……紗音が哀れな骸を晒している。……薔薇の小道の途中には、朱志香の死体。

　それらを見つけた縁寿は、きっと泣き叫びながらゲストハウスへ駆け込むだろう。そしてゲストハウスにも、……死が待ち構えている。

　入ってすぐの玄関には、南條の死体が横たわっている。その脇の使用人室には、郷田と熊沢の死体まで。

　……死体の数は、十三体。十三もの死が、縁寿を待っている。誰もいない六軒島で、屋敷でゲストハウスで、……風雨に晒され、雷鳴に苛まれながら、縁寿が哀れみに来てくれるのを待っている……。

■■第一の晩

■食堂

　第一の晩の惨劇は、翌朝の午前六時に発覚した。

　朝食の準備のため、起き出してきた郷田は、親族会議で前夜からずっと食堂に籠もっている親族兄弟姉妹の様子を見に行ったのだ。

「死体発見時のことを話してくれ。」

　戦人が郷田に尋ねた。

「食堂は施錠されていました。確かに食堂に鍵は付いていますが、普段、施錠することなどありません。

ノックしたのですが返事はなく…。」

続いて、熊沢も証言を始める。

「そこに私が来たのです。万一のこともあるから、鍵を開けてみたらと勧めたのです。」

「マスターキーで扉を開けると、中は恐ろしいことに……。」

「絵羽様、秀吉様、留弗夫様、霧江様、楼座様、そして源次さんの、計六人が血塗れになって倒れていたのでございます……。」

重い沈黙が訪れた。

それを破って、蔵臼が口を開く。

「それで後は大騒ぎだ。全員が食堂に集まった。」

「思い出したくもありません…。それぞれの親の亡骸にすがり、泣き叫ぶ子供たち…。」

言葉を途切れさせると、夏妃は俯いてしまった。

朱志香が、目に涙をためながらそれを引き継ぐ。

「ひょっとしたら生きているかもと。……みんな懸命に揺さぶってたぜ。」

「しかし、駄目でした…。お子様方はそれぞれ、自分の親が間違いなく死んでいることを確認なさいました…。」

紗音はそう言うと、嘉音に視線を送って証言を促した。

「僕と南條先生は、源次様が死んでいることを確認しました。」

「惨《むご》たらしい殺され方でした……。私でなくとも、誰も検死を誤りません。」

「犠牲者はみんな、即死だったろうね。……きひひひひひ。」

笑う真里亞には構わず、蔵臼が再び口を開く。

「食堂内を調べた結果、扉も窓も、全て施錠され、密室であったことがわかった。」

「そして、食堂内から、不審なものは何も見つからなかった。」

戦人が言った。譲治もそれに続く。

「もちろん、食堂内に何者かが隠れているということもなかったよ。」

「隠れるも何も。私たちは今ここに全員がいるではないかね。誰も隠れていないことは明白だ。」

「でも父さん、となると、おかしいよ…。殺された六人、食堂は密室！　どうやって殺して逃げたんだ!?」

朱志香が尋ねると、夏妃はおずおずと切り出す。

「……考えたくはありませんが、マスターキーを持つ、使用人が怪しいでしょう。」

「六人を殺し、マスターキーで施錠して食堂を出た。……妥当な推理だ。」

「ひ、ひぃ！　と、とんでもありませんっ。」

蔵臼が同意を示した途端、郷田は大きな身体《からだ》をぴんと伸ばして否定の仕草を見せた。

食堂内に犯人が隠れている可能性がない以上、犯人は殺害後に食堂を出て、施錠したと考えるのが妥当だ。マスターキーを持つ使用人たちが疑われるのは当然のこと。そして気の毒なことに、使用人たちの誰にもアリバイは存在しなかった。

もっとも、使用人に限らず、誰にもアリバイは存在しなかったのだが。

■魔女の喫茶室

第一の晩を観劇し終えた戦人は、落ち着いた声音で尋ねる。

「ベルンカステル。マスターキー以外の方法で、外から施錠する手段は？」

「存在しないわ。………うぅん、これじゃ駄目ね。赤き真実で語るわ。

全ての扉の施錠、開錠は、マスターキーでしか行えない。もちろん、部屋の内側からはマスターキーがなくとも、施錠、開錠が可能。」

「だそうよ。他に質問は？」

ラムダデルタが促すと、ベアトが応じた。

「マスターキーの他にも、各部屋固有の鍵があるはずでは？　ベルンカステル卿、このゲームではどうなっているのか。」

「……本来なら存在するわね。でも、ゲームが複雑になるので排除させてもらったわ。赤き真実。マスターキー以外の鍵は存在しないこととする。」

「つまり。このゲームに登場する全ての錠は、マスターキーでしか開け閉めが出来ないってわけか。」

「そうなるわね。ベルンのゲームは実にシンプルだわ。」

「となれば、次はマスターキーの本数と所持者を確定せねばな。」

「マスターキーは合計五本。五人の使用人が一本ずつを持ってる。特別な方法で管理されていて、マスターキーは常に身に付けられており、奪うことも譲渡することも、自分以外の人間が使用することも出来ない。」

　ベルンカステルに出し渋るような様子は一切なかった。あっさりと赤き真実を行使する。

　……しかし、その馴染《なじ》みのない条件を聞いて、戦人はわずかに表情を硬くした。

「何だそりゃ。それはもはや、鍵ってより、指紋認証システムみたいなもんだな。」

「面白いたとえよ。……つまり、このゲームの世界では、マスターキー云々ではなく、使用人五人にしか、鍵の開閉は出来ぬというわけだ。」

　ベアトは、実に愉快そうに目を細める……。

■食堂

「源次さんのマスターキーを回収しようとしたんだが、どうにもならなくてね。」

「後のトラブルを予防するため、源次のマスターキーを破壊しておきました。」

　蔵臼と夏妃が、そう証言する。

これが、第一の晩の事件。

犯行現場は、施錠された密室の食堂。マスターキーを持つ使用人たちは全員、アリバイがない。しかし、使用人以外の誰にも、アリバイはない……。

■■第二の晩

■客間

一同は客間に戻り、今後をどうするか議論した。

外線電話が不通で警察に連絡は出来ない。

謎の犯人は、今もどこかに隠れて、次の犠牲者を狙っているのだろうか。

あるいは、この中に犯人がいて、心の中で舌を出しながら、次の獲物を吟味しているのだろうか。

全員にアリバイがなく、誰にも犯人の可能性がある…。しかし、そんな緊張感も、長くは続かない。お昼頃には皆、腹の探り合いに疲れ果て、小休止のような状態になった。

蔵臼夫妻は、二人で相談をすると告げ、二階へ上がる。それを皮切りに、一同もトイレに行ったり、止まない雨を眺めに行ったりと、皆、それぞれに散っていった。

しかし、いつまで経っても、蔵臼夫妻だけが戻ってこない。内線電話を蔵臼と夏妃の部屋にそれぞれ掛けるが、返事はない。何かあったのかもしれない。

一同は全員で二階に向かい、……夏妃の部屋で、蔵臼と夏妃が倒れているのを発見する。

■夏妃の部屋

「奥様の部屋は施錠されておりました！　食堂の時と同じです！」

郷田の悲痛な声に、紗音と嘉音が続く。

「皆さんの許可を得て、私が鍵を開けました…。」

「部屋の中には、蔵臼様と夏妃様が倒れていました。」

戦人は暗く沈んだ面持ちで口を開く。

「南條先生がすぐに脈を取ったぜ。そして、二人とも即死だったと宣言した。」

「はい。私が二人の死亡を確認しました。あれは間違いなく即死でした。」

「私は何かの手掛かりがないか部屋中を探し回ったよ…！　その結果、窓も扉も完全に施錠されていて、密室だったことがわかった。」

朱志香の表情は、両親を失った悲しみを怒りで塗り潰しているかのようだった。

「またしても密室！　またしてもマスターキーを持つ私たちが疑われることに…！」

熊沢が声を震わせる。

「し、しかしご安心を…！　奥様に疑われていた私たちは、互いを見張り合っていたのです！」

郷田はそう言って、紗音と嘉音に視線を送った。

二人は頷き、はっきりとした口調で告げる。

「私たち使用人全員は、常に一緒におりました。」

「僕たち使用人全員は、それぞれが使用人全員のアリバイを証明出来ます。」

■魔女の喫茶室

「こりゃ面白ぇ。今度はさらに完璧な密室だって言いたいのか。」

戦人が、不敵な笑みをベルンカステルに向けた。

「………最初の密室には全員にアリバイがなかった。そして今度の密室には、全員にアリバイがあることになっている。」

「この世界では、使用人たちそのものが、生きたマスターキーとなっている。その使用人たちのアリバイが完璧である以上、夏妃の部屋の施錠は不可能だぞ…。」

ベアトは、予想外だと言わんばかりに苦々しい表情を浮かべていた……。

■ゲストハウス

一同はゲストハウス一階のラウンジに集まり、夏妃の部屋の殺人事件を振り返っていた。

「僕たちは現場を保全することにした。」

「外からガムテープでベタベタと、窓や扉を封印したよ！」

譲治と真里亞が言った。朱志香も声を上げる。

「きっと母さんの部屋に、犯人の何かの手掛かりが残ってるはず！　警察が来るまで絶対、誰の出入りも出来ないようにした！」

「となりゃ、食堂も同じだ。俺たちはさらに食堂も同様に封印した。」

戦人がそう証言すると、南條は重々しい口調で付け加える……。

「そもそも、屋敷自体を保全するべきではということになりましてな。屋敷自体にも封印をし、私たちは全員、ゲストハウスへ避難したのです。」

■魔女の喫茶室

「ちょっと待ってくれ、ベルンカステル。……屋敷全体に封印？　窓全部をベタベタとか？　梯子《はしご》を掛けて三階の窓までか？」

「……ゲームが複雑になるので単純化するわ。全ての窓には鉄格子が入っており、窓からの出入りは不可能である。よって、玄関と裏口の二つの扉を封印するだけで屋敷は封印出来ることにする。」

「なるほどな、そりゃ簡単だ。」

「戦人よ、そなたはどう考える？」

「夏妃伯母さんの部屋にいた二人を殺すこと自体は容易い。ノックをして開けてもらえばいいだけの話だ。しかし、その後に施錠が出来ない。」

「施錠は使用人にしか出来ないが、使用人には全員アリバイがあるぞ。」

「使用人全員がグルって可能性さえなけりゃぁな。俺はそれより、第一の晩をまだ疑ってるぜ。」

「食堂で死んでいた六人の誰かが生きていて犯行を、ということか？」

「ヱリカの影響でな。どうにも検死ってヤツを疑わずにはいられねぇ。」

「つまり、最初の食堂の六人の犠牲者の誰かが生きていたと？」

「あぁ。そしてその後、蔵臼夫妻を殺した。そして内側から施錠し、室内に隠れていて、機を見て逃げ出したんだ。」

「ふむ、筋の通った推理であるぞ。」

そんな二人に、ベルンカステルは静かに告げる。

「……赤で語るわ。第一の晩の犯人は確実に六人を殺している。」

「ならば、妾も青き真実で追及しようぞ。密室の正体はこうだ。犯人は内側から施錠し、夏妃の部屋内に隠れていたのだ。そして一同が退出した後、機を見て脱出した。」

「………いいわ、赤で否定する。一同は退出と同時に夏妃の部屋を封印した。その退出に犯人は加われない。そして、夏妃の部屋、食堂、屋敷の全ての封印は、決して破られることはない。」

「うっふふふふ。ってことはつまり、ベッドの下に隠れて、あとでこっそり抜け出すというトリックは使えないってことなのね。」

「……面白ぇ。なかなかだぜ、ベルンカステル。」

「どうも。」

　これが、第二の晩の事件。

　犯行現場は、施錠されて密室となった夏妃の部屋。

　今度は、マスターキーを持つ使用人たちに、全員アリバイがある。屋敷内が危険であることを察した一同は、ゲストハウスへ避難した……。

■■第四の晩

■ゲストハウス

　ゲストハウスへ避難した一同は、ここに籠城することで台風が過ぎ去るのを待とうとする。

　そこで全員が互いを監視しあっていれば、内部犯行も外部犯行も防げるだろう。しかし、台風が過ぎ去るまで、間断なくそうしていることは出来ない。

　再び、彼らの行動には隙が生じ、新しい惨劇を迎えることになる。

「用事で表へ出た紗音ちゃんと嘉音くんが、いつまでも戻らないんだ…！」

　戦人の声は悲愴感に満ちていた。朱志香も言う。

「譲治兄さんが騒ぎ出し、全員で外に出て紗音たちを探すことになったんだ。」

「紗音さんは薔薇庭園に倒れておりました。おぉ、おいたわしや……。」

　熊沢は両手を合わせ、譲治は泣きながら言葉を絞り出す……。

「生きてくれと願ったさ。でも、僕は彼女が死んでいることを認めなければならなかった…。」

「無論、私も検死し、彼女の死亡を確認しました。」

　南條は、医師としても痛惜の念を抱いているようだった。

がっくりと肩を落として、郷田が言う。

「二人が出掛けた時、私たちはゲストハウスの戸締まりを確認するために色々とやっていました。だから、私たちにはみんな、アリバイがないのです……！」

「僕が殺すものか！　僕に殺せるものか‼」

「うん。譲治お兄ちゃんには殺せないね、うー。」

「その後、譲治兄さんにだけはアリバイがあることがわかったんだ。紗音殺しに限っては、譲治兄さんには不可能なんだ。」

真里亞と朱志香が、譲治の潔白を主張した。

「裏を返せば。……譲治の兄貴以外なら誰にでも殺せたわけだ。」

戦人がぽつりと言った。

「犯人に悪用されるのを防ぐため、紗音さんの持ってたマスターキーは、その場で破壊しました。」

郷田は、そう証言した……。

■魔女の喫茶室

「……紗音が殺されると同時に、嘉音は永遠に行方不明となるわ。………以後、嘉音は殺されたものとして扱う。嘉音のマスターキーも破壊されたものとして扱うわ。」

「まぁ、無粋だから割愛するけど、紗音が死んだんだから、そういうことになるわよねぇ。」

ラムダデルタは、そう言いながらうんうんと頷いている。

「つまり。死体はなくとも、紗音と嘉音は同時に殺された、という解釈で良いのか？　ベルンカステル卿。」

「そうなるわ。」

「……ふむ。順調に事件が進んでいくな。」

■薔薇庭園

　これが、第四の晩の事件。

　犯行現場は、薔薇庭園。鍵も扉も存在しない。密室ではないのだ。よって、もはやマスターキーは何の関係もない。そして、事件は加速していく……。

■■第五の晩・第六の晩

■ゲストハウス

　ゲストハウスへ籠城する一同。窓も扉も全てを厳重に閉ざし、自分たちを密室に閉ざす。

　しかし、すでにいくつもの密室殺人が起きている。

　自らを密室へ閉ざす行為は、新しい惨劇を自ら招く行為に他ならないのか。

　いとこ部屋で犯人探しの議論を過熱させていた彼らは、南條や熊沢たちの証言を再確認するべく、使用人室に彼らを訪ねた。そして、……そこで再び惨劇が起こっていることを知る。

　検死を終えた南條が、首を横に振った。

「郷田さんも熊沢さんも、この傷では即死だったでしょう。惨たらしい死に方です…。」

「この傷で生きてるわけあるもんか…！　死んでるよ、郷田さんも熊沢さんも！」

　そう叫んで、朱志香は顔を覆った。

　唇を噛んでいた戦人が、悔しげに口を開く。

「戸締まり確認とか見回りとか、色々やってたからな。今回もまた、俺たちには全員、アリバイがない。」

「そんなことはないよ。見てごらん。……あんな殺し方をしたら、絶対に犯人は返り血を浴びるはずなんだ。」

　譲治が指摘すると、真里亞は全員を見回して言う。

「でも、いとこ全員も、そして南條先生も返り血は浴びてないね。」

「私たち全員には、……つまり、いとこ四人と南條先生には、郷田さんと熊沢さんは殺せない。」

　朱志香の言葉に、戦人は頷いた。

「となれば、犯人が俺たち以外の誰かであることは明白だ。」

「でも戦人くん。何者かの侵入を疑って調べたけれど、ゲストハウスの戸締まりは完璧だったよ。」

　譲治が告げた不可解な状況に、南條はおののきながら主張する。

「犯人はやはり、マスターキーを持っているのかもしれません…。」

「それはありえねぇぜ。マスターキーはもう、ここで死んでる二人の二本以外、存在しない。」

「戦人の言う通りだぜ。現存する二本のマスターキーが、こうしてゲストハウス内に残っている以上、……ゲストハウスは完璧な密室なんだ…！」

「完璧でないから、人が死んだんだけどね。きっひひひひひひひ……。」

　これが、第五、第六の晩の事件。

　犯行現場は、ゲストハウスという名の密室。郷田と熊沢のマスターキーも破壊され、これで全てのマスターキーが失われた。もう誰にも、ゲストハウスの密室を破ることは出来ない。そのはずだった……。

■■第七の晩

■ゲストハウス

そして、今度は南條が殺された。

現場はゲストハウス内の玄関。戸締まりの確認に、一人でここを訪れたのは、あまりに無用心が過ぎた。

「し、死んでる…。殺されてる……！」

朱志香の声はかすれていた。譲治も力なく呟く。

「僕でさえ、これは即死だったに違いないと一目でわかるよ…。」

「戸締まりは完璧だよ。密室なのにどうして？」

真里亞が小首を傾げた。戦人は愕然とした様子で言う。

「じゃあ、俺たちの中に犯人がいるってことになるぞ…！」

「それはありえない！ 状況から判断して、私にも真里亞にも、戦人にも譲治兄さんにも、南條先生は殺せない！」

朱志香が叫んだ。譲治も声を荒らげて言う。

「そもそも、ゲストハウス内で南條先生を殺すことは不可能なんだ！」

「しかも、これを見ろよ。つまりこいつは、南條先生がゲストハウスを出ていない証拠だ…！」

戦人が示した証拠を見て、誰もがそれを理解する。

「じゃあ南條先生は殺せないってことになるね？ なのに、なんで殺されてるの？」

誰にも、真里亞の無垢《むく》な問いかけに答えることは出来ない。

これが、第七の晩。

犯行現場は、またしてもゲストハウスという密室。数々の状況から、またしても不可能犯罪の様相を深める。そして、惨劇は最後の第八の晩を迎える。

■■第八の晩

■屋外

もう、籠城が自分たちの身を守ってくれないことは明白だった。

恐怖を忘れるための麻酔として、朱志香は怒りを選んだのかもしれない。彼女は、屋外に潜んでいるに違いない殺人犯を求め、激昂《げきこう》しながらゲストハウスを飛び出していく。

慌てて朱志香を追う、譲治、戦人、真里亞の三人。そして三人は屋外にて、倒れている朱志香を見つける。それは誰が見ても一目でわかる、無残な死体だった……。

「朱志香ちゃん、……可哀想に。即死だったろう。」

「これで生きているわけがないもんね。きひひひひ。」

「俺たちは三人でずっと一緒だった！　俺も譲治の兄貴も真里亞も、朱志香は殺せねぇぞ！」

譲治が、真里亞が、そして戦人が、口々に言った。

「うん。私たち三人に朱志香は殺せない。」

真里亞がそう繰り返した。すぐさま譲治が言う。

「真里亞ちゃんが人なんか殺すもんか。真里亞ちゃんには誰も殺せないよ。」

「きひひ、ありがとう。譲治お兄ちゃんだって、大人は殺せないよ。子供は殺せるけれど。きひひひひひひ。」

「あぁ、何が何だかさっぱりわからねぇぜ…！！　一体、何がどうなってやがるんだ…！！」

戦人の声が、風雨で閉ざされた六軒島の闇へと吸い込まれていく……。

これが、第八の晩。

犯行現場は、屋外。しかし、朱志香の後を追った三人にはアリバイがある。譲治、戦人、真里亞に、朱志香を殺すことは出来ない。やはり、この島には、右代宮家以外の何者かが潜んでいるのだろうか……。

物語の幕は、ここで一度下りる……。

■魔女の喫茶室

「……これで、私の物語はおしまいよ。」

「なかなかよく出来てるじゃない。ちゃんと朗読したなら、ベアトのゲームに混じってても不思議じゃない物語だったわ。」

「それは認めるぜ。よく出来てた。」

ラムダデルタと戦人が、ベルンカステルを讃える。

「まぁ、ここから朗読して観劇に堪えるものにするのが骨なのであるが。」

実感のこもった声でベアトが言った。

「しかし、何が何だかさっぱりだぜ。まともに考えたら、犯人は右代宮家以外の、謎の人物ってことになっちまう。」

「それは魔女を認めるも同然だ。……他にも、犯人に協力する共犯者の存在などが疑えるだろうな。」

「そもそも、あの紫の文字は何なんだ、ベルンカステル。新しいルールか？」

「……〝紫の発言〟と呼ぶわ。話をわかりやすくするために作ったルールよ。……紫の発言は、重要な発言であると認識してくれれば結構よ。……裏を返せば、紫でない発言は無視することも可能かもしれない。」

「ほう……。そりゃ親切な話だな。」

「では、紫の発言は、赤き真実に準ずるのか。」

「ええ。紫の発言は、赤き真実と同じ力があると考えて良いわ。………ただし、一つだけ例外がある。それは、犯人は紫の発言でウソをつくことが出来るということよ。」

「……なるほど。裏を返せば、犯人以外はウソをつけないってわけか。」

「紫の発言。……これがどうやら、ベルンカステル卿のゲームの鍵であるわけだな。」

「えぇ、そうよ。………私のゲームの、ルールの前提を説明するわ。」

●犯人の定義とは、殺人者のことである。
●犯人はウソをつく可能性がある。
●犯人は殺人以前にもウソをつく可能性がある。
●犯人でない人物は、真実のみを語る。
●犯人でない人物は、犯人に協力しない。
●犯人は全ての殺人を、自らの手で直接行う。
●犯人が死ぬことはない。
●犯人は登場人物の中にいる。
●紫の発言には、赤き真実と同じ価値がある。ただし、犯人のみ、紫の発言でウソがつける。
●ト書き部分に、ウソは存在しない。

「以上よ。」

「〝犯人でない人物は、犯人に協力しない〟、ですって。」

二人に向かって、ラムダデルタがにやりと笑いかけた。

「戦人。これはつまり、口裏を合わせる共犯者がいないということか。」

「やられたな。犯人を庇《かば》って、アリバイを捏造《ねつぞう》しているヤツがいると疑ってたんだが…。」

「……お生憎《あいにく》ね。」

お見通しとばかりに、ベルンカステルが微笑んだ。

「〝犯人は全ての殺人を、自らの手で直接行う〟。……つまり、トラップなどの遠距離殺人、間接殺人はないというわけであるな。」

「〝犯人が死ぬことはない〟。つまり、殺害後、密室を構築して自殺することはないってわけか。」

「それはつまり、死者は犯人ではないってことにもなるわねー?」

「……ふむ。それは地味に重要な情報であるぞ。」

「〝犯人は登場人物の中にいる〟。……未知の人物が島に紛れ込んで、……ってのは、なしってわけだ。」

「登場人物は、金蔵を除いた、いつものお約束の十七人よ。それ以外は登場しないし、関係もない。」

ベルンカステルが断言する。

それは二人もよく承知していた。

「〝紫の発言には、赤き真実と同じ価値がある。ただし、犯人のみ、紫の発言でウソがつける〟。……これが厄介であるな。」

「ゲームの肝ってところだろうぜ。……これでゲームの前提とやらは終わりか？」

「ええ。私からは以上で全てよ。……これ以上は、何の質問も受け付けないし、ヒントも出すつもりはないわ。」

「立会人として、このラムダデルタが最後に改めて宣言するわ。以上の情報で、犯人が特定出来ることを保証する。」

「よし。………了解した。」

「腕が鳴るぞ。そなたと共にまた、同じミステリーに挑めるとはな…！」

「あぁ。楽しませてもらおうぜ…！」

戦人とベアトリーチェは、笑っていた。ミステリー談義に胸を躍らせた、あの日のように……。


……これは、私とあなたの、本当のゲーム。

紙と筆記用具を用意することをお奨《すす》めするわ。

私と、本当に戦う気があるのならね。

もしどうしても行き詰まるなら、ここから先の戦人とベアトの推理に耳を傾けるのもいいかもね。それが、あなたがどうしても困った時の、〝ヒント〟。

でも、私はあなたと一騎打ちが楽しみたいの。

あなたも、私との一騎打ちを楽しんでくれるなら。ヒントになんて頼らずに、あなたの力だけで私に打ち勝ってみて。

さぁ、……楽しみましょう？　あなたのためだけに、生み出した私のゲームを……。

★ヒント1……信用出来る紫の発言を探せ

「紫の発言とやらが厄介であるな…。」

「赤き真実並みに重要な発言だってことはわかってるんだ。だが、犯人のウソが混じってる。」

「針が混じってるかもしれないパンを、そのまま丸《まる》呑《の》みにして食べる馬鹿はいないわ。」

そう言って、ラムダデルタが肩を竦めた。

「うむ。全ての紫を鵜呑みにしていると、まったく真相が見えてこない。」

「針の混じったパンか、いいたとえだな。せっかくの貴重な情報も、一粒のウソのせいで台無しってわけだ。」

「この大量の紫の中の、どれが一体ウソなのか。

……ふっ、考えるだけで頭が痛くなるというものよ。」

「なら、ここでチェス盤をひっくり返してみようじゃねぇか。」

「ほう？　というと？」

「簡単な話さ。どれがウソか、じゃない。どれが確実に真実かってことに注目するんだ。絶対に犯人じゃないと確定出来るヤツを探す。それを見つけることが出来れば、そいつの紫の発言は、全て赤き真実と同じってことになる。」

「なるほど。犯人を捜すのではなく、まずは絶対に犯人でない人物を探すというわけか！　ふむ、基本であるな！」

「そういうことさ。必ずいるはずだ。丹念に探してみよう。」

そのやりとりを、二人の魔女が面白そうに眺めている。

「まずは第一歩というところね、ベルン？」

「………お手並み拝見といくわ。」

★ヒント2……絶対に犯人でないのは誰？

「絶対に犯人でない人物とはどういうことか。……

あのルールが要点であるな。」

「そうだ。犯人は死なないって項目がある。つまり、酷ぇ話だが、死んだヤツは信用出来るってことになる。」

「うむ、実にわかりやすい！　ほとんどの人物は殺された。それらの人物の紫は全て信用出来るというわけだ！」

「ところが、そう簡単な話じゃない。俺とお前のゲームでも度々問題になった、死んだフリ問題ってのがあるんだ。」

「どの犠牲者も、皆、検死をされており、南條も紫で、誰も検死を誤らないと断言している。しかし……。」

「南條先生が犯人だったら、それもアテにはならねぇぜ。一見、どの犠牲者も検死されているように見えるが、どの死亡確認も紫発言だ。１００％じゃない。」

「その通りであるな。では、誰の死ならば信用出来るか、……犠牲者全員の生死を、もう一度見直すとしよう。」

「ああ。紫の発言なんてあやふやなものじゃなくて、絶対確実に死んだ人間を探すんだ。」
★ヒント3……ト書きは真実を語る
「そうか、わかったぞ！　戦人、ト書きだ！　セリフ以外のト書き部分にウソはないことになっていたぞ！」

「おう、俺も今、気付いたとこだ。ベルンカステルは赤き真実で、ト書き部分にはウソがないことを宣言している。」

ラムダデルタは、悪戯《いたずら》っぽくベルンカステルに囁く。

「あら、気付かれちゃったみたいよ…？」

「……気付かなくちゃ始まらないわよ。」

これは推理の第一歩に過ぎない。奇跡の魔女が、この程度で動揺するはずもなかった。

「ト書きで、死亡を宣告されているヤツはおらぬか⁉　そいつは、本当に死んでいると断言出来ることになる！」

「そしてそいつは、自動的に犯人ではないということになる。」

「のみならず、そやつの紫は信頼出来るということになる！」

「ト書きで死亡を語られている人物を探してみよう。〝横たわっていた〟、みたいな、生きてるようにも死んでるようにも見える曖昧な表現でないヤツをだ。」

「うむッ、頭からもう一度探すぞ！」

★ヒント4……南條と朱志香はシロ！
「戦人、見よ！　第七の晩の南條については、ト書きではっきりと、殺されたと記されているぞ…！」

「俺も見つけたぜ！　第八の晩の朱志香について、ト書きで無残な死体だったことが明記されてる。」

「ということは、つまり……。」

「南條先生と朱志香。この二人は確実に死んでいるということ。そしてそれは、」

「南條と朱志香が、犯人ではないことを示しているというわけだ…！　そしてそれは、」

「この二人の紫発言は、赤き真実も同然、というわけだ！」

「うむ‼　そういうことだ！」

二人はパンと手を打ち合わせる。

ようやく、最初の大きな手掛かりが見つかった。

針が混じったパンの、安全な一切れ。

信頼出来る紫の発言の一部を見つける。

「南條と朱志香の紫の発言を書き出してみよう！　これは赤き真実も同然である。ようやく見えてきたぞ…！」

「南條先生が犯人でないことが確定なら、第一の晩における彼の紫の発言、〝私でなくとも、誰も検死を誤らない〟が大きな意味を持ってくる。」

「つまり、誰であっても検死は誤らないということ……！」

「犯人でないことが確定したこの二人、南條先生と朱志香によって行われた検死は、絶対に信用出来るってことだ。」

「つまり、南條と朱志香が死亡を確認した人物もまた、犯人ではないことが確実になるというわけだ……！」

ラムダデルタは、再びベルンカステルに話しかける。

「…………あちゃー。順調ねぇ？」

「……不思議なものね。順調だと悔しいけれど、……行き詰まられても、それはそれで退屈だわ。」

ベルンカステルの抑揚に乏しい声に、わずかな感情が滲《にじ》んでいた。

「よし、この二人の検死をチェックして、犯人ではありえない人物を探してみよう！」

「うむ‼」

★ヒント5……確実な死者をどんどん探せ
「戦人ッ、南條と朱志香について、紫の発言のチェックを終えたぞ……！」

「この二人が死亡を確認した人物は、間違いなく死んでいる。そして、それは間違いなく犯人でないことを示す。」

「そうなれば、信頼出来る紫発言がさらに増えるということだな！」

「まず南條先生だ。第二の晩の犠牲者の、蔵臼伯父さん、夏妃伯母さんの死亡を確認している。」

「さらに第四の晩に、紗音の死亡も確認しているな。」

「第五、第六の晩の、郷田さんと熊沢さんの死亡も確認している。」

「一気にシロが増えたぞ！　南條、朱志香に加え、蔵臼、夏妃、紗音、郷田、熊沢は犯人ではないということだ……！」

「それだけじゃない。第四の晩にベルンカステルの赤き真実で、嘉音くんの死亡も宣言されてる。犯人は死なないんだから、嘉音くんも犯人じゃない！」

「南條、朱志香、蔵臼、夏妃、紗音、嘉音、郷田、熊沢。この八人は犯人ではない！」

　登場人物の半数近くが、容疑者から除外される。

「あらら……。いきなり、容疑者が八人も減らされちゃったわよ？」

「……ここまでは順当でしょ。ここからよ。」

　残りは九人。推理はまだ序盤だ。ベルンカステルの想定でも、まだ肩慣らしの範疇《はんちゅう》を越えてはいない。

「うむ、これで信用出来る紫の発言がどっと増えたぞ。ここからが本番だ…！」

「あぁ！　新しく犯人でないことがわかった人物の紫の発言も確認するぞ…！」

★ヒント6……九人の無実
「蔵臼、夏妃、紗音、嘉音、郷田、熊沢。この新しく無実が証明された人物について、紫の発言を吟味したぞ！」

「あぁ。その結果、源次さんが犯人でないことも新たに証明された。」

「嘉音が第一の晩に、紫の発言で源次の死を確認したと宣言している。これで源次もシロというわけだ…！」

「これで、合計九人の無実が証明されたな。いい感じだぜ。」

「そうそう、紗音と熊沢による紫の発言を見ると、第一の晩の六人の死亡も確認しているようだぞ。」

「………それは、鵜呑みに出来ねぇな。」

「なぜか？　紗音と熊沢の発言は信用出来るのではないか？」

「そうよねぇ？　紗音と熊沢が犯人でないことが確定したのに、どうしてその発言が信用出来ないの？ちょっと、そこんとこ聞かせなさいよ、戦人。」

　ラムダデルタが興味もあらわに尋ねてくる。

「たとえば熊沢さんだが、第一の晩の犠牲者の六人が食堂で、〝血塗れになって倒れていた〟としか言ってない。つまり、生死は不明ってわけだ。食堂の六人の犠牲者の検死は、絶対とは言えないわけだ。」

「食堂の六人について、紗音は別の言い方もしているぞ。〝お子様方はそれぞれ、自分の親が間違いなく死んでいることを確認〟したとな。」

「食堂でそれぞれの親を検死したのは、俺と譲治の兄貴、そして真里亞の三人ってことだ。しかし、この三人がシロであることはまだ証明されていない。」

「あぁ、なるほど、そういうことね。……紗音は、食堂の六人の死亡を、それぞれの親の子供が確認したことは証明したけれど、それぞれの子供が真実の検死をしたかまでは、証明していないわ。」

「そういうことだ。子供が嘘をついている可能性が否定出来ない以上、まだ食堂の連中全員を疑いから外すわけにはいかない。」

「これは厄介であるな……。その三人は最後まで生き残った生存者。生きているということは即ち、犯人でないと証明することも不可能というわけだ…。」

「俺、譲治の兄貴、真里亞。……生き残ったこの三人は犯人である可能性が高いと同時に、シロであることの証明がもっとも難しいと言えるだろう。」

「とりあえず。確実な死亡によってシロであると断言出来るのは、この九人までのようであるな。」

「ここからは、信頼出来る九人の紫の発言で、純粋に推理していくしかない。」

「南條、朱志香、蔵臼、夏妃、紗音、嘉音、郷田、熊沢、源次。この九人の紫の発言を読み直そうではないか。」

「ここからは難度が上がるぞ。覚悟して掛かろうぜ…！」

「うむ。ようやくミステリーらしくなってきたというところよ…！」
★ヒント7……マスターキーが使えない？
「おい、ベアト。興味深いことがわかったぞ。この一連の事件、マスターキーは一切使えない。」

「そう言えば、シロである九人の中に、使用人五人が含まれるのであったな？」

「マスターキーは使用人にしか使えない。渡せもしない。そして犯人でない人物は犯人に協力しないのだから、犯行にマスターキーを用いることは出来ないんだ。」

使用人五人全員がシロであることが保証されている以上、マスターキーは、事件には絡まないということになる。

「確かに、そうなる…！　となるとますます厄介ではないか？　何度も起こった密室殺人！　それらをマスターキー抜きで構築せねばならんことになる…！」

「違うな。チェス盤をひっくり返すぜ。ってことはつまり、……。」

戦人が促すように間を置くと、ベアトは愉快そうに目を細めた。

「なるほど…！　マスターキーがなくても、構築可能なトリックというわけだな！　第一の晩、食堂の密室。第二の晩、夏妃の部屋の密室。第五の晩以降のゲストハウスの密室。じっくり考え直す必要がありそうだな…。」

「もう一度、じっくりと読み直してみよう。……使用人は全員シロなんだ。マスターキーは使えない。そこを念頭に、もう一度考えるんだ。」

★ヒント8……赤き真実に違和感？
「ベアト。第一の晩の、食堂の密室についてだが、さっきの推理がどうしても頭から離れねぇ。」

「犠牲者の生存説であったな……？」

「あぁ。第一の晩の犠牲者の検死は、まだ信頼性が不明なままだ。つまり、その中の誰かが実は犯人で、他の五人を殺した後に死んだフリをして、内側から食堂を施錠したんだ。」

〝部屋の内側からはマスターキーがなくとも、施錠、開錠が可能。〟

それはベルンカステルが赤字で明言している。

「確かに、それならマスターキーを使わずに密室を生み出せるな。とすると一つ疑問が出てくる。……覚えておるか？　先ほどのやりとりの時、ベルンカステル卿に赤き真実でこう宣言された。〝第一の晩の犯人は確実に六人を殺している〟とな。」

「そういえばそうだったな…。………うーん……。」

「この赤き真実がある以上、やはり食堂の六人は死んでいたということになろう。ならば、外部の人間がどうやって食堂に施錠を。マスターキーを使わずに……。ともあれ、食堂の六人もシロということで、すでにシロとわかっている源次を除き、新しく五人がシロと判明したことになるのではないか？　つまり、9＋5で十四人の無実が証明出来たというわけだ…！　残るは三人！　戦人、譲治、真里亞の三人の中に犯人がいるに違いないのだ…！」

「ちょっと待ってくれ！　……どうもそいつは引っかかるんだ。赤き真実で、犯人は六人を殺したと宣言はされてる。でも、それを第一の晩の時に言われたわけじゃない。」

「確か、第二の晩のやりとりの時に、言われたのであったな…？」

「もう一度その部分を見直したい。探してみよう。不自然なタイミングで言われたような、そんな違和感を覚えるんだ…。」

　ベルンカステルとラムダデルタが、小さく笑みを漏らす……。

「…………やるじゃない。」

「この二人、さすがね。勘も実に冴《さ》えてるわ。」
★ヒント9……確実に六人を殺した？
「第二の晩の密室について考えているのだが、同じ推理しか浮かばぬ…。」

「蔵臼伯父さんたちを殺した後、内側より施錠して隠れてたって推理か？」

「うむ。……マスターキーが使えぬ以上、施錠は内側より行う他ない。とすれば、犯人は夏妃の部屋のどこかに隠れていたとしか考えられぬ。」

「そう。そこがおかしいんだ。ト書きにこうある。〝いつまで経っても、蔵臼夫妻だけが戻ってこない〟。そして、こう続く。〝一同は全員で二階に向かい、〟。」

「〝蔵臼夫妻だけが戻ってこない〟ということはつまり、………それ以外の人間は全員、客間に戻ってきたということか。」

「そういうことだ。犯行後、密室に閉じ籠って隠れていたなら、そいつも戻ってこないことになるはず。なのに、犠牲者を除く全員が戻ってきている。」

「生存者の誰にも、犯行は不可能ということになってしまうな……。……やはり、戦人の推理通り、食堂の誰かが生きていて犯行に及んだと考えるべきではないのか…。」

「……そういえば。……その推理を口にしたら、俺は赤き真実を食らったんだ。」

食堂の誰かが生きていて、蔵臼夫妻を殺した、という俺の推理。それに対し、赤き真実で、〝第一の晩の犯人は確実に六人を殺している〟と反論されたんだ……。

「まぁ、当然であろうな。蔵臼、夏妃まで殺しているのだから、六人どころか、八人殺していることにもなりかねん。」

「…………………。……うん……？　何か引っかかるぞ……？　…………蔵臼、夏妃まで殺しているのだから……。………犯人は確実に、……六人を………。」

戦人が表情を変える。

その目つきが、鋭さを増していく……。

★ヒント10……犯人は閉じ込められた？
「わかった!!　やられたぜ。犯人が確実に六人を殺したという意味がわかった…!!」

「意味がわかったとはどういうことか。説明せよ…！」

「〝第一の晩の犯人は確実に六人を殺している〟。もしこいつを、第一の晩の時点で言われていたなら、俺は素直に受け取っていたかもしれない。しかし、第二の晩の時点で言われたことを加味すると、別の意味も見えてくる…！」

「まさか、………第二の晩の殺人までを含めて、〝確実に六人を殺している〟という意味なのか…⁉」

「そういうことだ！　やはり、食堂の六人の中に犯人が混じって死んだフリをしていたんだ！　そしてそいつは食堂を抜け出し、夏妃伯母さんの部屋で二人を殺して、内側から施錠して室内に隠れたんだ…！」

犯人は食堂では五人しか殺せなかったろう。

しかし、第二の晩の犠牲者を足せば、確実に六人は殺していることになると言い切れる…！

「なるほど、それで辻褄《つじつま》は合うぞ…！　第一の晩も第二の晩も、どちらの密室もマスターキーなしで構築出来る…‼」

「と、……思ったところで、おかしなことも思い出しちまったぜ。……夏妃伯母さんの部屋は、すぐに封印しちまったんだったな…。」

「……そうだ。ベルンカステル卿に赤き真実で、〝一同は退出と同時に夏妃の部屋を封印した。その退出に犯人は加われない〟と言われている。」

「さらにこうも言った。〝夏妃の部屋、食堂、屋敷の全ての封印は、決して破られることはない〟とな。」

「つまり、……再び密室に閉じ込められた、ということなのか。」

「今の推理で、確かに第一の晩と第二の晩は説明出来る。……しかし、その犯人は夏妃伯母さんの部屋に閉じ込められ、二度と出られなくなっちまうんだ。」

「それでは、第四の晩以降の事件を起こせなくなってしまうではないか！　……うぅむ、良い推理だと思ったのだが……。」

「この推理で間違っていないはずなんだが……。……もう一捻《ひとひね》り………。」

★ヒント11……共犯の存在

「いや、いいんだ。犯人が閉じ込められても。……犯人がもう一人いればいいい！」

「複数犯人説…！　やはりそう来るしかないな。それならば、犯人の片方が閉じ込められても、以降の殺人を継続出来る…。」

「考えてみりゃ、そもそも。俺たちの推理に共犯は必須だったんだ。第一の晩の六人の内、シロが確定している源次さんを除く五人、絵羽伯母さん、秀吉伯父さん、クソ親父、霧江さん、そして楼座叔母さん。この五人は全員、それぞれシロが確定しない人物によって検死されている。その検死者が共犯でない限り、死んだフリなんか出来ないんだ。」

「犯人でない者は犯人に協力しないことになっているからな…！」

「犯人は、殺人以前にもウソをつくことが出来る。……つまりこういうことだ。」

「第一の晩の殺人を行った犯人は、第二の晩までを実行し、夏妃の部屋に閉じ込められる。」

「そして、その犯人の検死結果を偽ったもう一人の犯人が、第四の晩以降の殺人を引き継ぐんだ…！」

「これならば筋が通るぞ…!!　問題は、それが誰かということであるな！」

「残念ながら、現時点では誰が犯人でもありえる。しかし、単独犯ではありえないと断言出来る。そして、閉じ込められたのは、食堂での犠牲者五人の誰かだ。そして、殺人を引き継いだのは、その五人を検死した人間ということになる…！」

「食堂の五人を検死した人間、それはつまり……。」

「俺、譲治の兄貴、真里亞。この三人の誰かが確実に、以後の殺人を引き継いでいる！」

「よし……。その三人に注目して、事件をもう一度追ってみようではないか…！」

★ヒント12……紗音は譲治以外の誰にでも殺せる

「続く事件は第四の晩だ。殺されたのは紗音ちゃん。全員にアリバイがないが、一人だけ例外がいる。」

「譲治であるな。シロが確定している朱志香が紫の発言にて、譲治に紗音殺しは不可能であると断言している。となれば、殺したのは戦人か真里亞のどちらかということか？」

「そう思いたいところだが早計だ。戦人と真里亞、そして譲治以外の人物にだって、アリバイはない。俺は単独犯説を否定したが、犯人が二人であることを断言したつもりもない。現時点では、それを断言するにはまだ早過ぎるからな。」

「なるほどな。第一の晩および第二の晩の犯人と、その死んだフリを虚偽の検死で助けたもう一人の犯人と。……さらに、それとは無関係の犯人が存在する可能性があるというわけか。」

「紗音ちゃんの事件は、譲治の兄貴というただ一人の例外を除いて、誰にでも犯行可能だ。しかし、その事実だけを以《も》って、譲治の兄貴がシロであることを証明出来るわけじゃない。」

「……密室殺人ではないから気楽だなどと思っていたが。むしろ、おかしな条件がない分、犯人の絞り込みに使える情報もない、というわけであるな……。」

「ここからは事件のペースが早い。これだけに固執せず、次の第五の晩の事件も見てみようぜ。」

★ヒント13……死んだフリをした犯人がいる。そしてもう一人犯人がいる

「第五、第六の晩であるが、厄介であるぞ……！　信頼出来る朱志香が、紫の発言でこう述べている！

〝いとこ四人と南條には、郷田と熊沢は殺せない〟

とな……！」

「いとこ四人と南條先生。これはつまり、この時点での生存者全員を指す。普通に考えたら不可能犯罪だ。」

「しかし、そこでチェス盤をひっくり返すわけであるな？」

「あぁ。ってことはあるシンプルな答えがあらわれる。いとこ四人と南條先生以外の何者かが犯人だってことを、この事件は証明しているってわけだ。」

「生存者以外は、全員が死亡していることになっている。にもかかわらず、生存者には犯行不能ということは……。」

「死んだフリをした犯人が、１００％存在することの証明ってわけだ。」

「そして、死んだフリをした犯人の存在は、犯人が複数であることも１００％証明する。検死を偽りウソをつくこともまた、犯人にしか出来ないからな……！」

「この一見、完全な不可能犯罪に見える第五、第六の晩は、かえって雄弁にこれだけのことを語っちまうわけだ。」

「不可能犯罪は、相手を屈服させる力も持つが、逆に一気に推理で切り込まれる危険性も持つ諸刃《もろは》の剣よ。……昔のそなたなら、きっと屈服していただろうに。本当に逞《たくま》しくなったものよ。」

「へへ。お前にはだいぶ鍛えられたからな。」

戦人たちはにやりと笑い合う。

数々の知的ゲームにて死線を潜った。

これくらいの謎で、へこたれるわけにはいかない。

「さらに続けて、第七、第八の晩の事件も見てみよう。もう、かなり核心に踏み込んでるはずだ。」

「そうだな、気を引き締めていこう！」

★ヒント14……さらにもう一人犯人がいる？
「第七の晩も、状況はまったく同じだ。信頼出来る朱志香が紫の発言で、いとこ四人、即ち、生存者の誰にも殺せないと断言している。」

「……少しわからぬのだ。第一の晩、第二の晩の犯人は、第一の晩の犠牲者五人の中の誰かだ。そやつは夏妃の部屋に閉じ込められたが、検死結果を偽ったそやつの子供もまた犯人であることがわかっている。……しかし、犯人である可能性のある子供は、戦人、譲治、真里亞の三人のみだ。」

「そうだな。その三人は、第五、第六、第七の三つの事件において、殺人が行えないと断言されている。」

「つまりこれは、………さらにもう一人犯人がいることを指し示すのではないか。」

「面白い。しかも妥当な推理だな。そして、その三人目の犯人もまた、死んだフリをした何者かってことになるな。……これはひょっとすると、犯人が四人、五人ということもありえるかもしれねぇぜ。」

「くっくっく、それはどうだかわからぬが。とにかく、いずれにせよ、犯人が二人だけでは、郷田、熊沢、南條を殺すことは出来ぬのだ。それだけは間違いない…！」

「こりゃ、ややこしいことになってきたぜ。三人組が犯人なのか。それとも二人組と単独犯なのか。……いやいや、四人以上犯人がいる可能性だって否定しちゃいけねぇな？」

「十七人の登場人物の内、シロは九人。残る八人の内、戦人、譲治、真里亞の三人は生存しているから犯人候補である。そして、シロであることが確定せぬまま死んだことになっているのは、五人。絵羽、秀吉、留弗夫、霧江、楼座。全て、第一の晩の犠牲者だ。」

「この、食堂の犠牲者五人の中の、何人が死んだフリをしていたかって問題なわけか。……いよいよだな。面白くなってきたぜ…！」

★ヒント15……譲治と真里亞はニワトリとタマゴ
「最後の、第八の晩についても、状況はまったく変わらないな。」

「うむ。ト書きにて、〝譲治、戦人、真里亞に、朱志香を殺すことは出来ない〟と断言されている。朱志香は、生存者の三人には殺せないのだ。」

「ここの紫の発言は、結構、ヒントになりそうなことを色々と喋《しゃべ》ってるんだよな。」

「譲治と真里亞の紫の発言が興味深いな。信頼出来るなら、強力な手掛かりになりそうなのだが……。」

「譲治の兄貴がシロなら、〝真里亞には誰も殺せない〟って紫発言が有効になって、真里亞のシロも確定出来る。同様に真里亞がシロなら、〝譲治に大人は殺せない〟が有効になって、結果的に譲治の兄貴のシロも確定出来る。」

「ではあるが、どちらもシロであると確定出来ぬ…。」

「譲治の兄貴と真里亞は、互いに相手がシロであることを証明出来れば、自分もシロになるという、まるでニワトリとタマゴのようなジレンマに陥ってる。ヒントになりそうでならない。何とももどかしい話だ。」

「その二人の潔白は、容易には証明出来ないだろう。それにもはや、容疑者は少数に絞り込まれている。ここからは、もしも誰々が犯人だったならと、個別に検証していくしかないだろうな。」

「そうだな。いよいよ最後の詰めに入ってきたようだぜ！」

紅茶の入ったティーカップを片手に、ラムダデルタが口元を歪める。

「いよいよ、推理も大詰めへ、って感じ……？」

「…………まな板の上の何とやらの心境よ。」

ベルンカステルはそう言って微笑んだ……。

★ヒント16……真里亞犯人説検証
「まず、真里亞犯人説から検証してみよう。真里亞が犯人なら、楼座の生存を誤魔化すことが出来る。楼座には第一、第二の晩の殺人が実行可能。そして、夏妃伯母さんの部屋に閉じ込められ、真里亞が第四の晩以降の殺人を引き継ぐことになる。」

「真里亞には、ゲストハウスでの全ての殺人が不可能だ。よって、真里亞は紗音を殺すのが精一杯ということになるな。」

「となると、ゲストハウスでの殺人のために三人目の犯人が必要になる。」

「三人目は、絵羽、秀吉、留弗夫、霧江の中の誰かということになるな。そしてそれは、さらに四人目の犯人を必要としてしまうぞ？」

「……そうだな。絵羽伯母さんたち四人の誰かが死んだフリをするためには、それを検死する子供も犯人でなくてはならない。つまり、真里亞が犯人である時点で、犯人は四人にまで膨れ上がるわけだ。」

「四人が犯人であるためには、四人全員がそれぞれ、最低一人は殺していなくてはならない。」

犯人の定義とは、殺人者であること。

それがベルンカステルの提示したルールだ。

「……だとするとだ。……ちょいとおかしくなってくるんだよな。」

「犯人四人の内訳は、大人二人、子供二人となる。大人一人は第一、第二の晩の殺人を担当。もう一人の大人は、ゲストハウスの殺人を担当する。そう、ここで矛盾が生じるのだ。子供の犯人は、殺害可能な相手がほとんど存在しない。第一、第二の晩は、子供には犯行不能。そしてゲストハウス以降も犯行不能。唯一可能なのは、紗音殺しの第四の晩だけとなる。」

「……子供の犯人は紗音一人しか殺せない。つまり、二人目の子供は、誰も殺せないから、犯人にはなれないんだ。……子供の犯人は、一人しか存在出来ないってことになる。」

「真里亞が犯人である時点で、楼座以外にもう一人大人が必要になる。だが、その検死結果を偽れるもう一人の子供の犯人は、存在出来ないのだ。……つまり、真里亞が犯人であることはありえない……！」

★ヒント17……譲治犯人説検証
「次に、譲治犯人説を検証してみよう。子供の犯人は一人しか存在出来ない。よって、譲治の兄貴が犯人である時点で、絵羽伯母さんと秀吉伯父さん以外に、死んだフリが出来る人物は存在しなくなる。」

ベアトがそれに応じようとした時、突然ラムダデルタが割って入ってきた。

「大人二人に子供一人で、犯人は三人組？　なるほど、それならこれまでの全ての事件に、説明がつけられそうね？」

「ところがどっこい！　実はこれもありえねぇんだ。」

「うむ。譲治が犯人であることは、明白に否定されている。」

二人の様子を見て、ラムダデルタは期待通りだとばかりに微笑む。

「くす。……そうなのよねぇ？　子供に殺人可能なのは第四の晩の紗音のみ。」

「紗音殺しについては、信頼出来る紫の発言で譲治には殺せないと、すでに断言されている…！」

「そういうことだ。紗音ちゃん殺しについて、譲治の兄貴のみが持つ、たった一つのアリバイ。それは譲治の兄貴が、全ての事件において潔白であることを証明しているんだ…！」

「つまり、譲治はシロということだ…！　となれば、譲治による紫の発言は全て信頼出来るということだな…！」
★ヒント18……譲治の紫の発言
「さあ、いよいよ詰めであるな。譲治がシロであることが確定すると、自動的に真里亞もシロということになる。」

「あぁ。譲治の兄貴の〝真里亞には誰も殺せない〟という紫の発言が有効になるからな。誰も殺せない以上、犯人にはなれない。よって、真里亞のシロも確定する。」

「譲治と真里亞がシロである事実は、自動的にその親の検死も間違いないことを示す。」

「そういうことだ。検死は誰も誤らない。そして犯人でない人間はウソをつけない。よって、二人が検死した大人の死亡は確定し、彼らもまたシロとなる。」

「もう、ほとんど絞り込まれたな……。……答えは、もはや明白ではないか…？」

ベアトが言うと、……戦人は小さな含み笑いを漏らすのだった。

★ヒント19……大人二人、子供一人
「まず、犯人は複数である。これは確定してる。単独犯では不可能な事件なんだ。」

「まず大人の犯人が一人。第一の晩を実行し、室内で犠牲者のフリをしてやり過ごした。」

「マスターキーを持つ使用人全員がシロであることが確定しているため、犯人に、食堂の扉を外から施錠する方法は存在しない。よって、施錠者は室内にいると断言出来る。」

「そして、死んだフリをするためには、検死を偽ってくれるもう一人の犯人が必要になる。」

「源次さんがシロである以上、残る五人の大人の検死者は各々の子供。つまり、犯人の子供が、二人目の犯人となる。」

「子供の犯人にはゲストハウス以降の殺人を実行出来ない。しかし、大人の犯人は夏妃の部屋に閉じ込められたままだ。そのため、二人目の大人の犯人が必要になる。」

「大人二人、子供一人。これが犯人グループの構成ってわけだ。」

★ヒント20……犯人の三人は家族
「もはや言うには及ぶまい。犯人グループの、子供の犯人が誰かは、すでに明白であろう。」

「だな。子供は、たった一人の例外を除いて全員、シロが確定している。」

「そして、その子供の犯人が誤魔化せる検死は、自分の担当した親二人だけ。つまり、犯人グループは大人二人、子供一人で、全員が家族であるということだ。」

「家族で殺人か。仲のいいことだぜ。」

「犯人は誰と誰と誰か。これ以上、もったいぶることもあるまい？」

★ヒント21……子供の犯人は戦人

「やれやれ。ふざけた答えだぜ。子供の犯人が、俺だとはな。」

「ふっ。妾のゲームでも、戦人犯人説はとりわけ多かった推理の一つではないか。」

「らしいな。ったく、世の中、俺を疑う推理が多過ぎるぜ……！」

「戦人が犯人ならば、自動的に大人の犯人も確定する。もはや、何も悩むことなどない。これで妾たちの勝ちであるな。」

「もう、これ以上の議論は必要ないな。ズバリ、解答といこう……！」

二人の推理に耳を傾けていたラムダデルタは、深紅の液体を飲み干し、ティーカップを置いた。

「これは勝負アリかしら？」

「……見事だわ。……やっぱり、この程度のミステリーじゃ、この二人には通用しなかったわね。」

ベルンカステルは穏やかに笑う。そこに怒りや後悔の念は、微塵も感じられなかった……。

■野外

「誰かぁあぁぁ!! 誰かいないの!? お兄ちゃぁぁあぁあん!! うわぁあああん!!」

縁寿は泣き喚きながら、ゲストハウスを飛び出した。この島には誰か生き残っていないのか。

いとこ部屋には誰もいなかった。しかし同時に、まだ戦人と譲治と真里亞の死体を見ていないことも思い出す。

それがまだ生きていることを指すのか、これから死体として再会することを指すのか、わからない。

「お兄ちゃんたち、どこ!? どこぉおおぉお!! 返事をしてぇえええぇえぇ!!」

雨の中を走り回る。

どこへ？　がむしゃらに。

兄の姿を求めて、迷子の妹が駆け回る。

びしょ濡れになりながら、一人……。


……やがて、茂みの向こうに、兄の声を聞いた気がした。いや、兄の声だけじゃない。譲治お兄ちゃんの声も、真里亞お姉ちゃんの声も聞こえた。

私は大声で呼びかけるのだが、彼らは応えてはくれなかった。しかしもういい。すぐそこにいる。この垣根の向こうにいる。垣根越しに、彼らの姿がうっすらと見えてさえいるのだ。

その垣根をぐるりと回りこむと、そこは倉庫か何かの前だった。きっと、薔薇庭園の手入れをするための道具をしまってある倉庫に違いない。その倉庫の前に、お兄ちゃんたち三人の姿があった。

「お兄ちゃん…!!」

そう叫ぶのだが、声が届いていない。


こんなにも大声で叫んでいるのに？

私はものすごい違和感を覚える。

……人の声は、たとえ聞こえないふりをしたって、何かの反応が体に出てしまう。しかし、お兄ちゃんたちには、一切、それがないのだ。

これだけ大声で叫んでいるのに、……本当の本当に、お兄ちゃんたちの耳には届いていないのだ。

それを理解した瞬間、……彼らに駆け寄る私の足は遅くなり、止まってしまう。同じ世界にいるように見えて、……私と彼らは異なる世界にいるのだ。

たとえるならテレビ。いや、亡霊…？　私にはありありと見えているが、……彼らにとって私は、いないのだ。

……だから、ほら。私がゆっくりとお兄ちゃんたちの目の前まで歩いていっても、……彼らの目に、私は映っていない。

触ったら、触れられるだろうか。

……もしも、透けたら。

それが怖くて、……私はこんなにも近くにいるのに、呆然と立ち尽くすことしか出来なかった…。

「クソッタレ…!! もう、俺には、何が何だかわからねぇ…! やっぱり、島の外から何者かが入り込んでるんだ!! そしてそいつが、右代宮家を皆殺しにしてるんだ!」

「……どんなに閉じ籠っても、必ず誰かが殺されてしまう。……うー! やっぱりこれは魔女の仕業ー!」

「みんな落ち着いて…! 落ち着いて考えよう。……この島には、右代宮家の人間以外は存在しないんだ。」

「そんなはずはねぇぜ…! だって、現にこうして、右代宮家の誰にも不可能な殺人が、何度も起こってるじゃねぇか!」

「……それはそうだけど……。本当にそうだろうか? 僕たちには見落としがあるんじゃないだろうか?」

焦燥を押し殺しながら、譲治はそう言った。

恐怖心などないかのように笑みを見せていた真里亞が、小首を傾げる。

「見落としって?」

「たとえば……。………そうさ、死んだフリとか! 僕たちが、死んだと思い込んでいる誰かが、実は死んでなかったとすれば…!」

「しかし兄貴ッ、それはありえねぇぜ!? 全員の死体を必ず誰かが検死してる!」

「考えたくはない…。でも、その検死さえも、……偽られているとしたら?」

「………うー…?」

「譲治の兄貴は、右代宮家の誰かが犯人だって、……まだ疑ってんのかよ!?」

「………南條先生は殺された。……殺された以上、犯人ではないと考えるのが妥当だろう。そして、医者である南條先生の検死が、一番信頼出来たと考えられる。……最初の、食堂の死体。あの六人の犠牲者の内、南條先生は源次さんの死体しか、検死をしていないんだ。」

「……他の五人は、真里亞たちがそれぞれ、確認したはずだよ？」

「しかし、南條先生が確認したわけじゃない。」

「何を言ってんだよ!?　あの惨ぇ殺され方で、どう親父たちが生きてるってんだよ!?　それに譲治の兄貴は何を言ってるんだ!?　ってことは、俺たちの親の誰かが犯人だって言ってんのかよ!?　そりゃあねぇだろ!?　真っ先に殺されて、これだけ大勢が殺されて……！　どうやったら、さらにその上、俺たちの親が犯人だなんて言えるんだよ!?　許せねぇ、あんな殺され方をした親父たちを、さらにこの上、疑って辱めるなんて、たとえ譲治の兄貴でも許せねぇ……!!」

「………ご、………ごめん……。」

「……真里亞のママはちゃんと死んでたよ。じゃあ、譲治お兄ちゃんの親か、戦人の親か、どっちかが犯人？」

「もう、よそう、真里亞ちゃん……。僕もちょっと混乱してたみたいだ…。」

「譲治お兄ちゃんは、紗音を殺さないよ。」

「もうよせよ…！　俺たちの誰も、親族を殺したりするわけなんかねぇだろう!!」

「だから、譲治お兄ちゃんは、お父さんとお母さんが本当は生きてるのに、死んでるなんて、嘘をつかないと思う。………譲治お兄ちゃんが、紗音が殺されるような事件の片棒を、担ぐわけがない。」

真里亞は淡々と、……クイズかなぞなぞに答えるかのように、譲治に告げる。そして、きょとんとした顔のまま、戦人の方を向き、告げた。

「……戦人は、お父さんとお母さんの死体を、見たよね？」

「あぁ、見たさ!!　みんなも見ただろ!?　あんな血塗れで、酷ぇ死に様で…!!」

「戦人が、嘘をついてると思う。」

「はぁ⁉　どうしてそうなるんだよ‼」

「そうすると、筋が通る。……最初の食堂で、戦人の両親は死んでなかったの。その片方が、夏妃伯母さんたちを殺し、内側から鍵を閉めて、部屋に留まる。……もう片方が、それ以降の殺人を引き継いだ。……そしてゲストハウスの密室を破るには、内側に協力者がいなくてはならない。それが、戦人。……全部全部、説明がつくよ。」

「いッ、いい加減にしろぉおおぉおおぉおおおおおぉ！！！」

「よ、よさないか戦人くん…！　真里亞ちゃんも…‼」

「やっと頭の中の、狼《おおかみ》と羊のパズルが、ぴったりと収まった。………犯人は、戦人一家。うー。……正解？」

「な、何を言ってやがんだぁあぁあぁあぁぁぁッ！！！」


「正解よ。」

その声は、立ち尽くしていた縁寿の後ろから聞こえた。驚き、振り返ると。

……そこには血塗れの姿の、……だけれども、元気そうに立つ留弗夫と霧江の姿があった。

「留弗夫叔父さん、霧江叔母さんっ、………ぶ、無事で……。」

譲治はそこまでを口にして、目の前の二人が生きていた意味を理解し、呆然と驚愕《きょうがく》の入り混じった、歪んだ表情を浮かべた。

真里亞は驚かなかった。しかしさりとて、自分の答えが正解していたことについても、喜ばなかった。

戦人は。

……縁寿は見てしまう。

生涯忘れ得ない、醜い表情を。

それは、鬼の、笑い。

二目と見られない醜悪な鬼が、顔を歪めて笑う、そのおぞましさと言ったら。

それを、……兄の顔に、見てしまう……。

留弗夫と霧江が後ろ手に隠していたウィンチェスター銃を構える。その照準は、たじろいで後退《あとずさ》る譲治の眉間と、達観したかのようににやりと笑う真里亞の眉間を、それぞれ捉えていた。

稲妻が閃き、激しい雷鳴が轟《とどろ》く。聞こえたのはそれだけだった。そして、その轟音に弾《はじ》かれて、……譲治と真里亞という操り人形の糸が、プツンと途切れる。二つの人形は、鮮血を迸《ほとばし》らせながら水溜まりにバシャリバシャリと倒れ、動かなくなった……。

「……お、……お父さん、………お母さん………。」

それらは全て、縁寿の目の前の出来事…。

「へっ、…はっはははははははは!!」

「うっふふふふ、あははははははははは!!」

「いっひひひひ、ひっはははっはっはっはッ!!」

呆然と立ち尽くす縁寿は、彼らの目には入っていない。彼らはげらげらと笑い転げる。そして縁寿の目の前で、これまでの殺しっぷりについて、面白おかしく、互いを褒《ほ》め称《たた》えてさえいる。その醜悪な三人の、……家族の表情に、………縁寿は、涙と吐き気を同時に催し、窒息してしまいそうになる。

縁寿は嘔吐《おうと》を堪えながら駆け出す。

愛する家族のおぞましい笑い声が届かないところへ、一秒でも早く逃げ出したかった。

その時、足を滑らせ、縁寿は泥の水溜まりに突っ伏す。

起き上がろうとはしなかった。それよりも、まだ聞こえる、おぞましい笑い声が耳に入らぬよう、耳を塞ぐことを選んだ。

すると、………漆黒の薔薇庭園の、茂みの陰や塀の陰から、……真っ黒な何かが、ぬるりぬるりとあらわれ出す。

「…………………!?!?」

縁寿は驚いて周りを見る。

………不気味な黒い人影が、いつの間にかあちこちよりあらわれ、縁寿をゆっくりと取り囲んでいた。

それは、………大勢の、山羊《やぎ》の頭をした人々だった。服装はそれぞれ違う。スーツもいれば、私服のような者もいる。しかしいずれも薄黒く汚れ、そして誰もが黒山羊の頭をしていた。

縁寿は呆然として、思わず、耳を押さえていた手を下ろしてしまう。もう、おぞましい笑い声は聞こえなかった。しかし代わりに、……山羊たちが口にする言葉を、耳にしてしまった。

『………霧江と留弗夫が、犯人。』

『戦人が犯人……、戦人が犯人……。』

『……戦人犯人説。戦人一家犯人説……。』

山羊たちは、くぐもった不気味な声で次々にそう言いながら、……縁寿に近付いてくる。

みんなみんな、縁寿の家族が犯人であると口にしながら、迫ってくる……。

………当初は、誰もが絵羽犯人説を唱えた。

しかし、絵羽が病死し、彼女が悪辣な方法で築き上げた巨万の富が、縁寿に相続されるとわかると、世論は、……いや、偽書作家たちは新しい犯人説を生み出し、それを持ち上げるようになる。

それが、………留弗夫一家犯人説。

全員参加が基本である親族会議に、なぜ縁寿だけが参加しなかったのか。幼い縁寿を連れていけない都合が、留弗夫一家にあったのではないか。

そして週刊誌が、霧江の生家が広域暴力団と密接な関係にあることを暴くと、一気に霧江という個人に衆目が集まった。

さらに、留弗夫が如何に詐欺紛《まが》いの商法で荒稼ぎをしていたかも赤裸々に暴かれ、留弗夫夫婦はあっという間に、もっとも疑わしい人物に祭り上げられた。

秀吉と絵羽の会社は、乱暴ではあったが、少なくとも法律の範囲内で行われていた。しかし、留弗夫の会社は検証すればするほどに、犯罪性が高いことが判明していく。

また、留弗夫と霧江の学生時代のいくつかのパーティー券騒動を巡るトラブルが証言され、その疑わしさの度合いを高めていった。

　こうして、瞬く間に、……留弗夫一家犯人説は、絵羽犯人説を含むその他諸説を駆逐して、疑惑の頂点に君臨してしまったのである。

……それは別に、絵羽犯人説よりもっともらしかったからではない。単に、絵羽犯人説が飽きられ、新たな刺激が求められていたに過ぎない……。

　山羊たちの姿が、ぐにゃりと歪む。

　空がみるみるうちに白み、……それは蛍光灯の天井に変わった。山羊たちの姿はすっかり変わり、……黒山羊の仮面を被《かぶ》った、……少女たちの姿になっていた。少女たちは皆、同じ服を着ている。

　それは制服。……聖ルチーア学園の制服だった。

■聖ルチーア学園の講堂

『……本当の犯人は、留弗夫と霧江なんだって？』

『聞いた聞いたー！　そうだよね、娘だけ置いてくなんて、何かおかしいもんねー！』

『右代宮絵羽って確か、本人は毒殺されるって訴えてたんでしょ⁉　じゃあもー、黒幕は誰か明白じゃーん⁉』

『いいよねー、一族の財産全て独り占めなんでしょ？』

『やっぱ、留弗夫一家犯人説だーって思ってたんだよねぇ！』

『右代宮さんって、どこかおかしいって思ってたんだよねー！』

『ひそひそひそひそ。』

『クスクスクスクスクスクスクスクスクスクス。』

『留弗夫と霧江が犯人。』

『戦人も犯人じゃないの？』

『留弗夫一家犯人説！』

『留弗夫と霧江が犯人！』

『財産を独り占めにしようとしたんだけど、絵羽に返り討ちにあって失敗して、』

『でも結局は右代宮縁寿の独り占めなんでしょ？』

『留弗夫と霧江が犯人だって！』

『留弗夫一家犯人説！』

『留弗夫と霧江と戦人が犯人！』

『留弗夫と霧江と戦人が犯人‼』

『右代宮さんのご家族が犯人なんですって⁉』

『それってどう思う？　ねぇねぇ！』

『でも結局、財産は全てあなたが独り占め出来るんでしょう⁉』

『右代宮絵羽は、それであなたには何も語らなかったのよねー！』

『絶対にあの子が怪しいって思ってたのよ！』

『絵羽があんたに辛く当たったことも、全て説明がつくわー！』

『ねぇねぇ、何か言ってよ、感想とか！』

『ホント、気持ち悪い子だよね。』

『留弗夫一家犯人説ってどう思うか、ちょっとくらい何か言いなさいよ、感じワルーイ‼』

その時。

鋭い風が、頭を抱えてうずくまる縁寿の頭上を、吹きぬけた。彼女を取り囲んでいた、山羊頭の女生徒たちの幻想が、何かに一閃《いっせん》されて、砕け散る。

■薔薇庭園

……縁寿は雨の薔薇庭園で水溜まりにうずくまり、山羊たちに取り囲まれていた。

しかし、その山羊たちもまた、一閃され、切断された上半身を擦り落とす。まるで、剣の達人に切断された竹か何かのように見えた。

「こっちへ……！」

そう呼びかけてきたのは、……あの黒猫だった。

縁寿をこの世界へ導いた、あの鈴のついた黒い猫。

まさか喋れたなんて……。

でも、今はどうでもいい。

縁寿は戸惑いを振り払い、猫の後を追う。

山羊たちはたじろいでいた。包囲の輪が途切れている。黒猫はその隙間を駆けぬける。縁寿が慌てて後を追うと、山羊たちも逃がすまいと追い始める。

重い地響きの足音が無数に、彼女たちを追い立てる。東屋《あずまや》の脇を走りぬけながら、縁寿は声を上げた。

「ど、……どこまで逃げるの、黒猫さんっ…！」

馬鹿な質問に、黒猫は答えない。どこまで逃げるのか？　決まっている。逃げ切れるところまでだ。

しかし、山羊たちは信じられないほど大勢いた。追ってくる群れだけではない。それはおそらく、薔薇庭園中に大勢潜んでいて、縁寿たちの行く先々で人垣を作り、逃がすまいと待ち構えている。

それらに出くわす度に縁寿たちは、薔薇庭園という名の迷路の、他の道へ曲がって逃げる。だから、もはやどちらの方向に逃げているのかも、よくわからなくなっていた。

ひょっとしたら私たちは、……ぐるぐると、結局は山羊たちの巨大な群れの内側を走り回っているだけなのでは…。その想像は、再び東屋の前に戻ってきてしまうことで、正解であったことがわかった。

東屋から四方に続く道は全て山羊の群れで覆われている。来た道は当然、追っ手によって覆われている。

行く道もなし、戻る道もなし。……縁寿たちはとうとう、追い詰められた……。

「く、黒猫さんっ……、ど、どうしよう、囲まれた……!!」

「…………………。」

黒猫は、じりじりとその包囲を狭める山羊たちを睨み付けながら、身構えている。

もはや、万事休すだ……。

その時、縁寿の体が宙に浮く。彼女の頭を片手で握り潰せるような巨大な腕が、その後ろ襟を摑み上げたからだ。

悲鳴を上げようと思うより前に、……縁寿の眼前には、真っ赤に光る不気味な眼《め》と、生臭い息を吐き出す、歯並びの悪い巨大な口があった。

その口が、……がぱぁっと開き、……それ自体が生き物であるかのように、……不気味な舌がのたうつ。そして、……縁寿に言葉を吐き掛けた。

『………留弗夫、霧江、戦人が犯人……。……留弗夫と霧江が死んだフリで戦人が嘘の検死……。そして、親の片方が第二の晩までの殺人を実行して夏妃の部屋のベッドの下に隠れる。……戦人は紗音を殺し、その後のゲストハウスでの殺人を幇助《ほうじょ》。……ゲストハウスでの殺人の実行犯は、親のもう片方……。これが、……真相…………。』

そして、……その開かれた生臭い巨大な口に、……ゆっくりと縁寿の頭が、呑み込まれていく……。


彼女が思わず目を閉じた瞬間。

「反論。……留弗夫一家犯人説以外でも、ロジックの構築は可能です。」

青き一閃が、……その巨大な口の、上半分を切断して吹き飛ばす。縁寿は声の主を確認する間もなく、顎から上を失った山羊に後ろ襟を摑まれたまま、共に水溜まりに倒れる。

山羊たちはたじろがず、……獲物を横取り出来るチャンスとばかりに、丸太のような腕を伸ばして殺到してくる。そして口々に喚くのだ。

『留弗夫一家犯人説以外では犯行不能ォ……。……絶対に犯行不能ォオォ……!!』

「留弗夫一家犯人説以外でも、ロジックの構築は可能です。たとえば譲治一家犯人説でも可能です。」

縁寿の頭越しに、薙《な》ぎ払《はら》うような赤き一閃と、貫くような青き一閃が鋭い風となって通りぬけ、彼女を摑み上げようとした山羊の腕を二度、バターのように切断する。

縁寿はようやく気付く。

……それは、喋る黒猫の声だった。

続く山羊たちは、縁寿でなく、……その後方めがけて飛び掛かっていった。尻餅をついて、雨の夜空を見上げる縁寿の眼前の中空で、……巨体の山羊たちが、後ろにいる黒猫……、あるいは誰かと戦っているのだ。

『譲治一家犯人説は不可能ォ！　譲治に紗音は殺せないィィイ!!　だから犯人にはなれず、虚偽の検死が出来ないィィイイィ！！！』

「いいえ、可能です。〝犯人は殺人者〟のことと定義されています。そして、殺人は登場人物に対して行われたものに限定するとは言っていません。……即ち。譲治が島外ですでに、本件以外の殺人を犯していたならば、この島で誰も殺さなかったとしても〝犯人〟であり、嘘をつくことが可能というわけです。」

真っ赤な軌跡を描く一閃が、何度も山羊の巨体を切り刻む。その巨体が宙に打ち上げられ、……多分、七本くらいの丸太の束のようになって、ざらざらどさどちゃっ、と薔薇の茂みに放り込まれた。

その凄《すさ》まじさに、山羊たちは今度こそ本当に驚愕する。たじろぎ、動揺し、後退った。

……縁寿はようやく、理解する。

赤き一閃。……それは、赤い軌跡を描く、……いや、さっきは青い軌跡も描いた。………赤と青、双方の真実を自在に語る、……巨大な鎌の一振りだったのだ。

縁寿は夜空を見上げ、……さらに頭を後ろに垂れる。そこにいたのは、黒猫ではなかった。

大きな鎌を構えた、……青い髪の少女だった……。

「いかがです？　古戸ヱリカには、この程度の推理が可能です。」

ヱリカと名乗った少女の姿を認め、……山羊の群れたちがどよめく。彼女という存在は、彼らを動揺せしめるだけのものであることが、それだけでわかる。

　ヱリカは縁寿を抱き上げると、風のようにひらりと飛び上がり、東屋の上に降り立つ。そして彼女を離し、鎌を構えながらも、優雅な仕草でスカートの裾を摘んで、取り囲む山羊の群れたちにお辞儀する。

「初対面の方々がほとんどでしょう。自己紹介ですッ。初めまして、こんにちは！　探偵ッ、古戸ヱリカと申します！　……留弗夫一家犯人説しか思い付かない、石ころ頭どもはどうぞお引き取りをッ！　あるいは、私を論破出来るおつもりでいる皆さんは、どうか歓迎を！　無論、私も歓迎して差し上げます!!」

　山羊の群れは一斉に咆哮《ほうこう》する。それは、驚愕にも恐怖にも、あるいは感嘆のようにも聞こえた。

　山羊たちは東屋を取り囲み、どよめくが、それ以上を踏み出せずにいる。この、探偵にして真実の魔女、古戸ヱリカに対し、これ以上近寄るという恐怖に、誰も打ち勝てずにいる…。

「……やれやれ。幾百と集まって、このザマですか？　どなたもこの古戸ヱリカと論戦を楽しもうという勇気がないのですか。……ならば残念。お開きにさせていただきましょう。さりとて、この古戸ヱリカ。……石頭のマヌケ諸君を一人一人論破していくほど、時間が余ってもおりません。後片付けは彼女にお願いすることとしましょう。………お願いしますッ!!」

　ヱリカが叫ぶと同時に、闇夜の空が真っ赤にひび割れる。それは窓ガラスに激しい衝撃を加えた時の、あの蜘蛛《くも》の巣《す》模様そのもの。

　……いや、それはまさに、真っ赤な蜘蛛の巣。

「……くすくすくす、……きゃっははははっはっはっはっは……！」

　真っ赤な蜘蛛の巣に覆われた世界に響き渡る、……魔女の笑い声。その声を、縁寿はどこかで聞いたことがある気がした…。

　そして縁寿は、見上げる。蜘蛛の巣の上に立ち、今まさに捕らえんとする獲物たちを見下ろす、魔女の姿を。

「この私を差し置いて、……………誰が六軒島の王者ですって……？　私を差し置いて、留弗夫が犯人んんんん…？　きゃっはははははははははははははッ！！！」

それは、絵羽の中に潜む魔女にして、猫箱に閉じられた後の世界で、黄金と無限の魔女を名乗ることとなる、未来の魔女。

「この、エヴァ・ベアトリーチェを差し置いて、この島の虐殺者を誰が語ると!?　おこがましいと知りなさいッ！　この島の全ての生き死には、私の手のひらの上!!　全ての財産も黄金も、全て全て私のものッ!!　そして猫箱に閉ざされたこの一九八六年十月四日も五日も全て私のものッ！　このッ、エヴァ・ベアトリーチェのものッ!!」

エヴァは下界の愚かなる山羊たちの群れ全てに、その片翼の杖《つえ》を振るい、死を宣告する。

天を覆う蜘蛛の巣の天井が落下し、同時に山羊たちの足元の大地からも蜘蛛の巣が沸きあがる。

そして天地の真っ赤な巣網で挟み込むように、幾百もの山羊たちを搦《から》め捕《と》る。それはエヴァの杖に従い、ぐるぐると。まるでボールの中で掻き混ぜられる卵の黄身のように、ぐるぐるとぐるぐると。

やがて全ては、真っ赤で巨大な、得体の知れない塊へと凝縮される。

その中から山羊たちのうめき声が聞こえる。

直径数メートルのぐちゃぐちゃの蜘蛛の巣玉の中で、あの大勢の山羊たちが全て凝縮された肉団子になっているのだ。

「私が犯人であることを疑うおバカさんたちぃ!!」

「あなたたちは、絵羽犯人説で思考停止がお似合いです。」

ヱリカが冷淡に吐き捨てた次の瞬間、エヴァは頭上に掲げた片翼の杖を勢い良く振り下ろした。

「潰れて消えちゃえヴァあぁあああッ!?!?」

ブチン。

それ以外に、その音を形容出来なかった。

あれだけ大勢の山羊たちを丸ごと包み込んだ、蜘蛛の巣玉は、奇怪な音と共に、空間に呑み込まれて消える。

後には、綺麗さっぱり、何も残らない。静かな雨音だけの、夜の薔薇庭園が広がるだけだった……。

縁寿は、……幼い自らの駒に入り込み、呆然とそれを見下ろしていた。

空より東屋の屋根に、ふわりとエヴァが舞い降りる。彼女は優しく微笑みながら言った。

「伯母さんはいつだって、縁寿ちゃんの味方よ。

……あなたの家族の悪口を言う人なんか、許さないんだから。」

「え、……絵羽伯母さん…………。」

感謝しなくてはならないことは、わかっている。

だが、ハロウィンパーティーを経てもなお、……あの絵羽が、………自分の味方だなんて、……咄嗟には信じられなかった。

エヴァも、それはわかっている。

「いいの。感謝されたくてしてるんじゃない。でも、私はいつだってあなたの味方よ。……じゃあね。」

くすりと笑い、くるりと背を向けてから、エヴァはその姿を消す…。

消え去った今になって、せめてありがとうの一言くらいかければ良かったと、縁寿は後悔してしまう…。

ならばせめて、……私を助けてくれた、もう一人に感謝しようと思った。

「……助けてくれて、……ありがとう…。あなたは、……どなたですか…。」

名前はすでに知っている。どなたですかとは、……どうして私を助けてくれたのか、という意味だ。

「私は探偵、古戸ヱリカ。………そして、同時に魔女でもあります。」

「……魔女…？」

「真実の魔女。……一なる真実を追求する者です。そして、……それはあなたのことでもありますね。」

「…………………。」

一九八六年の十月四日から五日にかけての二日間に。一体何があったのかを知りたくて、……ビルの屋上より一歩を踏み出し、……魔女のゲーム盤とカケラの世界をいくつも漂い、長き報われぬ旅路に身を任せてきた。私が望むのは、……あの日に何があったのかを知ること、ただそれだけ。

私が望むのは、……あの日の、一なる真実。

「それを求めるのが、真実の魔女です。あなたは私と同じなんです。……だから、助けに来ました。」

「……私は、知りたいの…。……一体、あの日に何があったの？　誰も教えてくれない、誰にもわからない…！　でも確かにあの日に何かがあったの！　私はそれを知るためなら、何だって投げ出せる…！　それだけが、私が命を捨ててでも知りたい唯一のことなの…！　だから教えて！　あなたは知っているの⁉　一体、この島で何があったの⁉」

「……真実の魔女にとって。真実は与えられるものですか？　私が、これが真実だとあなたに押し付けたなら、あなたはそれを鵜呑みにする気ですか…？」

「それは……違う………。」

「戦人さんはあなたに、今日、何を見せてくれましたか？」

…………お兄ちゃんは今日、…………おかしな、ハロウィンパーティーを見せてくれた。それはとても温かで、……確かに楽しくはあったけれど…。

断じて、……真実じゃない。

「戦人さんはそれを、真実だと言って、あなたに見せてくれたのではないのですか。」

「違う。……あんなの、……真実じゃないッ。」

「時に他人は、真実だと称して私たちを惑わします。……しかし、真実の魔女は、それに惑わされることなく、一なる真実を追求しなければならないのです。だからあなたは、戦人さんの押し付ける、偽りの真実などに納得出来ない。……本当の、一なる真実を求めて止まないのです。」

「…………………うん…。」

お兄ちゃんは、……私を煙に巻こうとしている。

それはずっと感じてた。お兄ちゃんはあの日この島で、何があったのか全て知っているのに、……なのに私に、何も教えてくれない。

それはあの、死ぬ間際の最期の瞬間まで、私に絶対にあの日のことは教えないと嘲笑《あざわら》った、いじわるな絵羽伯母さんと、何も変わらないのだ。

……どうして、お兄ちゃんは教えてくれないの？

…………………………。

「…………どうして…。」

「…………………。」

「どうして、……教えてくれないのッ。」

私の心の中の堰《せき》が、溢れる。

「どうしてお兄ちゃんは、……私に本当のことを教えてくれないのッ!!　どうしてッ、どうして…!!

私だけ知らない!!　私にだけ誰も教えてくれないッ!!　教えてよ!!　あの日に何があったのか、教えてよお兄ちゃん!!　お兄ちゃぁあああぁあああん！！！」

私の叫び声が、雨の夜空に吐き出される。

熱い涙がぼろぼろと零れ落ちるが、それは叩き付ける冷たい雨に紛れてしまって、私以外の誰にも、この涙などわからぬだろう。

……誰にも、私の悲しみも辛さもわからない。私だけ、………私だけ、いつも除《の》け者《もの》で、一人ぼっちで……。

「教えてよ誰かッ！！　あの日に何があったのか、……私に教えてッ！！！」

その叫びに応えたのは、天より轟く雷鳴のみ。

……私は俯き、唇を噛んだ。

「……誰にも、教えられません。………真実は、自分で手にしなければならないからです。」

「真実はどこにあるの!?　どうやったら至れるの!?　みんなが隠す！　教えてくれない！　私の手で、自ら至るから……！　お願いだから、真実がどこに隠されているのかだけでも教えて……！」

「………いいわ。教えてあげてもいい。」

　ヱリカのものとは違う、少女の声が聞こえた。

その声と共に、世界がぐにゃりと歪んで渦を巻く。瞬きを何度かした時、……世界は全て、星の海になった。

　いや、少し違う。空には星があるけれど、……足元に広がるのは、星じゃない光。それは、ビルの窓の明かり、電気の明かり、車の明かり。

　……私は、…………高層ビルの立ち並ぶ大都会の闇の、空に浮かんでいた。見れば、私の身体は、いつの間にか十八歳のそれに戻っている。

　……不穏な気配を感じ、私はそちらを見た。

「………あなたに真実を教えることは出来ない。……でも、どうやったら真実に至ることが出来るのか。……その道を指し示してあげることは出来るわ。」

「あんたは………………。」


　同じように宙に浮かんでいたのは、青い髪を風になびかせる奇跡の魔女、……ベルンカステルだった。

私の脳裏に、……嫌な記憶の断片が蘇って刺さる。

　……そうだ。おかしな劇場みたいなところに縛り付けられて、……私に、お父さんとお母さんが殺人を犯す酷いカケラを見せ付けて……。

　頭の中を読み取ったかのように、魔女は言った。

「……あれを真実だとは、言ってないわ。」

「で、でもあんたは、あれが真実だと赤で……、」

「あんたが大声で遮ったから、続きが掻き消えただけよ。……これは全て真実、〝とは限らない〟と続けようとしたのよ。」

「………あんたは、……どこまで私を弄ぶ気なのよ……。」

「……それは謝るわ。でも、試したかったの。」

「何をよ。」

「あなたが、どのようなものであれ、真実を受け止める覚悟があるのかどうかを。」

「…………………………。」

「……真実は、時として期待を裏切るわ。あるいは、もっとも望まない形を取ることもある。……あなたに見せたあのカケラは、おそらくあなたにとっては、想像し得る限り、最低最悪のカケラでしょうね。……でも、それに耐えてでも真実を求める力と勇気がなければ、あなたには真実に近付く資格はないの。」

「…………っ…。」

それを言われたら、言い返せない。

私は真実を求めてる。あの日あの島で何があったのか、それを知りたいだけ。……都合のいい事実だけが知りたいなんて、甘えるつもりはない。

血なまぐさい、……正視に堪えない真実が待ち構えているだろうという覚悟は、………私に本当にあっただろうか…？

………私が真実を得れば、……それはつまり、家族の無残な最期から目を背けることなく、全てを受け容れなければならないことを指す。

それを受け容れるということは、………ひょっとすると奇跡的に家族の誰かが生き延びていて、……十二年を経て帰ってきてくれるかもしれないという、わずかな希望、……都合の良い奇跡を、……手放すということだ。

そんな奇跡あるはずがないと知っているのに、……その小さな希望は、この十二年間、わずかながら胸を温めてくれたことを、私は認めなければならない。

……真実を知りたい。でも、誰かが帰ってきて欲しい。この二つの願いは、矛盾していたのだ。

真実を知ることで、……誰も帰ってこないことを、……私は受け容れなければならないのだ……。

「…………真実は、いつだって残酷よ。時にそれは、自分の希望を刈り取りさえする。………多くの場合、ニンゲンは真実を得ることへの対価に気付いていない。……私はあなたに、その覚悟があるのかどうか、問いかけただけ。」

私は、矛盾した二つの願いのどちらかを、選ばなければならない。

真実を得て、……家族が帰ってくるかもしれないという、都合の良い希望を捨て去るか。それとも真実を諦め、……実際には永遠に帰ってこない家族の帰りを待ち、…………兄に与えてもらった、子供騙しの幻想で、凍える自分を温め続けるのか。

「…………聞かせて、縁寿。……あなたに真実を知ろうとする覚悟は、本当にあるの……？」

「…………………………。……………あるわ。」

「その決意は揺るがない？」

「揺るがないわ。」

即答すると、ベルンカステルはじっと私を凝視してきた。彼女の感情なき瞳は、……私の決意を、読み取ってくれるだろうか。

兄がゲームマスターとなってまで、真実を覆い隠す今。……私にとって真実を得る最後の頼みは、ベルンカステルが指し示す道標だけなのだ…。


「………あなたの瞳の奥に。……真実を追い求める者の輝きを見たわ。」

「教えてくれるの⁉ 私に、真実に至る道を…！」

「えぇ。………あなたを導いてあげる。忘れたの、縁寿？ ………だってあなたは、魔女エンジェ・ベアトリーチェ。私はあなたの後見人なのよ…？」

それをベルンカステルの口より聞いたのは、いつ以来のことだろう。

……そう。一番最初に、この未来の世界で出会った時、私は彼女を後見人として、魔女になったのではなかったか。

…………一九八六年のベアトリーチェに打ち勝てる、一九九八年のベアトリーチェに、なったのではなかったっけ…。

「あなたは、一九九八年のベアトリーチェ。……エンジェ・ベアトリーチェ。……私が後見人となって、あなたを黄金の魔女と認めた。そして一度は魔法を理解し、無限の魔女の称号も得た。……でも今や、あなたはベアトと同じ、無限の魔女ではないわ。」

「……………真実の魔女。」

「そう。………ヱリカと同じ。あなたは、一なる真実を求め、如何なるまやかしにも騙されることがない、真実の魔女なのよ。」

「真実の魔女、……エンジェ・ベアトリーチェには、………〝一なる真実〟に辿り着く力があるのね…。」

「あるわ。……でも、あなたにはその力を、これまで使うことは出来なかった。どうしてかわかる？」

「……今ならわかるわ。………私は真実を求めながら、……その一方で、真実を知ることを、無意識に拒んでいた。」

「そう。……あなたは真実を求めながらも、同時に。……真実を知ることで、家族が帰ってくるかもしれないという奇跡が失われることを、無意識に恐れた。……だから、一なる真実に手を伸ばす資格が、なかった。」

「…………………………。……悔しいけど、その通りだわ……。私には、……甘えがあったことを、認めなくちゃならない…。」

私は認めなくてはならない。

……家族はみんな、死んだのだ。それを認めた上で、……どうして死んだのか、誰の何の思惑で死んだのかを、暴かなくてはならないのだ。

「……ありがとう。………あの薄暗い劇場で見せられたカケラは、……そんな私の目を、醒ましてくれるものだったのね。」

「あなたが本当の意味で真実の魔女となってくれるのを待つために、ずいぶんと多くのゲームを重ねることになったわね。……でも、その全てに意味があったと思う。……この、最後の最後のゲームで、あなたは真実の魔女に至れたのだから。」

「………教えて。……あの日あの島で、何があったの。……それを直接教えろなんて言わないわ。だから指し示して。……私は何をすれば、真実に至ることが出来るの…！」

「ここは少し涼し過ぎるわ。………場所を移しましょう。」

「どこへ。」

「マシな紅茶が飲める場所へよ。」

玄関ホール

淡く輝く黄金蝶が飛び交うホールを、大勢の拍手が満たす。その拍手は健闘を讃えるもの。ベルンカステルを讃えるものだった。

「そして、ベルンカステル卿のゲームもまた、素晴らしいものであったぞ！」

「みんなにも彼女のゲーム盤を公開するので、ぜひ挑戦してみて欲しい。かなりの力作だぜ！」

ベアトと戦人が賛辞を述べる。

すると、進み出たゼパルとフルフルが、高々と手を挙げて言った。

「さぁ、みんな！　集まれ集まれっ！」

「ベルンカステル卿の推理ゲームって、どんなのかしら！」

「「それはやってみてのお楽しみ!!」」

いくつかのテーブルの上に、チェス盤のようなものが広げられる。その周りに大勢が集まり、興味深そうに眺めていた。

「ほほぅ、これは論理パズルのようだね。」

蔵臼が見抜く。夏妃は彼の後ろから、遠慮がちに盤面を覗き込んでいた。

ワルギリアは何度か小さく頷き、早くもロジックの要点を理解したらしい。

「なかなかの正統派ではありませんか。前提になるルールこそ違いますが、ベアトのゲームとよく似ていますね。解法にも相通じるものがあります。」

「これが魔女のゲームってものなんだね。」

「はー。こうやって見ると、ただのゲームなんだよな。……でもこれ、駒にとっては、とんでもない大事件なんだぜ。」

「ぷっくっく。それもそうですな。」

譲治と朱志香の隣で、ロノウェが忍び笑いを漏らしていた。近くではドラノールが淡々とした表情のまま、……しかしどこか楽しげに盤面を見ている。

「せっかくのベルンカステル卿の手土産デス。楽しませていただきまショウ。」

「しかし、これは難解ですね……。本当に解けるように出来ているのかどうかさえ、怪しくないですか……?」

「理御。解けるように出来ていることを、まず信じろ。……問題は解けるように出されていると、出題者を信頼して初めて、思考の戦いは始まる。」

ウィルは確信に満ちた声で、そう主張した。


「その点は俺たちも保証するぜ。さぁさぁ、ぜひ挑戦してみてくれ…！」

戦人が促すとそれぞれのテーブルで、ベルンカステルの推理ゲームの議論が始まった。

ニンゲンと幻想の住人との、双方入り乱れての議論は実に興味深いものだった。

それらの喧噪から離れたところに椅子を置き、ベアトとベルンカステルは腰を下ろしていた。

「お茶にご希望はございますか。」

「おお、源次。妾には、何か落ち着く紅茶が良い。それをミルクティーにしてくれぬか。」

「畏まりました。……ベルンカステル卿は、何かご希望はございますか。」

「……紅茶に梅干しを沈めてちょうだい。……まずい紅茶を飲みやすくするコツよ。」

「くっくっく！　そうへソを曲げるなというのだ。そなたのゲームは、実に面白かったと讃えているというのに。」

ベルンカステル渾身《こんしん》のゲームに打ち勝ったベアトの表情は、これでもかという程に上機嫌だった。

「……別にヘソを曲げてなんかいないわよ。私はもともとこういう顔よ。」

そこに、戦人が近付いてきた。

「でもよ。よくひねった、面白いゲームだったぜ。」

「そう？　………ありがと。」

「解けないようにも作れるのに。お前はちゃんと解けるように作ったもんな。……それはゲームを楽しもうというフェアな精神がなけりゃ出来ないことだ。」

「……私は絶対に勝てるゲームが好きよ。勝てないかもしれないゲームなんて、面倒臭い。」

「今度は、攻守を逆にしてゲームをしたいな。俺が出題して、それにあんたが挑戦する。あんたが俺に勝つためのゲームだ。」

そう言って笑う戦人を見て、ベルンカステルは小さく息を吐く。

「…………あんたもベアトも。……あんたたちって、つくづく面白い考え方ね。」

「何がだ？」

「……ゲームは、勝敗を決するための手段でしょう？　そして、それを仕掛けるからには、至上目的は自分の勝利のはず。……なのに、自分が負けるかもしれないゲームを、どうしてわざわざ仕掛けるの…？」

「絶対に勝てるゲームなんて、つまらないだろ。そんなのゲームじゃない。」

「…………………………。」

「勝つか負けるか。そのフェアなやりとりが面白いんじゃないか。ゲームってのは、戦いじゃない。コミュニケーションなんだ。その過程を楽しむ。勝敗という結果は、まぁオマケみたいなもんさ。」

「………やっと。……ベアトたちと私の考えの、何が違うのかはっきりと理解出来たわ。」

「違いって？」

「あんたたちにはコミュニケーション。……私には、そうではないということよ。」

「お前、ずいぶん殺伐とした世界に生きてるんだな。」

「…………あんただって。……ベアトのゲームを理解するまではそうだったはずよ。……永遠のゲームは永遠の拷問。……その苦しみを、あんたはもう、綺麗さっぱり忘れてしまったというの…？」

「…………………。……確かにそう思った日もあった。……しかし、もう決着はついた。そうなれば、過去のことはグチグチ言わない。ノーサイドってヤツだ。」

「……あんたにとっての永遠の拷問は、笑って水に流せる程度のものだった。……私にとってのそれは、そんな生易しいものではなかった。……そういうことだわ。」

「……あんたの生い立ちは知らねぇが。……苦労があったみたいだな。」

「ふん。……成駒如《ごと》きのあんたに同情されるとは、私も焼きが回ったもんね。」

ベルンカステルは、源次の持ってきた紅茶を啜ると、遠い目をして天井を見上げる。

その詳しい事情を知ることは出来ないが。……ベルンカステルの気持ちをわずかに察することは、戦人にも出来た。

「……………今のあんたは。誰かの拷問に苛まれているのか。」

「まさか。…………私は自由人よ。誰の束縛も受けない。」

「なら、良かったじゃねぇか。少なくとも、昔とは違う。」

「…………そうね。昔に比べたら、だいぶマシだわ。……退屈から逃げ果《おお》せるための、長い長い終わりのない旅だけれど。」

「……俺たちは、フェアなゲームを戦って楽しんだ、友人同士だぜ。もし、お前の日々が退屈から逃げ回るためだけのものだというなら。……たまには、俺たちのところに寄るといい。俺たちは友人を歓迎する。そして、友人を退屈から逃すために、色々な持て成しやねぎらいをするだろう。」

快活な笑みを漏らす戦人を、ベルンカステルはじっと見つめていた。

「……………この大ベルンカステルを、友人として持て成すと……？」

「あぁ、そうだ。」

「……ふっ……。………あんたたちに付き合ってると。せっかくの梅干し紅茶も、何だかベタベタに甘くなってくるわ。やってらんない。」

「ベアトに聞いたぜ。梅干し紅茶とやらが好物なんだってな。金箔まぶした最高級梅干しを紅茶に放り込んでやるから、それを楽しみにしてまた来いってんだ。」

「………もし、本気でそう思ってるなら、もう少しはマシな紅茶を用意することね。……こんなまずい紅茶じゃ、二度と来てやろうという気にはならないわ。」

「やれやれ。普段はよっぽどお上品な紅茶を飲んでやがるらしいぜ。むしろ今度、その紅茶が飲めるところに招待しやがれ。」

「……………あんたを、……私が？　…………くすくす、…………あっはっはっは。」

「フェアだろ？　俺たちも持て成す。だからお前も、俺たちを持て成せ。」

「そうね、フェアだわ。」

「だから、ゲームもフェアにいこう。攻守を交代して、またゲームをしようぜ。その機会を楽しみにしている。今回は俺たちの勝ちだったが、次はわからねぇさ…！」

「………そこまで驕《おご》れれば大したものだわ。でもね、あんたは一つ、勘違いをしているわ。」

「何をだよ。」

「私のゲームは、まだ終わっちゃいないわ。……最後に勝つのは、どちらかしらね。」

ベルンカステルは紅茶にもう一度口をつけると、薄く笑いながらカップをテーブルに置く。

「……ここの紅茶は甘過ぎて、飲めたもんじゃないわ。……源次、ありがとう。下げてちょうだい。」

「畏まりました……。」

ベルンカステルは、ほんの二口しか飲まずに紅茶を下げさせる。戦人はそれを、ベルンカステルなりの照れ隠しだと理解し、微笑んでいた。

…………………………………。

戦人。……あんた、何てまぬけな、能天気な顔で微笑んでるの…？

もしこの最後のゲームが本気で、お花畑なエピローグになると信じてるなら。

私があんたたちを、最後に相応しいゲームに招待してあげる。

戦人。

あんたは忘れ過ぎよ。最後のゲームの鍵は、誰の手に委ねられているのか、ということをね……。

■フェザリーヌの書斎

鼻の奥が疼《うず》く。

嗅覚で意識が戻るなんて、斬新な体験だった。

私はゆっくりと目を醒ます。

感覚を確かめながら手を動かし、顔の前に持ってくる。私の身体は、……十八歳のそれだ。

……いや、そもそもいつの間に意識を失っていたのだろう？　眠った記憶も、倒れた記憶もない。

そうだ。……ベルンカステルに、マシな紅茶が飲めるところへ行こうと誘われて……。

……そこから記憶が曖昧になる。

そして、私の目を醒まさせたのが、紅茶の匂いなら。

「…………ここは……？」

「アウアウローラの書斎よ。……紅茶の趣味がいいことだけは、たとえあいつであっても、認めざるを得ないところだわ。」

私は薄暗い書斎のソファーに腰を掛けていた。

向かいには、ベルンカステルが。……そして目の前には、美しいカップになみなみと注がれ、熱い湯気をたてる紅茶が置かれていた。

「………ここは、…………確か…………。」

私は覚えてる。

ここには来たことがある。……確か………。

「久しぶりだな、人の子よ。」

……あぁ、その声。聞いただけで記憶が蘇る。

「久しぶりじゃない。………我が主。」

「そなたを再び我が書斎に招けるとは思わなかったぞ。……まさか、そなたたちのゲームに、まだ続きがあろうとはな。」

相変わらずの尊大な口調。

それにベルンカステルが答える。

「……続きなんて甘いものじゃない。これが、本当の最後の、ピリオドのゲームよ。」

ここは、フェザリーヌ・アウグストゥス・アウローラの書斎。尊厳なる観劇と戯曲と傍観の魔女。

……かつて私は彼女に呼び出され、巫女という名の朗読役を命じられたこともある。

「まさか、私をまた朗読役に…？」

「そなたを呼んだのは私ではない。……我が巫女が、そなたと私を引き合わせたのだ。」

「何のために…？」

私はベルンカステルを睨む。

「決まってるじゃない。……あんたに、真実に至るための道標を示すためよ。」

「フェザリーヌが私に示してくれるの？」

「………私は観劇の魔女だ。……舞台の上の役者に干渉することは、あまり好まぬのだがな。」

「アウアウローラ。あんたは戦人の退屈な芝居を観劇するのと、私の手による、運命の分岐を司る刺激的な芝居を観劇するのと、どっちを好むのかしら？

……退屈に、一分一秒だって耐えられないくせに。」

「ふ、……くっくくくくく。」

ベルンカステルにそう言われたフェザリーヌは、揺り椅子を揺らしながら、くぐもった笑いとともに天井を見上げている。彼女が、私が至りたいと願う真実の、何かの鍵を握っていることは明白だった。

「…………鍵を握っているのは、文字通りそなたではないか。……私に出来るのは、その鍵で開けることの出来る、鍵穴を教えることだけだ。人の子よ。」

口に出したつもりはないのに、フェザリーヌは当然のように問いに答える。

……そう言えばそうだった。フェザリーヌは私如き人の子の思考は、言葉を耳にするかのように読めてしまう。ま、話が早くていいかもしれない…。

「教えて、フェザリーヌ。……お兄ちゃんがくれたこの鍵は何なの？」

「そなたの決断を、具現化したものだ。……この物語は、ゲームは、……そなたにある決断を求めることで終わりを迎える。その決断するという行為を、鍵の形に具現化したものが、そなたのそれだ。」

「私の決断を、……具現化したもの……。」

「そういうこと。最終的にあんたはおそらく戦人から、その鍵で開けられる二枚の扉の前に立たされ、どちらの扉を開くか選択を迫られるでしょうね。それくらいは聞かされてる？」

ベルンカステルの問いに、私は首を横に振るしかなかった。

「……………………何も教えてくれない。……然《しか》るべき時が来れば、……みたいなことしか言わないの。……お兄ちゃんも誰も、……何も教えてくれない。」

「戦人は、そなたの自由意志による選択を尊重したいのであろうな。」

「でも縁寿。……もう、薄々は気付き始めてるんじゃない？」

「……何を。」

「戦人は、あんたに選ばせたい答えがあるんじゃない……？」

その言葉に、……私の心臓はどきりと鳴る。

……それは、思っていた。お兄ちゃんは明らかに、……私を真実から遠ざけて、何だか曖昧な、白昼夢みたいな物語にしたまま誤魔化そうとしている。

「……仲良しこよしで煙に巻いて、……私を真実から遠ざけようとしている。………お兄ちゃんは、卑《ひ》怯《きょう》だわ…。」

「確かに、そなたから見れば卑怯とも呼べよう。しかし、思い出すが良い。そなたはこのゲームで、自ら真実を探すと決意していたではないか。……それは何を意味するというのか。」

「かつて戦人はプレイヤーで、ベアトはゲームマスターだったわ。そして二人はそれぞれの真実のために戦ったわ。………そして今度は?」

「……私がプレイヤーで、……ゲームマスターはお兄ちゃんだわ。」

私は、……ひょっとして、一番最初から勘違いをしていたのではないだろうか。

お兄ちゃんが、あの日に何があったのか教えようと言うから、……私はお兄ちゃんの後についていけば、何かがわかるに違いないと思っていた。たとえ、そこに嘘が混じっていたとしても……。

でも、………それじゃまるで、あの日の全ては魔法の仕業だったと主張するベアトに、お兄ちゃんがウンウンと頷きながらついていくようなものじゃないか。私は、……何て馬鹿な誤解を……。

「……このゲームは、………私と、………お兄ちゃんの戦いのゲームだったの……?」

「それを理解せずにゲームに臨んでいたとは、驚きだ。」

私は、絶句する……。

これは、……真実に至ろうとする私と、………煙に巻いて誤魔化して、一九九八年の孤独な未来に、私を一人ぼっちで追い返そうとするお兄ちゃんとの、………戦いのゲーム。

私は、お兄ちゃんが首に掛けてくれた鍵を握り締め、しばらくの間、自分でも理解の出来ぬ感情に、わなわなと震えた。

きっと、お兄ちゃんは、私に勝つために、その最善手を尽くしているに過ぎないのだ。

……もしゲームが、遊びのようなコミュニケーションでなく、……勝利することだけを目的とする過程を意味するものだったなら。フェアなゲームなんて存在しない。相手にルールすら教えず、右も左もわからない内に、騙し討ちで倒すのが一番に決まってる……。……お兄ちゃんは、………その意味において、悪くない。

でも、私の目的は、もはやはっきりしている。

一九八六年十月四日、五日。

この日に六軒島で、何があったのか。それを覆い隠すベールを引き裂いてやること。それだけだ。

「………お兄ちゃんは私にこの鍵を、……お兄ちゃんが望む鍵穴に入れさせたいのでしょうね。……そのために私に延々と、……甘ったるい幻想を見せつけた。でも、もう誤魔化されないわ。……私は、私の望む扉を自ら選んで開くっ。」

私はソファーから立ち上がる。

もう迷わない。惑わされない。

「ぼんやりと戦人の言いなりになっている縁寿よりは、この方が確かに、私の好む物語であるな。」

「じゃあ、続きを今度こそあんたに任せるわ。……縁寿に教えてあげて。真実に至る、鍵穴を。」

「教えてっ。私にその鍵穴をッ！」

「………いいだろう。まずは腰を下ろすが良い。今、持ってこようぞ。」

フェザリーヌが揺り椅子より立ち上がると、……ぐにゃりと視界が歪むのを感じた。

立っていることが出来ず、ソファーに崩れ落ちる。

……何？　何かの干渉？　今からフェザリーヌが、大事なものを見せてくれるというのに、………どうして、……急に、……意識が……。

私は膝に爪を突き立て、意識が遠退《とおの》かないように歯を食いしばる。しかし、……どんどん世界は歪んでぐにゃぐにゃになっていく……。座っているソファーの感覚以外は、何もかもわからなくなってしまった……。

■八城《はちじょう》 十八《とおや》の書斎

「お嬢？」

「………えっ。」

暗闇に落ちた意識が、聞き慣れた男の声で引き戻される。

「先方がいらっしゃったようですぜ。」

ドアノブが回る音が聞こえた。

扉が開き、………八城十八が姿をあらわす。


……どういうこと？　ここは、……魔女の世界じゃなくて、……ニンゲンの世界…？

私はソファーに座っていて、後ろには天草がいる。

…………………………。

……惑わされる必要はない。フェザリーヌと八城十八は同じ存在だ。彼女にとって、双方の世界の違いなど微細なもの。観劇を好む彼女風に言うなら、……舞台の上の背景がちょっと違う程度でしかない。

だから私は、何も臆す必要はない。

「……今度は、八城先生と呼べば？」

「名前というものの、何とややこしきことかな。……ここに私とあなたがいることに何の変わりもないのに、あなたは私を何と呼べばいいのか、迷わねばならない。」

「……そうね。フェザリーヌと呼ぶのも、あなたにとっては無粋というわけだわ。……役者にとって、自分の演ずる役の名前など、仮のものでしかない。」

「そういうことだ、人の子よ。」

「フェザリーヌ⁉」

天草は、私が唐突に何を言い出すのかと目を丸くしている。それを気に留めず、続けた。

「……それで、あなたは私に何を見せてくれるの。」

そう言いながら、私の目は彼女が小脇に抱える、重そうなそれに釘付《くぎづ》けになっていた。それは一見すると、豪華な装丁の百科事典のように見えた…。

「これを、ご存知ですか。」

フェザリーヌは私に問いかけながら、重みあるそれをテーブルの上に置いた。

第一印象は、……魔導書。

真里亞お姉ちゃんが持っていそうな、神秘的でミステリアスな感じの重厚な本だった。

そして何より特徴的なことは、……開けられないように厳重に蝶番《ちょうつがい》付きの金具で封印され、頑丈そうな錠前で閉じられていることだった。ここまでして、中身を読まれることを拒む本とは一体……。

「手に取り、裏をご覧になるといいでしょう。」

「……裏…？」

膝の上に乗せて、その重い本をごろりとひっくり返す。そして、それを見た途端に、私は小さく息を呑み込んだ。

「………エヴァ…。……ウシロ、……右代宮……。……右代宮絵羽っ。」

そこにはローマ字で、確かにそう記されていた。

「これは何…？　絵羽伯母さんの、……日記…？」

「ひょっとして、……こいつが噂の。」

「天草、あんた、何か知ってるの…⁉」

「噂程度ですがね。……絵羽会長は、秘密の日記を持っていて、それには厳重に錠前を掛けていて。……出先に行く時も必ず持っていってた、ってぇ話は、護衛仲間から聞いたことがあります。」

「……秘密の、……日記……。それがどうしてここに……。」

「右代宮絵羽が息を引き取った病室にあったものです。」

フェザリーヌはこともなげに言う。

この日記は、ベッドの裏側に隠されていたのだという。そのため、絵羽の死後も長く発見されずに、病室内に留まったらしい。それを偶然、病院の関係者か、もしくはその病室にかかわった患者か家族が発見したのだろう。

……当然、その頃には六軒島ミステリーは、大きなムーブメントになっていた。その右代宮絵羽が過ごした最後の病室に隠されていた、錠前付きの日記ともなれば、……その価値は計り知れない。

発見者はおそらく、その価値を正当に評価出来る〝ウィッチハンター〟たちに、それを秘密裏に譲り渡したのだろう。

仮にそうだとすれば。幸運だったのは、この日記を手にしたウィッチハンターたちが、高尚な人間たちばかりだった点に違いない。彼らはきっと、錠前を破壊して真実を暴くという無粋を嫌い、……このミステリアスな錠前の向こうに、あの日の真実が眠っているという事実だけに、純粋に酔いしれたのだ。

そのお陰でこうして、……絵羽伯母さんの日記は、傷一つ付けられることなく現存している…。それがフェザリーヌの説明から考え得る、妥当な結論だった。

「右代宮蔵臼の妻、夏妃は、日々の不満や鬱積を、日記に記すことで封印するという、ある種のまじないをしていたことが、すでに知られています。」

「……同じことを、絵羽伯母さんもやっていたと？」

「可能性はありますなぁ。……その日記の金具を外すのは、たとえ鍵があったとしてもかなり面倒だ。まるで、ギチギチのコルセットみたいに封印してやがる。」

天草の言う通りだ。この日記は、気軽に開いて、気軽に過去を振り返ることが出来るようには、なっていない。

……右代宮夏妃がそうしたように、記すことで忘れ、封印するための日記に、おそらく間違いないだろう。そして、病室にまで持ち込み、誰にもその所在を知らせずにベッドの裏に隠していた…。

「………まさか、この日記に。……絵羽伯母さんが、あの日、何があったのかを記している……、とでも言うの…。」

「中を読めば、全てがわかるでしょう。……しかし、その錠前を外す鍵の行方がわからないのです。」

私は、はっとする。そして自らの胸を見る。そこには兄が掛けてくれた、あの鍵があるはず……。

「え？　な、……ないッ。か、……鍵…！」

「……どうしたんです、お嬢。鍵って？」

「私がずっと首に掛けてたでしょ⁉」

「……俺は知りませんぜ。鍵なんざ、ぶら下げてましたか…？」

すぐに理解する。ニンゲンの世界で、私は鍵を手に入れてはいない。鍵を持っている私は、……魔女の世界の、ゲーム盤の上の私だ。

「鍵を持っている私に戻して。この日記を開けるわ。」


フェザリーヌが指を立て、くるっと回すと、再び世界はぐにゃりと歪む。

■フェザリーヌの書斎

フェザリーヌの書斎に戻ると、私の胸にも、すうっと、首に掛けられた鍵が戻ってくる。

しかし今度は、同じようにすうっと、……膝の上に置いていた日記が消えてしまう。

「日記はどこに⁉」

「ゲーム盤のどこかに存在するだろう。選択の扉とは別に、これもそなたに与えられる鍵穴の一つである以上、必ずどこかに存在するはず。」

「お兄ちゃんが、どこかに隠している…？」

「……戦人があんたとのゲームを気取る以上、それはおそらく、完全な意味では隠されていないわ。」

ベルンカステルの言葉に、私の心臓が小さく跳ねる。

「どういう意味…？」

「戦人にとって奪われたくないキングであっても。それはゲーム盤に置かれていなければ、ゲームとして成立せぬということ。」

「つまり、………あの、右代宮家のどこかにあったということ…？」

「あるいは、すでにそなたには一度、目にする機会が与えられているのかもしれぬ。……詐欺師が一番最初に見せる契約書に、極小の字にて、すでに悪辣なる罠《わな》が記してあるかのように。」

「……戦人がゲームマスターとして、ミステリーの作法とやらに則《のっと》るなら。………〝手掛かりは必ず提示され〟、〝戦人が負ける選択肢も、必ず提示されている〟。………縁寿。思い出しなさい。……あんたはすでに戦人の世界で、絵羽の日記を見ているはずよ。」

その時、………私の脳裏に、………この最後のゲームが始まる、一番最初の光景が蘇ってくる。

あの礼拝堂で。……祭壇の上に置かれていた、〝錠前の掛けられていた本〟……。

あの本に興味を示したら、……兄は駄目だと、きっぱり言い放った……。

「あれが、………絵羽伯母さんの日記………。」

「そうよ。右代宮絵羽の日記。あの日の真実を記した、〝一なる真実の書〟。」

私はベルンカステルの言葉を、……自らの口で復唱する。

「……一なる、真実の書……。それに、本当の真実が記されているの？　だってそれは絵羽伯母さんの妄言の可能性も……、」

「観劇と戯曲と傍観の魔女、フェザリーヌ・アウグストゥス・アウローラの名において。赤き真実で、私が断じよう。……右代宮絵羽の日記、〝一なる真実の書〟には、一九八六年十月四日から五日にかけての、六軒島の真実が記されている。」

■玄関ホール

ベルンカステルの推理ゲームに対する議論は、各テーブルごとに熱心に繰り広げられていた。いつの間にか、どのテーブルのグループが最初に解くかを競い合う雰囲気になり、ますます盛り上がっていた。

　壁際の席からホールの喧噪を眺めていた魔女に、戦人が話しかける。

「ベルンカステル。縁寿とヱリカは、まだ到着しないのか。」

「……もう来てもいい頃よ。どっちが先に到着するか、賭けでもする？」

　淡々と返事をするベルンカステルの隣で、ラムダデルタは首を傾げた。

「ヱリカが遅くなるのはともかく、縁寿もずいぶん遅くなったわね。……一体、どこの深遠に突き落としてたやら。」

「失礼ね。ちゃんとソファーに紅茶でくつろいでもらってたわよ。」

「ベルンカステル卿の好む紅茶が、縁寿の口に合うと良いのだがな。」

　ベアトはそう言って笑う。

「ははは、確かにな。」

「失礼ね。誰の口にだって合うわよ。……ヱリカなんか、私の紅茶はポットの最後の一滴から、お味噌《みそ》の壺《つぼ》の底まで綺麗に舐《な》め取るわよ。」

「……なぜそこで味噌が出てくるのか、大いに疑問だぜ…。」

「それにしても、……ヱリカか…！　あやつとは久しぶりの再会になるな。」

「そう言えばそうだな。名探偵殿が、あのベルンカステルのゲームを解くのにどの程度の時間を掛けるのか、見物だぜ。」

「……あの子は得意よ、こういうゲームは。多分、上から下まで三度も読んだら、もう答えを出しちゃうんじゃない。」

「だろうな。正解をご満悦で語る、あいつの顔を早く見てやりたいぜ。」

「いやいや、それどころかあやつのこと。色々と屁《へ》理屈《りくつ》をつけて、戦人一家以外にも犯行は可能だ、などと言いかねんぞ。」

「だな。むしろ正解より、その自信たっぷりの屁理屈が聞きたい気分だ。」

戦人とベアトは、ヱリカとの久しぶりの再会を楽しみにしているようだった。

……ヱリカとは、二度のゲームで死闘を繰り広げた。しかしもう、敵も味方もない。このお疲れ様パーティーに招き、友人として迎え入れたいと、心の底から願っていた…。

「それにしても、ちょっと意外なカンジー。」

「……………何が？」

「だって。あんたがこんなにもあっさり縁寿を解放するなんて。」

ラムダデルタは、戦人たちに表情を見られないようにしながら、小いじわるそうに笑う。

「そんなに意外…？」

「ええ、意外よう。ベルンのことだから、解放せずに次々と戦人に難問を突きつけて苛め抜いたり。

……………あるいは縁寿におかしなことを吹き込んで、ゲームを最後に掻き回してくれる程度のことはするんじゃないかと思ってた。」

「…………………………。」

「ベルンのことを、世界で誰よりも知っているつもりでいたのに。予想が外れてがっかりよ。」

「……言うわね。でも、安心して。……やはりあんたが、私のことを世界で一番理解しているのは、間違いないのだから。」

「そ、……そりゃそうよぅ！　このラムダデルタ様は、全宇宙でイッチバン、ベルンのことを愛してて大好きで理解しちゃってるんだから～☆」

ラムダデルタは、滅多にないベルンカステルの、友情を思わせる言葉にどぎまぎしている。

「……戦人様。ご歓談中、失礼いたします。縁寿様がお帰りになりました。」

いつの間にか近くに来ていた源次が、丁重な礼とともに言った。

「おぉ、帰ってきたか！　良かった。その、無事か……？」

「雨に少し濡れてしまったようで、今、熊沢がタオルを用意しております。」

戦人はそれを聞き、安堵する。そしてベルンカステルの方を向き、その解放をわずかでも疑ってしまったことを詫《わ》びるように愛想笑いを浮かべる。

ベルンカステルは反応せず、淡々とした表情に、わずかな微笑を浮かべているだけだった。

その時、奥の廊下から縁寿を伴った熊沢が姿を見せる。

「縁寿様のお帰りでございます。」

「……………ただいま。」

「戦人っ。縁寿が帰ったぞ……！」

それをいち早く見つけたベアトが、戦人を振り返った。

「縁寿……！　良かった、心配したぜ。」

「…………………………。」

縁寿は、安堵の笑みを浮かべて駆け寄る戦人をじろりと見る。その表情はどこか淡白だった。

「……戦人ったらね。あんたのことを、私が鎖か何かで岩牢《ろう》に吊るしてたとでも思ったみたいよ。」

「い、いやいや。そこまでは思ってなかったぜ。」

「………ベルンカステルの友人の家で、紅茶をご馳《ち》走《そう》になってただけよ。なかなか美味しかったわ。」

「味噌とか梅干しは入ってなかったか…!?」

「…………………。……入ってるわけないでしょ。」

縁寿は素っ気なく言うと、兄の前を通り過ぎ、ベルンカステルと小声で何か言葉を交わす。

「どうした、戦人。」

「え、あ、いや……。何でもない。」

妹が素っ気なかったので寂しかった、なんて言ったらベアトに笑われるか、引っ掻かれるに決まってる。縁寿だって、年頃の女の子だ。男の自分には理解出来ない理由で、虫の居所が悪くなることもあるだろう。……そう理解し、とりあえずは縁寿の無事に納得し、その場を離れようとする。

「戦人。……縁寿が呼んでいるぞ。」

「え？　あぁ、すまん。」

「さっきから呼んでるわよ。無視しないで。」

「……別に無視してたわけじゃねぇぜ。……何だよ、お前。さっきから機嫌が悪いぞ。」

「大方、ベルンカステル卿に珍しい紅茶とでも偽られて、おかしなものを飲まされたせいだろう。ひゃっひゃっひゃ！」

「……あんたに用はないわ。ちょっと引っ込んでて。」お兄ちゃんと二人で話がしたいの。」

「そうは行かぬぞ。妾はこう見えても領主夫人…！戦人に関してはすでにそなたよりも妾の方が、」

「……悪い、ベアト。少しだけ席を外してくれるか。」

縁寿の機嫌が、ちょっと虫の居所が悪いという程度ではないことを、戦人はもう察していた。

ベアトは何かを言い返したいかのように頬を膨らませる。しかし、それをため息と共に吐き出し、その場を立ち去ってくれた…。

「…………………………。」

「……これでいいか？」

「ええ。だってこれは、私とお兄ちゃんのゲームでしょ？　プレイヤーは私。ゲームマスターはお兄ちゃん。……私たちの間にいくつ駒が入り込もうと、結局は私とお兄ちゃんとの、直接の戦いであることに、何の変わりもない。」

「……まぁ、確かに俺がゲームマスターだが、別にお前と戦ってるわけじゃないぞ。この最後のゲームは、お前を一九八六年の六軒島に招待するために開いたものだ。」

「ゲームは、勝敗を決するために行われるものよ。敵と味方が揃って初めて、ゲームと呼ぶ。……そこを誤魔化さないでっ。」

「お前、……何を言い出すんだ…。」

「すっかり騙されていたわ。私も最初は、お兄ちゃんが一九八六年のあの日に招待してくれるのだと思ってた。……でも違う！　これは全部、お兄ちゃんの茶番じゃない！　甘ったるい物語でお茶を濁して、私を煙に巻いて！　孤独な未来へ、安っぽい温かさを手土産に追い返そうとしているだけじゃないッ！


私は最初から求めてるわ！　あの日、六軒島で何があったのか！　それに対するお兄ちゃんの答えがこのゲーム！　この甘ったるい幻想パーティー!!　私の問いに対するお兄ちゃんの答えはもはや明白だわ！　私は真実が知りたい!!　そしてお兄ちゃんに教える気はないッ！」

「縁寿……、いいか、そうじゃない、」

「誤魔化さないでッ!!　これは私とお兄ちゃんの、最後の戦いのゲームだったのよ！　私はあの日の真実を求める！　そしてお兄ちゃんは、あの日の真実を幻想で覆い隠そうとしてる!!　何も変わらない！　お兄ちゃんとベアトが戦ってた時と、何も構図は変わらないのよ！　もうすぐで私は、お兄ちゃんに全てをうやむやにされたまま、ゲーム盤から追い出されるところだった！　お生憎ね、私はもう、このゲームは私とお兄ちゃんの戦いであることを理解してるの。もうこれ以上は、簡単に騙せると思わないことねッ！」

縁寿の大声に、和やかな雰囲気は霧散する。

親族たちも、幻想の住人たちも、何事かと固唾を呑んで見守っている……。ベアトは駆け寄ろうとするが、来るなと戦人に制される。

「……何が望みなんだ。」

「最初からただ一つ！　一九八六年の六軒島の真実！　それだけを私は求めてる‼」

「真実は猫箱の中に封じられてる。……猫箱の外のお前には、辿り着けない。」

「だから、この甘ったるい幻想で私を誤魔化そうと⁉」

「確かにこれは幻想だ。だが、お前にこの楽しい雰囲気を、……親族の、和気藹々とした気持ちを思い出して欲しかった。………あの日あの島で何があったかじゃない。お前が忘れてしまった、親族会議の温かな雰囲気を思い出して欲しかったんだ。」

「それはお兄ちゃんが押し付ける一方的な幻想よ！　私はそれを断固拒否する、拒絶するッ‼」

「一九八六年の真実など存在しない。猫箱の中は虚無だ。……お前は、ありもしないものを求めてる。」

「……ふんっ。私はもう騙されないわよ。………存在するのよ、あの日の真実は。……それは唯一の生還者によって書き残され、現存しているッ。」

戦人の表情が一瞬だけ戸惑うのを、縁寿は見逃さない。

やっぱり隠してた。お兄ちゃんは、一なる真実の書を、私から隠していたのだ…‼

「絵羽伯母さん…！　あんたが死んでから、私は初めて感謝するわ。……あんたが、しっかりとあの日の真実を書き残してくれていたお陰で、私は真実を知る最後の機会を得た…！」

「え、……縁寿ちゃん、聞いて…！　あの日記は、伯母さんのデタラメが書いてあるだけで何の意味も……。」

「ごまかしは不要よ。あんたの日記にはあの日の真実が記されていると、すでに赤き真実で断じられているのよッ！」

「……ば、馬鹿な。ゲームマスターの戦人以外の誰が、赤き真実を使えるというのか…！」

「…………………………。……アウアウローラね。」

全てを察したかのように、ラムダデルタが笑う。

ベルンカステルは悠然と微笑しながら口を開く。

「正解よ。……〝一なる真実の書〟は、一九九八年という未来世界に存在するもの。その中身に赤き真実で保証を与えるという大役が、他の誰に務まるっていうの…？」

「ベルンカステルは全てを教えてくれたわ!! 私はもう、お兄ちゃんに騙されないッ!! 私が欲しいのは、甘ったるい幻想じゃない。本当の真実!! そして、それをいくら一九八六年のお兄ちゃんが覆い隠そうとも、一九九八年の私には暴くことが出来る!! なぜならッ!! 一九八六年のベアトリーチェがお兄ちゃんで、………私は一九九八年のベアトリーチェだから!!」


縁寿を中心に突風が渦を巻く。

それは黄金の蝶の群れを伴った、黄金の旋風。まるで、黄金の魔女、ベアトリーチェのように……。

「我こそは一九九八年の、最後の黄金の魔女、エンジェ・ベアトリーチェ!! 過去の魔女は、決して未来の魔女には勝てないッ!!」

黄金の旋風が散り、金箔を辺り一面に散らす中、……ベアトリーチェの名を未来に継承する、最後の魔女が姿をあらわす。

それは十二年間を孤独に生きた、……十八歳の縁寿だった。

「エンジェ……、ベアトリーチェ………。」

呆然と呟くベアトと、縁寿の視線が、交錯した。

「あんたは、黄金と無限の魔女。私は違う！ 黄金と真実の魔女！ 如何なる幻想も私を拒むことは出来ないわ!! さぁ、お兄ちゃんの退屈なパーティーになはもうおしまい！ ここからは私のパーティーになるわ!! パーティーを賑わせるゲームだって用意してきた！　よろしくね、絵羽伯母さん。」

「え…⁉」

　縁寿が指を弾くと、その姿は黄金蝶の旋風と共に掻き消える。そして代わりに、うやうやしく頭を垂れるドレスの少女の姿が旋風の中にあらわれる……。

　片手に黄金の杖を持ち、凄絶な笑みを浮かべたその少女に、……戦人とベアトの目は見開かれる。

「お前は……！」

「……失礼しちゃう話よねぇ？　……私にだけ、パーティーの招待状がないなんてぇ。」

「そなたは、………エヴァ……‼」

「私は六軒島からの唯一の生還者。そして、一九八六年から一九九八年まで黄金と無限の魔女を名乗る、未来の魔女‼　戦人くんの甘ったるぅい幻想なんて、未来の世界では湖面に落ちる一粒の雪より儚《はかな》いわッ。さぁ、楽しんでちょうだい‼　さぁさ、思い出してご覧なさい、〝あなたたち〟の無限の推理を‼」

　エヴァが右手を天にかざすと、そこに光が集まり、ボトルの形となる。

　そう、ボトル。それはラベルのないガラス瓶に見えた。中身は酒ではない。……怪しく青白く光るカケラが封じられていた。

「ば、戦人ッ‼　それはまずい‼　割らせてはならぬッ‼」

「さぁッ、ショータ一イム！！！」

　ベアトの叫びは手遅れだった。ボトルは床に叩き付けられ、激しく砕け散る。

　中身のカケラは空気に触れた途端、真っ白に光り輝いて粉々になり、やがて霧散していった。

　……一見、何も起こらない。しかしエヴァはにやりと笑ってから、蝶の群れとなって姿を消す。

　気付けば、ベルンカステルの姿も消えていた。

「あいつ、何をしやがったんだ…⁉」

「……おそらく、未来の世界より持ち帰った、カケラだ。……未来の猫箱の中身とでも言おうか。」

「つまりどういうことだ⁉」

戦人が問《と》い質《ただ》した時だった。

激しい音が、ざあっと聞こえた。まるで、大きな雹《ひょう》が一斉に降ってきたような音だった。

「何だ⁉」

その音は地響きさえ伴い、屋敷全体を軋ませた。

天井の埃がぱらぱらと落ちる。

そしてそれと同時に、カーテンで閉ざした窓が、青白く光った気がした。

「い、一体、何事だというの…。」

「霧江、外を！　何よ、あれ⁉」

霧江とレヴィアタンの声をきっかけに、一同は窓際に一斉に群がる。もちろん、戦人もベアトも。

そしてカーテンを開け、……全員が絶句する。

「………これは、……美しい……。」

その光景を見て、誰もが思った一番最初の感想を、金蔵が代弁する。

窓の外には、……青白く光る水晶のようなカケラが、雹が降った後のように、ごろごろと無数に転がっていた。闇の中、それらの輝きが照らし出す薔薇庭園の光景は、まさに幻想的の一言に尽きた……。

「……美しいものが、無害とは限らねェ。」

「美しい何とかにトゲがあるのはお約束にぇ。」

ウィルとシエスタ410が警戒心を滲ませる。

二人だけではない。誰もが、その光景を美しいと思いつつも、……何かの不吉な予感を覚えていた。

「……今、あそこ、何か動いたわ…！」

「お、おい、あそこに誰かいるぜ⁉　いや、あれ…⁉」

楼座と朱志香が、同時に気付いた。

理御は二人が指さす方向を見て、……その異様な光景に顔をしかめる。

「……あ、あの光るカケラから、人影が生え出してる…！」

「煉獄の七姉妹ッ、戦闘態勢‼」

ルシファーのその言葉で、ようやく全員が、今「危機」に包囲されていることを理解する…。

無数に転がるカケラは、一つ、また一つと、震えては砕け、……その中からぬぅっと、真っ黒な人影があらわれ出す。それは、山羊の頭をした、巨体。

それらが次々に、砕けたカケラの中から姿をあらわす。

そんなカケラが、……薔薇庭園中に無数に転がり、青白く一面を照らし出しているのだから、……誰もが戦慄を覚える。

「45！　全周警戒！」

「……レ、レーダーが真っ白です！　ジャミングされてるか、も、もしくは、乱反射無数、敵数確認不能!!」

彼女がシエスタ00に返答する間にも。窓の外の青白く照らし出された薔薇庭園が、次々に巨体の山羊頭たちで埋め尽くされていく。

山羊たちを生み出しているあのカケラが、……もし満遍なく島中に降り注いでいたなら。……薔薇庭園だけでなく、……今、この屋敷の周りは山羊たちで埋め尽くされつつあるはず…。

「……謹啓。」

「包囲されたものと申し上げ奉る。」

「見りゃあわかるぜ、見りゃあよ……。」

アイゼルネ・ユングフラウの補佐官たちに、留弗夫が応える。

「きっひひひひひひ。どうするの、戦人…？」

「招待状がねぇ客なら、お引き取りいただかねぇとな。……ワルギリア、ガァプ。こいつらは何者なんだ。ベアトのとこの従者ってわけじゃなさそうだな。」

「……山羊の姿は、このゲーム盤の駒の形を模倣しただけのことでしょう。」

「リーチェやリーアの眷属《けんぞく》じゃないわ。……もっと厄介な何かよ。」

「……なるホド。……ボトルメッセージの具現化というわけデスカ。」

「ボトルメッセージ？　ベアトの？」

ウィルは首を横に振り、戦人の問いを否定する。

「違うな。………こいつは、未来の住人たちの、妄想のカケラだ。」

「……猫箱はその内に無限を秘める。……その結果、箱の外の住人たちは、その中身を無限に想像することが許される。……その無限の妄想が、こやつらの正体だろう。」

ベアトは、そう言って唇を噛んだ。

「あ、あの山羊たちは、私たちをどうするつもりでしょう…。」

「仲良く握手が出来る雰囲気には見えへんでっ。」

夏妃と秀吉が為《な》す術《すべ》もなくたじろいでいた。

……ニンゲンたちの中でただ一人、……絵羽だけが全てを悟り、顔を歪める……。

「……あいつらは……。………私たちがこの島で、どんな惨劇を繰り広げたかを、勝手にでっち上げては流布して回る、最悪の連中よ…。……私が真実を語らないことを面白がり、……勝手に次々と惨劇を生み出して……。」

「なるほど。………一九八六年の猫箱を勝手に妄想する、……未来のカケラたちってわけか……。」

「仰《おっしゃ》る通りデス、バトラ卿。未来世界には、ありとあらゆる解釈が存在しマス。それらは、私たちが否定しない限り、全てが全て、真実だと言い張り、この島に居座り続けるのデス。」

「あっはははははは！　これは厄介なことになったね！」

「私たちは包囲され、絶体絶命のピンチというわけだわ！」

ゼパルとフルフルの陽気な声は、危機に瀕《ひん》していても変わらなかった。

……その時、蔵臼が異変に気付く。

「むっ、あいつら、何をしているんだ…？」

「た、食べてるよ、何か食べてる…！」

「……薔薇を、……食べている…⁉」

さくたろうと嘉音はカケラの輝きに照らされた薔薇庭園に目をこらし、その奇怪な行動に息を呑んだ。

山羊の群れたちはもぞもぞと何かをしている。

よく見れば、薔薇の茂みに頭を突っ込み、……むしゃむしゃと貪り食っているのがわかった。

それは薔薇の茂みだけではない。外灯の柱や、花壇のレンガ、……それどころか石畳にまで、むしゃむしゃと嚙《かぶ》り付《つ》いているのだ。

まるで、島中の全てを食い尽くすかのように。

「違う。……あれは、ただ食べてるんじゃない…。」

……紗音が、慄然とした表情で呟いた。

「食べているんじゃなければ、一体何だと…!?」

振り返った理御に答えたのは、……ベアトだった。

「………あれは、食っているのではない。侵食し、削り取っているのだ。……このゲーム盤そのものをな。」

戦人は愕然とし、怒りにも似た表情を浮かべる。

「ゲーム盤を、……食うだと…!?」

ゲームマスターとして開いたゲーム盤を、未来の住人に食い荒らされる。その意味を、理解出来ない彼ではなかった。

「未来の世界では、誰もが今日の私たちは惨劇に呑み込まれたと信じてるっ。……だから〝彼ら〟は、和やかに過ごす私たちの真実を認めないの…！」

絵羽が叫んだ。

ベアトも、煙管を握りしめて悔しげな声を漏らす。

「……過去の真実は、未来の真実の前に劣る。……あの、山羊たちの、無慈悲なる未来の顎と牙は、……我らの真実を認めず、〝彼らの期待する真実〟で侵食するのだ。」

「ふ、……ふざけやがって…。……これが、俺たちの真実なんだ…！　勝手に、未来の、それも余所《よそ》のヤツらの期待する真実に塗り替えようとするんじゃねぇ…！」

窓の外の薔薇庭園では、もう数える気さえ起きないほどの大勢の山羊たちが、ガツガツと全てを嚙《かじ》り続けている。そのおぞましい光景に、誰もが黙り込む他なかった……。

……絶句ではない。大騒ぎをして、わざわざ山羊たちに教える必要はないのだ。この明るく温かい部屋の中に、……薔薇やレンガよりも柔らかくて食べ応えのある獲物が、大勢いることを……。

「あッ、あの山羊、こっちを見てますよ…⁉」

「……静かにっ。熊沢、騒いでは駄目だ。」

「……しかし源次さん、……こ、こっちへ来ますぞ…。……まずくありませんか……。」

南條が脂汗を滲ませながら、二人に囁く。

新しく生まれた山羊の一匹が、こちらの窓へゆっくり近付いてくるのが見える。薔薇庭園にはすでに大勢の山羊たちが群がっているので、新たな獲物を求めて辺りを見回した時、この明るい窓が目に入ったのだろう。

近付くにつれて、ようやくはっきりとその不気味な姿がわかるようになる。爬虫類《はちゅうるい》を思わせる無慈悲で冷酷な、灼熱《しゃくねつ》の瞳。そして、全てをガリガリと砕いて噛み千切ることが出来る、残酷なる牙と顎。

レンガを砕く牙が、ニンゲンを同じように出来ないなんてことが、あるわけもない…。

その巨体はおそらく、窓枠よりも背が高いに違いない……。それが、のっしのっしと、……この窓を目指して歩いてくる……。

「ベアト。この窓、実は右代宮家特注の防弾ガラスだということは？」

「……防弾程度で、あの巨体の豪腕が防げるとは思えぬぞ。」

戦人の軽口にベアトは笑おうとしたが、……それは酷くぎこちないものになってしまう。

ずしん、ずしんという地響きが、――突如として激しくなった。

「う、うわ…‼　来たッ来たッ、駆けてくるぅうううぅ！！！」

郷田の悲鳴は恐怖に染まり、途中で裏返る。地震のような縦揺れが玄関ホールに接近してきた。

巨体の腕が窓へと伸びた、その時。

「……謹啓。この窓を許すことなき也と知り奉れ。」

コーネリアの封印の力が窓ガラスに赤きシールドを張る。その力に弾かれ、山羊はガラスにさえ触れられずに吹き飛ばされる。倒れ込む巨体が大地を揺らす。それがここにいても、はっきりと感じられた。

……しかし、その振動が他の山羊たちの関心も引いてしまう。何匹かの山羊たちが、こちらにわらわらと駆け出し、……それは獲物を一番に得ようという競走に変わって、地響きを伴う突進になった。

コーネリアが封じている窓は大丈夫だろう。しかしホールには窓がいくつもあるのだ。

明るければ、素晴らしい採光と眺望で楽しませてくれる数々の窓が、初めて恐怖の対象に変わる。

「ガートルード！」

「……謹啓っ、この窓を許すことなき也と知り奉れ。」

ドラノールの声と共に、ガートルードがもう一枚の窓を封印する。その窓を破ろうと飛び込んできた山羊が弾き飛ばされる。

しかし同時に、別の窓が凄まじい音と共に破られる。ガラスの破片を降り注がせながら、山羊の巨体が窓枠をぶち抜いて侵入する。

「うッ、うわぁあああぁぁあああああ!!」

誰の悲鳴かもわからない。

玄関ホールは混乱と恐怖で満たされた。

「さ、下がれッ、みんな下がるんだ！」

蔵臼が気丈に踏みとどまり、一同に避難を促している。

『……第一の晩に……、鍵の選びし……六人を…………………。』

山羊は確かにそう口走った。生臭い吐息の蒸気を吐き出しながら。

しかし、それ以上の言葉は許されなかった。

金属的な反射音が響き渡ったかと思うと、額に、首に、肩に、胸に、脇腹に、腹部に、膝に、七姉妹の杭が次々に打ち込まれる。

「何てゴツくて不味《まず》い貫き心地ッ。」

「こんなマズイ連中、何匹も食ってらんないわ……！」

人の姿に戻って、ルシファーとレヴィアタンが吐き捨てた。

他の窓も次々と破られ、数匹の山羊が、窓枠をきつそうに潜りながら侵入してくる。その口には、ついさっきまで彼らが食っていたレンガが、まだ頬張られている。それらを彼らが咀嚼《そしゃく》する度に、骨が砕かれるような不気味な音が漏れた……。

「……撃退しマス。」

「シエスタ隊、近接戦闘準備ッ。」

身構えたドラノールとシエスタ姉妹を、ウィルが片手を広げて制した。

「待ちな。……ドンパチやっても、さらに騒ぎで他の山羊たちを呼び寄せちまうだけだ。」

「……二階へ逃れるのだ。階段を封印すれば、時間も稼げよう。」

「みんな、大階段を上がれ。……急げ！」

ベアトと戦人が声を上げると、一同は弾かれたように駆け出す。

山羊たちは辺りの匂いを探るように、荒々しく鼻を鳴らした後、手近にある椅子やテーブル、カーテンなどにかじりつき始める。彼らは手近にあるものならば何でもかじりつくのだ。下手に刺激しないようにすれば、この場から脱出出来る……。

ニンゲンたちを先に二階へ逃がし、戦闘慣れした幻想の住人たちがそのしんがりを守る。山羊たちは脇目も振らずにホールを食い尽くしている。……あの、右代宮家の象徴とも言えたベアトリーチェの肖像画も、今や無残に食い荒らされていた……。

「戦人、ニンゲンの避難はあらかた終わったぞ……！」

「よし。ドラノール、全ての階段の封印を頼む。」

「ガートルードたちが行いマス。しかし時間稼ぎが必要デス。」

屋敷のあちこちから、ノックと呼んでいいのかわからない、荒々しい打撲音と、ガラスを打ち破る音が聞こえてくる。

「……さぁて、皆さん。お仕事の時間でございますよ。」

ロノウェが悠然と呼びかけると、幻想の住人たちは次々に臨戦態勢を取った。

「煉獄の七姉妹、ここにッ。さぁ行くよ、お前たち！今夜は食い放題だわ!!」

「シエスタ隊、外部タスクオールスリープ。自動更新切断、データは取るな、捕虜は取るな！」

「第七管区、アイゼルネ・ユングフラウ。領主命令により、任務を開始しマス。」

「……助太刀するぜ。理御、お前は足手まといだ。二階へ上がってろ。」

「でもウィル…！」

「ここは私たちに任せ、あなたは上へ。……あなたにも家族を守るという仕事がありますよ。」

ワルギリアの声は優しいものだったが、有無を言わせない厳しさも備えていた。

ここに残っても、自分に出来ることはあまりに少ない。理御はそれを理解し、頷く。

「わ、……わかりました。……皆さん、ご無事でっ……。」

屋敷内が、叩く音、ひしゃげる音、割れる音、かじられる音、噛み砕かれる音で騒々しくなる。

山羊の群れの侵食が、確実に近付いてきている……。

「……バトラ卿。ガートルードたちが、別階段の封鎖を完了しマシタ。残るはこの大階段だけデス。」

「あっちの階段はちっちゃいから早いわね。でも、この階段は大きいから、時間が掛かりそうねー。時間稼ぎが大変だわ〜。」

ラムダデルタは他人事《ひとごと》のように笑う。その顔を見ただけで、手を貸す気がないことがわかった。

しかし、ベアトは詰《なじ》らなかった。

……これは、戦人と縁寿のゲームなのだ。そしてラムダデルタは、それに招かれた観劇者でしかない。

「……悪く思わないでね。……虚無に喰《く》われたら、私だって死んじゃうわ。悪いけど、私は傍観者に回らせてもらうわよ。」

「元より、そなたは傍観者だ。………助力を頼めぬのは残念だがな。」

「……気を遣ってんだろ。俺たちの見せ場を奪わないために。」

「ぷぷっ。そういうことにしておきましょ。」

航海者の魔女であるラムダデルタは、この戦人のゲーム盤から自分の意思で退場出来る。

つまり、彼女にとってだけは、この状況はピンチでも何でもないのだ。

「じゃあね。……ベルンとあんたたちのゲーム、見届けさせてもらうわ。……応援してるからね。」

「ポップコーンを食べながら？」

「もちろん。今日は醤油《しょうゆ》バター味にするわ。」

ベアトに答えた瞬間、ラムダデルタの姿が爆ぜて消える。それと入れ替わりで、宙に黒い穴が開き、ガァプが飛び降りてくる。


「戦人、リーチェ。ちょっと来てくれる？　多分、見た方がいいものよ。」

「……今すぐにか？」

「えぇ。」

「行こうぞ。……皆、ここを頼むぞ…！」

ガァプが指を弾くと、足元に大きな穴が開き、戦人とベアトを呑み込む。

二人が吐き出されたのは、……漆黒の大空。

二人は夜空に浮かんでいた。眼下には六軒島が見える。そして、それを理解すると同時に、……二人をして戦慄させる光景が一面に広がっていた。

「……こ、これは………!!」

「群れじゃねぇ。……こりゃ、海だな。」

それはもはや山羊の群れではなく、海だった。

六軒島が海に浮かぶように。屋敷は今や、山羊たちの海に浮かんでいるも同然なのだ。

「……未来人ってすごいわ。……一体、この島での惨劇を、どれだけ大勢が妄想したというのかしらね。」

「猫箱の外の寝言に過ぎぬわ……！　一掃してくれようぞ……!!」

「それから、あれを見て。……判《わか》り難いと思うけど、海岸線を見て。」

「……海岸線……？」

「船着場がわかりやすいわ。よく見て。………わかる……？」

「ま、まさか…!?」

「……あぁ、……多分、そのまさかだな。……あいつら、……喰ってやがるんだ。……島ごとな……。」

■六軒島・海岸線

闇夜に閉ざされていた海岸線は、今や青白い光で満たされている。

「さぁさ、おいでなさい、未来のカケラたち!!　虚飾を幻想をまやかしを、全て喰らい尽くしちゃえばァ!?」

荒れ狂う海の上に浮かぶエヴァが、天へ向かってそう叫ぶと、……ざらざらと音を立てて、青白く光る雹が降り注ぐ。

それは全て、カケラが詰まったラベルのないボトル。島に降り注ぎ、粉々に割れては、中身のカケラを撒き散らす。そのカケラは時に二つに割れ、さらに二つに割れ、それら一つ一つが全て割れて、山羊頭の巨体を生み出していく。

雨後のタケノコのように、という表現すら、もはや適当ではない。煮立った鍋の水面がごぼごぼと泡で煮立つかのように、山羊たちが湧き出してくるのだ。そして目に付くあらゆるものを食い尽くしていく。船着場はおろか、木や石、海岸線そのものさえ。何百何千、いや何万という山羊たちがガツガツと食い尽くしていく…。

六軒島の全てを、……戦人の用意したこの最後のゲームを、全て全て喰らい尽くしていく……。

「あっはははっはっはっは!!　悪いわね、戦人くぅん！　未来はこの島に惨劇を望んでいるの…！　縁寿だって、真実を望んでる！　虚飾も幻想もまやかしも、全て全て喰らい尽くしてあげるわッ!!」

■六軒島・上空

戦人たちはもはや認めなければならなかった。

未来は、惨劇を望んでいる。仮にこの島の真実が、和やかで平和だったとしても。未来は、それを望んでいない。彼らの望む真実で、過去を、塗り潰す。

「……過去など儚いものよ。猫箱さえも、食い破る。」

ベアトはぽつりと、そう呟いた。

「何てヤツらなんだ……。……俺たちを、そんなにも惨劇にブチ込みたいってのかよ…。」

「私が見せたかったのはこれでおしまい。………戦況の判断に役立ったならいいんだけど？」

「あぁ。ありがとう。お陰で、最悪の気分だ。」

「じゃあ、次は書斎に行くわよ。ゴールドスミスが呼んでるわ。」

ガァプが指を鳴らすと、再び開いた黒い穴が三人を呑み込み、書斎に吐き出す。

■金蔵の書斎

「あいたたた…。ガァプめ、落とすならベッドの上にしろというのだ。」

ドレスの上から身体をさすり、ベアトが愚痴る。

戦人は身軽に着地し、ニンゲンたちを率いて立つ金蔵へと向き直った。

「……祖父様ッ、まずいぜ、俺たちは完全に逃げ場なしだ…！」

「わかっておる。そして、このまま立て籠もってやり過ごすことも敵《かな》うまい。」

「ロノウェたちはある程度の時間を稼ぐだろうが、それも一時であろうな……。」

屋敷に立て籠もって戦うだけでは、山羊の群れに呑み込まれるのは時間の問題だ。

屋敷内に侵入してくる山羊をほんの数匹撃退したところで、底に穴の開いた船の中で、お椀《わん》を使って水を掻き出すのと同じ話だ。

「しばらくは妾たちの力で防戦出来るだろうが、それも時間の問題よ。」

「その防戦の間に、何かの手を打たなきゃな。……逃げるか⁉　どこへ！　ゲーム盤の外へ逃げる方法はあるのか⁉」

「ゲーム盤の外は我らの領地の外側よ。航海者の魔女でなければ出ることは敵わぬ。」

それが出来るのは、ベルンカステルとラムダデルタだけだ。

しかし、ベルンカステルは当然。そしてラムダデルタも、手は貸さず傍観者になると宣言済みだ。

「逃げ場なしか。」

戦人が苦しげにそう漏らした時、……金蔵が口を開いた。

「いいや、一ヵ所だけある。」

「どこに⁉」

「黄金郷だ。」

はっとしたように、ベアトは頷く。

「なるほど……。もはやそれしかあるまいか…！」

「うむ。黄金郷は、このゲーム盤の上で、もっとも不可侵な場所だ。逃れるならそこしかあるまい。」

「でもリーチェ、猫箱すら食い破るヤツらよ。黄金郷とて、いつ食い破ってくるかわからないわね。」

「…………く、…どうする、戦人よ…！」

「即決する。撤退だ。……決断が遅れればそれさえ不可能になる。全員を黄金郷へ避難させよう。黄金郷の扉を開くにはどうすればいい⁉」

「妾が扉を開くだけのことよ。……しかし、あの山羊どもの群れが、凄まじき反魔法の毒素を放っておる。扉が開くのには時間が掛かるぞ。」

「扉が開くまで、この書斎を死守しろってんだろ？　やることは何も変わらねぇ。」

「もう一つ問題がある。……黄金郷の扉は、外より二人で押さねば閉じられない。」

「外より二人…？　どういうことだ…？」

そこまで言いかけて、戦人は察する。これは、一なる三人の魔女たちの取り決めに違いない…。

「普段ならば、わざわざ扉を閉めることもないのだがな……。今回ばかりはそうもいかぬだろう。」

「……扉を閉める役目は、お前とベアトリーチェしかおるまいぞ。」

「領主の俺とベアト。一番無難な人選だな。」

「うむ。我ら二人だけならば、身を守ることも何とかなろうぞ。」

「よし、扉を開けてくれ…！」

ベアトが煙管を振り上げ、黄金の軌跡で宙を縦に切り裂く。


すると、黄金郷の扉の裂け目があらわれる。だがあまりに細過ぎて、天井より垂れる金色の細い糸にしか見えない。

その糸は、よく見れば、わずかずつ、太くなっていく。

黄金郷の扉は確かに開いているのだが、注意深く見ていなければわからないほどにゆっくりとだ。人が通りぬけられる程度に開くには、この調子ではかなりの時間を必要とするだろう……。

「祖父様とガァプは、扉が開ききるまでの間、この本丸の守りを固めてくれ！」

「妾からも頼む。外壁をよじ登ってくる山羊どもがあらわれるかもしれんしな…！」

「心得たっ。我がライフルは獲物を求めておるわ！」

「了解よ。そいつらを奈落の底に落として遊んでるわ。」

■玄関ホール

ホールには、山羊たちの巨大な骸がごろごろと転がっていた。

ロノウェのシールドは山羊たちの突進をやすやすと押し返し、ワルギリアの魔法の槍はその巨体を貫いて壁に磔《はりつけ》にする。ドラノールとウィルの刃も、山羊たちを容赦なく両断した。煉獄の七姉妹による正確な一撃は、どのような巨体が相手であろうとも、確実に急所を貫いて葬り去っていく。シエスタ姉妹近衛隊も負けていない。彼女らの大口径砲が一撃で粉々の肉塊に変えた山羊の数は、両手では数えられないほどだ。

……しかし、大階段前で山羊たちを食い止めていた彼女たちは、異変に気付く。七姉妹の攻撃を受けても、微動だにしない個体があらわれ始めたのだ。

『……幻想勢は全て、……虚構の存在……。』

『……煉獄の七姉妹は、……生贄の杭の擬人化した、幻想の存在……。』

『……正体は文鎮……、……正体は文鎮……。』

七姉妹の存在を否定する呪いの言葉を呟きながら、山羊たちはのっそりのっそりと近付いてくる。

「煉獄隊は下がって!! 援護しますッ。」

「山羊どもッ、教育してやるッ!!」

シエスタ隊の黄金の弓が、眩い黄金の弾幕で山羊の壁を薙ぐ。

砕け散る山羊たちもいるが、まったくけろりとしている山羊たちもいる。そして、生き残った山羊たちは口々に呟くのだ。

『……シエスタ姉妹近衛隊は、真里亞のウサギ人形が依《よ》り代《しろ》……。』

『……正体はウサギの人形…。真里亞の妄想、幻想、虚構の存在……。』

『……事件は全て、ミステリーで説明可能……。幻想は全て、関係なし……。』

ゼパルとフルフルが、大仰な身振りを交えつつ声を上げた。

「どうやらっ、」

「魔法を認めない連中もいっぱいいるみたいだわ！」

「認めないということは⁉」

「魔法の攻撃が一切通用しないということだわ！」

その言葉に、幻想の住人たちは動きを止めた。

「そ、それじゃ、私たちの攻撃は通用しないってこと⁉」

「……エンドレスナインにぇ。……私たちを認めてくれなきゃ、攻撃も通じないにぇ。」

「そんなことが…⁉」

ルシファーが、シエスタ410が、ワルギリアが、愕然とした表情で立ちすくむ……。

「試してみるのが一番ですな。」

ロノウェが歩み出て、床を二度踏み鳴らすと、彼の目の前に真っ赤な魔法障壁がそびえ立つ。

それを凄まじい勢いで山羊の群れたちに叩き込む。

激しい衝突音と共に吹き飛ばされる山羊たちがいる一方で、魔法障壁をすりぬけてしまう山羊たちもいた。

『……ロノウェは、魔法の存在、虚構の存在……。』

『………ロノウェは源次が依り代…。源次を妄想化した存在……。』

「なるほど、……私の攻撃も、一切通じない連中がいるようですな。」

冷静沈着だったロノウェの顔にも、わずかな焦りが浮かぶ。もはや、ワルギリアが魔法の槍を投じるまでもない。彼女の存在も虚構だと決め付ける山羊たちには、もはや傷一つ付けることは出来ないのだ。

……大悪魔も、大魔女も、……上級家具も武具たちも、……自分の攻撃が一切通用しない大群に包囲されているという恐怖に、じわりじわりと気圧《けお》されていく…。

「…ど、どうすんのよ、私たち………！」

「……さ、最後の一発まで戦うのだ…。貴様らの戦死は許可しない…！」

ルシファーとシエスタ00が、武器を構えながらゆっくりと後退る……。

『………幻想は全て虚構……、幻想は全て虚構……。……幻想は……、全て、虚構ぉおおおおぉおおおォオオオッ！！！』

一匹の山羊が甲高く叫ぶのを合図に、巨体の垣根が決壊する。我先にと獲物を求めて、……虚構の存在を虚無に帰そうと、生臭い吐息を撒き散らしながら、大顎を開けて一斉に襲い掛かる。

「危ないッ、お前たち…‼」

山羊たちの勢いに圧倒されて尻餅をついてしまった何人かの七姉妹の前に、ワルギリアが躍り出て庇うように抱き締める。

しかし大魔女であるワルギリアとて、山羊たちにとっては虚構の存在。攻撃を受ければ、彼女など飴《あめ》細工のように簡単に噛み砕かれてしまう。

人間の胴ほどもある腕が、ワルギリアを捕らえようとした時だった。

悪魔の執事が立ちはだかり、その両腕を打ち払った。

「マダム、今の内に…‼」

ロノウェはその身を捨てて山羊たちに飛び掛かる。彼であろうと、山羊たちは容易に噛み砕く。それを承知していてなお、ロノウェは飛び掛かる。

「……魔法が通じずとも、このロノウェ。……忠義に厚き、熱血漢である事実は揺らぎません。……ましてや、婦女子を見捨てることがあるとお思いで？」

『………ロノウェは幻想……、ロノウェは幻想……。』

ロノウェはその右拳を山羊の顔面に叩き込む。引くと同時に左足を山羊の脇腹に叩き込み、さらにそれを引いた勢いで後ろ回し蹴りを叩き込む。

「…………………ふっ。」

ロノウェもわかっている。……彼の存在を認めぬ相手には、蚊に刺されたほどの打撃も与えることは出来ない。

それが対魔法防御力、エンドレスナイン。

『………ロノウェは幻想、……虚構、……幻……‼』

山羊の丸太のような腕が、暴風のような音を立てながら振り回される。

ロノウェはそれを紙一重でかわす。

……それがわずかに遅れていれば、山羊の豪腕は彼の頭をあっさりと砕いていただろう。

「ロノウェ…‼　よして、逃げて…‼」

「このロノウェ。ご婦人のピンチを前についつい奮い立ってしまいます。私の悪いクセ。」

ワルギリアの声に、ロノウェはにやりと笑って強がる。

彼は、もはや捨てている。

この場で自分に出来る最後の仕事は、楯《たて》となって時間を稼ぐこと。そのための対価として、彼はもう、自分の命を捨てている。

『……ロノウェは幻想……、いるわけない、いるわけない……。』

『………幻想勢は存在しない、存在しない……。』

『……ファンタジーは全部、ゲロカスゲロカス……。』

山羊たちはロノウェを喰らおうと、次々に襲いかかってくる。一対一の対決を気取る気配などまるでない。

とにかく、幻想を噛み砕ければいい。一口でもいいから。そんな無慈悲な顎と牙がぎらぎらとしながら、ロノウェを取り囲んでいく……。

「……くっ、………！」

ロノウェの足が、一瞬、何かに躓《つまず》く。その瞬間に、何本もの豪腕がロノウェを摑み上げた。

「ロ、ロノウェ様ぁあああ‼」

「シエスタ、何をしてるのよ、撃ちなさいよ‼」

悲鳴を上げたマモンとレヴィアタンに、410は力なく言う。

「………撃ってどうにかなるなら、もう撃ってるにえ……。」

「皆さん、どうかお下がりを。……私を夢中でかじる間、多少は時間が稼げるでしょう。しかしこのロノウェ、少し小骨が多いかもしれませんぞ。」

ロノウェは、頭をかじろうと醜く開かれた大顎に、肘打ちを叩き込む。

さすがに山羊は咽《む》せてよろめくが、それは彼を掴み上げる内のほんの一匹から、彼の頭を最初に噛み砕く権利を剝奪しただけに過ぎない。

いくつもの顎が、ぐぱぁと開き、……温かな幻想を一切許さない、無慈悲の胃袋に砕いて呑み込もうとする……。

『…………ファンタジーは認めない、認めない……。』

『……全てはミステリーで説明が可能……、可能ぉお……。』

『ファンタジーはゲロカスぅううぅ、全部ミステリーぃいいいいぃいい…‼。』

――鮮やかな赤光が一筋、横薙ぎに走りぬけた。

ロノウェを掴み上げていた腕の数々が、ぶつ切りに両断される。

その瞬間を逃さず、七姉妹たちが飛び掛かるようにロノウェの体を引き掴んで、後ろへ引っ張る。

「……ミステリーと、……仰った方はどなたデスカ。」

誰もがそちらを見る。

そこに立っていたのは、大剣を振り切った姿勢で山羊たちを睨み据える、異端審問官ドラノールだった。

「ドラノールの刃は通じるの⁉」

「そうか、相手がミステリーを主張するのなら！」

ゼパルとフルフルは互いを見て、頷いた。

ドラノールが、真っ赤な大剣を手に、ゆっくりと歩み出る。続いて、黒い刀身で肩を叩きながら、ウィルもその横に並ぶ。

「……ファンタジーじゃねぇってなら。……聞こうじゃねぇか。お前らの推理。」

「皆さんのご高説、とても楽しみデス。」

山羊の群れたちが、退く。幻想の住人たちに対してはあれだけ圧倒的だったのに、ミステリーの刃を持つ二人を相手には、退く。

「……このゲーム盤で行われた密室殺人の数々。どれからでも受けて立ちまショウ。」

「違うぜ。……受けて立つのは俺らじゃねェ。」

「……そうデシタ。………ミステリーとは〝挑むモノ〟。……なぜに私たちが、受けて立たねばならぬというノカ。」

「わかってんだろうな、お前ら。」

挑まれてるのは、お前らなんだぜ。

二人が地を蹴った。

青い軌跡を描く斬撃が山羊たちを切り刻む。その青き真実は、これまでのベアトリーチェのゲームのありとあらゆる謎によって宿ったものだった。

第一のゲーム、第二の晩のチェーン密室は？

第二のゲーム、第一の晩の密室礼拝堂は？

第三のゲーム、第九の晩の南條殺しのトリックは？

刃の数は尽きない。ベアトリーチェが残した無数の謎は、挑戦という名の刃となって、山羊たちを切り刻む。

彼らがファンタジーを否定するなら、……彼らは反論しなくてはならない。ミステリーとして、そのトリックに反論しなければならない。

しかし多くの山羊たちは、アンチファンタジーを口にしながらも、ミステリーとしての答えを用意出来てはいない。

いや、時にそれを用意した山羊もいた。

『……し、島には右代宮家以外の何者かが潜んでいて……、』

「ノックス第一条ッ、犯人は物語当初の登場人物以外を禁ズッ!!」

ドラノールの大剣が、山羊の身体を両断する。

『……共犯でない複数の犯人が存在して、偶然にも一人の犯人であるかのように……、』

「ヴァンダイン第十二則。真犯人が複数であることを禁ず。」

　ウィルが一閃した黒き刃は、山羊の分厚い胸板を貫き、心臓を串刺しにしていた。剣が引き抜かれると、倒れ伏した山羊はごぼりと血の塊を吐き出しながら、呪詛《じゅそ》めいた言葉を漏らす……。

『……そ、そんなのまで、……き、……禁止なんて…………。』

「つまんねぇだろ、そんなミステリー。だから俺は思うぜ。ミステリーはもっと自由であるべきだとな。」

　再び肩を寄せ合うようにして構える二人に、他の山羊たちがなおもじりじりと迫ってくる。

『……ノックス十戒も……、ヴァンダイン二十則も、……じ、…時代遅れ……。』

『ミステリーの定義は、……時代によって、……異なるはず……。』

「ちっ。こいつら、開き直りやがった。」

「やはり私たちは時代遅れということなのでショウ。」

「なら、俺たちを納得させる推理を聞かせてみやがれ。」

「………いざ、来タレ!!」

　山羊の群れが一斉に襲い掛かる。

　それぞれがベアトリーチェの密室を打ち破る推理を牙に宿して、襲い掛かる。

　その肉体は、先ほどまでのあっさりと骸を晒した山羊たちとは違う。いくつもの密室にミステリーとしての答えを持つ。だから、いくつもの刃を突き立てねば、致命傷が与えられない。

　しかし、ベアトが残した刃は数多く、いずれも劣らぬ鋭さを持つ。だからそれを、二人は苦戦とは思わない。

　これが、ミステリー。

　それぞれの謎に、持てる知識と想像力の限りを尽くし、徹底的にぶつかり合う。その過程こそがミステリーの最大の楽しみなのだ。

　だから笑う。ウィルもドラノールも笑う。彼らの渾身の推理に感嘆の笑みを浮かべて、あらゆる密室の刃で反撃する。

山羊たちの群れはもはや包囲ではなく、津波のように二人を呑み込もうとする。それを、一歩も退かずに二人は撃退していく。阿鼻《あび》叫喚《きょうかん》の山羊たちの津波に、海を割るかのように徹底的に抗う。

それはまるで、凍結した海を切り裂いて進む砕氷船のよう。

『……誰にも使えない秘密の通路で、密室に入った……。』

「ノックス第三条ッ、秘密の通路の存在を禁ズッ!!」

『……秘密の通路を使用後、溶接して使用不可能にしたため、検証時には秘密の通路は存在してなくて…。』

「ノックス第八条ッ、提示されない手掛かりでの解決を禁ズッ!!」

『……これは全て狂言殺人で、誰も死亡していない……。だから密室は全て、自称犠牲者によって構築された……。』

「ッ!?」

ドラノールが一瞬だけ戸惑う。

その陳腐でありきたりな推理が、ベアトの密室もノックス十戒も、全てを潜《くぐ》りぬけたからだ。

山羊の大顎の奥に、ドラノールは虚無を見た……。

刹那、彼女の傍らを一陣の疾風が走りぬける。

『………つぐごッ、…………ッッ………、』

「ヴァンダイン第七則。死体なき事件であることを禁ず。」

山羊の大顎は、確かにドラノールの頭を呑み込んだはずだった。

だが、上顎と下顎が繋がっていないのだから、……上顎から上は、ずるりと落ちていくしかない。

「大ノックスも、狂言殺人までは封じ損ねたな？」

肩越しに振り返り、ウィルはにやりと笑った。

「殺人以外のミステリーも、立派なミステリーデス。」

二人にミステリーの議論をさせたりするほど、山羊たちは退屈をさせない。

すぐに次なる巨体の影が二人を呑み込む。

ウィルの刃がその胸を斜めに斬りつけるが、服を切り裂くだけで、傷痕一つ付けられない。

「…………ッ!? こいつ、二十の楔《くさび》が通用しねェ。」

ドラノールもその大剣を叩き付けるが、やはり服を裂くだけで、傷を負わせられない。

まさか、この山羊……。……ノックスにもヴァンダインにも抵触しない推理を……!?

『……ノックスもヴァンダインも意味なし……。全ての密室は、たった一つの解で解かれる……。

……なぜなら……。』

それ以上を語らせまいと、ウィルとドラノールは、あらゆる密室の刃と、十戒と二十則の楔を打ちつけるのだが、いずれもまったく通用しない。

ゆっくりと山羊の巨大な両拳が組まれて、……振り上げられる。

『……なぜなら、………なぜなら……ッ!!』

「ウィル…!?」

ウィルは咆哮とともに山羊の巨体に激しく体当りする。

それはわずかに巨体を仰《の》け反《ぞ》らせたが、自ら死地に飛び込んだも同じだ。しかしそうしなければ、ドラノールを庇えなかった。

ウィルは山羊に捕まる。

鷲掴《わしづか》みにされ、そのまま高々と持ち上げられる。

まるで、子供がお気に入りの玩具を自慢するように、高々と軽々と…。

「お前の推理、聞いてやらァ。……名推理を聞いて散れるなら、ライトの最期にゃ相応しいだろうよ。」

『……ヴァンダインもノックスも、推理には何の役にも立たない……。』

「ぐおッ、……ぐ、…ぐぐ……!」

山羊はその巨大な両手でウィルを万力のように握り締める。

ウィルの全身の骨が、ぎしりと悲鳴を上げる。

「……聞かせろよ、お前の推理。……ぐ、……お……、」

『推理など、必要ない……。』

「………何ぃ…？」

『なぜなら、ベアトリーチェのゲームなど全て、推理するのさえ馬鹿馬鹿しい……。』

「それはどういう意味だ……、ぐ、お……ッ、」

『……こんなのは本格推理じゃないから、考えるだけ時間の無駄…。ベアトリーチェのゲームを、……ミステリーなどと、俺は認めない…。……全てのトリックに解答などない。……全部全部、幻想に過ぎぬぅうううぅぅうぅ……。』

「……………………。」

『………ッ!?!?』

「……考えるだけ、………時間の無駄……？」

『…ぐ、………ご、』

俯くウィルの表情は見えない。

しかし、彼を締め付ける山羊の腕が震えている。

あの丸太のような怪力の腕の抱擁を、……ウィルの両腕が、ゆっくりと震えながら、押し返している……。

「………考えるだけ時間の無駄……？　お前、……ミステリーを語って、その言葉を口にするのか……。」

『うぐ、ぉ…………、』

「………ミステリーってのはな、騎士道なんだよ。自らの掲げた高潔なルールで挑む、その姿勢を誇るもんなんだよ…。……勝てば卑怯でいいのか。どんなに気高く戦っても負ければ意味はないのか。……勝ち負けじゃねぇだろ…、それでも戦う気高さを誇るもんだろ…。」

『……ぐ、ご、ご………ッ……！！』

山羊の両腕は完全に開かれ、むしろウィルが押し勝っているようにさえ見える。

ウィルの表情は、なおも陰になっていて見えない。

「………お前のような、………ミステリーをする気もねぇのに、ミステリーを語るヤツがよ………、俺は一番気に入らねェんだよッ！！！」

無防備となった山羊の頭に、ウィルは自らの頭を激しく打ち付ける。

「ミステリーを語るならッ、思考で戦う姿勢を誇れッ!!　ミステリーを語るならッ、二度とッ、思考の停止をッ、誇らしげに語るんじゃねぇぇえええええええええッ！！！」

ウィルは何度も自らの頭部を打ち付ける。

額が山羊の牙で千切れて鮮血がほとばしっても、ウィルはそれを止めない。

ヴァンダインもノックスも、時代遅れかもしれない。時代と共にミステリーは進化を続けるだろう。だがそれでも、不変でなければならないことがある。

それが、誇りだ。

騎士は何を誇るのか？

勝利を誇るのではない。何者にも怯《ひる》まず立ち向かう、その高潔なる勇敢を誇るのだ。

戦いを前に尻尾を巻き、なのにそれを自慢げに語る卑怯者を、ウィルは許せない。

その誇りを持たない者がミステリーを語ることだけは、決して許すことが出来ないのだ。

山羊は堪らず、ウィルを床に激しく叩き付ける。

そして今度こそ粉々に打ち砕こうと、両拳を組んで高々と振り上げる。

「来な！　お前は俺を叩き潰すだろうよ。だがそれはお前の勝利じゃねェ。……お前は自らのプライドを自らの手で叩き潰すんだよッ!!」

『……下らない下らない……。……こんなのはミステリーじゃない、推理の必要もない、……考えるだけ時間の無駄無駄無駄、死ね死ね死ね……。』

砲丸のような拳の塊が打ち下ろされる。

それは、……ウィルが瞼《まぶた》を閉じる直前に見た、最後の光景となるはずだった。

「〝思考停止〟は、」

「……！」

「このゲームじゃ、敗北ってことになってるぜ？」

山羊の顎が、戦人の拳で打ち上げられ、……弾け飛んだ前歯が天井を叩く。

「バトラ様…！」

ロノウェが目を見開き、帰還した主の名を叫んだ。

「思考停止ってことは、ミステリーであることを諦めたってことだぜ。ってことは、……お前にとってはこのゲームは、ファンタジーってことだな。」

戦人が、静かに手を挙げる。それが合図であると気付き、ルシファーとシエスタ00は、はっとする。

「思考を止めたなら、お前はもう舞台の上にいるべき役者じゃねぇ。……偉そうに語ってないで、観覧席でポップコーンでも食ってろよ。」

山羊の拳が、再び振り上げられ、戦人目掛けて鉄《てっ》槌《つい》のように振り下ろされる。

だが次の瞬間、山羊は全身に悪魔の杭を浴びて凍り付き、胸を黄金弓の一撃に貫かれて、……ゆっくりと仰向けに倒れていった。


「……ファンタジーに屈したなら!!」

「ただの的でしかないにぇ…！」

「それは即ち、私たちの存在を認めるも同じということ……。」

「敵識別を開始…!! 魔法攻撃可能な個体をＨＭＤにマーキング!!」

「ファンタジーに屈服してる子は、私たちが相手してあげる!!」

自信に満ちた声を上げながら、幻想の住人たちは戦列に復帰する。

「……推理があるならば、我らが伺いまショウ。」

「そういう輩《やから》は大歓迎だぜ。……敬意を示して、全力で受け止めてやらァ！」

「おっと、しかしここはバトラ様の見せ場のようですな。」

「………ミステリーもファンタジーも、お前ら自慢のご高説をゆっくりと拝聴してぇところだがな。……しかし今回はお前らのゲームじゃない。……お前ら未来のカケラがどんなに否定しようとも、俺は折れるわけにはいかねぇんだよ……。」

戦人の手に黄金の輝きが集まる。

それはあまりに眩く、ホール全体を黄金色に染める。黄金の蝶が舞い飛び、さながらホール全体が黄金郷に呑み込まれたかのようだった。

戦人はその、……手の内にあらわれた黄金の太刀を振り上げる。

「………ミステリーもファンタジーも、ベアトのゲームに挑む姿勢は大いに結構だ。歓迎もする。だがな、……俺のこの、最後のゲームの否定だけは、絶対ぇにさせねぇ。…………眠る者の尊厳を傷つける不謹慎を知れ。」

黄金の太刀の一閃は、ホールを黄金の光の洪水で埋め尽くす。

そしてホールにぎっしりとひしめいていた山羊たちの群れを全て、黄金蝶の群れに変えて、飛び散らせてしまう。


……それでも、多分、百匹を間引いた程度だ。

すぐに、表の大量の山羊が、船底に開いた穴より押し入る海水のように、押し寄せてくるだろう。

「……ガートルードたちの封印はもう少しだ。すまないが、もうしばらく、ここで持《も》ち堪《こた》えてくれ。」

「もちろんだよ、バトラ卿！」

「それくらいしか、私たちに見せ場はないし！」

「ゼパル、フルフル。お前らも少しは戦ってもいいんだぞ。」

「だってウィル、」

「私たちは、」

「『司会者だしー!!』」

潔《いさぎよ》過《す》ぎる開き直りに、一部の者は堂々と苦笑する。

しかし、張り詰めた空気がわずかに弛緩《しかん》した。

「バトラ様、ここは私たちにお任せをッ！」

「これ以上の侵食を許しはしませんッ。」

ルシファーとシエスタ00が言うと、ワルギリアは頷いた。

「そして私たちの誰も、決して欠けることはありません。」

「無論デス。なぜなら私たちも、バトラ卿のゲーム盤の、大切な駒なのですカラ。」

煉獄の七姉妹も、シエスタ姉妹兵も、他の一同もみんなみんな、力強く頷く。

「あぁ。頼むぜ、みんな…!! 縁寿のための最後のゲーム、絶対に守るぞッ!!」

仲間たちに言い残すと、戦人の姿は光の飛沫《ひまつ》となって消えた。

■屋敷上空

彼が再び実体化したのは、嵐に閉ざされた六軒島の上空だった。

「ベアト! 下は何とか持ち堪えてる!」

「黄金郷の扉もゆっくりと開き続けているぞ。まだ時間が掛かるがな。」

「そういうわけだ。俺たちも時間を稼がねぇとな……!」

眼下を埋める山羊の海は、ますます面積を増してひしめいている。

……いつの間にか、島を取り囲んでいたはずの海さえなくなっている。水平線は消え去り、……不気味な宇宙空間のようなところに、かじられた六軒島が浮かんでいるのだ。その六軒島の縁から、わらわらと溢れた山羊たちが零れ落ちているのさえ見える。

「このゲーム盤は、……もうおしまいだな。」

「ゲームマスターがいて、駒が揃ってさえいれば。いつかゲーム盤など、また広げられる。ゲームなど、人が二人揃いさえすれば、何だって出来るのだからな。」

「……そうだな。………………。縁寿は一体どこへ…。」

「例のあれは、どこへ隠した？」

「そうだ、……礼拝堂……！　礼拝堂はどうなってる⁉」

「まだ残っている……！」

山羊の真っ黒な海の中に、礼拝堂の白い建物がぽつんと浮かんでいるのが見えた。

……そう。それはおかしいのだ。何もかもを食い尽くす山羊たちが、わざわざ礼拝堂だけを残すわけがない。

「縁寿はあそこだ……！」

■礼拝堂

礼拝堂の外は、山羊の海。

もうじき、周辺の大地も全て食い尽くされ、礼拝堂は虚無の空間に浮かぶことになるだろう。

全てを喰い尽くし、己が惨劇の妄想を口々に訴える山羊たちの喧騒が、実に賑やかだった。

しかし、礼拝堂の中には、それも届かない。

縁寿はようやく、入口の扉の魔法封印を破り、中に踏み入る……。それは本来、誰にも破れないはずのものだ。しかし、真実を求め、それを拒もうとするあらゆる力を払《はら》い除《の》けることの出来る、真実の魔女、エンジェ・ベアトリーチェの前には、それは絶対のものではなかった……。

「…………………………。……あれね。」

祭壇の上に置かれた、厳重に施錠された一冊の本。

右代宮絵羽が晩年まで書き記した、秘密の日記。

〝一なる真実の書〟。

……フェザリーヌに一九九八年の世界で見せられた本、そのものだった。

今度こそ、鍵はある。縁寿はポケットにしまい込んだ、……兄がくれた、黄金の鍵を握り締める。

祭壇に近付くと、一なる真実の書が、不思議な光の反射に包まれているのに気付く。

「………ベルンカステルの言っていた、ゲームマスターの封印とかいうヤツね。」

一なる真実の書は、透明な水晶のようなものに封じられていた。……その封印について、縁寿はすでにベルンカステルから聞かされている。


「……いい？　戦人はゲームマスターとしての権限で、一なる真実の書に封印を施しているわ。そしてそれは、ゲームマスター以外のいかなる者にも打ち破ることは出来ない。……あんたが鍵を使うには、まずその封印をどうにかする必要がある……。」


これは、礼拝堂の扉を閉ざしていた魔法封印とはわけが違う。いくら縁寿が真実の魔女の力を行使しても、ゲームマスターでない以上、破ることは出来ない。

……しかし今回、ゲームマスターは戦人だけではないのだ。

「ふん。……悪いわね、お兄ちゃん。ベルンカステルだってゲームマスター。……持っていって、封印を解いてもらえばいいだけの話だわ。」

縁寿はゆっくりと、祭壇に近付いていく……。

■屋敷上空

「……縁寿は、素直にそなたの言うことを聞くだろうか？」

「俺の妹なら、……素直には聞かねぇだろうな。」

「ならばどうする。」

「力尽くしかねぇだろうぜ…！」

その時、激しい衝撃が二人を襲う。

ベアトは大きく弾かれ、戦人はそびえ立つように巨大な青白い輝きに包み込まれる。

「くそッ、何だこりゃッ‼」

「戦人…‼」

それは巨大な水晶の檻にして、結界。

戦人は見上げるほどの、巨大な塔のような水晶の檻に閉じ込められてしまう。

「ベアト、お前は縁寿を頼む……！」

「そなたはどうする！　これを一人で内側より破るというのか⁉　この結界は、………密室結界⁉

誰がこんなものをッ、」

「……俺に密室で挑もうとするヤツなんて、一人しかいねぇぜ。……どうやら、最後の客がようやく到着したようだな。」

「まさか……。」

「行けっ、縁寿を頼む…！」

ためらいながらも、ベアトはその場を戦人に任せ、礼拝堂へ向かう。

戦人は、深い息を一つ吐き出してから、不敵に笑う……。

「……待ってたぜ。……退屈だったか、忘却の深遠とやらは。」

それに答える、笑い声。

……あぁ、そうだな。その笑いだけで充分だ。

「元気そうじゃねぇか。」

「………退屈ではありませんでした。……だって、信じてましたから。」

「だろうな。……俺も、信じてたぜ。」

戦人は羽織っていた領主のマントを脱ぎ捨てる。

マントなど、邪魔でしかない。そしてそれは、檻の中にあらわれた最後の客人を持て成すには、失礼に当たるのだ。

「あの暗い深遠は。……次にあなたに再会出来たなら、どんなミステリーで戦ってやろうかと思案するには、実にちょうどいい場所でした。」

「この水晶の檻は、俺たちの決闘のリングってことか。決闘の密室……逃げ場なしのデスマッチってわけだ。」

「……思えば私たち。いっつもチェーンの密室を巡って、戦ってましたね。」

「なら、そうするか。まさに推理のチェーンデスマッチってわけだ。」

「私に準備はありますが、あなたはどうです？」

「……あるさ。……言ったろ。俺も信じてたって。」

二人は同時にミステリーの刃を振りかざし、互いに相手をチェーン密室で封印する。

「来いッ、古戸ヱリカぁあぁあぁあぁあぁあぁあああああ！！！」

「楽しませてもらいますよッ、ぶわッとらすァんんんんんんんんッ！！！」

二人は同時にチェーンで施錠された密室に閉じ込められる。

無論、内側からチェーンを開け閉めすることは容易い。しかし、相手のチェーン密室に踏み入るのは、困難なことだ。二人は、互いに同時に、相手をチェーン密室で殺し合う。チェーン密室で推理を戦わせた二人にこれ以上なく相応しい、決闘の密室だ。

「古戸ヱリカは自殺である、事故死である、病死である、他殺以外のあらゆる理由による死亡である!!」

「自殺じゃないですッ、事故死じゃないですッ、病死じゃないですッ、ちゃあんと私はあなたに殺されますよ、戦人さんッ！！！」

「扉の隙間よりの毒ガスによる殺害である、部屋に注水しての溺死である、部屋の空気を枯渇させての窒息死である!!」

「毒ガスではありませんッ、溺死ではありませんッ、窒息死でもありませんッ!!」

戦人が青を放ち、ヱリカが赤で迎え撃つ。この程度の応酬は、二人にとって小手調べでしかない。

「ははははは、あっはっはははははははは!! 密室殺人に毒ガス？ 溺死？ 窒息死ィ!? クスクスくすくすあはははははははははは!!」

「おかしいだろ？ 面白ぇだろ？」

「グッド!! 右代宮戦人は自殺であるッ、事故死であるッ、病死であるッ!! 今度はあんたの密室を試します!!」

「赤き真実ッ!! 右代宮戦人は刺殺である!! 凶器

はナイフ、背中にザックリなんてどうだ⁉」

　立て続けに放たれた三つの青を、戦人はその一撃で葬り去る。

「グッド!!　古典密室はそうでなくては!!」

「ならお前もやってみるか⁉」

「受けて立ちましょう、赤き真実ッ!!　古戸ヱリカは刺殺であるッ！　凶器はナイフ、背中にザックリ!!」

「面白ぇ!!　お前の密室、ブチ破ってやらぁあああぁあああああ!!」

■礼拝堂

　異変を感じて振り返った縁寿は、……宙にふわりとあらわれた黄金の魔女を睨み付ける。

「…………これは何の真似《まね》？」

「戦人は今、所用で忙しい。しばし、妾がそなたの相手をしようぞ。」

　礼拝堂は、ベアトによる赤き密室結界で封印されていた。その謎を青き真実で打ち破らない限り、縁寿は礼拝堂から出られない。

　縁寿は面倒臭そうに肩を竦めてから、ようやくベアトに対して向き合う。

「あんたと直接戦うのって、これが初めてなのかしら……？」

「おや、そうなるか…？　良かろう、手合わせしようぞ。ただし、ここには戦人はおらぬ。…………妾は戦人がおらぬと、ちょいと手加減を忘れるのでなぁ？」

「あら不思議ね。私もそういう性分よ。」

「完全なる密室にてそなたを殺したッ！　窓も扉も、他全ての如何なる方法を以っても、外部との出入りは出来ぬ!!」

「付き合ってあげるわ、あんたのゲーム。復唱要求ッ！！！」

する、そんな作品を書いたつもりが、まさか推理小説の扱いを受けるとは。我ながら文才のなさに呆《あき》れ果《は》てるというものです。」

それでも諦めきれずに食い下がる編集者たちに、身分を偽った原稿を郵送すると答えて手を打った。千を超える応募作の中から見事にそれを選び出したなら、改めて話を聞くという約束だった。

ようやく静けさを取り戻した書斎で、八城十八は、ふーっと息を吐き出しながら、ソファーに全身を預けて天井を見上げる。

「疲れるが、たまには人の子の刺激も悪くない。」

「………定期的に人と会いなさいよ。……ボケるわよ、引き籠もってると。」

本棚の上の黒猫が軽やかに絨毯《じゅうたん》へ飛び降りる。するとその姿は、音もなく歪んで、ベルンカステルの姿となった。

「うむ。あやつらは実に面白い。たまに招くと退屈を忘れられる。………それに免じ、気が向いたら原

■八城十八の書斎

出版社の人間たちが、使用人によって玄関へ送られる。映像化を前提とした出版のオファーを、八城十八はにこやかに断った。創設するミステリー大賞の受賞と賞金一千万円を、事前に約束された出来レース……。編集者たちがそこまでして欲しがった原稿を、八城は自らこう評した。

「……元より、下らなき原稿。無知蒙昧《もうまい》なる読者が、如何にそれを棚に上げて、自身が推理の限りを尽くしたかのような気分になるよう誘導するだけの駄文。それを皮肉と気付き、人の子が自らの愚かさに苦笑

稿を書いてやることとしよう。そなたに土産のエサも持ってくるそうだしな。」

「何よ、エサって。失礼ね。」

「エサであろうが。……ほれ。」

　八城が棚よりジャム瓶のようなものを取り出し、その中身の梅干しを一粒、宙に放る。

　ベルンカステルの姿は瞬時に黒猫に変わり、それを空中でキャッチしてから、カリカリとかじり出す。

　――小さなノックの音がした。八城が返事をすると、扉を開けて使用人の女性が姿を見せる。

「……先生、お客様がお帰りになりました。」

「ありがとう。……あれが目を覚ましたら、教えて下さい。」

「畏まりました。……何かお紅茶を淹《い》れましょうか？」

「いえ。少し執筆をします。しばらく放っておくように。」

「はい。」

　使用人は、一礼すると静かに扉を閉めた。

　彼女の足音が遠ざかって消えたのを聞き届けてから、八城は自分の机に向かう。机上には原稿用紙が散らばり、文豪らしい貫禄を見せていた。

「……この世紀末に、まだペンで書いてるの？」

　黒猫は梅干しの種をガリガリと噛み砕きながら言う。

「物語はインクで記す。それが私の不変のルールである。」

　八城は、そう言いながら、もう万年筆を滑らせている。美しい文字が、まるで熟練したタイプライターのような速度で描かれていく。

　……彼女が描くものを原稿と呼ぶのは、ニンゲンだけだ。彼女は万年筆で原稿用紙の上に、世界を描く……。そんな時、時計の針は、ぐるぐると速度を上げるのだ。

　窓より差し込む光と影も、まるで時計の針を思わせるように、ぐんぐんとその角度を変えていく……。

……おもむろに、彼女はびっしりと書き連ねた原稿用紙に、大きくバツを描く。再び魔女の姿になっていたベルンカステルが、それに気付いた。

「………気乗りしないの？」

「……上手く描けぬ。……人を楽しませる原稿とは、面倒臭いものだな。……何しろ普段、人に読ませるための文字など、書かぬのでな。」

「あんた、自分が何を言ってるのか、いっぺん、原稿用紙に書いてみるといいわ……。」

ベルンカステルは小馬鹿にした笑いを浮かべながら、ソファーの上で丸まっている。

普段、八城が執筆に没頭している時には、話しかけることはおろか、気配を感じさせることさえない。しかし、彼女が原稿に飽きたらしいことを察すると、大きく伸びをしながら話しかけるのだ。

「何を書いてるの、さっきから。」

「………………人の子に捧げる物語だ。」

「どこの人の子？」

「……我に朗読を捧げたる巫女に約束した物語だ。」

「あぁ……。まだ書いてたの。」

「何を書けば、あれは満足するのか。……私にはもうわからぬのだ。」

「………縁寿が望む物語は、最初っから一つしかないわ。」

「〝一なる真実〟の物語、か。」

八城は机上に目をやる。そこには、原稿用紙の山に隠れるように、……絵羽の日記があった。蝶番の付いた金具で厳重に封印された、あの日記が。

「右代宮絵羽は、これを公にすることなく逝った。……私は物書きの端くれとして、それを尊重したいと思うのだ。」

「……笑わせないで。物語のハラワタ引き摺り出して月見で一杯のあんたが、それを語る？」

八城は自嘲気味に笑いながら、万年筆を置く。

「真実など、つまらぬぞ。……私は老いた。………老いて最初に理解したのは、〝知る〟ことより〝知らぬ〟ことの方が貴重であるということだ。」

「年寄り臭そうな話だけど、付き合ってあげる。……どういう意味？」

「〝知る〟ことと〝知らぬ〟こと。この二つは不可逆的な関係だということだ。」

「そうね。……〝知らぬ〟から〝知る〟に移ることは出来ても、〝知る〟から〝知らぬ〟には、移れない。」

「それを理解した時。……私は、知らぬことに宿る処女性にも似た高潔なる純粋さを理解したのだ。」

八城は立ち上がると、書斎を埋め尽くす書物の数々を見やり、その背をそっと撫でる。

「私は一つの物語を、もっともっと深く長く、楽しむことが出来たかもしれない。……退屈から逃れるために、星の数ほどの物語を食い尽くしてきた私は、そもそも初めから、物語を喰らってなどいなかったのだ。……ただ、殺していただけ。……結局は、それが私をも殺すのだ。」

八城は再び、自嘲気味に笑う。

「縁寿が、真実を知ることと知らぬことと、どちらが良い物語となるのか、……正直なところ、もう私にはわからぬ。だから、そなたに再び軽蔑されることを覚悟の上で、……私はこの物語の続きを書くことを、止めようと思う。」

「……止めてどうすんの。」

「私は書かぬ。記すだけだ。……右代宮縁寿が自ら紡ぐ物語をな。」

「また、……そういうことをするのね。」

「私は、真実を知らぬことをあえて選ぶ方が高潔であると、千年を生き飽きた末に思う。……しかし、百年も生きぬ縁寿に、その価値観を押し付けるのも酷であると、今、理解した。」

「だから、……縁寿に委ねようと？」

「そうだ。それを、私は淡々と記す。私が描くどのような物語よりも結局は、……人の子が自ら紡ぐ物語の方が、面白いのだから。」

「なら、縁寿の物語に付き合ってあげたら？　出番はもう、作ってあげたでしょ…？」

八城は、原稿用紙の山を払い除け、〝一なる真実の書〟を取り出す。

そして、施錠されていた机の引き出しを開く。

「……縁寿が望むのだ。……この書の封印は解かれる運命にあるだろう。……縁寿は一なる真実に至り、一なる真実は猫箱の封印を開いて、全てを白日の下に晒す。それを以って、ネットの海に無数にばら蒔《ま》かれた愉快なる妄想のボトルメッセージとカケラは、全て海の泡となって消え果てる。………あやつももう、あのようなカケラには疲れ果てただろうからな。」

「もう、あの子も旅を終えてもいい頃だわ。」

「……引き受けようではないか。その旅に、終着駅を与える役目を。」

その時、廊下に人の気配がする。ノックの音と同時に、ベルンカステルは黒猫の姿に戻る。

「……先生、執筆中失礼いたします。」

先ほどと同じ使用人の声だった。

「何か？　電話なら断って下さい。」

「いえ。……十八様がお目覚めになりました。」

「ありがとう。軽食の準備を。私の分も一緒に。」

「畏まりました。」

八城は開いた引き出しに〝一なる真実の書〟を収めると、再び閉めて施錠する。

その引き出しの中には、………ゲーム盤の縁寿が身に付けていたものと同じ、黄金色に輝くあの鍵が、静かに横たわっていた……。

■礼拝堂

「そなたの青き楔の全てを赤き真実によって否定する。そなたの提示する全ての方法で、妾の密室を破ることは出来ぬ!!」

「……………………………。」

縁寿は、ぜぇぜぇと肩で息をする。

一なる真実の書は、すぐそこにあるのだ。……一九八六年十月四日の、五日の、最後の親族会議の真実がすぐそこにあるのに、……黄金の魔女がそれを邪魔する。

怒りと恨みが頭の中でぐるぐると渦巻き、推理に必要な冷静さを掻き乱す。縁寿は頭をぶんぶんと何度も振っては、不要なものを脳から追い出す。

しかし、何度考えても、彼女を閉じ込める礼拝堂の密室は完璧だ。縁寿自身はミステリーにそれほど明るいわけではない。しかし、これまでのベアトのゲームのカケラを全て知っている。付け焼き刃ではあっても、そこそこの力はあるはずなのだ。しかし、……ベアトにどのような青き真実を打ち付けても、びくともしない…。黄金の魔女は優雅に煙管を振るい、赤き真実で打ち返すだけなのだ。

「いい加減に諦めよ。妾はそなたとゲームをしているつもりさえない。」

「……絶対に解けない問題、とでも言いたげね。」

「戦人がヱリカを持て成し終えるまでの時間稼ぎよ。そなたの頭を冷やせるのは戦人だけだ。」

「頭を冷やす？　私がッ？　……あんたたちが一なる真実を私から隠すからでしょうがッ!!　だから私はあんたたちに抗う!!　これは権利よ!!　私には、右代宮家の最後の一人として、真実を知る権利があるッ！」

「そうだ。だからこそ、この最後のゲームなのだ。」

「……そうね。この最後のゲームが与えられなかったら、私には真実に至るチャンスさえ与えられなかった。その点についてだけは、私も感謝しているわ。」

「一九八六年に何があったのか。何が親族を、そして家族を奪ったのか。それを知りたいと願うそなたの気持ちは、ニンゲンとしては真っ当なものだ。……しかし、それを理解してなお戦人は、そなたが一九八六年に回帰するべきではないと思った。」

「お兄ちゃんの言いたいことはわかるわよ…！　過去を振り返らず、未来を見て生きろとか言うつもりでしょ⁉」

「そうだ。それを戦人は、この最後のゲームを以ってそなたに伝えるつもりだった。」

「なら、答えは早々に出てるわ。ノーサンキューよ、黄金の魔女…！　私は一九八六年にもう死んでいた。その後、十二年間も亡霊として一人ぼっちで彷徨《さまよ》ったわ…！　そして絵羽伯母さんが死んで、私が亡霊としてさえ、地上に留まる理由がなくなった！　だから、最後に一つだけ、自分が本当にしたいことをして死のうと決めたの‼」

「それが、一九八六年の真実を知ることだというのか。」

「そうよ、悪いッ⁉⁉」

「あぁ、悪いぞ愚か者‼　ではそなたは真実に至ったなら、死んでしまうということ…！　ならば至らせるわけにはいかぬ…‼　どこまでも煙に巻いて、そなたを生き延びさせねばな！　戦人はそなたに生きることを望んでいる…‼」

「真実のない生なんて、死んでいるのと同じよ‼　私は、生きるために知ろうとしている‼」

「そなたは今、死ぬために知ろうとしていると言ったぞ。」

「あぁ、そうね。じゃあ言い直す…！　私は死ぬために知ろうとしてるの‼　そして自分の命と引き換えに、ベルンカステルと契約したのよ‼　あの日に何があったのか知るためにね‼　一なる真実は、私が自ら手にする冥土の土産なのよッ！！！」

「無駄だ。そなたにこの密室は破れぬ。この密室は完璧だ…！　にもかかわらず、そなたをこの密室で妾が殺す!!」

そして、ベアトは悲しげに目を伏せる。

「本来は、そなたに与えた鍵にて、そなたに未来を選ばせるゲームだった。」

「嘘だわ。こうして礼拝堂に隠して、私にはあんたたちの望む、前向きな未来の扉とやらでも選ばせるつもりだったんでしょう。……そんなのは選択じゃない！ 押し付けだわ!!」

「親は子の選択肢から、不適当なものを間引く権利を有す。」

「私は子供じゃないわ!! 自分で考えて行動出来る、十八歳の女よ…!!」

「たわけがッ!! 過去のこと以外、何も考えることが出来ぬ六歳の小娘であろうが!!」

「誰のせいでよッ!! あんたのせいで、……私はいつまでも六歳のままなんじゃない!! 真実を覆い隠すあんたの幻想を、今こそ打ち破るッ!! そうね、思えばあんたは、今こうして礼拝堂に私を閉じ込めてるんじゃない！ 一九八六年のあの日から、ずっとずっと……、私はあんたのせいで、孤独で誰も真実を教えてくれない密室に閉じ込められているのよ!! あんたの密室を、……今こそ、私は自らの手でッ、打ち破る!! ……あぁ、駄目ね、全然駄目だわ。わかったわ、あんたの完全密室のトリック!! 復唱要求ッ!! 〝私を密室に閉じ込めてから、直ちにあんたは私を殺害している！〟」

「…………！ 拒否する。」

「そうよ。……あんたは、私を十八年掛けて殺すのよ。ありがとう、ベアトリーチェ。……それを思い出させてくれたお陰で、あんたが私を殺す密室殺人のトリックがわかったわ。」

「…………縁寿。そなたは未来ある若者だ。そして、未来に生きる黄金の魔女ではないか。ならば未来にて生きよ。過去の真実にどれほどの価値がある？ そなたが自ら生み出す未来の真実の方が、よほど価値があるだろうに…!!」

「私の人生なんてクズよ。家族は私を残してみんな死んだわ。だから、一なる真実を手土産に、私はみんなのところに帰るの。」

「……過去の真実に目が眩《くら》み、自らの未来が見えなくなった者の、何と愚かなことか……！　許せ、戦人。……そなたの妹を、正しき未来に導くには、妾は力が足りなかった…。」

顔を歪めて、ベアトは俯いた。

縁寿の手に、青く眩しく光る楔があらわれる。

それは太く長く、まるで槍のように見えた。

「これで終わりよ、一九八六年の魔女。……この密室は完璧な密室!!　ゆえに私は出られず、あんたたって外部から私に指一本触れることは出来ない！　でも、あんたは私をこの密室に〝閉じ込めた〟わ！　それを以って、私を〝殺した〟と言える唯一のトリックがこれよ…!!　あんたは私をこの完全な密室に閉じ込めて餓死させた…!!　それを目論んで私を閉じ込めたなら、これは立派に〝あんたが殺したことになる密室殺人〟!!　死因を煙に巻き過ぎたのが裏目に出たわね。………さようなら、幻想の魔女。シーユーインヘル。」

その青き真実の槍を、ステンドグラスを背負って浮かぶベアトは両腕を広げて受け容れる。

青き槍はベアトをステンドグラスに、磔刑《たっけい》のように縫い付けた。

「………ぐ、………ぬ…………、」

「ゲームセット。…これが絵羽伯母さんの日記、……一なる真実の書ね。」

縁寿は、祭壇の上に置かれた、水晶に封じられたそれを手に取る。

「……それを読めば、そなたはベルンカステル卿との契約により、死ぬのであろうが…。………馬鹿げている…!!」

「……死に方くらい、私に選ばせて。………私も馬鹿じゃない。……本当の私はきっと、………あの、地上の星空の宙に、浮かんでいるのよ。」

ベルンカステルは、私を最後のベアトリーチェだと認め、一九八六年の真実を知る旅に招いた。

ここには二度と戻ってこられない。そう告げて、ビルの屋上から漆黒の中空へ歩み出すベルンカステルの背中を追って、……私も中空へ足を踏み出した。

それが、契約。

私はベルンカステルに二つを望んだ。

一つは家族が誰か帰ってきて欲しい。

お兄ちゃんにもう少しで手が届きそうになった夢を、私は何度見ただろう。

もう一つは、……復讐。

あの日に何があったのかを覆い隠す、魔女幻想を打ち破るということ。即ち、真実に至るということ。

しかし、最初の願いは叶えられない。

だって、奇跡の魔女でさえ、私の家族が帰ってくるというカケラを見つけられなかった。

……あのビルの屋上で、誰か一人でも家族を連れ帰れる可能性は、ゼロに近いと彼女は言った。きっと彼女は、無言で私に問いかけていたのだ。家族の誰かが帰ってくるかもしれないからと、いつまでも亡霊のように生き続ける、この無駄な生を終わらせる勇気を持たない限り、真実には至れないと。だから、彼女は中空に歩み出し、私にその後を追わせた……。

そう、今だからこそ理解出来る。私は自らの命と引き換えに、……ベルンカステルにあの日、一つのことを願い、一つのことを諦めたのだ。

願ったのは、真実を覆い隠す幻想への、復讐。

そして今こそ私は、幻想の主、黄金の魔女を打ち破って一なる真実の書を手に入れ、その復讐を成し遂げた。

諦めたのは、家族が誰か帰ってくるかもしれないと信じ続ける、甘えた心。

だからこそ私は、今こそこうして、家族が皆、死んでしまったことを受け容れることが出来る。

「……知らなきゃ生きてることに出来るの？　あん

たたちの言う猫箱というのは、死体を隠せば生きていることにしてもいいという、甘えた妄想だけがたった一つのトリック！　でもね、隠したって、死んでいることは変わらないのよ…‼　遠いお空の国で、いつまでも見守っているなんて、そんなおとぎ話みたいなので私の傷が塞げると、本気で思っているの⁉　私は真実の魔女、エンジェ・ベアトリーチェ‼　起こらぬ奇跡を待って亡霊のように生きる日々から、私は真実に至った高潔なる殉教者として生を終えるのよ…‼」

激昂して叫んだ縁寿に、……ベアトは寂しげな、今にも泣き出しそうな顔で言う。

「……そなたは真里亞の魔導書を読み、魔法の力を理解したのではなかったのか……。」

「えぇ。理解したわ。そして何て無力なものだろうと絶望したわ。……そしてそれが、お兄ちゃんが私に押し付けようとしていることなのよね。……私が信じれば、魔法があれば、……いつだって、家族は私の側にいる。………馬鹿にしないでッ！！　そんな魔法で、そんな幻想で白昼夢でッ、……私の十二年が癒えるの⁉　そしてこれから未来の数十年をどう生きてけるの⁉　誰か帰ってきてよ、誰かッ‼　でも誰も帰ってこない‼　じゃあせめて、あの日、何があったのかだけでも教えてよ‼　それは教えてくれるそうよ、ベルンカステルが…‼」

縁寿は礫にしたベアトから目をそらし、祭壇に向き直った。そして両手を高々と掲げ、一なる真実の書を捧げ持つ。

「あぁ、我が主よッ、今こそ一なる真実の書を手に入れました…‼　私に真実をお与え下さい‼　今からこれを持ち帰りますから、家族が生きているかもしれないという甘えた奇跡を捨て去る覚悟は、もうとっくに出来ています‼　私に今こそ、あの日の真実を教えてぇえええええええええええええええぇ！！！」

■屋敷上空

　礼拝堂の中から強い光が溢れた。

　それは窓や扉の隙間からも勢い良く噴き出し、戦人やエリカの目にも届く。

「……………何だ…⁉」

「どうやら、同志縁寿が仕事を終えたようですね。あなたが無様な封印を施したようですが、我が主に委ねれば、冷凍サンマを解凍するより簡単に解いてくれるでしょう。」

「……くっ、くそ……‼」

「我が主より、縁寿が仕事を終えるまで遊べば良いと命じられています。充分に再会を楽しめましたし、これでお開きにしようと思います。」

　エリカは、スカートの裾を摑んで、優雅にお辞儀する。

「なぜ縁寿に一なる真実を唆《そそのか》す⁉　お前の主なら知ってるはずだ…！　縁寿には、何の意味もない真実だと！」

「えぇ。世の中のあらゆる真実に、意味などありません。意味を生み出すのは、結局のところ、人間一人一人の心。……一なる真実でさえ、人が異なれば、生まれる意味が異なる！　ないんですよ、真実に意味なんて！　それでも私が真実にこだわる理由はただ一つ！」

「探偵だから！」

「グッド‼　しかし縁寿さんは探偵ではありません。あの子にとって真実はゴール。……幸薄き人生に終わりを告げる終止符です。これであの子はようやく、生を終える最後の禊《みそぎ》を終えた…‼　死ぬために、たった一つの真実にこだわる一夜限りのッ、地上に叩きつけられて死ぬまでのほんのわずかな時間だけの、仮初めの真実の魔女‼」

「縁寿を死なせはしないッ‼　どんなに辛くても生きてくれ‼　それだけが、俺たちの願いなのだから…‼　生きていれば、どんな魔法も、どんな奇跡だって起こりえるんだ……!!」

「それを、縁寿さんの肩を抱いて直接言わなかったことが、あなたの敗因です。……いかがです？　あなたの喚きを聞くだけで、古戸ヱリカにはこの程度の推理が可能です。」

「生きろッ、縁寿ぇえええええええええぇぇぇぇぇええええッ！！！」

礼拝堂に向かって叫ぶが、すでに縁寿はそこにはいないだろう。戦人の叫びは、虚《むな》しく漆黒の空と山羊の海の喧騒に呑み込まれて消える…。

「同志エヴァ。作戦終了です。退却しましょう。」

「あら、もうおしまい？　今度は私自らが絵羽犯人説で、島中を滅茶苦茶《めちゃくちゃ》にしてやろうと思ってたのにい……！」

エヴァが宙に姿をあらわし、けたけたと笑う。

水晶の檻を、外から見やりながら。

「ごめんね、戦人くん。私の力不足で。……私は私のやり方で、十二年間、あの子を守ったわ。」

「………感謝する。」

「でも、もうあの子が自分で決めることよ。もうあの子も十八歳。自分の人生は、自分で決めてもいいとは思わない？」

「……悪いな。妹煩悩な兄貴で。」

「じゃあね。私は今はベルンカステル卿の駒。これで失礼するわ。」

「同志エヴァ、後ほど。」

エヴァが手のひらを広げると、そこに、青く光る尖った小さなカケラがあらわれる。

それが爆ぜると、鋭く眩しい光に包まれて、エヴァの姿は消え去る。その光は、さっき礼拝堂から漏れ出したものと同じだった。

戦人は、気付く。……ゲーム盤の外へは、駒は出られない。しかし、航海者の魔女だけは、それが出来る。おそらく、ベルンカステルが与えた、それを可能にする魔法に違いない。

ヱリカが手のひらを開くと、そこにも同じカケラがあらわれる。

「それではこれにて。下手をしたら、これでお別れですね。」

「……待ちな。俺たちの決着は、まだついてねぇぜ。」

ヱリカの手にあるカケラを奪えば、……ベルンカステルの居所へ行ける。

一なる真実の書の封印は、ベルンカステルによってやすやすと解かれるだろう。しかしそれでも、幾ばくかの時間は必要とする。あのカケラを奪えれば、……縁寿を連れ戻すチャンスはある…。

「決着も何も。タイムオーバーです。……ですが。……最後にもう一撃を食らいたいというのがお望みなら、叶えてあげてもいいですが。」

ヱリカなら、絶対に挑発に乗ってくれると思った。

……戦人はもう、ヱリカのトリックに気付いている。

ついさっき、気付いた。ヱリカと話しながらも、並行して推理をしていた。

その一撃で仕留め、あのカケラを奪う……。

「行くぜ、ヱリカ。……この一撃で決めてやる…!!」

「その一撃でお暇しますので。自慢のトンデモ推理の中でも、飛び切り面白いのをお願いします。」

「お前の密室定義は、壁、窓、床、天井、チェーンのあらゆる絶対性を主張した!! しかし一点だけ、あまりの馬鹿馬鹿しさに、俺が求めなかった絶対性がある!

それはチェーンを外部から開閉することの可否だッ!!」

「………!」

「青き真実!! これがお前の密室の答えだッ!! チェーンの長さ!! お前の密室のチェーンは長く、外部からも開閉が可能であるッ!!!」

何て馬鹿馬鹿しい答え。

しかし、チェーンの絶対なる施錠が、そのまま密室であることの絶対の保証になるという石頭な思い込みがあったなら、これは密室になってしまうのだ。

戦人の手より放たれる青き楔が、正確にヱリカの胸に突き刺さる。苦痛に表情を歪める彼女の手が揺らめき、……手のひらのカケラが、宙を舞う。

「………戦人さんの密室定義は、壁、窓、床、扉、チェーンまであらゆる絶対性を主張しました。しかし一つ、実に馬鹿馬鹿しい定義が抜けていましたよ⁉　青き真実ッ‼　戦人さんの密室には天井がなく、壁を乗り越えての入室が可能であるッ！！！」

カケラに手を伸ばす戦人のわき腹に、ヱリカの背後より回り込むように飛来した青き大鎌が、鋭くグサリと突き刺さる。

戦人の手は、……カケラに、………届かない。

それは再びヱリカの手に戻る。

「トリックの馬鹿馬鹿しさは、互角だったようですね。……ミステリーマニアなら、憤《ふん》怒《ど》しているところでしょうか？

しかし私は違う！　その馬鹿馬鹿しさを暴くに至った、その過程に恍《こう》惚《こつ》を覚えますッ‼　それが探偵ッ、古戸ヱリカ‼」

ヱリカは笑った。

己を誇るように。そして戦人を嘲るように……。

「……貴様……、……とっくに、答えに至ってやがったな……。」

「いいえ。あなたが青き真実を繰り出してから、カケラを奪おうと手を伸ばすまでの一瞬で考えました。私は最初から時間稼ぎ。今の一瞬で初めて、私は推理を始めたのですから！」

ヱリカは二人を閉ざしていた水晶の結界を解く。

そして、遥《はる》かな上空まで飛び、戦人を見下ろしながら笑い、もう一度お辞儀をする。

「ご機嫌よう、戦人さん…‼　私の出番がこれだけだとしても！　これで私が用済みで、再び忘却の深遠に突き落とされようとも！　悔いのない時間でした‼」

「ま、待てッ！！！」

待てと言われて待つ馬鹿などいない。ヱリカは眩しい光に包まれて、その姿を消す。

縁寿は一なる真実の書を手に入れ、ベルンカステルのもとへ去った。

……戦人たちに、ゲーム盤の外へと至る術はない。

万事は、休した……。

風雨の中、……戦人は天を仰ぎ、身じろぎ一つしなかった。

やがて黄金蝶がひらりと舞い、ベアトが姿をあらわす。

「……すまぬ、戦人…。……縁寿を逃がしてしまった……。」

「俺もすまねぇ。……ヤツらを逃がしちまった。もう、お手上げだ……。」

戦人が用意した、縁寿のためのゲーム。その縁寿が姿を消した以上、もはやこのゲーム盤には、何の意味もない。

……そして意味どころか、ゲーム盤そのものさえ、もはや山羊たちに食い尽くされ、虚無の海に浮かぶ一枚の木の葉のようだ…。

■金蔵の書斎

ガートルードたちの封印により、屋敷の二階から上は守られていた。

黄金郷の扉はようやく、子供なら通りぬけられる程度の幅まで開いていた。真里亞やさくたろうなどの、小柄な者が先に潜りぬける。

「……我が友よ。扉の開きが、少し速くなった気がする。」

「はい。私の目にもそのように見えます。」

金蔵と源次が落ち着いた様子で言葉を交わす。

だが、多くのニンゲンは明らかに焦りの色を濃くしていた。

「お、お父さん…！　扉はまだ開きませんか…！　ヤツら、もうじき、窓を破ってきそうです…!!」

「蔵臼様、どうかご安心を。アイゼルネ・ユングフラウの結界、そうやすやすと破れるものではございません。」

ロノウェが言った。ワルギリアも穏やかに微笑む。

「もうじき、大人も通れるようになります。大丈夫ですよ、間に合います。」

「し、しかし、ドンドンバンバンとすごい有り様でしてそのッ、」

「熊沢。慌てずに待て。どうせ、我らには待つ以外に出来ることは何もないのだからな。」

金蔵の命令に、彼女の心は辛うじて均衡を保つ……。

■屋敷・大階段

屋敷の外壁にも、山羊たちの大群がしがみついている。そして、壁や窓を破ろうと、牙や拳を打ち付けるのだ。

だから、廊下中の窓にびっしりと山羊たちが取り付き、その豪腕を叩きつける様子は、たとえ結界で守られているとわかっていても、怯えずにはいられぬものだった。

しかし、窓ではなく、大階段の上で結界越しに山羊の群れを見る者は、他の感情を抱くだろう。それは恐怖ではなく、……ある種の悲しさと、虚しさだった。

ホールの大階段は、踊り場の境で結界を張られている。

その結界の向こうは、……すでに、何もかもが食い尽くされてしまった。

上の階の廊下にいる者には、自分たちが、六軒島の屋敷の中にいると信じることが出来るだろう。

しかし、ここにいて、……この光景を見ている者には、もはやそう思い込むことは出来ない。

ホールはおろか、一階も、……そもそも大地さえもなくなろうとしている。

山羊の海は、とっくの昔に全てを食い尽くしていた。ホールを食い尽くし、屋敷の柱を食い尽くし、床も、大地も、海も、概念も、……戦人の生み出したゲーム盤の全てを食い尽くした。今や、この屋敷は、上半分の食い残しのみが、虚無の空間に漂っているのだ。

「……哀れなことデス。」

「何が也や。」

ぽつりと言ったドラノールに、ガートルードは短く問う。

「……この島を食い尽くすという快楽に身を任せた山羊たちが、自分たちの足場さえ食い尽くし、虚無に落ちて、消えてイク。」

かつてそこは、広大なホールだった。ホールの外には広大な薔薇庭園。……足の踏み場はいくらでもあった。しかし今や、……そこかしこは穴だらけで、もはや屋敷の外だった部分は完全に虚空。わずかに残った足場や柱などにしがみ付き、山羊たちはそれでもなお、ばりばりと貪り食っているのだ。

コーネリアはその様をじっと見下ろしながら言う。

「……真実を暴くとは、殺すことと心得るもの也。」

「人は、なぜ殺さずには、生きられないのデス。……遠大なる歴史の中で、あれだけの大勢が奇跡を願いながら、……結局は奇跡の余地を自ら食い尽くし、自らの足場さえ食い破って、奈落へ落ちてユク……。」

柱にぶら下がりながら、自らの摑まる柱をかじっていた山羊が、……当然の結末として、千切れた柱にしがみついたまま、虚無の漆黒に落ちて呑み込まれるのが見えた……。

「人間は、………知るために生きるよう定められた、悲しい生き物だからです。」

ドラノールは声の主を振り返る。

結界が完成した後、再びここに戻ってきた理御だった。隣にはウィルが付き添うように立っている。

「……知ることが、自分の生きる夢や希望を自ら食い尽くすことを意味するなら。………人間は、死ぬために生まれてきたってことになる。……私たちは、生きろと教えられます。しかし、生きて為すことのほぼ全てが、結局は自分を殺している…。」

「………それ以上考えるな。頭痛にならァ。」

「私は一人の人間として問いたいっ。……知ることは罪なのですか⁉　無知に生きる方が、夢や希望があると…⁉」

「……全知に生きることも、無知に生きることも、どちらにも利点はあるし、短所もある。そのどちらに生きるのも自由だ。………だから、ニンゲンってのは無力なんだ。」

「人は、知ることは出来ても、〝知らぬ〟ことは出来ない生き物、也……。」

「ゆえに、全知の神は、それが出来ぬニンゲンに代わりて、知るべきことと、知らぬべきことを分け隔てているもの也。」

ウィルと補佐官たちの言葉に、理御ははっとしたように黙り込み、……やがて言った。

「…………過ぎた好奇心は、夢も希望も、………殺す。」

「人は、知るべきでないことを、知らぬままに忌避出来ぬ哀れな存在デス。………バトラ卿がそれを縁寿に伝え切れなかったとしても、無理もないことデス。」

「……その縁寿ももういない。……このゲームも、もうおしまいだな。」

ウィルのその言葉に、誰も二の句を継げず、一同は沈黙する。がりがりと、全てを食い尽くす山羊たちの喧騒だけが、虚しく響き渡っていた…。

黄金郷に逃れたところで、虚無の山羊たちはやがて、その境さえも食い破るだろう。一時、逃れたところで、何の解決にもならない。

全てはもう、決している。

過去の猫箱を暴こうとする、未来の暴力に対して、……抗う術など、ないのだから。

「なら、………私たちは生きなければ。」

「…………………………。」

そう言った理御を、ウィルは静かに見つめた。

「人間の愚かさが、自ら夢や希望を捨て去ることならば。……私は、それを最後の一秒まで信じることを選びたい。」

「…………いい根性だ。」

「私は、幾百万の世界のベアトリーチェたちの、唯一の希望が具現化した存在。……だから私はこんな時でも、みんなの希望でなければいけないんです。だから私はまだこのゲームを、諦めません。」

「……諦めないトハ？」

「最後の一秒まで、奇跡を信じて待つということです。」

「最後の一秒まで、足掻《あが》いて足掻き抜こうってわけか。」

「そうですっ。私たちの時だって、あの恐ろしい猫の群れの中で死を覚悟したではありませんか…！ でもラムダデルタさんが助けてくれました…！ もし、奇跡を信じずに諦めていたら、私たちは助けられる前に、虚無に消えていたに違いない。」

「私が助けたってより、ベルンがあんたたちを殺し損ねたって感じね。あるいは、あの子の気紛れかもしれない。奇跡の魔女の、奇跡的な気紛れってわけね。くすくすくす……。」

いつからそこにいたのだろう。ラムダデルタは階段の手すりに寄りかかり、ポップコーンを食べていた。

いる？ とポップコーンのカップを傾けるが、理御はいらないと首を振る。

「………戦人くんたちが言ってました。……縁寿ちゃんは、自分の命と引き換えに、真実を得る契約をしたと。」

「さっきのあんたたちの話によるなら、それは契約じゃないわね。……だって、人は死ぬために真実を求めて生きてるんでしょ？　つまり縁寿は、自分の生の全てを真実を得るために費やした。……それを一瞬の時間に、ベルンが凝縮しただけのことだわ。」

「……縁寿ちゃんは、夢も希望もなくしたから、自らの命を軽んじてしまった。………彼女に、どうやったら夢や希望を与えられるんですか。……どうやったら、生きることに意味を見出《みいだ》させることが出来るんですか。」

「……それ、私に聞いてんのー？　私、パーよ？　それも二回転捻りの入ったクルクル超パー。難しい話されてもわかんないわー。」

ラムダデルタは、残りわずかのポップコーンを、ざらっと口に放り込むと、空っぽのカップを虚無の奈落に放る…。

「……ベルンがあの子を唆したわけじゃないわ。ベルンは、縁寿にチャンスを与えた。いえ、選択肢を与えたと言うべき？　そして縁寿はその選択肢の中から自ら選んでゲーム盤にあらわれ、……そして今、戦人とのゲームで再び、自ら選択肢を選んでる。……あの子のゲームは、最初から最後までずっと、あの子のものよ。私は今、それをのんびりと観劇しているわ。」

「………観劇に熱中している、というわけでもなさそうだな。」

「まーね。先の見えちゃったお芝居だし。……だから、そろそろお暇しようかな〜って思ってたところよ。」

「……先が見えたと感じたら、あなたはそのお芝居を見るのを止めるのですか。ひょっとしたら、あなたが想像しないようなクライマックスを迎えるかもしれないのに？」

「…………………………。」

ラムダデルタは塩のついた指をぺろりと舐める。

そして挑発的に理御を睨んで、にやりと笑う。

「縁寿ちゃんのゲームは、……絶対にこれで終わりません。……必ず、戦人くんの気持ちが通じます。

……彼女に、より良い未来を生きて欲しいという気持ちが伝わり、……彼女が自らそれを選択する。

……必ず、絶対、そういう物語になります。」

「……へぇ…？　この絶対の魔女ラムダデルタに、あんたが絶対を保証するの…？」

「そうです。私が、絶対に保証します。……縁寿ちゃんのゲームは、このままでは終わりません。だから、席を立たないで下さい。そして、私たちも立ちませんせん。私たちに出来ることは、必ずあります。そしてそれが必ず、……彼女をより良き未来へ誘う。……この物語は必ずハッピーエンドになります。だから、最後まで見届けて下さい。お願いします。」

「………………………。……私、絶対の魔女として、この物語にハッピーエンドはなーいって宣言しちゃってるんだけど〜…？」

「ハッピーエンドの定義なんて、観《み》る人それぞれが決めることでしょう？」

しばらくの間、緊迫した沈黙が続く。

それ、本気で言ってるの？　とでも言うかのように、ラムダデルタは不敵に睨み付ける。

しかし、理御は目を背けない。

二人はしばらくの間、瞬きさえせずに、じっと相手の目を睨み合っていた…。

「……はー…！」

ラムダデルタは、唐突に大きなため息を吐き出し、大きく伸びをする。

「行く当てもないし。……いいわー、もうちょっとだけ付き合ってあげる。ポップコーンのお代わりをくれたらね。今度はキャラメルフレーバーがいいわー。」

「黄金郷へ来てくれれば、いくらでもご馳走します。」

ラムダデルタは薄く笑いながら、手をひらひらと振る。どういう意味かわからないが、彼女なりの降参を意味するものらしい。

「いいわ。あんたが、あんたなりの絶対のハッピーエンドを保証するなら。……この大ラムダデルタ、もう少しだけ付き合ってあげるわ。本当に私って、心が広いわよね！　まるで琵琶湖《びわこ》のように！」

「微妙に狭いな。」

「そして日本海のように穏やかね！」

「すごい荒波デス。」

「……謹啓。」

「おそらく喩《たと》えが逆かと思われるもの也。」

くぐもった笑いが起こる。

ラムダデルタは、絶対の意思を持つ者に力を与える魔女。ハッピーエンドを信じる理御の絶対の熱意に、小さな魔法を授けてくれたのかもしれない。

「みんな、私を退屈させるんじゃないわよ？　じゃなきゃ、いつだって私は席を立っちゃうんだからねー。」

「もちろんです。戦人くんも歓迎するでしょう。」

理御も理解している。

ゲーム盤の外に縁寿を連れ去ったベルンカステルに対抗するには、同じくゲーム盤の外へ飛び出せるラムダデルタの力がいる。彼女に、このゲームを見限らせないことが、最後の希望となるのだ。

しかしながら、暢気《のんき》そうに鼻歌を歌うラムダデルタの表情から、助力を申し出てくれそうな頼もしさを見つけることは、ちょっぴり難しかった……。

「見て、ゼパル！　すごいわ、一階から下がぽっかりだわ！」

「これは絶景だね！　なかなかお目にかかれない景色だよ！」

ラムダデルタに負けず劣らず暢気な声がした。

全員が二人の悪魔を振り返る。

「………上の様子はどうデスカ。」

「そうそう、それを知らせに来たの！」

「やぁ、みんなお待たせしたね！」

「黄金郷の扉が、開いたそうだよ…!!」

「……やれやれ、ようやくか。」

「参りマショウ。ここはいつまでも安全ではありマセン。」

立っていた者たちが踵を返すと、階段に座り込んでいた者たちも、やれやれと腰を上げる。

ウィルと理御は最後にもう一度だけ振り返り、虚無に呑み込まれた眼下の光景を見やる……。

「さらば、麗しの六軒島、だな。」

「……そうですね。……こんな光景でさえ、これが見納めなのですね。」

「うっふふ、何を気弱なこと言ってんのよ。見せなさいよ、私に！　はっぴーえんど！」

感傷に浸る理御の背中を、ラムダデルタは明るい笑顔を浮かべながら叩くのだった。

図書の都

戦人によって、水晶に封印された一なる真実の書。

その封印を解かねば、鍵を挿すことさえ出来ない。

「……あんたには解けるのよね？　その封印。」

「もちろん。」

縁寿とベルンカステルの声が、中空に吸い込まれて消えていく。そこは、薄暗く、そして広大な広大な空間だった。その空間は、たった一言で言い表すなら、……海の底の、海溝。

しかしそれは正しくない。

正しくは、……図書館。

ただし、蔵書の数と本棚の高さが、人の世に存在するそれら全てを足したよりも、遥かに遥かに、……莫大で広大で絶大だった。もし、背の高さが偉大さで決まるなら。……神々は山の頂を越えるような巨人だったろう。

ここは、そんな神々に相応しい大きさと偉大さを持つ、そんな図書館に見えた。本の一冊一冊の大きさは、人の世のそれと変わらない。しかし、それを収めた本棚は、まるで渓谷のように、いや、深海の海溝のようにそびえ立っているのだ。

だから、……そんな広大な空間に浮かぶ縁寿たちの姿は、図書館に迷い込んだ、小さな蝶程度にも見えない。……深き深き海底の、海溝の底を寂しく泳ぐ、小さな深海魚のように見えた。

「……子猫たち。この封印の解凍を。」

ベルンカステルがそう呟くと、遥か眼下の深海の暗がりや本棚の陰から、エメラルドグリーンの輝きがいくつもあらわれ、それが集まって、魚群を作るのが見える。そこに一なる真実の書を放ると、数秒遅れてから、魚たちがそれに群がって、どこかへ運んでいく様子が見えた。

その数秒は、どれほどこの本棚の海溝が深いかを示す。縁寿は改めてこの、神々の図書館の想像を絶する広大さに、呆然とする…。

「あとはあの子たちに任せておけばいいわ。」

「……本当に、私に中を読ませてくれるんでしょうね。」

「あなたが望むなら、それは叶うわ。そして私だって、その鍵がなければ、読むことが叶わない。」

縁寿はポケットの中の黄金の鍵を、静かに握り締める…。

とても長くて、そしてあまりに奇妙な旅だった。

十二年前の真実を求めて、家を飛び出し、……小《お》此木《このぎ》社長に会って、天草に会って。……そんな冒険の旅は、いつしか魔女幻想に組み込まれて。

しかし、今、私はここにいる。

右代宮絵羽の日記。

その中に記された真実の眼前に、今や私はいる。

「ヱリカ。……縁寿にお茶でもご馳走しなさい。」

「はい、我が主っ。」

虚空より、ふわりとヱリカが姿をあらわして、主にお辞儀をする。

「………ベルンカステル。もしあんたが、私を上手いこと利用して、本と鍵を奪おうと考えているなら、……ただじゃ済まないわよ。」

「き、貴様っ、我が主に向かって何て口をッ！」

「ごめんなさいね。魔女とずいぶん長くやり合ってたせいで、普通の言葉は信用しないことにしてるの。」

「……いいわ。赤き真実で約束してあげる。……一なる真実の書を、封印が解けて一番最初に読むのはあなた、縁寿よ。……これでいい？」

縁寿はしばらくの間、魔女が何かのペテンに掛けようとしていないか、言葉の裏を読み取ろうと思考を巡らす…。

魔女による赤き真実での保証に勝るものはない。それを縁寿も理解している。なのに、その赤き真実までひょっとしたらと疑い出したら、………もうこの世には、何も信用出来るものは存在しないことになる。そこまで疑うようになってしまったなら、……真実さえ、真実ではなくなってしまう。


「……まだ、不満なの？」

「ん、………。……何も。」

一なる真実の書を読むには、ベルンカステルの協力が欠かせない。これ以上、駄々をこねて彼女の機嫌を悪くすることは、何の得にもならないことを、ようやく理解する…。

「……封印が解けたら、すぐに呼んでちょうだい。」

「もちろんよ。私だって早く読みたいもの。」

ベルンカステルはくるりと背を向けると、薄暗い本棚の海溝へ潜っていく。

エメラルドグリーンの魚群があらわれ、彼女に追従するのが見える。……使い魔たちなのだろう。

深海魚の光にも見える、そのエメラルドの軌跡をぼんやりと見ていると、後ろから小突かれる。

「行きますよ。同志縁寿。」

「……気持ち悪いから、縁寿でお願い。」

「じゃあ、私のことはヱリカ様でお願いします。」

「……行きましょ、同志ヱリカ。」

エリカの先導で、二人は泳ぎ出す。

宙を飛ぶというよりは、ここではそう表現する方がぴったりに思えた。

「………ここは何なの。図書館って呼ぶには、あまりに広大過ぎるわ。」

「どうせ覚えられませんから、図書館とでも呼ばれたらどうです？」

「覚えるかどうかは私が決めるわ。言いなさいよ。」

「〝尊厳なる観劇と戯曲と傍観の魔女により厳選されし名誉ある図書の都〟です。」

「……やっぱ、図書館でいいわ。」

「言うと思いました。」

図書の都。

そう言われれば、そのようにも見える。

この峡谷のようにそびえ立つ本棚は、高層ビル。

眼下に流れるエメラルドグリーンの光の軌跡を、高速道路に列なす車の明かりと考えたなら、確かにここは、図書の都だった。

「ただの本じゃないんでしょう。これらは。」

「ええ。これら一冊一冊が、重厚な群集劇をまとめたもの。……ここでは本に見えますが、本を開けば、そこには本当に世界があるのです。」

「………私たちの長い物語も、この中の一冊でしかないのね。」

「遥か上層の、霞《かす》んで見えないくらいに上層の大魔女は、もはや神や造物主と同じ存在です。……そんな連中から見れば、私たちの物語なんて、果たして一冊にまとめる価値があるかどうか。」

観劇者たちから見れば、自分たち個人の人生など、取るに足らないものだろう。あれら一冊に世界が記されているとするなら、……自分のことなど、一行さえも割かれていないに違いない。

「でも、私たちは主人公だわ。……私も、あんたも。」

「そうです。神々の物語に記されることがなくとも。……私たちが記す自らの物語の主人公は、常に自分なんです。………それを自覚出来るか出来ないかが、魔女とニンゲンをわける最初の分かれ道。」

やがてヱリカは泳ぐのを止め、縁寿にその空間を指し示した。そこは、本棚が一部屋分刳《く》り貫《ぬ》かれた、本棚の絶壁の手すりなきバルコニーだった。

促されるまま中に入ると、奥行きは浅く、まるで一部屋を半分に割ったかのよう。落ち着いた調度品で飾られ、さながら、ヱリカの隠れ家のようだった。

「我が主より、お茶を振る舞えとの命令ですので。飲む気がなくても、漏斗《じょうご》を突っ込んで流し込みますから、そのつもりで。」

「………それやったら、お抹茶を振る舞うわよ。」

「抹茶？」

「……何でもないわ、こっちの話。」

ヱリカが紅茶の準備をするのを尻目に、……縁寿はこの世のものと思えぬ、異様なる絶景を見下ろす。

果てしなく広がる図書の都は、紅茶の準備が終わるまで、縁寿の魂を吸い込むかのように、その目を釘付けにするのだった……。


やがて同じテーブルに着いて紅茶を飲み始めた時、ヱリカは唐突に口を開いた。

「こう言っちゃ何ですけど。」

「……何？」

「真実を得るために、命を投げ出す契約なんて。よくもしたもんですね。」

「………生きて何かする当てもない。なら、私にとって残りの人生を投げ出すことなんて、対価としては安いものだわ。」

「我が主も物好きな方です。こんな、無気力女の無価値な命と引き換えに、契約なさるなんて。」

「じゃあ、あんたにはそれだけの価値が？」

「私ですか!?　ははは、あっはっはっはっはっはっははははははは……。」

気持ちの悪い声で、ヱリカはけたけたと笑う。

でもそれが、彼女なりの答えを意味していることに縁寿は気付いている。

人は、望んで魔女になりはしない。生きることが出来るなら、人は誰だって、ニンゲンとしての生を全うしたいのだ。……それが、何かの事情で躓くから、……魔女として生きる道が、開かれる。

真実の魔女を名乗る古戸ヱリカとて、それは同じはず。ここでこうして、目も合わせずに紅茶を飲む二人の真実の魔女は、……まったく同じ存在なのだ。

「私は、真実を暴くのが好きです。」

「知ってるわ。」

「隠し事を暴き、相手が、どうしてバレたんだと青ざめるのを見るのが大好きなんです。……その瞬間、私は真実に至ったのだと確信し、恍惚を覚えます。」

「趣味の悪いヤツ。」

「じゃあ、あなたにとって真実は何だと言うんです？」

「…………………………。」

縁寿は即答しようとしたが、その言葉を呑み込む。

そして、一度呑み込んでしまったら、何と言い返せば良いか、言葉を失ってしまった。縁寿にとって、真実とは、それ自体が目的だったからだ。

憎しみから、絵羽こそが犯人であると信じた。だが仮にその証拠を見つけたとしても、彼女が死んだ今、充分な報いを受けさせることは出来ない。

そしてあの日、あの島で何があったのかを知ったからといって、……家族の誰かが帰ってくるわけでもないのだ。

「……意味なんて、ないのかもね。」

「意味もなく、大好きなお兄ちゃんが隠す真実を暴く？　あんたこそ意味がわかりません。」

ヱリカは小馬鹿にするように笑う。

縁寿も、同感だとでも言うように笑う。

「だからね。私にとっての真実は、目的に変わったの。……生きるための、理由とでも言えばいいのかしら。」

「じゃあ、真実に辿り着いたらもう、生きる意味も目的も、なくなっちゃいますね？」

「そうよ。何もかもが無意味。……一なる真実の書に辿り着くという目的は、十二年も余計に生きた私に、人生最後のちょっとした煌《きらめ》きを与えてくれたわ。……その一点でだけ、ベルンカステルには感謝してるわ。」

「なるほど。……戦人さんはあんたに生きて欲しいから、あんたが死ぬためのゴールを、隠してるわけですね。……戦人さんに初めて同情します。妹は選べないですからね。」

「…………………………………。」

ごめんね、お兄ちゃん。もう、生き飽きたわ。

十二年間。誰かが帰ってくるかもしれないという幻想だけを糧《かて》に、生きた。

もう、楽にさせてちょうだい。

もう私は、……奇跡なんて信じないの………。

「真実の魔女は、真実に堪える力があるからこそ、真実の魔女なのです。………同志縁寿。あんたにはどうやら、その力がないようですね。あったなら、死のうなどと思わないのですから。」


「……………………。……そうね。……私は、誰かが帰ってくるかもしれないという幻想に十二年もすがった。……私にとって都合のいい真実が、ベアトリーチェの猫箱に入っていることを期待しながら、十二年も真実を拒否していただけに過ぎない。」

「……一なる真実の書を読んだら。あんたはどうなるんでしょうね。」

「さぁ。……契約に従い、ベルンカステルがチョンっと、私の首を鎌で刈ってくれるんじゃない？あるいはまた挽《ひ》き肉《にく》かしら。……今度こそ、塩と胡《こ》椒《しょう》を練り込まれるわね。」

「……………………。……なるほど、だから挽き肉なわけですね。」

「何か言った？」

「いいえ、何も。それよりお代わりはいかがです？」

「ノーサンキュー。」

縁寿はぼんやりと、手すりなきバルコニーより、本棚の渓谷の、………いや、本棚のビル街の谷間の、……奈落の暗闇を見下ろしていた。

……私は、旅の始まりから終わりまで、………一歩たりとも、ここからは動いていないのだ。

私の、……一歩しか歩かない旅は、……もうじき終わる………。

「……あの、底を流れてる光の行列は何？」

「あぁ。大アウローラ卿のパーティーの、客人たちの行列でしょう。」

「客人…？」

「元老院の大魔女たちや、退屈から逃れる永遠の旅の途中の航海者たちや、数百年の眠りより目覚めた偉大なる大魔女たちから、未来世界を牛耳る魔女や魔女狩りの貴族たちまで。今夜は大きなパーティーが催されるようですよ。」

「……お誕生パーティーでもするの。」

「無限の魔女、大ベアトリーチェ卿は、辺境の魔女なれど、その優れた魔法大系により、無限機関〝ベアトリーチェの猫箱〟を生み出した天才魔女だそうです。……私からすれば、詰めの甘いマヌケ魔女なのですが、どうやら、大魔女の世界では、ちょいと知られた有名人のようで。」

「ベアトリーチェの誕生会でもやるわけ？」

「我が主は、ベアトリーチェのハラワタでモツ鍋パーティーと言っています。………今宵、あんたの鍵によって一なる真実が明かされ、無限の物語を生み出してきた猫箱が開かれる。まさに、生きたままベアトリーチェの腹を引き裂いて、その中身をぶちまけるのと同じことってわけです。」

「………そのモツ鍋パーティーに、あの高速道路の渋滞みたいな大行列が？　………ベアトリーチェの有名さに驚くべきか、あの連中のゲスさに反吐が出るのが先か、わかりかねるわ。」

「あんたにとって、一なる真実の書の中身は、単なるピリオドに過ぎない。………でも、六軒島ミステリーを観劇する者たちにとっては、これは見過ごせないイベントですから。」

「なるほど。………あれは、お兄ちゃんのゲーム盤を食い破ってた山羊どもの、行列というわけなのね。」

その縁寿のたとえは、正確だった。

遥か遥か眼下で行列するのは、……山羊の仮面を被り、美しく着飾った貴族たちだった。

皆、ベアトリーチェの猫箱を、そのハラワタを引き摺り出して食い千切りたくて、滴る涎《よだれ》を隠すことも出来ないのだ。

そんな、真実を暴く暴力性に快楽を覚える暴食の山羊の貴族たちが、黒山羊に引かせた車で、列を成して会場へ向かっているのだ。

「………猫箱も、ベアトリーチェも、いよいよおしまいなのね。」

縁寿は虚空に向かって言う。ヱリカはその横顔を一瞥すると、微笑みながら口を開いた。

「……ベアトリーチェたちは、ゲーム盤の最後の食い残し、黄金郷に立て籠もってます。戦人とベアトリーチェが門番を務め、第一陣を壊滅させたようですが、第二陣は防げません。……我が主は籠城概念破壊の艦隊を与えられました。黄金郷の城壁など、もはや風前《ふうぜん》の灯《ともしび》です。」

「………あの、島に湧き出した山羊たちは、島に惨劇を望む、未来の妄言が具現化したもの。」

「そうです。あの山羊たちはネットの海からいくらでも生まれてきます。第一陣など、所詮は有象無象。第二陣は違います。無数の山羊たちの中から、立て籠もる全ての駒たち個人個人の否定に特化した、最精鋭から編成しています。総兵力は十万。……島に立て籠もる、ほんの数十人を否定するために、十万の否定を用意したのです。」

「……お兄ちゃんも、もうおしまいね。」

「もう、覚悟はされているのでしょう？　右代宮戦人は、一九八六年に死んでいて、……あの彼は、猫箱が生み出した幻想であると。」

「…………ええ。……わかってるわ。」

本当の兄であろうと、幻想の兄であろうと、……

そして私の望む形であろうと、望まぬ形であろうと、私のために ゲーム盤を用意してくれた兄が、死ぬ。

いや、死んでいたことを受け容れるだけなのだから、死ぬのとは違うだろうが、…………。

縁寿は思う。

その兄に引導を渡す役目は、自分が引き受けるべきではないだろうか。これは、自らに課す最後の試練なのだ。あのゲーム盤の上のみんなの姿こそが、……私の甘えの具現化なのだ。それを全て、自らの手で否定してこそ、………自分は本当の意味で、真実を受け容れることになるのではないだろうか。

…………………………。

いや、それは欺瞞《ぎまん》。……自分の心にさえ正直ではない、惑いだ。たとえ幻であっても、………あの、おかしなハロウィンパーティーが温かなものでなかったことには、ならない。

……お兄ちゃんは言ってた。

あのハロウィンパーティーは、確かに幻想かもしれない。でも、それでも。あのパーティーを通じて、何かを私に伝えたいって……。

………………。

「その第二陣は……、」

「我が主より、私が指揮官を務めるよう、仰せつかっています。……お任せを、縁寿さん。あなた自らに手を汚させるほど、我が主は陰湿ではありません。」

「………………………。」

それは確かに、気遣いかもしれない。

……これは、未練だ。

私はベルンカステルに感謝した方がいい。彼女の意地が本当に悪かったなら、私に第二陣を率いて、親族たちの首級を自ら挙げよとでも命じるはずだ。

「同志縁寿。あんたは、真実の魔女なんですよね?」

「………………。……そうよ。……多分。」

「じゃあ、受け容れましょうよ。十二年を経て、ようやく本当の、一なる真実を。」

「……………。……私はここで、ベルンカステルが封印を解き終えるのを、気長に待つとするわ。」

「おそらくは、パーティーのゲストとしてあなたは呼び出されるでしょう。……姿見はありますので、目やにでも取ってたらどうです？」

「あんたこそ、出陣前に無駄毛でも抜いてきなさいよ。」

二人はようやく、互いの心中を探り合うように目を合わせるのだった……。

■カケラの海

風がもの悲しく吹き渡る虚無の空間に、………それは浮かんでいた。


それは、黄金郷への扉。

扉の根本に、畳一枚分程度残っている床タイルの模様だけで、それが金蔵の書斎のものであったことを思い出すのは難しい。

……もはやゲーム盤は、……黄金郷だけを残して、全て全て、食い尽くされてしまい、こうして虚無の海に、その扉だけを浮かべている……。

その扉の前には、二人の人影が。

……戦人と、ベアトだった。

満身創痍《そうい》とは言わないまでも、疲労困憊《ひろうこんぱい》という様子だった。戦人は扉に寄りかかって、ようやく呼吸が落ち着いてきたようだった。ベアトも同じく扉に寄りかかりながら、足をだらしなく投げ出している。

あれだけの軍勢との戦いを、果たして戦いと呼んで良かったのだろうか。それはもはや、食い破られて狭くなる土俵の上での、おしくら饅頭《まんじゅう》のようなものだった。

……せめて、金蔵の書斎くらいは死守したかった。

そう願い、奮闘した二人が守りきった面積が、今、彼らの足元にある畳一枚分だけの床なのだ。

山羊たちは、足場がなければ奈落に落ちる。だから、これだけ綺麗さっぱり床がなくなれば、もうヤツらも手を出せまい。……そう思っていた。

だが、それはすぐに甘い考えだと思い知ることになった。

「……ぞろりと、取り囲んでやがるな。」

「増援を集め、今度こそ一度に押し潰そうという魂胆であろう…。」

彼らが背にする扉を、ぐるりと水平線が取り囲むかのように、……大きな木造の帆船が、何隻も包囲している。

それらの帆船の上には、ぎっしりと山羊頭たちが満載されていて、勇み足の間抜けな連中が、甲板から零れて落ちるのまで、はっきりと見ることが出来る。高く帆を張るマストは一隻につき三本、船によってはそれ以上あり、この距離からでも堂々たる威容を見せつけてくる。

……その光景はまるで、古い物語に登場する海賊船団のようだった。

「すげぇな…。俺もお前のゲームで、ずいぶんとおかしな経験を色々してきたが。……海賊船に包囲されるってのは初めての経験だぜ。」

「……おそらく、黄金郷の境を打ち破る力を持つのだろう。あの大砲もハッタリではあるまい。」

帆船の側面に備えられた砲門は残らず開かれ、無骨な大砲の全てがこちらに向けられている。

扉をぐるりと取り囲んだ船団が、さらに数を増やして、一斉にあれをぶっ放してきたら。

……その先を想像するのも馬鹿らしい。

戦人とベアトは、苦笑いをしながら俯く。

「……あの大砲を前に、黄金郷の境は、どの程度持ち堪える？」

「わからぬ。ただ、あれだけの数を揃えているのに、まだ援軍を待つということは、おそらくそうやすやすと破れはしないのだろう。……ヤツらが与えるこの時間を、我らが有利に活《い》かせれば良いのだがな。」

「……劣勢な側にとって、時間はいつだって味方さ。何かの奇跡を期待出来るからな。」

「あるいは、さらなる絶望を知ることにもなろうが。」

その時、何か小さくて硬いものがコツンと、戦人の額にぶつかった。

「……イテ！　何だこりゃ、金平糖…⁉」

「私よッ！　わかったわよ、ベルンたちの居場所が！」

その喋る金平糖は、ラムダデルタが姿を変えたものだった。彼女は味方の中で、カケラの海を渡ることが出来る唯一の存在だ。

「おぉ！　さすがは大ラムダデルタ卿！」

「ここじゃヤツらに姿を見られるわ。中で話をしましょ。……一筋縄じゃいかないことになってるわ。」

「わかった。……誰かいるか⁉」

戦人がノックをすると、扉が開き、紗音と嘉音が姿を見せる。

「はい、お呼びですか。」

「すまぬが見張りを頼む。」

「お任せを。」

「……ヤツらが攻撃を開始したら、戦う必要はない。すぐに黄金郷に逃げ込め。扉は閉めなくていい。」

「しかし、それでは……、」

「紗音ちゃん。ヤツらは、扉なんか無視して、直接、黄金郷をぶっ壊す気だ。ここで仁王立ちしてたって、もう何も防ぐことは出来やしない。」

「……わかりました。」

「ここは僕たちに任せて、中で対策を。」

「うむ。しばらく頼むぞ。」

■黄金郷

薔薇庭園には、しとしとと雨が降っていた。

……黄金郷の天気は、一同の心を表している。

打つ手もなく、ここに隠れて、相手の最後の攻撃を待つしかない人々の、辛い感情を、静かに降り落ちる雨粒が示していた……。

皆が待つ東屋に戻ってくると、戦人のポケットから金平糖が飛び出し、テーブルの上に跳ねて、ラムダデルタの姿に戻った。

「久々よねっ、こんなスリル！　まさか魔女にもなって、こんなハラハラした目に遭うなんて、夢にも思わなかったわ。」

「縁寿やベルンカステルたちは一体どこに……！」

戦人が急き込むと、ラムダデルタの表情は途端に鋭いものへと変わる。

「図書の都よ。」

ワルギリアが息を呑んだ。

「……聞いたことがあります。……海を渡る偉大なる魔女たちが集めた、様々なカケラを書物に記し保管した地があると。」

「尊厳なる観劇と戯曲と傍観の魔女により厳選され し名誉ある図書の都、ですな。」

そう言ったロノウェに、ベアトは頷きを返す。

「大アウローラ卿は図書の都の主だ。なるほど、妥当な場所であるな。」

「しかし、さすがはラムダデルタ卿ね。……無数に想定された隠れ家から、こんなにも早く居場所を突き止められるなんて。」

ガァプの賛辞に、ラムダデルタは小さく肩を竦めてみせる。

「それがね。簡単にわかっちゃったわ。……わかるも何も、向こうで大々的に宣伝をしてたのよ。無限の魔女、大ベアトリーチェ卿の猫箱の秘密、大公開パーティーってね。」

「………ふっ。なるほどな、ヤツらがまだ攻めてこぬ理由は、援軍待ちではなく、パーティーの式次第のせいらしいぞ。」

「そのパーティーとやらで、縁寿の鍵を使って、一なる真実の書を公開する、ということなのか。」

「そういうことね。アウローラは久しぶりのイベントなんで、各界から賓客を集めて大パーティーを催してるわ。……一なる真実の書は、そのパーティーの最後の目玉になるでしょうね。」

「……縁寿と鍵を取り戻すチャンスは、まだあるってことか。」

「時間的猶予という意味ではね？　ただ、とてもシンプルかつ当然の問題が。」

「何だっ。」

「図書の都は元老院の管理下にある聖域よ？　神聖な結界が張られている。元老院の魔女以外は踏み入ることとさえ出来ない。」

戦人が眉根を寄せると、ベアトはわずかに考え込み、尋ねた。

「……パーティーの招待客には、元老院に席を持たぬ者もいるのでは？」

「ええ。そういう連中には、特別に聖域に踏み入ることを許可する〝招待状〟が与えられてるみたい。」

「……招待状。」

「これはこれは、……面白くなってきましたな。」

ガァプとロノウェが、にやりと笑う……。

「と、私も思ったわよ…！　ところがこの招待状、遅刻厳禁で、パーティー開始時刻までに入場受け付けをしてないと自動的に効果を失う優れモノ！　そしてお気の毒なことに、ついさっき、パーティーは始まっちゃったわ。」

その言葉に、ベアトは片眉を上げる。

「つまり、遅刻した来客の誰かから招待状を奪うという手は、もう手遅れということか。」

「そーいうこと。……で、どーすんの？　これから！　誰かポップコーンをもらえるー？　今度はキャンディーフレーバーがいいわー！」

……彼女の報告は絶望的なものだった。

重苦しい空気が流れ、東屋にいるニンゲンたちにも明らかな動揺が走っている。

「門外漢で恐縮だが、……もはやお手上げに思えるね。」

「………私たちは、もうおしまいなのですね…。」

切り出した蔵臼の隣で、夏妃が沈鬱な顔をして俯いている。

「ここで座ったまま、ヤツらが襲ってくるまで待ってるしかないの⁉　何か出来ることがあるはずだわ…！」

楼座がベンチから立ち上がり、勇ましく叫んだ。

それに絵羽が同調する。

「そうね。……私たちに出来ることは一つだけあるわ。」

「……母さん。………それは？」

「一分一秒でも悪足掻きして、……奇跡を待つことや。」

「奇跡…⁉」

秀吉の言葉を、朱志香が繰り返した。

「つまり、こいつはアラモの砦《とりで》ってわけさ。」

「私たちに降伏はない。……出来るのは、一分一秒でも持ち堪えて、奇跡が起こるのを待つことだけね。」

留弗夫と霧江も、同じことを真顔で言う。

何人かがはっとして目を見開いたが、意味を計りかねている者も少なくなかった。

「……うりゅー。真里亞、……奇跡って、何？」

「何かの理由で、縁寿の気が変わって。……ここへ戻ってくる可能性が、何百万分の一の確率で、あるかもしれない。」

「……ふっ。そのような極小の確率の末ならば、それは確かに奇跡と呼べるであろうな。」

自らを窮地に追い込み、幾たびも奇跡を摑み取ってきた金蔵が、そう言って笑う。

「私たちは、縁寿さんの帰りを待つために、ここにいるんです。」

「えぇ。……縁寿さんの帰る場所は、私たちのいるここだけなんです。だから私たちは、最後の一秒まで、ここを守って、彼女の帰りを待たなければならないんです。」

　南條と熊沢の言葉に迷いはなかった。

「留守をお預かりすることこそ、使用人の役目…！　こ、ここッ、こうとなればこの郷田、もう覚悟は決まっております…！」

「………戦人様。我ら一同、すでに覚悟は決まっております。」

　源次はいつもと寸分違わぬ声音で言うと、使用人を代表するように一礼した。

「シエスタ姉妹近衛隊一同ッ、盟約に基づき、最後まで大ベアトリーチェ卿とご一緒するであります！」

「45、問題ありませんっ。最後まで戦います。」

「……ようやく、似合いの死に場所を見つけたにぇ。……410、問題ないにぇ。」

　シエスタ姉妹は敬礼で忠誠を誓った。

「煉獄の七姉妹、最後までベアトリーチェ様と戦人様のお側に‼」

　ルシファーが宣言すると、六人の妹たちも、一切の恐れがないことを瞳で示す。

「アイゼルネ・ユングフラウ。最後までお供しマス。」

「元ＳＳＶＤもいいぜ、付き合ってやらァ。」

「……そしてあなたもどうか、私たちに力を。」

　理御が訴えた相手は、……絶対の魔女ラムダデルタだった。

「私っ⁉　やーよー。偵察してきてあげたじゃない？　それで私は充分、協力をしてあげたつもりだけどー？」

「あなたは、縁寿ちゃんが図書の都の中にいるのを、どうやって確認したんですか？」

「もちろん、この目でよ。私、自分の目で見たものしか信用しないタチなのー。」

「ということは、あなたは聖域である図書の都に、入る資格を持っているということですね？」

「…………そうとも。大ラムダデルタ卿は、元老院の大魔女であらせられるぞ。」

「ラムダデルタっ……。」

ベアトが頷くと、戦人は訴えるような眼差しで彼女を見つめる。

その一途《いちず》な目に、ラムダデルタはたじろいだ……。

「……何よ、あんたたちっ。……まさか、私にもう一働きしろって言ってんじゃないわよねー…？」

「これはこれは、思わぬ出番だね…！」

「図書の都に入ることが出来るのはラムダデルタ卿、ただ一人！」

「ということはこれはまさに⁉」

「「ラムダデルタ卿のための、見せ場ということじゃない‼」」

ゼパルとフルフルが彼女に向かって手を掲げる。

ラムダデルタは、二人を振り払うような仕草をして語気を荒らげた。

「馬鹿言ってんじゃないわよッ、あんたたち正気ィ？……私がたった一人で！　あそこへもう一度侵入してッ。縁寿を連れ戻してこいっての⁉」

数十人からなる一同は、ラムダデルタを囲んで、ウンウンと頷く。

「馬鹿も休み休みお言いなさいよねッ⁉　縁寿を助け出すってことは、大アウローラのパーティーをぶっ壊せってことよッ⁉　私に世界を敵に回せってことッ⁉　私に見返りは⁉　ないわ、あるわけなーい！　あんたたちに用意出来るどんな見返りだって、大アウローラとその愉快な友人のバケモノたちを敵に回すことと、割が合うわけなんてなーい…！」

「大アウローラと大ベルンカステルの目論見を台無しにし、縁寿ちゃんを連れ戻し、みんなで和解するという、ハッピーエンドが見られます。」

……理御の言葉に、ラムダデルタは絶句する。

「……どうであるか、ラムダデルタ卿。これほどのスリル、他にはないぞ。……この大事を成し遂げれば、そなたも病を千年は忘れることが出来るのではないか。」

「頼むッ、ラムダデルタ…‼　俺たちに力を貸してくれ‼」

ベアトに続いて、戦人はもう一度、切羽詰まった表情で頼み込んだ。

頼む頼むッ、お願いします！　縁寿ちゃんのために力を…！　わいわいがやがや!!　大勢がラムダデルタを取り囲み、その助力を求める。

「どうか頼む、ラムダデルタ卿…!!　そなたしかおらぬのだ…!!」

「力を貸してくれ!!　俺がお前に最高の物語を見せてやるッ!!　そいつを最前列で見せてやるから!!　だから力を貸してくれッ!!」

「うッるさぁあああああぁぁぁぁぃいい!!　黙れッつってんでしゃぁあああぁぁあああああああああああああああああああッ！！！」

ラムダデルタは立ち上がって、握り拳でポップコーンの入ったカップを叩き潰す。

辺り一面にキャンディーフレーバーの甘いポップコーンが飛び散り、その内のいくつかが一同の顔に貼り付いた。


それは確かに滑稽な光景だった。

……しかし、誰も笑わない。

ラムダデルタの表情が、これまで誰にも一度も見せたことのない、激昂したものだったからだ。

「勘違いしないでくれるぅ!?　私は観客よ、観客!!　ベアトに招かれて、そのゲームを見物しに来ただけの客人よ!?　その私が、何であんたたちのために、命まで賭けなきゃなんないわけぇ!?　縁寿が帰ってきたらハッピーエンド!?　馬鹿じゃない!?　怒り狂ったベルンとその軍勢が、一気に雪崩《なだ》れ込んできて、ブチっと潰されて御仕舞《おしま》いじゃない!?

私がここにいる理由はたった一つよ！　それは面白い物語が見られると、そこの理御に啖呵《たんか》を切られたから!!

ええ、そして、私はもうじき、最高に面白い物語が見られることを信じて疑わないわ…！　それは背水の陣でベルンの軍勢と戦って、一人また一人と散っていく悲しい悲しい物語！　全員に散り際の見せ場がありそうだもんね⁉　それを間近でもうじき観劇出来るのよ⁉　あんたたちはもうじき、みんな死ぬのッ‼　でも私は違う！　私は観客よ、客人よ‼　あんたも一緒に死んでくれなんてッ、言われる筋合いはこれっぽっちもないンだからッ！！！」

……誰も、一言も言い返せない。

雨音以外、何も聞こえない静寂の中で、……やがてラムダデルタ自身も苦々しそうに俯く。

「………ごめんね。私ってば、最高にカッコ悪いわ。……そうよね、ここで私が、任せておきなさいって胸を叩いたら、私の人気は鰻《うなぎ》登《のぼ》りで、もし人気投票でも開催したらトップ3くらいに入っちゃうかもねー。…………でもね。……私はあんたたちと違って、……〝物語の登場人物〟じゃないのよ。……死ねないのよ。……あんたたちが深夜に、クライマックスはこれからだーとか意気込んでるけど。私は明日、月曜でガッコーで、日直で朝は起床が早いワケよ…！　住んでる世界が違うのッ…‼　だからさッ、……私をさ、………………はーーー…………。」

ラムダデルタは、立ち眩みでも起こしたかのように、……すとんと椅子に座る。

そして人形のように無表情になり、ただじっと、宙の一点を見て、沈黙していた……。

「……すまん。」

戦人が小さく謝る。

しかし、ラムダデルタは無表情なままだった。

「……俺たちに出来ることも尽くさないのに、あんたにだけ、何かを失うように強いるのは、フェアじゃない。」

「…………………。」

「俺たちは、ここで戦い、最後の一秒まで、ここを守る。………縁寿が、一なる真実よりも、俺たちを選び、帰ってきてくれるかもしれない奇跡を信じて。……それも尽くさないのに、あんたに、俺たちと一緒に命を捨ててくれなんて、頼めるわけもない。」

戦人は席を立ち、踵を返す。その背に向かって、ベアトが心配そうに声を掛けた。

「……戦人…。」

「見張りの二人と交代してくる。……俺は、ヤツらと戦う時の先陣でありたい。それが、今すぐラムダデルタに見せられる、俺の決意だ。」

そう言い残すと、彼は確かな足取りで扉を目指して歩み去っていく。

……ラムダデルタが、寂しげな微笑を浮かべたように見えた。

「妾も行くぞ。お師匠様は、ラムダデルタ卿に新しいポップコーンを頼む。」

「……ベアト…。」

何かを言いかけたワルギリアを、彼女は身振りで制す。

「縁寿は必ず帰る。妾たちが信じねば、実る奇跡も実らぬというもの。クジを買わねば、当たることもないのだからな。」

戦人の後を追い、ベアトも席を立った。

「……みんな。戦いに備え、何かの準備をしよう。」

「賛成だぜ。ここで俯いてたって、馬鹿馬鹿しいぜ…！」

譲治と朱志香が声を上げる。

大人たちは、そのしっかりとした顔つきに驚き、……負けてはいられないと笑みを浮かべた。

「そうだな。最後くらい、景気良く行こうぜ。」

「………縁寿ちゃんの帰る場所を、守らなくちゃ。」

留弗夫が慣れた手つきでウィンチェスター銃の具合を確かめると、絵羽もそれに倣った。

「私たちも、作戦会議が必要デス。」

「そうだな。家具に武具に悪魔に異端審問官だ。このちぐはぐ連合軍で、上手く連携を取らなきゃな。」

そう言って、ウィルは一同を振り返る。

「さぁ、妹たち。休憩の時間は終わりよ。」

「シエスタ隊、起立。」

ニンゲンたちも、幻想の住人たちも、……皆、ぞろぞろと立ち上がり、東屋を後にする。

　後には、ぼんやりと宙の一点を見つめ続ける、放心したラムダデルタが残るだけだった……。

■図書の都

「良い香りの紅茶ね。インスタント？　それともティーバッグかしら。」

　その声は、虚空から唐突に聞こえてきた。

　テーブルでゆったりと芳香を楽しんでいたヱリカは、目を閉じたまま答える。

「……おや、同志エヴァもいかがです？　カップはないので、漏斗になりますが。」

　黄金蝶がバルコニーにひらりと舞い込み、エヴァの姿となった。

　縁寿は、挨拶も抜きにいきなり本題を切り出す。

「ベルンカステルの様子はどう？　一なる真実の書の封印を解くのに、まだだいぶ掛かるのかしら…？」

「それを伝えに来たのよ。封印が解けたそうよ。」

「………………………。」

　沈黙した縁寿に向かって、ヱリカは微笑みかける。

「おめでとうございます。いよいよですね。……あなたの人生のピリオド。」

「鍵を持って、ベルンカステル卿のところへお行きなさいな。……使い魔の猫が案内してくれるわ。」

　エヴァが言うと同時に、エメラルドグリーンの輝きが二つ、飛び込んでくる。

　それは黒猫の、緑に輝く目だったのだ。

　黒猫は上品な姿勢でピンと尻尾を立て、高貴な従者の貫禄を漂わせている。

「……わかったわ。じゃあ、ちょっと行ってくるわ。」

　縁寿は席を立つ。すぐに戻ってくるわ、とでもいう風に、本当にさりげなく。

　しかし、彼女の飲みかけのティーカップは、二度と口を付けられることはあるまい…。

「同志縁寿。短い間でしたが、楽しかったです。同族嫌悪って感情を知ることが出来る貴重な時間でした。」

「私こそ。……次に会えたら、どうやったらこんなに不味く紅茶が淹れられるのか、ぜひ秘密を教えて欲しいわ。」

その嫌味に、ヱリカは愉快そうな微笑で応じた。

「……嬉しい？　私が十二年間、ずっとずっと隠していじわるしてきた秘密が、いよいよ知れて。」

エヴァは静かに、そう問いかけた。

「嬉しいわ。……あぁ、今ならヱリカの気持ちがわかるわ。……あんたが死ぬまで守った秘密を暴けて、あんたに一矢報いてやったって気持ちになるもの。」

「それは気持ちの良いこと？」

「………多少はマシって程度だわ。」

縁寿は黒猫に頷きかけ、自分は準備が出来ていることを伝える。すると黒猫も優雅に頷き、付いてくるよう仕草で伝え、バルコニーの外へ身を躍らせる。

縁寿は振り返りもせず、その後を追って、泳ぐように飛び出していった…。

エヴァは、それを見送っている。表情に、嘲りや軽蔑のようなものは、浮かんでいなかった…。

「行ってらっしゃい、縁寿。………それも、あんたの選んだ道よ。……あんたはもう六歳じゃない。十八歳なのよ。……自分の人生は、自分で選択しなさい。」

「…………過保護な伯母様だことで。」

「私は式典の様子を見に行くけれど。あなたは？」

ヱリカは微笑みを返しながら、その問いに答える。

「もうじき出陣の時間ですので、船に向かいます。……手土産にはベアトリーチェの屍《しかばね》を。ハラワタはパーティーに。私は皮をもらえることになってますので、剝製を作りましょう。」

「これで、謎のベールに包まれた、六軒島物語もおしまいね。」

「………すると、その駒であるあんたも、おしまいになりますね？」

　ヱリカの言葉に、……エヴァは声を出して笑った。

「私はただの駒よ。駒の役目は、ゲームが終わるまで、自分の役目に忠実であることだわ。……ゲームが終わった後のことを考えるのは、駒の役目じゃない。」

「そうですね。……それは私も同じです。………お互い、今のこのひと時を楽しみましょう。では、私もこれで失礼します。」

「じゃあね、お仕事がんばってね。」

　二人の魔女は、優雅に会釈を交わしてから、同時に姿を消す。後には、飲みかけの紅茶の道具と、その香りが残るだけだった……。

■都内・高級ホテル

　都心の格式あるホテルの前に、次々と高級車が到着しては、来賓が降り立つ。

　ロビーはすでに多くの人で賑わっていた。

「やぁ、大月教授…！」

「おお、これはこれは！　前回のコンベンション以来ですな！」

　集まる賓客たちは、皆、大金持ちや文化人。彼らは皆、たった一つの趣味で結ばれている。

　彼らはウィッチハンター。六軒島ミステリーについて様々な解釈を楽しむ、同好の士《し》たちである。

「しかし教授、本当でしょうか。右代宮絵羽の日記帳が実在したなんて…！」

「えぇえぇ、私も噂には聞いておりました。右代宮絵羽が死の直前に隠したと囁かれる、秘密の日記…！

彼女は六軒島の真実をそれに密《ひそ》かに記していたと噂されます。まるで、王様の耳はロバの耳ですな。人は、自分しか知り得ない秘密を、穴を掘ってでも口にせずにはいられない、悲しい生き物なのです。」

「わっはっはっはっはっはっは。何でも聞いた話では、ドバイのコレクターが一千万ドルで買収を持ちかけてるとか……!」

「それはすごい……! それだけ六軒島ミステリーが魅力的なことの証左ですな!」

そんな会話が、あちらこちらで熱心に交わされている。

そして、出入りするのは来賓だけではない。大勢の報道陣も一緒だった。

六軒島ミステリーは、かつては社会現象にまでなった一大ムーブメントだ。近年では多少下火になったとはいえ、未だにネット上では激論が交わされている。その真相が記された、右代宮絵羽の日記が発見され、公開されるというのだから、騒ぎにならないわけもない。

それに加えて、謎の偽書作家、伊藤幾九郎《いとういくくろう》が初めて姿をあらわした。しかも、その正体は新進気鋭の推理小説作家、八城十八だったのだ。

そして八城十八も、公式に姿をあらわすのはこれが初めてになる。男性作家だと思われていたのに、その正体はミステリアスな女性作家だというのだから、それだけでも話題性は充分だった。

日記の披露パーティーを前に、ホテル内の一室では記者会見が行われていた。

「……如何にも。私が八城十八です。」

「先生は過去のサイン会においても、影武者を立ててまで姿をあらわすことを拒まれてきたわけですが、それが今回、こうして姿をあらわされたのはどういうご心境の変化からでしょう……!」

「六軒島の魔女伝説は、無限の物語を生み出してきました。……それが終焉《しゅうえん》することの意味を考えれば、物書きの端くれとしては、姿をあらわすという形で敬意を表するべきであると感じたからです。」

「偽書作家としての先生は、ネット上で真実に至ったと公言されておりました！　それはつまり、もう先生は日記の中身をご覧になっているということなのですか！」

「………そして、それはもうじき、皆さんにも公開されることとなるでしょう。」

「こう言っては何ですが。日記の中に記された内容が真実であるとの保証はあるのでしょうか？　故人の私的記録に過ぎないという穿《うが》った見方もあるようですが。」

「いいえ。私が保証します。日記には真実が記されています。」

おおおぉ、と会場がどよめき、一斉にカメラのフラッシュを浴びせる。

「これにて、八城先生の会見を終了いたします…！報道各社の皆さん、本日は誠にありがとうございます！　引き続きまして、右代宮絵羽氏の日記の撮影時間に移りたいと思います。」

ホテルマンが、ベールで覆われた台車を押してくる。そして、八城が頷くのを確認してから、そのベールを剝ぎ取った。

そこには、………右代宮絵羽の日記が。

一なる真実の書が、封印を解かれる時を待っていた。

八城はそれを胸に抱えると、ミステリアスに笑う。

一斉にフラッシュが瞬き、一なる真実の書を、眩く浮き上がらせた……。

「以上で会見を終了させていただきます！　それでは皆様、会場の方へ移動をお願いいたします…！」

八城は日記を抱えたまま、ホテルマンたちに護衛されながら会見場を後にする。

彼女が、関係者以外立入禁止と書かれた扉をくぐるまで、取材陣たちはなおも何かのコメントを取ろうと、彼女を取り囲み質問を投げ掛けるのだった。

扉がぱたんと閉められると、………世界がぐにゃりと歪む。ホテルマンたちは、背中に大振りなマントを載せた黒猫の姿に変わる。

八城も、フェザリーヌの姿となっていた…。

彼女たちを迎えたのはベルンカステルだった。

「すごい熱気じゃない。……楽しめた？」

「……疲れる。……だが、悪くない。それにしても、この日記は重いな。」

フェザリーヌが日記を放ると、それをベルンカステルが受け取る。

「私は少し控え室で休ませてもらおう。」

「出番なんてすぐよ。休んでる暇なんてないでしょ。」

「……では休むと言わず、久しぶりの興奮を噛みしめる時間が欲しいと言い直そう。」

「この本、借りるわよ。縁寿に、一番に見せる約束をしているわ。」

「そうか。ならば好きにするが良い。」

フェザリーヌはお供の黒猫たちを従え、去っていく。その姿が通路の奥に消えるまで見送ると、ベルンカステルも姿を消す。

■図書の都

ベルンカステルの部屋も、ヱリカの部屋と同じ、本棚の絶壁に部屋を半分埋め込んだような、手すりなきバルコニーだった。縁寿は少し待たされていたが、眼下を見ながら、悠然と待っていた…。

「……遅くなったわね。ごめんなさい。」

ベルンカステルが姿をあらわすと、縁寿の傍らに行儀良く座っていた黒猫は、一礼してから姿を消す。

「ほら。持ってきたわよ。一なる真実の書。」

「……………………。……触れてもいい…？」

「お好きになさい。」

ベルンカステルは、それをテーブルの上に置き、いらっしゃいと手招きをする。

ゆっくりと、……縁寿はそれに近付く。書を封じていたあの水晶は、跡形もなく消え去っていた。

「これが、……絵羽伯母さんの日記……。」

「そうよ。……この中に、あんたが知りたかった、一なる真実が記されているわ。……鍵は、持ってるわよね？」

「ええ。ここに。」

縁寿はポケットから鍵を取り出し、それを手のひらの上で確認してから、ぎゅっと握り締める。

日記を厳重に封印する錠前も、縁寿が心の準備を終えれば、あっさりと解かれる運命にある…。

「急かさないわ。あなたの心の準備が付いてから、開けるといい。」

「……この中には、一九八六年十月四日、五日に、何が起こったか、記されているのよね。」

「…………そうよ。あなたが、命と引き換えにしてでも知りたいと願った、全てがね。」

その時、縁寿の中に二人の自分があらわれて、同時に自分の体を支配した。


一方は、……真実を知るために、自分がすでに代償を支払っていることを知る自分。

その自分は、一なる真実の書を前に、わずかな躊躇《ちゅうちょ》が心変わりを生み、この土壇場で、自らの手で真実を知ることを拒否するという暴挙に出る前に、その中身を読んでしまおうと鍵を握らせた。

もう一方の自分は、……兄や、家族、そして温かく自分を見守ってくれた親族たちへの裏切りの気持ちで、下唇を噛ませる。

しかし、震えながらも、ゆっくりと鍵を錠前に近付けていく右手に対しては、見守ることしか出来なかった。


「………………………………。」

私は何を躊躇しているの…？

この日記の中が、私の辛く悲しかった十二年の旅の終着点。あの日々を、十二年で飽き足らず、まだ続けたいというの…？

あのお兄ちゃんたちは、きっと私の心が生み出した幻。……奇跡を未だ期待する、甘え。

その二つを天秤《てんびん》に掛ければ、私が選ぶべき道は、一つしかない。

私はゆっくりと……、錠前に鍵を挿し、………ひねる…。

錠前はバチンと開き、……同時に、鍵に何かひびが入るような感触を覚えた。鍵に施された複雑な意匠の一部が欠けたのだろうか。ぱっと見ただけでは、何が壊れたのか、わからない。しかし、なぜか黄金の輝きがわずかにくすんだように見えた。

「……あんたがその鍵で選択をしたから。魔法が一つ、消えたのよ。」

「何の魔法?」

「戦人が言わなかった? その鍵は、あなた以外の誰にも渡すことは出来ないって。……その、〝あなたに選択を委ねる〟という魔法が、今、その役目を終えて消えたのよ。もう、その鍵はただの鍵。この日記を開け閉めするだけの、ただの鍵よ。」

「……そう。じゃあ、このお兄ちゃんの鍵も、もう用済みね。」

「もらってもいい? あんたが読んだ後に、もう一度施錠するの。その錠前を開けるのも、パーティーの立派なセレモニーだそうだから。」

「……そう。好きにすればいいわ。」

自分が真実を得た後のことなど、もうどうでもいい。

ベルンカステルは、テーブルの上に置かれた鍵を、すうっとなぞるように手元に引き寄せると、それを懐にしまう。

「では、どうぞ。………真実を知ろうとする、あなたの勇気が消えてしまう前にね。」

「………………………。」

私は、錠前の開かれた絵羽伯母さんの日記を、抱え上げる。

錠前は外された。蝶番が付いた金具もすでに外されているもう、私がページを開くことを拒むものは、……何もない。

私は大きく深呼吸をしようと思った。

でも止める。

……もう、覚悟なんかとっくに出来てる。

躊躇する心を、これ以上膨らますなんて、馬鹿げているのだから。

私は開く。乱暴に、無慈悲に。

それが、その中に待ち受ける真実に、相応しいページの開き方だと思ったから。

表紙を開くと同時に、……中から眩しい光が噴き出し、私の意識に飛び込んできた。文字や言葉でなく、……意識に直接、真実が語られる……。

教えて、……あの日、六軒島で、…………何があったの……。


島へ向かう船。

出迎える使用人たち。

薔薇庭園に差す暗雲。

風雨に濡れる屋敷。

片翼の鷲の封筒。

食堂で始まる親族会議。

礼拝堂に向かういくつかの人影。

黄金が積み上げられた地下貴賓室に佇《たたず》む魔女。

響き渡る怒声。

全てを引き裂く銃声。

……最後に見えた光景は、島のそこかしこに転がる、たくさんの骸。

世界は赤く染まり、無残に凍り付いていた……。

…………私は知っている。この光景を。

その二人が銃を手に、多くの命を奪ったことを。

……だって、これは…………。

……この真実は…………。


私の意識が、……ゆっくりと戻ってくる。

開かれたそこには、文字は何も書かれていない。

当然だ。それは、……真っ白な、何も記していない、私のノートなのだから。

私は学校の講堂で、ノートを広げたまま、ぼんやりと座っているだけなのだ。

世界は、止まっていた。

時計の針も、止まっていた。

ならば、講堂もシンと静まりかえっていればいいのに。

でも、小さなざわめきだけは聞こえた。

時間の止まった世界で、……時間の止まった生徒たちの陰で、黒い人影がこそこそと動くのが見える。

それは、………山羊の頭を持つ生徒たち。時間の止まった生徒たちの陰から、こそこそと私を見ては、何かを囁きあっている。

わかってる。聞こえてる。

みんなみんな、わかってるんだから。

あちこちの物陰から、次々に山羊の頭の生徒たちが、生え出してくる。


それらは、時間の止まった生徒たちの間を、ぬるりぬるりと抜け、私の周りに集まってくる。そして、口々に何かを囃《はや》し立《た》て、あるいは聞こえているのを承知で、くすくすと陰口や嘲笑を浴びせてくるのだ。

でも、山羊たちの口から発せられる言葉は、言葉としては耳に届かない。ここは、文字も言葉もない世界だから、……言葉としては耳に届かない。

しかし、感情と意味は、届く。だから彼らが何を言っているのか、私にはわかるのだ。

そして、それを視覚化したら、………こうなった。

山羊たちは次々に、大きな顎を開き、涎を滴らせた牙を覗かせながら、……私にかじりついてくるのだ。

私の時間は、止まっている。

意識はあっても、身動きは出来ない。

……本当は出来る。

でも、何もわからないふりをしているから、……動けない。

山羊たちは、私の体中の思い思いの場所にかぶりつき、歯形を付けたり、嘗《な》め回したりする。

衣服の歯触りがイラつくのだろうか。彼らは私が身動き出来ないのをいいことに、……次々に衣服を噛み千切っていく。

剝《む》き出《だ》しにされた私の体に、……山羊たちは次々に、舌を、顎を、牙を突き立てる。

涎まみれにされ、噛み回され。真っ赤な歯形が残って、鋭い牙は皮を突き破って、血を滴らせた。

その血を本当の山羊のように、べろべろと舐め取り、……私を傷つける。辱める。

山羊の一人が、俯く私の髪を引っ張り上げ、無理やり上を向かせてから、私に言う。

それは概念ではなく、耳に聞こえる、言葉だった。

しかも、人の世の言葉でなかった。

それは、魔女の言葉。

絶対の真実を意味する、赤き真実。

『これが、六軒島事件の真相なんですって!!』


「…………認めないわ。」

『あんたが認めなくたって!! これが真相なんでしょう⁉ だって、＊＊＊＊＊、＊＊＊＊＊＊＊＊＊＊＊＊＊＊＊＊＊＊＊＊ッ！！』

「……認めないわ、認めないわッ、………こんな真実、私は認めない、……認めない……。」

『あんたが認めても認めなくても、真実は変わらなァい!! だって、赤き真実で証明された、一なる真実が、これなんだからぁあああああああぁああああぁぁ!!』

くすくすくす、……うふふふふふふ、はっははははははは…!! 何が真実よ、馬鹿馬鹿しいわね、下らない…! それを真実かどうか決めるのは私よ？ 赤き真実だって、そんなの私は認めない、許さない、絶対に納得したりしない…!!

気付けば、私は都会の夜景を眼下に望む、ビルの屋上にいた。

「赤き真実は絶対⁉ 誰にとっての絶対⁉ あんた

たちにとっての絶対でしょ？　私にとっての絶対じゃないッ!!　私の真実は、あんたたちの真実に、穢《けが》されたりなんかしないッ!!」

「………縁寿、落ち着いて？　知りたいと願ったのはあんたでしょう？」

微笑みかける奇跡の魔女ベルンカステルに、私は哄笑《こうしょう》を返す。

「ははははは、あっはははははははははは!!　私の真実は、絵羽伯母さんが犯人!!　絵羽伯母さんがみんなを殺したのよ!!　悪いのは全部絵羽伯母さんッ!!　お父さんもお母さんも、みんなみんなただの犠牲者…!!　誰も悪くない誰も悪くない…!!　だってそうじゃない、だってそうじゃないッ!!」

――伯母さんはいつだって、縁寿ちゃんの味方よ。

「はははは、あっはっははははははははッ！！！　あぁ、わかったわ、あんたの言葉の意味ッ！　うふふふ、あっははははははは!!　そうよ、絵羽伯母さん、あんたが犯人よ、あんたが犯人!!　それを認めない世界の方が、おかしいのよ壊れてるのよ…!!　正しいのは私ッ、私は赤き真実を、世界の全てをッ、否定する…！！」

「………そう。……じゃあ、あんただけに記せる、赤き真実を記してご覧なさい。……でも、ニンゲンはどうやって赤き真実を記すの？」

「あるわよ!!　ニンゲンにしか記せない、真っ赤なインクがあるじゃない!!」

縁寿さん、落ち着いて下さい。

そこは危ないですから早くこちらへ……！

「正しいのは私ッ!!　間違ってるのが世界!!　私が記してあげる!!　本当の赤き真実で、私が真実を記してあげるッ!!　はっはははははは、あっはははははははははッ!!」

二〇、屋上ッ、支援大至急!!

縁寿さん!!　待ちなさいッ!!　早まるなッ、危ないぃいいいいいぃいいい！！！


「グッバイ縁寿、ハバナイスデイ。」

「記してあげるッ、これが私の記す、真っ赤な真実ッ!!　お前たちの世界の真実など、私は受け容れるものかあぁああああああああぁああぁあぁあッ！！！」

■図書の都

縁寿の体が、バルコニーを越える。泳ぐように飛べた宙は、なぜかこの時だけ無慈悲だった。

縁寿の体は真《ま》っ直《す》ぐに、……眼下の闇に落ちていく。

「……………………。」

ベルンカステルは、ただ静かにそれを、いつまでも見下ろしている……。

■都会・高層ビルの屋上

ベルンカステルの後ろに、黒スーツの男たちが慌ただしく駆け寄り、金網にしがみ付きながら、絶叫する……。

「に、……二〇……ッ。……え、……縁寿さんが、と、……飛び降りたッ……。」

「駄目だ、……ここからは姿が見えない…。」

「だ、大至急、地上を調べろ…!! 無理だッ、どうしようもなかった…!!」

「ひょ、…ひょっとすると、あそこの防護ネットに引っかかったかもしれん…! し、調べてみよう…!」

馬鹿な連中ね。

この高さから真っ直ぐに飛び降りて、……あの程度の薄い防護ネットで、人間が救えると思う……?

「そんな奇跡、絶対に起こらないことを、この奇跡の魔女、ベルンカステルが保証してあげるわ。……くすくすくすくす、……はっははははははははははははは!!」

■図書の都

縁寿は、……摩天楼のような本棚より飛び降りて、図書の都の床に叩きつけられていた。

それを、あの高層ビルの屋上のような高さにある、ベルンカステルのバルコニーから見下ろしたなら、……それは美しい、真っ赤な押し花に見えただろうか。

見えまい。何も。

世界を拒否してたった一人死んだ、孤独な少女の死など、……世界の誰も、気に留めないように。

彼女は、即死だったろう。

当然だ。あの高さより、真っ直ぐに墜落したのだから。

……その彼女が、即死でなかったなんて、想像出来るだろうか?

彼女の死体は、床に何かをなぞったかのように右手の人差し指を立てていた。まさか、億分の一の奇跡が起こって、彼女は本当に、即死だけは免れたのだろうか。そして死の際に、……自分の内より溢れ出る真っ赤な血をインクに、自分だけの赤き真実を記したのだろうか。

しかし、何を記したのか、もう誰にもわからない。だって、……彼女の死体より溢れ出る真っ赤な血が、それを呑み込んでしまったから。

「…………それさえも、あんたの選択よ。…………縁寿。」

美しく、放射状に血の花を開いた縁寿の死体を、床に降り立ったエヴァが見下ろしている。

「……私は、あんたを生かそうとした。……でもあんたは、六歳より先の未来を、生きようとしなかった。…………だからあんたは十二年を掛けて、やっと、元の場所に戻ってきた。」

縁寿の死体の目は、閉じられている。

……しかし、それが安らかなものに見えるかどうかは、わからなかった。

やがて、死体は、ぐずぐずと溶けていく。

最後には、人間として認識出来るいくつかの部分のみを残した、ぐちゃぐちゃの肉塊に変わり果てる。


……無理もない。あの高さから真っ直ぐに落ちて、アスファルトに叩きつけられたのだから、……それは当然の姿だった。

「あんたは死ねたわ。……でもね。それで天国のみんなに迎えてもらえるかは別だわ。……だってあんたは、その天国のみんなを拒絶して、ここへ来たんじゃない。…………シーユーヘル。いいえ、多分それはここだったわね。…………さようなら、縁寿。」

……別れを告げるエヴァの表情は沈鬱で、痛ましいものだった。

「あら、エヴァ。ちょうど良いところへ。」

頭上からベルンカステルの声が降ってくる。

ゆっくりと降下してくる彼女に、……エヴァは明るい笑みを向けた。

「お呼びでしょうか、我が主。」

「その挽き肉のゴミを捨てておいてちょうだい。私はこれを戻してくるわ。」

ベルンカステルの手には、縁寿が選択を終えて魔法を失った鍵と、再び施錠された一なる真実の書があった。

「畏まりました、我が主。」

ベルンカステルは、肉塊となった縁寿をもう一度見やってから、その姿を消す。

それを見送ってから、エヴァは使い魔の猫たちを呼び出し、片付けを命じるのだった。

黒猫たちは、縁寿の肉塊とばらばらの手足を集め、ブリキのバケツに放り込む。

……そのような姿に変わり果てても。

縁寿は、……その魂は、……まだ、生きていた。

生きている、という言い方は語弊があるかもしれない。

彼女は、死ねないのだ。

これから永遠に。

忘却の深遠の奥底に流れ着き、忘却の埃に埋もれて、その姿が消え去っても、……ずっとずっと。

彼女は自問自答を続ける。

自分にとって真実とは何なのか。何が正しくて、何処《どこ》が帰るべきところだったのか……。

それを考える思考力も、肉塊が冷えるに従い、失われていく……。やがて、……日々の記憶も、自分が何に苦しんでいたのかさえも、忘れてしまう。

でも、一つだけが、永遠に忘れられない。

それは、苦悶《くもん》。

彼女はこれから永遠に、……何が何やらもわからぬまま永遠に、苦しみ続けるのだ。

黒猫たちが、死骸を乱暴に詰め込んだバケツを、虚無の海に放り込む頃には、…………縁寿はもう、自分の名前さえも、忘れていた……。

■森に囲まれた道路

……ずっと聞こえる、その音は何だろう。

多分、きっとそれは、…………雨の音…。

では、あの近付いてくる眩しい二つの光は何だろう。

……わからない。

でもそれは近付いてきて、鋭い音を立てながら、私の直前で止まった。

けたたましい音が何度か浴びせられる。その眩しい光を放つ存在が、私を威嚇しているのだ。

多分、どけと言っているのだろう。

しかし、私には自分の意思で指一本を動かすことも出来なかった……。

バタンと音がして、……車の扉が開く。

車。……扉。私は雨に打たれながら、アスファルトの上で横たわっているようだった。

傘を広げ、運転手らしき人影が、私に近付いてくるのが見える…。

「………ここはそなたの庭か？」

人影は問いかける。

無論、私には返事をすることも出来ない…。

「……そなたの庭ならば、私は謝らなければならないな。なるほど、このような良き天気の日には、昼寝と洒落込みたくなるような素晴らしき庭だ。……しかし、私の記憶が確かなら。」

人影がしゃがみ込み、私の顔を覗く。

………女だった。

「ここは天下の公道だ。そなたは挽き肉になりたいのか？　……あるいはすでに挽き肉なのか。どちらなのか教えて欲しい。」

私は、……下腹に力を込める。何かの返事をし、意思を疎通させなければならないと思った。

だからようやく、……うぅ、という短い唸《うな》り声を発することが出来た。

「……なるほど。まだ挽き肉ではなかったようだな。」

それが私と、………幾子《いくこ》との出会いだった。

「……非常に衰弱しております。あと、記憶障害の可能性が高いですな。ＣＴを見ないことにはわかりませんが、脳にダメージがある可能性もあります。」

「ダメージ程度で済んで大いに結構でした。あそこであのまま寝ていれば、それどころでは済まなかったでしょうから。」

「……ですな。いずれにせよ、大きな病院で一度見せた方がいいでしょう。」

「ありがとう、先生。………この件は内密に。これはわずかですが、往診のお車代に。」

「わざわざ他言はしませんが、……いやいやっ、こんなにたくさんいただくわけには…。」

　結局、医者は金を受け取り、他言はしないと誓わされた。革靴に履き替えた彼が玄関から出ていくのを見送ると、幾子は踵を返す……。

■幾子の屋敷

　やがて、彼女が部屋に戻ってきた。

「おや、起きていたのですか。具合はいかがです…？」

　私は小さく頷き、とりあえず悪くはないことを意思表示した。

　……しかし、ここはどこだろう。まったく知らない家、……まったく知らない部屋だった。そしてそれ以前に、まったく知らない女性だった……。

「まずは私の自己紹介から。私は八城幾子。親しげに幾子と呼んでくれても、他人行儀に八城さんと呼んでくれても構いません。」

　……八城、………幾子。

　長くつややかな黒髪と、高い知性を感じさせる瞳が印象的だった。

「八城家はこの辺りではちょっと知られた大地主の名家。……出来のいい兄たちと違い、私はどこかズレた変わり者。色々と悪さが過ぎまして、とうとう親たちからも愛想を尽かされて追い出されれ。今はここで蟄居《ちっきょ》をさせられています。……趣味は推理小説を読むことと、そして書くこと。歳は秘密の独身女。心は女子でも、そろそろそれを語るにはおこがましいかなという年頃です。ふっふふふふ。」

私のぼんやりとした頭では、彼女が何を言っているのか、あまり理解は出来なかった。

でも、……彼女が私に対し、上機嫌に接していることだけは理解出来た。

「……それで、そなたの名前は？」

…………私の、……名前……。

…………………………。

人間である以上、誰にも名前があることは、理屈ではわかっている。そしておそらく、自分にも名前があったに違いないとは思う。

……しかし、自分のそれをいくら思い出そうとしても、頭が痛むだけだった…。

「何か、名前以外に覚えていることは…？」

「………………………………。」

私は、……誰だろう……。頭の中がぐちゃぐちゃで、……いいや、心の中までぐちゃぐちゃの挽き肉で、……私は自分が誰なのか、何なのか、……何も、思い出すことが出来なかった…。

でも、私は思い出さなくてはならない。私には、何か目的、……あるいは使命があったのだ。

それを思い出すためにも、………まず、自分が誰だったのかを、思い出さなくてはならない。

私は誰……？　名前は……？　生まれはどこだっけ、……誕生日は……？

何でもいい、何か覚えてることは…………。

…………………………。

「…………歳……。」

「歳？　くすくす。私の歳は秘密です。」

「………十八歳…。」

「私が、十八歳に見える……⁉」

「……私、………十八歳………。」

「あ、あぁ、そなたの年齢ですか…！　やれやれ、世辞が過ぎると思いました。はっはっはっは。」

自分の年齢はと自問した時、浮かんできた数字が、十八だった。

正直なところ、自分に十八歳だという自覚は少し薄い。……心はそれよりずっと幼いように感じるし、……愚鈍な体は、それよりずっと老いて感じられた。

「なるほど。そなたは十八歳というわけだ。そして、それ以上のことは何も覚えていないと。」

私は力なく頷く。

自分で自分のことがわからないというのが、こんなにも無力に感じるとは知らなかった。

「では、そなたが自分の名を思い出すまで、十八という歳にちなみ、十八と書いてトオヤと読む名前を与えましょう。……八城十八。いかがです？　うん、なかなかカッコイイです。自画自賛、ウンウン。」

八城……幾子は、ほくほくと笑う。


私は、八城十八と名乗ることになった。

体が上手く動かないのは、おそらく交通事故のせいだという。私はあの日、あそこで車にはねられ、倒れているところを、幾子に拾われたのだ。

もし彼女がブレーキを踏んでくれなかったら。犬の死骸でも踏んだかな程度に思われ、彼女はそのまま走り去っていただろう。

……ひょっとして、私をはねたのが、他ならぬ彼女なのではないかという失礼な想像も後に浮かんだが、彼女の車の傷一つないバンパーを見て、その推理を引っ込めた。

八城幾子は、海の見える町の、小高い丘の上にある、小さいがとても立派な邸宅に住んでいた。

裏山も持ち、豊かな四季をプライベートに楽しむことも出来た。

ゆっくりと時間を掛けて、リハビリを進め、私は体の自由を少しずつ取り戻していった。

ただ、……やはり、脳に障害が残っているらしい。私が何者なのかを知るのは、………とても難しそうだった。

初めの頃は、自分の正体がわからないもどかしさに、頭が割れそうな痛みを訴えることも多かった。

……しかし、自分が八城十八という新しい名を与えられた、新しい人間なのだということを少しだけ受け容れられるようになると、……頭痛の頻度は少しずつ減っていった。

相変わらず、……自分が十八歳だったという記憶しか、蘇らない。しかし、それ以上のことを思い出せず、そして十八歳という年齢さえも正しいのかわからず、……私はやがて、かつての自分を思い出そうとすることを止めた。

「おはよう、十八。昨日は酷い嵐でしたが、よく眠れましたか。」

「………なかなか寝付けませんでした。だから、幾子さんの書いた原稿を読んでいました。」

「おやおや。どこまで読んでくれたのですか。」

「全部読み終えました。」

そう答えると、彼女は両目を大きく見開き、……微笑んだ。

「……これは驚いた。あの量の原稿用紙を、一晩で読み切ったというのですか。」

「私も驚いています。……夢中になっていたら、あっという間に読めてしまって。……文章を斜めに読むというか、原稿用紙全体を一度に見るというべきか……。」

「どうやらそなたは、速読の心得があるようですね。……して、どうでしたか。感想は。」

「とても面白かったです。ただ、海流についての説明がもう少しないと、推理小説としてはアンフェアかもしれませんね…。でも、指輪についての伏線が、冒頭から出ていたのは、とても面白かったです。

……読み終えた後に、もう一度最初に戻り、やられたと思わず手を打ってしまいました。そういう気持ちこそ、推理小説の醍醐《だいご》味《み》だと思います。」

「…………………………。」

「……あの、……何か悪いことを言ったでしょうか。……だったら、ごめんなさい。」

「いや、なぜ謝るのです…！　驚いています。そなたの的確な感想は賞賛に値するでしょう…。そなたはどうやら、批評家か、あるいは推理小説作家の才能があるらしい。」

…………推理小説、作家。……批評。

………………。

忘却の霞の向こうで。

私はかつて、……ミステリーとか、……そういうものについて、議論を交わして戦っていたことがある気がする。その当時に身に付けた、ミステリーとの戦い方が、………疼く。

……ミステリー。……戦い……。

頭が、……痛む……。

私は鎮痛剤をもらい、それを井戸から汲み上げた新鮮な水で呑み込んだ。

私は本当に、……誰なんだろう……。

……しかし、それをいくら考えても、思い出せない。

脳の手術をすれば、頭痛の頻度は減るそうだが、それでも記憶回復に繋がるかどうかは保証出来ないと言われた。

幾子は、望むなら手術を受けても良いと言ってくれた。

でも、私は断った。たとえ思い出せなくても、……私の頭の中には、本当の私が、眠っている。手術でそれに傷を付けられるのが怖くて、……私は断ったのだ。

私も、今では頭痛との付き合い方に慣れている。……無理に、過去のことを思い出そうとさえしなければ、頭痛も、連日私を苛んだりはしないのだ。

だから、……私は次第に、頭痛から解放され、八城十八としての新しい生活に馴染んでいった……。

次第に私の興味は、自分のことでなく、幾子に向いていった。

八城幾子。不思議な女性だった。

まず、彼女は本当に、どこかの良家のお嬢様だったらしい。だが、相当のひねくれ者だったらしく、彼女が語るところの〝愉快な事件の数々〟により、勘当一歩前まで行ってしまったらしい。その結果、彼女はこの家を与えられ、ここで一人隠居するように命じられたらしい。

彼女はもともと、社交的な性格ではなかったらしく、それを喜んで受け容れ、ここで使用人たちに身の回りの世話をさせながら、悠々自適の生活を送っているらしい。友人はいない。尋ねてくる者もない。彼女が話しかけるのは、私がいなかったらペットの老いた黒猫、ベルンだけだ。

彼女の実際の年齢はわからない。婚期的には、まだ取り返しのつく年齢らしいが、こんなところで一人で隠居していては、出会いもあるわけがない。たまたま良い出会いがないだけだと言い張る彼女だが、多分、結婚はもう、諦めているのだろう。

彼女の日々は、とても単調だ。取り寄せた推理小説の数々を読《よ》み漁《あさ》るか、あるいは自ら推理小説を執筆するか、そのどちらかだった。

最初は、庵に隠居して原稿執筆に勤《いそ》しむ小説家なのかと思った。しかし、彼女が書き上げた原稿は、目玉クリップで留められ山積みにされるだけ。私という例外を除けば、誰にも読ませているようには見えなかった。

小説家というのは、人に読ませるために小説を書く職業のことだ。だから人に読ませない小説ばかりを書く彼女は、多分、小説家とは呼ばないに違いないと思った。

「……幾子さんは、なぜこの原稿を誰かに見せようとしないのですか。」

「そなたには見せています。無論、出来のマシなものに限りますが。」

「たとえば、どこかの出版社に応募してみるとか。……幾子さんの作品は、とても面白いのに、残念ですよ。」

「私の作品など、プロには通じぬ。一度送ったことがあるが、さっぱり駄目でした。私にはわかっています。こんなもの、素人の道楽です。」

「あれだけ古今東西の様々な推理小説に精通していて、素人ということはないと思います。」

「大飯喰らいが、良き料理人になれるわけでもない。推理小説を読み散らすことが、良き推理小説家であることを保証するわけでもない。そういうことです。だからこんなものは、道楽に過ぎません。」

「……誰にも見せない小説を書くことは、本当に楽しいですか？」

「かつては楽しかった。……かつては。」

「今は？」

「そなたから感想を得ることが楽しい。………とりあえず、一章を書き終えました。お茶を用意させるので、また読んで感想を聞かせてもらえませんか。」

幾子は、そう言って微笑みながら、原稿用紙の束を私に突き出す。

推理小説は、読むのも書くのもきっと同じ。自分一人だけじゃ、つまらない。誰かと一緒に、世界を共有して初めて、……何か大切なものが広がるのだ。

…………………………頭痛。

「十八？　……しっかり？　今、頭痛薬を。」

「大丈夫です。それより原稿を。新章が楽しみです。」

季節は移ろっていく。

私は幾子と二人で、この名も知らぬ町で、日々を推理小説の議論と、新しい小説のプロットのアイデアについて話し合って過ごした。

それは一見、代わり映えのしない日々だったかもしれない。でも、……八城十八としての、新しい人生としては、満ち足りたものだった。


「……〝斯様《かよう》にして、我が黒首島奇譚《きたん》は幕を閉じるのである。〟………〈了〉。」

幾子は万年筆を大仰に振り上げ、原稿を完全に書ききったことを示す。

「どうであるか…！　そなたのプロットを活かしつつ、最後に辻子《つじこ》の悲恋をもう少し厚くしてみました。」

「とても良いと思います……。最後の別れが悲しく、推理物としてだけでなく、読み物としても厚みが出たと思います。」

「……十八のプロットがあればこそです。……この作品の前には、私がこれまで書き溜めた原稿など、ちり紙ほどの価値さえない。……書きながらも、私が世界で一番最初の読者であることの興奮。……こんな経験は初めてです。」

「私はアイデアを出しただけです。それを、ここまで立派な読み物に昇華してくれたのは、全て幾子さんの筆のお陰です。」

いつしか彼女に誘われるようにして、私も推理小説を執筆する世界に足を踏み入れていた。

……かつての私は、推理小説というかミステリーというか、そういうものに多少の心得があったらしい。そしてそれらに、相当、斜な角度から切り込んでいたようだ。

私は古今東西の有名ミステリーを逆手に取り、アイデアだけは斬新なものをと考え続けた。しかし、アイデアだけで作品が仕上がったら、これほど楽なことはない。野菜をぶつ切りにしただけでは、どんな料理だって完成しないのだ。

その私のアイデアを、幾子は長年培ってきた筆力で作品に昇華してくれた。初めて二人で書き上げた、この「黒首島奇譚」は、二人の素晴らしい個性を活かしあった、……内輪褒めで恐縮だが、誰に見せても恥ずかしくない、傑作だった。

「もしもし？　書斎にシャンパンを持ってきて下さい。……グラスはあなたの分も。これまでで一番の作品が仕上がりました。お祝いしましょう。」

幾子が内線電話でシャンパンを持ってこさせる。

私たちは、その日の当番だった使用人とベルンを交えての三人と一匹で、高々とグラスを掲げて乾杯をした。

「……………幾子さん。提案があるんだけれど、いいですか。」

「聞こう。そなたの話すアイデアなら、シャワーとトイレ中でなければ、いつだって耳を貸そう……！」

「この私たちの作品を、投稿してみませんか。……私は、これほど面白い作品を読んだことがありません。きっと、読みたいと願う人が大勢あらわれるはずです。」

「……そうでしょうか。過去にもそう思い投稿しましたが、結果は……。」

「私は、幾子さんの才能を確信しています。……幾子さんはどうですか。」

「私とて、そなたの才能を確信しています。」

「なら、決まりです。……幾子さんの、メジャーデビューを祈って。」

「十八のメジャーデビューを祈って！」

私たちは再びグラスをぶつけ合う。

そうして、夜は更けていった……。

すっかり飲み過ぎてしまったらしい。私はいつの間にか酔い潰れ、ソファーで横になっていた。

毛布が掛かっている。……幾子さんが掛けてくれたのだろう。

書斎は明かりが消されていたが、暗くはなかった。パソコンの、モニターが照らし出しているのだ。

外はいつの間にか雨が降っていた。

……私が幾子さんに拾われたあの日のことを思い出す。だから、雨が降ると、……私は何者なんだっけと考えてしまって、……頭痛を起こしやすい。

だから頭が痛むのは、雨のせいなのか、飲み過ぎたせいなのか、よくわからなかった。

「……幾子さん。明かりをつけて下さい。……こんな暗い部屋でパソコンじゃ、目を悪くしますよ。」

「おや、起こしてしまいましたか。」

「いいえ、ぐっすり眠っていました。お陰様で、頭もすっきりです。」

部屋の明かりをつけ、私はカーテンの隙間から外を見る。……やはり、あの日を思い出させるような、大雨だった。

「酷い雨ですね。風も酷い。また雨どいが葉っぱで詰まらないといいのですが。」

「……先日掃除をさせましたから、当分は大丈夫でしょう。」

ちょっとだけ無関心な返事。彼女はかなりパソコンに夢中になっているようだった。

「幾子さんは、最近はかなりパソコンに熱心なようですね。何か面白い記事でもありますか？」

「………馬鹿馬鹿しいとは思いつつも、なかなか面白いのです。……ほら、例の六軒島事件。」

「……六軒島………？」

「六軒島ミステリーの話は先日したでしょう。これが今、ネットでブームになっているのです。それを巡る議論や考察、中でも偽書が実に面白い。……偽書というのは、付近の島に流れ着いた、右代宮真里亞の署名のあるボトルメッセージが、他にもあったと仮定して書かれたもので……。」

幾子は得意気に語り続けている。

……しかし、……私の頭の中の大きな鐘が、がらんがらんと鳴り続ける。そのあまりに大きな音に、私の頭は割れそうになる。

もはや、天井と床の区別さえわからず、……私は頭を抱えながら倒れ込んだ…。

「十八っ、……大丈夫ですか…！」

「……頭が、………痛い…………………。」

六軒島爆発事故。

それを巡って囁かれる、不穏な噂の数々。

右代宮金蔵の莫大な財産と隠し黄金を巡って、親族たちが暗躍を……。

真相は？

唯一の生還者の右代宮絵羽は何も語らず。

やがては、当日に欠席して難を逃れた孫娘、右代宮縁寿が全てを相続……。


縁寿、……縁寿、………右代宮、縁寿…………。

……私は、右代宮…………、ぐ、……。

駄目、頭が、……割れる……。

眼鏡を掛けた優しそうな青年。

元気なポニーテールの少女。

西洋風の屋敷を歩く壮年の男女。

小脇にバッグを抱えた、幼い女の子。

白い口髭《くちひげ》の老医師と、慣れた立ち振る舞いを見せる使用人たち。

薔薇の咲く庭園をバックに微笑む、若いメイド。

呵々《かか》大笑する、マントを羽織った威厳ある老人。

黄金の髪を結い上げ、黒いドレスをまとった女性の、巨大な肖像画。

わけのわからない光景が、光の刃になって、瞼を内側からざくざくと刺してくる。

何これ、……知らない光景……。

誰、この人たち、……私を呼んでるけど、……

それは十八という名じゃない。

……私、…………誰………。この人たちは誰……。

この記憶は、…………何………。

助けて、幾子………。………私じゃない誰かの記憶が、…………痛い………。

頭が、割れ、……る…………………。

■黄金郷

……物悲しい、風の音が聞こえる……。

あと、……きっと、雨の音。

……私は……誰だっけ…。

私は、……右代宮……。

「縁寿っ、……縁寿っ…!!」

「お願いよ、返事をして…!!」

声…。

私を呼ぶ声。

お父さんと、……お母さんの声……。

……そんなはずない…。だって、……お父さんとお母さんは、……一九八六年の、六軒島で……。

「……縁寿っ、しっかりしろ…！　お父さんの声が聞こえるか…！」

「お願いだから返事をしてっ!!　縁寿っ!!」

……お父さん、お母さん……。

私は、……それを、口にする……。

………お父さん、……お母さん………。

「縁寿…!!　縁寿ッ、良かった……!!」

私の体が力強く抱き上げられ、……乱暴に抱き締められるのを感じる。

私の瞼は、ずいぶん前から開いていた。

ゆっくりと、瞳に光が戻ってくるのを自覚する。

闇に目が慣れてくるかのように、……私は光に目が慣れて、……少しずつ景色が見えてくる。でも、それはとても遠くのように見える、不思議な光景だった。

　私の体は、……お父さんとお母さんに抱き締められていた。お父さんは鼻水まで垂らして、顔は涙でぐしゃぐしゃ。お母さんも目に涙をためて、ぎゅっと、私を抱き締めてくれていた。

　それは、……少し痛いくらいに力強い。素直じゃなくて、いつも屁理屈ばかりで、……両親の言うことのまず逆を試す、悪い子の私が、………誤った方向へ迷い込まないように、……ぎゅっと、………力強く……。

　目が慣れてくると、お父さんとお母さん以外の姿も目に入った。

　みんないた。

　譲治お兄ちゃんや朱志香お姉ちゃん、真里亞お姉ちゃん。伯父さんたちや伯母さんたち。……さくたろうもいる。……それから魔女のワルギリアや悪魔のロノウェや、………。

「…………ここは…………。」

「そなたは幸運だった。……偶然にも、虚無の海の波間を漂うそなたを見つけたのだ。……酷い姿であったぞ。……そなた自身がその姿を思い出すまでに、ずいぶんと時間を掛けた。」

「……ベアトリーチェ…。………じゃあここは……。」

「黄金郷だ。……ここで、お父さんたちはみんな、お前が帰ってくるのを待ってたんだぞ。」

「……絶対にあなたは帰ってくると、信じてたわ。」

　目を赤くしたお母さんが、そう言って微笑む。

　私は、……帰ってくるべくして、帰ってきたのだろうか…。……私は、………在るべき姿に戻って、……それで…………。

「いや、お前は帰ってきたんだ。」

「そうよ。あなたが私たちのところへ帰りたいと願ったから、ここへ帰ってこられたのよ。」

「……お父さん、……お母さん…。………私は…………。」

「今は何も言わなくていいわ。………大変な冒険をしてきたわね。……あなたは一人ぼっちで、大変な冒険をしてきたわ…。」

「これでわかっただろ。もう、忘れないだろ。」

わかるよ、……お父さん…。

「……ここが、お前の帰るべきところだってことだ…。」

「…………うん…。」

そう答えると、お父さんとお母さんは、私をまた力強く抱き締めてくれた。

熱い雫が、顔に落ちる。

お父さんとお母さんの、涙だった……。

「…………無事で、とはとても言えない姿だったけれど。……良かったわ。帰ってきて。」

「……絵羽、………伯母さん……。」

「私のことをいくらでも、憎んでくれていいから。………だから、お父さんとお母さんに、百万回キスをしてあげて。……あなたのことをいつも想《おも》っているみんなにも、キスをしてあげて。」

「絵羽……、…………伯母さん………。」

上手く言葉を紡げずにいると、お母さんが私の耳元で言う。

「………あなたのもう一人のお母さんに、どうかただいまと言ってあげて。」

私はお母さんに背中を押され、…………たどたどしく歩み寄る。

もう一人の、お母さんに。

「………絵羽……、…………お母さん…………。」

「……縁寿ちゃん…………。」

「あの日、…………私が、そう呼べていれば…、………私は、……何も誤ることがなかったかもしれない……。……私たちは、……新しい世界を、二人で生み出せたかもしれない……。」

「もういいのよ。……縁寿ちゃんは帰ってきてくれたわ。………だから、もう何も言わなくていいのよ…。」

「お母さん……。…………お母さん…………。」

「お帰り、縁寿ちゃん…。…………あなたは私の可愛い娘よ……。」

「絵羽お母さん……。………あなたはいつまでも、……そして最後まで、………私の一番の味方だった………。」

私たちは静かに抱き合い、……互いの肩に顔を埋めて、泣いた。

真実なんて、何の価値もなかった。

そもそも真実なんて、……いつだって過去のもの。過去がどうだったかを知ることが、未来の役目だったりはしない。

本当に大事なのは、今という真実を、私が真《まこと》に生きて、結実させているかということ。

真に生きて、結実するから、真実。

過去の真実しか見ようとしなかった私は、過去に捕らわれただけの、ただの亡霊。私はあの日から、一日たりとも、生きてはいなかったのだ。

……私は今こそ、本当に理解する。

本当の真実とは、………そういうことなんだ……。

「私は、……生きるわ……。……そして、どれほど、みんなに愛されていたかを思い出したわ……。」

私が幼くて自分勝手だったから、覚えてさえいなかった。いつも私を甘やかしてくれる、優しかったお祖父ちゃん。愉快な伯父さんや伯母さんたち。親切で優しい、使用人のみんな。

……いつだって、温かかった。なのに、私が幼くて残酷だったから、それを記憶に留めようともしなかった。そして勝手なイメージでみんなを歪曲《わいきょく》して、……それをずっと忘れてきた……。

今こそ、はっきりと思い出し、私は理解する。

あのハロウィンのクイズパーティー自体は、確かに幻。あんなことは、確かになかったけれど。……

親族のみんなで集まる度に、………あのパーティーに勝るとも劣らない、……楽しいことが、いつだってあったじゃない………。

　そして私は、……このゲームが始まってから、初めて。みんなに、一人一人に、……挨拶と感謝と、謝罪をした。

　お祖父ちゃんに、いつもいつも可愛がってくれたことの感謝を。伯父さんや伯母さんたちにも、感謝を。いとこのみんなにも、わがままな私といつも遊んでくれたことへの、感謝を。

……そして、幻想の住人のみんなにも、感謝と謝罪をした。

　さくたろうには、かつて酷いことを言ってしまった。それは、真里亞お姉ちゃんにも。

「……真里亞お姉ちゃんは、本当の魔女だったんだわ。」

「真里亞は最初から魔女だよ。……縁寿だって、一度はその領域に近付けたのにね。」

「うぅん。本当の意味でわかってなんかいなかった。……可哀想な真里亞お姉ちゃんの可哀想な魔法。……そんな風に考えてしまっていた……。………だから、……私には幸せのカケラが拾えない、見つけられない。………かつてお姉ちゃんは私に、……そう言ったわ……。」

「……仕方ないよ。宇宙は、二人で作らないと生み出せない。……真里亞にはベアトがいたけれど、縁寿は一人ぼっちだった。」

「いいえ。……もし絵羽伯母さんをお母さんと呼べていたら、私は一人じゃなかった。……きっと、真里亞お姉ちゃんと同じ魔法で、私は新しい世界を生み出せたわ。」

「………全て妾のせいだ。妾が面白半分に投じたメッセージボトルが、そなたの未来に歪みを生み、そなたを蝕《むしば》んだ。……妾にもその責任がある。」

「……確かに、あのメッセージボトルのせいで、あんたの真似をした偽書を書く連中があらわれて、……どんどん、おかしな話が膨らんでいった。」

しかし、ベアトリーチェが投じたメッセージボトルには、特定の誰かが犯人であるかのように記したものはない。

……偽書作家の誰かが、右代宮絵羽が犯人であるとする、もっともらしい偽書を書き、……それが爆発的に広がって…。そんなことがあるわけもないと、初めは考えていたはずの私さえも、……最後には呑み込んでしまった。

「でも、…………ベアトのせいじゃないわ。……周りの誰が、どんな邪推を重ねようとも。……私の中の真実はたった一つのはずだった。なのに、安易に私は、……みんなとの温かな思い出を手放し、……心を彼らに明け渡してしまった。」

「いやいや。そもそも妾がメッセージボトルなど投じなければ、未来の六軒島は、おかしな妄想の種にされることもなかったのだ。全ては妾のせいだ。」

「……そうね。それもそうだわ、やっぱりあんたのせいだわ。」

「むっ。……素直にそう言われるとカチンと来るぞ。……妾のせいだけでなく、やはりそなたも悪いのだっ。」

「…………………。……ええ、そうね。あんたも悪いし、私も悪いわ。……でも、お互い罵り合うのも馬鹿らしい。……だって、私は未来の魔女。あなたは過去の魔女。……未来に生きる私は、その魔法で未来を築くべきなのよ。……私たちはともに何らかの責任を負うけれど。それを責める資格はどちらにもないわ。」

そして私は、真里亞お姉ちゃんと穏やかな視線を交わす。

「………縁寿なら。マリアージュ・ソルシエールの教えを、きっと理解してくれると思ってたよ。」

「そうね。……私はマリアージュ・ソルシエールの最後の一人として、……お姉ちゃんの魔法を伝える義務があるわ。」

「真里亞の魔法は、みんなを幸せにする魔法なの。」

「うむ……！　清らかなる魔法も、邪悪なる魔法も思いのままよ……！」

「………本当ね。魔法は、心の持ち方でまったく違う姿に変わる。……正しい導きがなければ、正しい魔法は使えないわ。……そして、正しい魔法は、人を幸福に導く。」

私の言葉に、ワルギリアが微笑みを見せた。

「素晴らしいことです…。………人を幸せにすることこそが、魔女が魔法を振るう唯一の理由なのです。……その教えをようやく、我らが無限の魔女の系譜の、最後の魔女に伝えることが出来て、私は嬉しいですよ…。」

「悪かったなー、全然、伝えてなくてよー。」

ベアトリーチェがそう言って唇を尖らせる。

……私は思わず吹き出してしまった。

「未来の魔女、エンジェ・ベアトリーチェ。……マリアージュ・ソルシエールは今こそ、あなたの除名を解く。」

真里亞お姉ちゃんが宣言すると、周囲に眩い光が溢れる。

それは一瞬の出来事。ゆっくりと薄れていく白い光の中で、私は確かに見た。

……素敵な魔女になったお姉ちゃんの姿を。

それは私も、きっと同じ。

私たちは、マリアージュ・ソルシエールの魔女なのだから……。

「うりゅー！　縁寿はきっと帰ってきてくれるって、信じてたよ…！」

「おめでとうございます、縁寿様っ。」

「……さくたろう、マモン。……あなたたちと共に旅をした日に、私は一度は理解をしたつもりでいたのに。……ごめんね。本当にごめんね……。」

「魔女は、二人でなければ宇宙を生み出せぬ。……未来のそなたは一人だが、……本当に、大丈夫か…？」

「えぇ、大丈夫。……私はもう、一人じゃないもの。……私は、生きるわ。……みんなと一緒に。そして、未来に生きる。マリアージュ・ソルシエールの魔法を伝えるために、生き抜くことを誓うわ。真里亞お姉ちゃんの魔法は、私でさえ救ってくれたもの。……魔法を必要としている人たちは、もっと大勢いる。それを正しく伝え、一人でも多くの人々を救うことが、……マリアージュ・ソルシエールの最後の魔女である、私の使命なんだわ。」

「それは実現出来そうか…？」

「もちろんよ。そのための力だってあるわ。私の先代様、エヴァ・ベアトリーチェが、たっぷりと築き上げてくれた、黄金の魔法があるもの。私はそれを全て継承しているわ。ね？　絵羽伯母さん。」

「くすくす。……私がもう少し健康で長生き出来てたら、ぜーんぶ使い切っちゃうつもりだったんだけどねぇ。」

くすくす、……あはははははははははははは。

私は笑いながら、再び涙を零す。みんなは温かく微笑みながら、私を優しく包み込んでくれた……。

戦人は一人、薔薇の迷路庭園で、静かに雨に打たれていた……。その姿を、縁寿はようやく見つける。

「……………お兄ちゃん………。」

「……………………………。」

罪の意識のある縁寿には、戦人の表情は、どこか怒っているものに感じられた。

だから、……叩かれると思った。

ぎゅっと、目を瞑る。

しかし、兄は、頬にそっと触れる。

そして優しく頭を撫でてくれた。

「………………な。」

「………………。」

「真実なんて、……大したもんじゃなかっただろ。」

「……うん。……お兄ちゃんは、……こんなにも、……温かな世界でずっと、……私の帰りを待っててくれたのに、………私だけがずっと、……背を向けていたから……。」

「お前は、真実を知ってしまった。」

「…………うん…。」

「だから、誰かが生きて帰ってくるかもしれないっていう奇跡や希望は、……もう、潰《つい》えちまった。……でも、お前にはもう、未来を生きるための新しい希望や使命があるな。」

「……お兄ちゃんが、その温かな希望を守ってくれてた。……それを、私が自ら開いて、逃がしてしまった。……パンドラの箱より始末が悪いわ。……私は知る必要のない真実も、……そして希望までも、全て全て逃がしてしまって、全てを空っぽにしてしまったのだから…。」

「いいさ。……開けちまったなら仕方ねぇさ。それで空っぽなら、後腐れがなくていいじゃねぇか。下手な希望は、かえってトゲになることもあるしな。」

戦人は、わははははと元気に笑う。

そしてその笑みのまま、告げた。

「俺たちは、もう死んでる。」

「…………うん。」

「ひょっとしたら生きてるかもしれないって希望が、お前の十二年間を生きる糧にしてくれた。それはもう、これでおしまいだ。綺麗さっぱり、全部なしだ。」

「うん。……わかってる。これからの私は、……新しい人生に踏み出すわ。」

「ベアトは六軒島を猫箱に閉ざし。次の魔女の絵羽伯母さんはその猫箱の蓋を生涯守った。……その次の魔女のお前は、猫箱の蓋を開けちまったが、……だからって何だってんだ。過去の真実なんて、どうでもいいことじゃねぇか。」

「………ええ。……私はこれから、真に生きる。そして自分だけの真実を、結実させるわ。」

「がんばれよ。マリアージュ・ソルシエールの最後の魔女。……真里亞の魔導書を読んだぜ。あれは、とても良いことを書いた、素晴らしい本だ。聖書だって翻訳がいる。なら、真里亞の魔導書にだって翻訳がいるだろう。……お前がそれを翻訳するんだ。……そして、かつてのお前と同じ境遇の子供たちに伝えてやれ。それが、お前の、新しき未来の魔女の使命だ。」

「……うんっ。」

頷いた縁寿の瞳から、……涙が零れた。

「俺は、いない。でも、お前の後ろに、いつだっていて見守ってるからな。」

「知ってるわ。……お兄ちゃんだけじゃないわ。みんなも一緒よ…。」

「………俺もみんなも、……ずっとずっと永遠に、お前を愛してる。それを忘れるな……。」

「……忘れないわ……。………絶対、……永遠に…………。」

縁寿は戦人の胸に飛び込み、……泣く。

ニンゲンは、〝知る〟ことは出来ても、〝知らぬ〟には戻れぬ、悲しい存在。

彼女はもう、知ってしまった。

それは残酷で、恐ろしくて、……希望という名の奇跡さえ許さない無慈悲なものだけれど。

……それでも彼女の握り締める手には、一粒だけカケラが残った。

家族の、愛。

それだけを思い出し、握り締めていれば、………きっと、縁寿は生きていける…。あの日の、虚空へ踏み出す一歩を、思《おも》い止《とど》まれる……。

「それに、六軒島の猫箱は、まだ完全に開かれたわけじゃない。……お前が中身を覗いちまっただけの話だ。だからお前が、自ら蓋となれ。そして今度はお前が、猫箱の中のみんなを守るんだ。俺や親父や霧江さん、いとこのみんなや伯父さんたち伯母さんたち。祖父様や使用人のみんな。……幻想の住人のみんなをな。」

「…………うん。……今度は私が、……みんなを……、守らなきゃ……。」

「なら、それは急いだ方がいいんじゃなーい？」

ボリボリとポップコーンを食べる音が、薔薇の茂みの向こうから聞こえる。

……ラムダデルタだった。

彼女は茂みを回り込んで、二人の前に姿をあらわす。

「あんたも知ってると思うけど。……ベルンはもうじき、一なる真実の書をパーティーで大公開するわ。会場には、天国から地獄から、異界から別世界から、あらゆる世界の面々が集まってる。そこで中身を公表されたら、もう何もかも手遅れよ？」

「……お兄ちゃん、……私、行くわ。……ベルンカステルに、あの鍵を渡してしまった。私の責任だわ。私が行って、取り返してくる。」

「図書の都にか。しかし、入る方法がない。あそこには結界があるんだ。」

「……礼拝堂で一なる真実の書を手に入れた私を、招き入れる時。……あいつがこれをくれたの。これがあれば、自由に出入り出来るって。……馬鹿なヤツね。私を捨てる時、回収を忘れたんだわ。」

縁寿がポケットを探ると、そこから鈴の音が聞こえる。取り出したのは、青リボンの結ばれた鈴だった。

「……それよ。招待状と引き換えに渡される、図書の都の臨時入館証。それがあれば、とりあえず一人は、図書の都に乗り込めるわね。…まぁ、カケラの海を誰かが送ってくれればの話だけど。」

「ラムダデルタ。私を図書の都に連れてって。」

迷いなく言った縁寿に、戦人は不安げな顔をする。

「……縁寿。」

「それが、私の責任の取り方だわ。……私が、一なる真実の書の公開を食い止める。」

彼女の視線を正面から受け止めると、ラムダデルタは呆れたような薄笑いを浮かべた。

「……本気で言ってんの？　あそこはバケモノ中のバケモノの伏魔殿よ。ベルンの庇護を失ったあんたなんて、ハエ以下の羽虫扱い。べちっと叩いて潰されておしまいよ。」

　その時、……兄が静かに手を伸ばしてきたことに、縁寿は気付かなかった。

「あっ、」

　縁寿の手から、鈴が奪われる。

「ラムダデルタ。そこには俺が行こう。……お前は俺を送ってくれるだけでいい。どうせ俺は、猫箱の中にしか存在出来ない、虚無の存在だ。だが縁寿は未来に生きなくちゃならない。そしてお前だって未来ある存在だ。……だから俺が行く。俺には何も、失うものなんてないんだからな。」

「いいえッ、これは私の責任、そして私のけじめ！　私が自らの手でやらなきゃ、未来は何も変わらない、そして未来の猫箱を何も救えない…！」

　縁寿は戦人の手から鈴を奪い返そうとするが、戦人も返す気はない。

　本人たちは真剣に奪い合いをしているのだが、傍《はた》目《め》には仲の良い兄妹喧嘩《きょうだいげんか》にしか見えなかった。

　ラムダデルタは肩を竦めながら、そのやりとりを見ている。

　……どちらか一人を図書の都に送り届けるだけなら、誰も敵に回さずに済むし、リスクもない。彼女が気にするのは、どちらを送り込んだら、物語が面白くなるか。その一点だけだ。

　しかし、やがて気付く。

「ストップ。……あんたたち、ちょっとストップ、ストーップ！」

「何よ、後にしてよッ!!」

「今、兄妹で大切な話をしてるんだ！」

「まず、あんたたち。その組み合ってる手を解きなさい。……鈴は戦人が持ってるのね？　戦人、跳ねてみて。」

「……跳ねる？　こうか？」

チリンチリン。

「次、縁寿。跳ねてみて。」

「……何で、私まで…。」

チリンチリン。

「え……。……どうして……？」

縁寿は慌てて、ポケットを探る。

すると、……さっき鈴を出したのとは別のポケットから、もう一つ、青いリボンの鈴が出てくる。

「それ、……これと同じ鈴だよな…？」

「……そんな……。どうして二つ？　私は一つしかもらわなかったわよ⁉」

「どーしてかなんて知らないわ。でも、とにかくあんたは、図書の都に入れる鈴を、二つ持っている。よって、あんたたちの仲睦《むつ》まじいやりとりを、これ以上見ている必要がなくなったわけ。」

二人はそれぞれ鈴を握り締め、見つめ合う。

「最初っから。今回のゲームは、あんたたち二人のものだわ。……ただ、対決するプレイヤーには若干の変更があったみたいね。……あんたたち二人が競い合うゲームじゃない。……猫箱を巡って、蓋を閉ざそうとする戦人と縁寿と、……それを開こうとするベルンとの戦いだわ。縁寿は、ベルン側から戦人側にチームを変更した。それだけの話。」

「ラムダデルタ。俺たちを、図書の都へ連れていってくれ。」

ラムダデルタは俯き、複雑な笑みを浮かべる。

……再び顔を上げた時、その表情は迷いを振り切ったものへと変わっていた。

「………わかってるわよね、連れてくだけよ！　後は、今度こそ観劇者に徹するからね！　あんたたちが、図書の都で何をどう戦って、どうベルンにコテンパンにされるかを、じっくりたっぷり、間近で観劇してるだけだからね…！」

「ラムダデルタ……、ありがとう！」

縁寿の声と、戦人が快活な笑顔を見せたのは同時だった。

■カケラの海

黄金郷を包囲する艦艇の数は、百を超えるのは間違いない。そしてそれらが、それぞれ数十もの砲門を突き出し、黄金郷の扉を睨み付けている。

船上には、ぎっしりと満載された山羊の兵力が、十万。その個々が、ゲーム盤の駒一つ一つを完全に否定する、強力な反魔法の毒を牙に宿す。今度こそ、全てを噛み砕き、食い尽くす。山羊たちの群れから吐き出される、生臭い息と滴る涎……。

黄金郷の扉の前には、紗音と嘉音が門番として立っていた。水平線にて取り囲む不気味な大船団に臆することなく、静かに睨み続けている。

紗音がゆっくりと両手を掲げる。嘉音もゆっくりと右腕を掲げ、赤き軌跡を描く剣をあらわす。

「そこで止まって下さい。それ以上の接近を拒否します。」

「……それ以上、近寄れば、……斬るっ。」

大船団より、一艘《そう》の小船が近付いてくるのが見える。使者か、尖兵《せんぺい》か、わからない。

紗音と嘉音は、用心深く様子を見守る…。

山羊がオールを漕ぐその小船の先頭には、……ヱリカが堂々と立っていた。

どこから持ってきたやら。この大船団の長を気取っているのだろうか。……大きな海賊帽を被り、こちらを睨みながら不敵に笑っている。

「最後通牒《つうちょう》に参りました。交渉余地のあるものです。開門して下さい。」

紗音と嘉音は顔を見合わせる。

ヱリカの持ってくるものだ。どうせろくな条件じゃない。しかし、それを門前払いにすれば、船団は直ちに攻撃を開始するだろう。絶対的劣勢であることを考えれば、今はどんな形であっても時間を稼ぎたい。

紗音が頷くと、嘉音は剣を消す……。

■黄金郷

黄金郷には、時折雷鳴を伴う強い雨が降っていた。

その天気が、彼らの感情を意味することをヱリカは察し、さらに不敵に笑う。

黄金郷は、黄金の薔薇庭園に囲まれた東屋を中心とする。東屋には、ニンゲンも幻想の住人も大勢が集まり、何やら議論をしていた。その内容を聞かずとも、遠目に見える彼らの苦々しい表情から、議論の大体の想像が出来る。この絶体絶命の状況下で、彼らに選び得る選択肢など、決して多くはないのだから……。

ヱリカの行く手には、シエスタ姉妹兵を連れたベアトが待ち構えていた。山羊の護衛を連れたヱリカもその姿を認め、見た目だけは美しくお辞儀をする。

ベアトもそれに倣い、滅多にしない美しいお辞儀を見せる。

「……黄金郷の主、無限と黄金の魔女、ベアトリーチェである。……名乗られよ。」

そなたの茶番に付き合おうとでも言うように、ベアトは不敵に自己紹介し、ヱリカにもそれを求める。

「尊厳なる観劇と戯曲と傍観の魔女により厳選され、し名誉ある図書の都より派遣されて参りました。私は、図書に名誉と保護を与えし司書の艦隊司令官にして、真実の魔女、古戸ヱリカと申します。どうぞお見知りおきを。」

「用件を聞こうぞ。」

「お喜び下さい。我ら、図書に名誉と保護を与えし司書の艦隊は、あなた方に名誉ある朗報を持って参上しました。一つ。図書の都は、無限の魔女ベアトリーチェによって生み出されたゲーム盤を、名誉ある厳選されたる図書に認定しましたことをご報告いたします。」

「ほう。それは名誉なことである。」

「このゲーム盤は、非常に興味深く、かつ独創的で研究価値の高いものです。全ての臣民に公開される価値のあるものです。よって、図書の都は我らに、このゲーム盤に永遠の名誉と保護を与えることを命ぜられました。」

「くどいし長い。とっとと本題を言え。」

「本ゲーム盤の全てを、名誉ある図書の都に譲渡することを要求します。これは本ゲーム盤とその駒にとって、最高の名誉と保護です。」

「嫌だと言ったら?」

「全ての臣民に共有されるべき名誉文化を私的独占する罪で告発されます。我々はあなたに対し、全ての臣民の権利と利益を保護するため、攻撃を開始することを通告します。」

「その攻撃で、臣民の共有財産が破壊されるのは構わぬのか。」

「名誉図書保護法の規定により、名誉文化私的独占を犯す犯罪者がこれを楯に籠城を試みる場合、執行艦隊は大法院の許可を以って保護より逮捕を優先することが許されます。……もちろん、すでに大法院の許可状はこちらにございます。」

「ついでに、その逮捕は生死を問わぬと書いてありそうだな?」

「おや。よくこんな小さい文字が読めますね? では、茶番は以上です。……ぶっちゃけ、どうします?」

「そなたの要求を吞むと、どのような利点があるというのか。」

「お互い、無駄な仕事をしなくて済みます。そしてあなたの勇敢にして名誉ある行為は、図書の都にて誉れ高く終章に記されるでしょう。……わかってますよね？　あなたは絶対勝てません。これは戦いでさえない。井戸の底で上を見上げるあなたに、石をぶつけるだけの、一方的なものなのですから。」

「………妾に選べるのは、図書館の魔女たちが、妾の最期を如何に記すかだけというわけか。くっくっくっく……。」

戦っても勝てないことはわかっている。

今出来る最善の策はただ一つ、……時間稼ぎなのだ。ヱリカをここに釘付けにし、……その間に、すっかり油断しきっているベルンカステルより、戦人たちが鍵を取り戻す。……そして、黄金郷へ戻った縁寿に未来への扉を開かせ、彼女を見送る。

それが、ベアトたちのゴール。

その後のことは、もはや猫箱だ。

縁寿は未来に希望を持って生きる。ベアトたちの生死は不明。……それでいい。

ベアトは結論を出すための時間を要求し、ヱリカはそれを呑んだ。一同が待つ東屋に戻ったベアトは、戦人たちの不在を気取られぬよう注意しながら、議論を始める……。

一方、ベアトの求めに応じてその場に待機していたヱリカは、東屋に視線を向けながら、シエスタ姉妹兵の用意した椅子にどっかりと座り、山羊頭の従者に顛末《てんまつ》を説明していた。

山羊は戻り、それを船団に伝えるだろう。

船団はそれをベルンカステルに伝え、ベルンカステルはこの件に関する何らかの対策、もしくは新しい命令を下すかもしれない。

山羊はヱリカとの会話を終え、踵を返す。そして薔薇の茂みを出て、迷路庭園を潜りぬけ、外へと続く扉に向かう……。

………あの山羊を、船に戻すわけにはいかないのでは……。ヱリカの傍らに立っていたシエスタたちは、姉妹兵同士だけの極秘通信を交わす。

『…………二秒にぇ。音も許さないにぇ…。』

『……もうじき、ヱリカの認識半径を抜けます。

……船頭の山羊の認識半径に到達するまでの推定十秒間、暗殺を実行可能です。』

『ベアトリーチェ卿。暗殺許可を。………殺《や》れます。』

ヱリカに気取らせません。』

00がベアトリーチェだけに特殊なチャンネルを開き、通信を行った。

魔女は、仲間との議論を続けながら応じる。

『許可しない。……軍使が制限時間を切らずに船を出ると思うか。連絡がなくば、決められた時間の後に攻撃を開始せよと命じられているはず。その山羊を見逃せ。』

『00、了解。』

山羊は扉を出る。そして紗音と嘉音の黙礼を受けながら、小船に乗り、船団へ戻っていく。

船団はヱリカに従い、攻撃命令があるまで待機するだろう。

ヱリカはシエスタ姉妹兵を見上げると、呆れたように口を開いた。

「あんたたちも座ったらどうです？」

「……我らのことは、お構いなくであります。」

00は、暗殺のやりとりをしていたことなど噯《おくび》にも出さず、両手を後ろで組み、直立不動の姿勢を取るのだった……。

「………戦人。ここは我らに任せよ。……そなたは縁寿と、最後のゲームを取り返すのだ…！」

■図書の都

遥かな高みまでそびえ立つ本棚の群れを見上げながら、戦人は驚嘆の声を漏らす。

「………何て、馬鹿でかい図書館だ……。」

「この一冊一冊に、私たちのような物語が記されてるんですって。」

そう言いながら、縁寿は兄の隣に立った。何度見ても、決して見慣れることのない威容だった……。

「ここは、……神様の世界だな。」

そのたとえに、ラムダデルタが微笑する。

「あんたたち風情が立ち入っていい場所じゃないってことが、一目でわかるでしょ？」

結界を超え、戦人たち三人は図書の都の内部に辿り着いていた。戦人と縁寿はしばしの間、この世ならざる光景に心を奪われていたが、すぐに本来の目的を思い出す。

「いい？　二人とも、まず勘違いしないで欲しいの。……あんたたちはベルンと戦いに来たわ。でもそれは、ベルンと直接戦って倒すとか、そういう意味じゃないんだからね？」

「…………わかってる。」

「そもそも。大ベアトリーチェと互角にあんたが戦えたのは、ゲーム盤の上で、互角なルールに守られて戦っていたからよ？　ゲーム盤を出れば。……あんたなんか、バチンって叩かれて手のひらの染みになる程度の存在なんだからね？　それを忘れるんじゃないわよ。」

「……そうよね。……ここはもう、私たちの知るゲーム盤じゃない。」

「俺たちは戦いに来たんじゃない。……取り戻しに来ただけだ。」

「そういうこと。……一なる真実の書の公開を妨げること。それだけが目的で、あんたたちの戦いなんだからね。そこを勘違いしちゃ駄目よ。」

戦人たちはわかってると頷く。

「一なる真実の書は、パーティー会場のど真ん中に堂々と飾られてるから、奪い返すのは不可能よ。……でも、式次第によると、鍵が入場してくることになってる。」

「ということは、鍵は別の場所に保管されているわけか。」

「……そこが無防備という保証はないけどね。」

「あとは、あんたたちの運次第よ。せいぜい幸運を祈るのね。…………………ッ、隠れて!!」

ラムダデルタが本棚の陰に頭を引っ込める。

二人も慌ててそれに倣う。

……はるか遠くに、エメラルドグリーンの光が、すぅっと軌跡を引いて流れていくのが見えた。

「あれはベルンの使い魔の猫よ。……今日はあちこちを巡回して見張っているわ。」

「……私たちが来ることも読まれてる?」

「違うわ。ここは広大だからね。迷子になるアンポンタンな来客を、迷子センターにお連れするためのスタッフ猫よ。」

「俺たちが行きたいのは、迷子センターじゃねぇからな。」

軽口を叩いた戦人とは対照的に、縁寿は緊張した面持ちで口を開く。

「………見つかりそうになったら、………やる…?」

「よした方がいいわ。……余所の領地やゲーム盤ならともかく。……ここはベルンのホームグラウンドよ？ あの猫一匹で、猛獣の群れに囲まれた位の危機感は持つことね。……しかも猫よ。勘も鋭いし仲間も呼ぶわ。……気取られたら、その時は覚悟しなさい。私は助けないからね。……あんたたちをここへ連れ込んだだけで、かなり厄介。……私は降参すれば、………裸にひん剝かれて、最悪のゲロカスケラ巡り百年くらいで許してもらえるかも。……素敵だわ、私にもベルンの気持ちが、ちょっとは理解出来るようになるかもね。」

ラムダデルタは笑っていない。おそらく、彼女が口にするそれさえ、かなり見積もりの甘い処分なのだろう。

彼女はこれ以上は協力をしないと言いつつ。

すでに、賭けている。自身の全てを。

何のために？

「……決まってんでしょ。」

ラムダデルタは髪を払う仕草をしながら、にやっと笑う。

「あんたたちが、最高のハッピーエンドを見せてくれるからでしょーがっ。」

ラムダデルタは、がばっと二人の頭を抱き寄せ、額をごちんとぶつける。

「見せなさいよ、絶対…!!」

「……おう。……見せてやるぜ。絶対の、ハッピーエンド!」

「絶対に、……取り返す…!」

「行くわよ。……こっちよ、静かに泳いで。」

三人は図書の都の、大海溝の暗闇を泳ぎ出す。

その姿は、あまりに広大で巨大な本棚の海溝の闇に、すぐに溶け込んで消える。

人の世の常識を超えた、広大な図書館。

……図書の都。

その広大さは、まさに都の名を偽らない。

そして、ベルンカステルの使い魔である無数の黒猫たちが、そのエメラルドグリーンの瞳を光らせている。その数を数えることは、海に棲《す》む魚の数を数えるのと、どちらが早いかわからない。

そしてそれらは魚群をなし、其処彼処《そこかしこ》を回遊し、……彼らの主の催しを邪魔しようという愚か者が、奇跡的に紛れ込むことを想定し、警戒している。

見つかれば、猫たちは瞬時にそれを知らせる。群れが集い、大きな顎を開いて、一口に呑み込むだろう。

……戦いなど存在しない。

ここでの自分たちは、見つかれば呑み込まれる、小魚以下の存在なのだ。

■図書の都・鍵の部屋

図書の都の一室に、黄金の鍵は収められていた。

もっとも、それを一室と呼んでいいのだろうか。

そこは、ドーム球場を二つ、内向きにして重ねたくらいの大きさがあった。

それでも、この都ではそれを、部屋と呼ぶ。

その広大な部屋の中央の宙に、神聖なる魔法陣が幾重にも描かれている。魔法陣に包まれて浮いているのは、……縁寿の、黄金の鍵。

それを中心に、エメラルドグリーンに輝く無数の星々が、プラネタリウムのようにぐるりと取り囲み、ゆっくりと回っていた。

その星の数の瞳が、ぎょろりと一斉に同じ方向を睨み付ける。

「…………やぁね、怖い目をして。私は味方でしょ、忘れたァ？」

鍵の部屋に入り込んできたのは、……エヴァ・ベアトリーチェだった。

黒猫の一匹が彼女に犬掻きならぬ猫掻きで近付き、にゃーにゃーと言って、この部屋には誰の出入りも許されていない旨を説明する。

「ベルンカステル卿より、この鍵の警護を仰せつかったわ。だからここは私に任せて、あんたたちはどっかに行っちゃってちょうだいな。」

猫たちは怪訝《けげん》そうに顔を見合わせてから、そのような命令は聞いていないと、鋭い目つきで睨み付ける。

「ところでェ。……猫って体、柔らかいのよねぇ？」

「「「……？？」」」

「じゃあ噛めるわよね。」

エヴァが黄金の杖を振り上げると、天と地に真っ赤な放射状のひびが入って、広大な部屋の天井と床を全て覆う。

猫たちの反応は電撃的に速い。それが攻撃行為であることを瞬時に理解する。

エメラルドグリーンの天体が、全てうねって一匹の巨大な深海魚の姿になり、エヴァを呑み込むべく巨大な口を開けて襲い掛かる。

しかし同時に、天地の真っ赤な放射状の、……巨大な蜘蛛の巣が深海魚を上下から挟み込んで叩き潰

し、ぐるぐるにひねり上げて、振り回し振り回し、

……ボール程度の大きさにまで凝縮してしまう。

その、ボール状に圧縮された何かが、ブチンと砕け散ると、後には何も残らない。

全て、一瞬の出来事だった。

「ヘソでも噛んで、死んじゃえヴァあぁあ⁇　あーっはっはっはっは！！！」

■都内・高級ホテル

イベント会場では、ウィッチハンターたちのコンベンションが行われていた。

何しろ、右代宮絵羽の日記が開かれれば、……無限なる猫箱は失われ、彼らが楽しんできた数々の妄想が、全て失われる。

そのため、彼らの妄想の限りを発表する、最後のコンベンションが開かれているのだ。


彼らは、猫箱が開かれることに、一抹の寂しさを覚えながらも、六軒島ミステリーがいよいよ暴かれることへの、知的強姦《ごうかん》の興奮を我慢出来ずにいる。

■図書の都・パーティー会場

……その猫箱を開くことで、……傷つく少女がいる。しかし彼らの顎と牙は、そんなものに何の興味もない。

魔女狩りの山羊の貴族たちは、……早くベアトリーチェの猫箱のハラワタを食い破りたいと、……さっきから舌なめずりをずっと繰り返している……。

荘厳なる、まるで柱を思わせる高さの背もたれを持つ玉座に腰掛けて、フェザリーヌは山羊の貴族たちの戯言《たわごと》に耳を傾けていた。

そこへ、マントを羽織った黒猫が音もなくあらわれ、フェザリーヌの耳に何か囁く。

「…………………。いいや、良い。……巫女の耳には入れずとも良い。」

黒猫は恭しく頭を垂れてから姿を消す。

フェザリーヌはワイングラスを天に掲げ、……月のように美しい荘厳なシャンデリアの明かりをそれに透かしながら笑う。

「これで、素晴らしき朗読への恩には充分であろう、人の子よ。………ふっ、……ふっふっふっふっふっふ。」

■図書の都

「………戦人。これを、どう思う？」

「罠か。」

……猫たちの目を盗み、本棚の陰から陰へ隠れながら進んでいく戦人たちは、奇妙なものを見つける。

それは、薄らと光る、真っ赤な何かで書かれた、矢印とアルファベット。

K←

そう書いてあるように読み取れた。

「……Kは、鍵を意味してると思うか？」

「私たちが近付いたら、この文字が浮かび上がった。……これは私たちに向けてのメッセージよ。」

確信したように縁寿が言う。

その横顔を見つめて、ラムダデルタは問いかけた。

「ここに私たち以外で、味方をしてくれる誰かがいるってこと…？」

「……いるのか、俺たちに味方なんて。」

縁寿は、その赤い矢印を指でなぞる。

……それは、とても細く儚い糸を縒《よ》り合わせたようなもので描かれていた。綿飴《わたあめ》のように、優しく指に溶けるようにくっ付く、赤いそれは……。

「味方よ。……私の、……一番の味方よ。」

「……どうして保証出来んのよ？」

「…………………。……いや、俺にもわかった。

……ラムダデルタ。これを書いたヤツは信用出来る。

多分、安全に鍵の在り処へ辿り着けるよう、誘導してくれているんだ。」

「いいのね？　じゃあ行きましょ……！　あまりモタモタしていられないっ。」

「…………ありがとう、…………お母さん……！」

■黄金郷

ロノウェが淹れた紅茶を味わっていたヱリカが、……もう三度目となるあくびをする。

かすかに聞こえてくる東屋の激論は終わる気配を見せず、混迷の様相を呈していた。元よりヱリカも無限の時間を与えるつもりはない。三つあくびを許したら、それで切り上げようと胸の中で決めていた。

躊躇なく、傍らのシエスタ姉妹兵に時間切れを宣告すると、ヱリカはティーカップをロノウェに押しつけて立ち上がる。


包囲されている黄金郷の住人たちに、それを拒否することは出来ない。姉妹兵が東屋に向かい、しばらくした後。……ベアトは単身、その場に戻ってきた。

両者は不敵な笑みを浮かべ、しばし睨み合う。

「では、返答をお願いします。もしあなたが、このゲーム盤を愛《いと》しく思うなら、降伏すべきです。駒たちは末永く大勢の臣民に愛され、その役目を永遠に続けることが出来るでしょう。」

「ふっ。……つまりは、好き放題に生み出した惨劇を、永遠に繰り返すということか。」

「あんたがしてきたことと、何か違いが？」

「…………………ないな。……以上か？　ならば妾の答えを聞かせよう。」

「どうぞ。」

ヱリカは淡白な、……そして無慈悲な表情で淡々と告げて、返答を待つ。

二人の様子を、東屋の一同が固唾を呑んで見守っていた。凍りついたように、誰も動かない。言葉を発しない。

……しかし、時間は動いている。

その証拠に、……誰かの頬を伝う汗の雫が流れて、落ちて、…………テーブルを叩く音さえ、聞こえた。

その瞬間、止まった時間が粉々に砕け散り、同じ瞬間に、ヱリカが先ほどまで座っていた白い椅子も、粉々に砕け散る。

煉獄の七姉妹の鋭い杭と、シエスタ姉妹兵の高速狙撃弾が、まったく同時に椅子を砕いたのだ。

数瞬遅れて、貫かれたはずのヱリカの姿が薄らと消える。

「……残像ッ!!」

「速いッ!! 殺せッ！！！」

シエスタ00とルシファーの声が空気を裂く。

ヱリカの姿は後方へ瞬時に移動していた。

表情はまったく変わらない淡白なもの。しかしその手には、さっきまではなかったものが握られていた。

素早く二の太刀で襲い掛かる七姉妹の電光石火の一撃ならぬ七撃を、全てその大鎌で打ち返す。

「……おかしいと思ったのです。なぜなら、あなたたちは議論の中で、時折、ラムダデルタ卿や戦人に話しかけていましたが、それに対する返事が、一度たりとも私の耳に聞こえませんでした。……私への要求と併せれば、導き出される推理は一つです。」

それは、この場に、ラムダデルタ卿と戦人が、不在であること。狙いはおそらく、黄金の鍵と、縁寿の奪還。あなたたちが企《たくら》んでいるのは、彼らがそれを終えるまでの時間稼ぎの囮《おとり》です。

「……ただ議論の声を聞き分けるだけで。……古戸ヱリカにはこの程度の推理が可能です。…………いかがです？ 皆様方……？」

黄金郷の住人たちは手に手に武器を取り、東屋から姿をあらわしていた。ヱリカはそれを見てにやりと笑う。

「とんだ茶番でした。でも紅茶は美味しかったですよ。ご馳走様です。……では、皆さんの意見は、最初から統一されているようですし。……改めまして、お返事をお伺いしましょう。」

ヱリカは、鎌を持たぬ左の手を、すぅっと天に突き上げる。

ベアトは、黄金の魔女に相応しい威厳をまとい、宣言する。

「良かろうぞ、妾が答えよう…‼　ここは妾のッ、我らの黄金郷‼　土足で踏み入るならば相応の歓迎をしようぞ‼　つまりだ、上品に一言で言うとなァ。」

「………全砲門、砲撃準備。目標、黄金郷。」

「〝味噌汁《みそしる》で顔洗って、出直してきやがれぇえええぁあああぁあああぁあああぁッ！！！〟」

「ブチ殺《や》、れぇえええええええええええええええええええぇッ！！！」

■図書の都・ベルンカステルの部屋

不意に胸騒ぎを覚え、ベルンカステルは眉根を寄せる。そこに黒猫が飛び込んできて、にゃーにゃーと騒ぎ声で報告した。

「黄金郷に、ラムダと戦人がいない…⁉　…………………………。……はッ、………はっはっはははっはっはっはっはっは！！！」

ガッシャンと叩き付けるように傍らの電話機を鷲掴みにすると、受話器を取る。

ダイヤルの番号は短い。内線だろう。しかし、単調な呼び出し音を何度か聞くと、今度こそガッシャンと受話器を叩き付けて電話機を壊す。

「……手の空いている猫を全て集めなさい。大至急ッ！！！　鍵の警護にやった猫たちが誰も応答しないッ！！！　………ラムダァあああぁあああぁあああぁあああっうっぐぉおおおおおおおぉおおお‼」

ベルンカステルは感情に任せて、テーブルをガンガンと蹴り転がす。

するとやがて、……部屋が明るくなる。

それはまるで、緑色の日光。緑の太陽の日の出を眺めているかのように錯覚するほどの、強い緑色の光がうねり、部屋を照らすのだ。

それはベルンカステルの軍勢が非常召集されたことを示す……。

「さぁおいで、子猫たちッ！！！　魔女狩りの時間よッ!!　あの子はキャンディーの匂いがするからね、すぐに見つけられるわッ!!　最初に見つけた猫には、人の姿と魔女の称号をあげるわッ！！！」

もはやエメラルドグリーンの大星雲と呼ぶに相応しいそれらは、歓喜の雄叫《おたけ》びで本棚の絶壁を揺るがした……。

■図書の都

最初に異変に気付いたのは縁寿だった。

「……何かが迫ってくるわ…。」

「何だ、あれは……。……緑の、………太陽……？」

顔色を一変させて、ラムダデルタが二人の背を押す。

「…………隠れて!!　バレたのよ!!」

三人は慌てて、本棚の陰に身を潜める。

鍵が収められている部屋は、ここの突き当たりにある。その部屋の暗闇の中央に、薄らと輝く何かが見えていた。それは、これまでこの都で見てきたどんな輝きとも違うものだった。

輝きの色は、黄金。

彼らは、黄金の鍵にあとわずかのところまで来ていたのだ。しかし、そこへ向かおうと、ベルンカステルもまた、膨大な数の使い魔を連れて、こちらに背後から迫ってくる。

つまり、袋小路《ふくろこうじ》に追い込まれているのだ。

エメラルドグリーンが、使い魔たちの瞳の輝きであることはすでに理解している。だがあの、……うねる巨大な緑の太陽がそれだとは、とても思えず、……ただ呆然と、目を見開くことしか出来なかった…。

無数の猫たちは、この本棚の渓谷を、一番上から一番下まで、さらに一冊一冊の本の隙間さえ丹念に確認しながら迫ってくる。

しかし、その丹念な作業も、あの莫大な数の使い魔でこなされているから、それはあっという間のことだ。まるで風が吹きぬけるかのようなスピードで、……あらゆる物陰が確実にチェックされている。

あの緑の太陽から身を隠すことなど出来るわけがない。それは沈む船の中で、水から隠れる場所を探すくらいに愚かなことだ。

「……やり過ごせるの…!?」

「無理だ…。あれじゃ、どこに隠れても見つかる…！」

縁寿に答えるや否や、戦人は物陰から飛び出そうとするが、寸前でラムダデルタに袖を引っ張られる。

「戦う気!?」

「違う、ここに留まっても見つかるだけだ…！　なら前へ進むしかない！　一刻も早く鍵に辿り着くんだ…！」

「鍵を守る猫がいないわけないでしょ!?　私たちは挟み撃ちにされたのよ!!」

「私は絵羽伯母さんを信じる…！　伯母さんが私たちをここまで導いてくれた…！　きっと伯母さんは、見張りの猫たちもやっつけてくれているはずよ！」

「俺も同感だ。鍵さえ取り返せれば、もう誰もあの本を開くことは出来ない!!」

「………あそこに辿り着いて、鍵を手に入れて。それで!?　あそこ、袋小路よ!?　逃げ場ないのよ、わかってる!?」

「だが、ここに隠れてても絶対に見つかる。……なら、百億の中の一つの確率だとしても、俺はそれに賭けるぜ。」

「奇跡の魔女を相手に、あんたは奇跡を祈るわけ…？」

「天文学的数字の中に、一を拾う。それが右代宮家の魔法ってヤツだぜ…!!」

ラムダデルタは鋭く目を細めると、突き当たりの部屋を凝視した。

「…………私、目がいいから教えてあげる。あの黄金の鍵を取り囲んでる魔法陣、わかる？　……あれは簡単だけど、なかなか堅牢《けんろう》な結界よ。……触れば壊せる簡単な結界だけれど。でもね、どんな大魔女でもニンゲン風情でも、解くのにかっきり一時間かかるという、タチの悪ぅい封印なのよ。式典の進行上、まだ一時間前にはなってない。……つまり、私たちは一時間稼がなきゃ、鍵に触れることさえ出来ないのよ!!」

「絵羽伯母さんはきっと、見張りの猫たちをやっつけた時、魔法陣も壊してくれたに違いないわ！　一時間は掛からないはず…！」

「見る限り、まだ魔法陣は健在ね。残念ながら、絵羽がそうしてくれたとしても、それは一時間以内の話みたいよ。」

「一時間なんてちょろいもんだぜ。少なくとも、それだけ粘れば手に入るという明白なゴールがあるッ！」

「そうね。……いいじゃない、一時間の鬼ごっこ。私、強面《こわもて》に追い掛け回されるのには慣れてるの。」

「あんたたち、札付きのクルクルパーね…!!　ベルンとあの数の猫を相手に本気で鬼ごっこをさせてもらえると!?」

「確率が1％でもあるなら！」

「俺たちが絶対に、それを摑み取ってやる…!!」

「…………あぁもう、本当に馬鹿だわ、あんたたちは。……仕方ないわね。1％より、もうちょっと確率が高くなる作戦を教えてあげるわ。ズバリ、何だと思う?」

二人は顔を見合わせる。

しかし、どんな作戦にせよ、鍵を取り戻すチャンスが、0・00001%でも増えるなら、それに託そうと思った。

「生贄よ。……ベルンは猫だから、逃げる獲物は追うけれど、逃げない獲物は殺す。それも、ネチネチといたぶってね!」

「最悪ね。」

「……しかし、それが本当なら、……賭ける価値はある。」

「生贄を一人。ジャンケンで選びましょ。……負けた子はベルンをたっぷり挑発して、笑わせて、殺されて、一分一秒でも時間を稼ぐ。……それでいいわね?」

「ジャンケンはいらない。俺がやる。縁寿とラムダは鍵の部屋へ行ってくれ。」

「駄目よ、お兄ちゃん…!! 私がやるわ。元はと言えば、これは私の責任。……ベルンカステルの言葉に耳を貸し、心を許した私の責任なのよ。……だから、あいつに一言くらい言ってやりたいのよ!」

戦人と縁寿は、互いに生贄の役をやると言い合って聞かない。

「ね? ジャンケンじゃないと決まらないでしょ? さっさと決めないと、この作戦も使えなくなるわよ。……もうじき連中がやってくるわ。」

「………わかった。……俺か縁寿が生贄をやる。……ラムダデルタは、残った方を連れて鍵を奪いに行ってくれ。」

「譲らないわよ。お兄ちゃん。」

「ふざけやがって。たまには兄らしいことをさせやがれっ。」

再び言葉をぶつけ始めた二人に、ラムダデルタが言う。

「時間ないわよ。ジャンケン一発勝負! 私、超パーだからそれにちなんで、最初はパーからね？　いい？　二人とも。」

「いいわ。」

「縁寿、恨みっこなしだぜ。」

「せーの！　最初はパー!!」

それは、本当に馬鹿馬鹿しい、子供のジャンケンだった。最初はパーと約束しているのに、……違う手を出しての、不意打ち。

しかし、戦人も縁寿も、グーを出していた。

……なのに、それは相子ではなかった。

なぜなら、……二人のグーに対し、……一人、チョキを出していたからだ。

戦人と縁寿は、互いの握り拳とそのチョキを呆然と見比べてから、……彼女を見る。

……呆れたような笑顔を浮かべた、絶対の魔女を。

「…………あちゃー…。……最初はパーだから、チョキ出して一人勝ちしてやろーって思ったのに。……やっぱりパーはパー出してなきゃ駄目ね。」


ラムダデルタが加わる必要のないジャンケンだった。こんな時に、過ぎる冗談だった。

戦人も縁寿も、……わざと負けようとして出した、グー。ラムダデルタは、……一人だけチョキ。

「あんた、……わざとチョキを……。」

「お前に死なれたら、俺たちは黄金郷に帰れないだろうが…！　こんなの無効だ！」

「ほら、これで大丈夫でしょ？」

ラムダデルタは握り拳を作ると、その中に青白く光るカケラを生み出し、それを二人に預ける。

戦人はそれに見覚えがあった。……エリカたちが消え去る時に使っていた、カケラの海を越えることが出来る力を込めた、魔法のカケラだ。

「それがあれば、二人とも黄金郷に帰れるわ。それに、これが一番の人選なのよ。あんたたちじゃ、ベルン相手に数秒と保たないだろうし。私なら、一時間どころか、ひょっとしたら勝っちゃうかもねー？　あの子には借りがあるし。今度は私の勝ちってことにして、イーブンにしないと。……アウェーは辛いわねー。」

ラムダデルタはぼやくフリをしながら立ち上がる。

「じゃ、行ってくるわ。……私、目立ちたがり屋だから、やっぱ観劇者は無理だったわ。ごめんね、出番を奪っちゃって。……あんたたちのゲーム、最後まで観劇出来ないのは残念だけど。……もう筋書きは教えてもらえたから見る必要もないわ。」

「………ラムダデルタ……。」

そして、最高の笑顔でウィンクしながら、言った。

「あんたたちのはっぴーえんど！　もう先が読めちゃったから、見なくてもわかっちゃうわ。じゃあね、また会いましょうね。あんたたちのハッピーエンドの、クレジットロールでね！」

「ま、……待って…‼」

ラムダデルタが指を弾くと、二人は二粒の金平糖に姿を変えてしまう。

そしてそれを摘み上げ、………黄金の鍵の輝き目掛けて狙いを澄まし……、指で弾き飛ばす。

これで、二人はベルンカステルに気取られずに、鍵に辿り着けるはず……。

まったく、ツイてないわー。

私のチョキに対し、二人が揃ってグーを出す確率って、一体、何分の一よ？

………ええ、わかってるわ。

試すような真似しちゃって、ごめんね、二人とも。

そして、……ラムダデルタの体がエメラルドグリーンの光に照らし出される…。

振り返るラムダデルタの目と、不気味に輝く猫の目が、合った。彼女の眼前で無数の猫たちが群れて蠢《うごめ》き、飛びかかる機会を窺っていた。

その向こうには、……青い髪をなびかせる奇跡の魔女の姿が。

ラムダデルタはにっこり微笑み、小さく手を振る……。

轟音と共に、激しい閃光《せんこう》がいくつも瞬いた。

「何事…？　………ッ⁉⁉」

　次々に閃光の連鎖爆発が巻き起こり、声を上げたベルンカステルとその使い魔たちの群れを瞬時に全て呑み込んでしまう。

　それは色とりどりの花火。……いや違う、色とりどりのお菓子が、閃光とともに弾け、飛び散っているのだ。可愛らしいスティックキャンディーや砂糖細工、クッキーやタルトが辺り一面に無数に散らばり、さらにそれら一つ一つが無数のキャンディーに分裂して炸裂《さくれつ》し、さらにそれら一つ一つが無数の金平糖に分裂して炸裂する。

　しかし、それらの菓子は甘くない。金平糖は鉛より重くて鉄より硬く、如何なる刃より鋭い。色とりどりの菓子は爆速で飛び散り、猫たちを群れごと粉々に吹き飛ばす。

　辺り一面に散らばるエメラルドグリーンの輝きが、夜空のように煌き、それに混じって、クリスマスツリーに似合いそうな可愛らしいお菓子が大量に舞う。

　それは大魔女、ラムダデルタ卿の登場に相応しい派手さと美しさと可愛らしさを兼ね備えたものだった。

　しかしベルンカステルは、爆風の中から平然と姿をあらわす。

「……あら、ラムダじゃない。………あなたとはパーティー会場で会いたかったわ。」

「愛してるわ、ベルン。愛を囁くなら、二人きりの方が素敵でしょ？」

「……それは、あんたの両手両足をもいだ後に、ゆっくりと聞かせてちょうだい。」

　ベルンカステルが顎をしゃくり、使い魔たちに攻撃を命じる。

「私の愛しい愛しい、たった一人の友人よ。両腕の肘から先。両足の膝より先。自由に食い千切って構わないわ。それ以外には傷一つ許さないわよ。」

　猫たちの群れが、再びうねって一つにまとまり、図書の都に紛れ込む哀れな犠牲者を呑み込むエメラルドグリーンのリヴァイアサンの姿を作る。

それは、巨大な巨大なクジラの姿。

しかし、ラムダデルタの目にクジラの姿は見えただろうか。ただただ、全てを呑み込もうとする巨大な顎しか見えなかっただろう。

「あぁ、素敵。私をベルンの愛で呑み込んでくれるのね⁉」

「……愛してるわ、ラムダ。あんたの手足をもいだら、おしりから鉄串で貫いて、私のベッドに飾ってあげる。そして毎朝、目覚めのキスを。夜になったら、お休みのキスをしてあげるわ。」

「本当に素敵ッ！　じゃあ、私もあなたを愛で包んであげるッ！！！」

しかし、ラムダデルタのその叫びは、光ってうねるリヴァイアサンに、バクンッと呑み込まれる。

「………くすくす。あぁ、素敵よ、ラムダ。あんたのその、向こう見ずで命知らずで、ほんのりパーなところが大好きだわ。…………？　……風…？」

ラムダデルタを呑み込み、勝利を確信したのと同じ瞬間に、ベルンカステルは自分の髪を撫でる風を覚える。

先ほど、ラムダデルタが無数の花火と共に飛び散らせて、空間をクリスマスパーティーのように彩って漂っていた無数の菓子が、……流れている。いや、……ある一点へ向けて、収縮されているのだ。

それはまるで、巻き戻しで見る花火。リヴァイアサンの、閉ざされた巨大な口中目掛けて、無数の菓子が爆縮しているのだ。

内なる一点へ集中する、巨大な逆爆発。

あるいはそれは、無数の菓子が一斉にザアッと、リヴァイアサンに全方位からの弾丸を降り注がせているようにも見えた。

……エメラルドグリーンの塊の奥に、……黒い渦を見る。その渦は、手のひらの上にあった。ラムダデルタが不敵に笑う、手のひらの上にあった。

それは、超重力の塊。

全ての菓子も、猫もクジラも、全て全てを一点に凝縮して吸い込んで、点にまで潰す。

「抱き締めてあげるから。……いらっしゃい、ベルン！！！」

「……私を、……吸い込む気ッ……!?」

ラムダデルタが無数にばら蒔いた菓子の全てが、超高速で彼女の手のひらの上のブラックホールに吸い戻されているのだ。

押し寄せる菓子の逆爆発に、リヴァイアサンは内側へ内側へ、削り取られ、押し潰されていく。

「……ラ……ム…ダぁ……ぁあぁ……ぁぁぁぁあぁ……！！」

「ほら。……抱き締めてあげるから、おいでなさいよ。」

超重力に逆らおうと、力の限りを尽くして空間に踏み止まるベルンカステル。

その表情から初めて、見下す余裕が失われる。

だが不敵に笑うラムダデルタの額にも、汗が浮き出ている。

……二人の力は圧倒的だからこそ、勝つべき時には、瞬時に勝たねばならない。わずかでも手加減をすれば、二人の力は拮抗《きっこう》し、また数百年にもわたる気の遠くなるような戦いになってしまう。

それはもう二人ともごめんだ。……だから、二人とも最愛の親友を相手に、一切の手加減をしない。

もうリヴァイアサンは完全に押し潰され、ブラックホールに凝縮されている。

踏み止まっているのはベルンカステルただ一人。

しかし、アステロイドベルトのような菓子の隕石《いんせき》群が、凄まじい暴風を叩き付け、ベルンカステルの少女の姿を、少しずつ削り取っていく。

「……逃げなきゃ……、……私、……本当に……………。………ッ!?!?」

顔を歪めたベルンカステルの目に飛び込んでくるのは…、……巨大なプレゼントボックスを核とした、……菓子の群れをまとう巨大な彗星《すいせい》が自分目掛けて……突っ込んでくるところだった。

「ラムダぁあああああああああぁああああああああぁああああぁッ！！！　うぉおおぉああああああああああぁああああぁああああぁああああああああッ！！！　ごあああぁああああああ、か、体、が、ぁ、　あああああああああああああぁあああああああああああああああぁあ!!」

菓子の巨大彗星がベルンカステルを、その絶叫ごと呑み込む。彗星は粉々に砕け散り、瞬く間に爆縮して超重力の穴に吸い込まれていく。

そして全てを集めて玉のようにすると、ラムダデルタはそれをぐるぐると超高速で回転させる。

それは遠心力で扁平《へんぺい》し、まるで銀河系のような形になった。無数の猫たちも、その主のベルンカステルも、全て全て呑み込み、今やラムダデルタの手のひらの上で、エメラルドグリーンの銀河系となって、うねって瞬く。

それはさらに超重力の穴によって、どんどん圧縮され圧縮され、……………最後には緑色に輝く一粒の、金平糖に姿を変えてしまう。

そして、ぽとりと。彼女の手のひらに落ちた。

「ごめんね、ベルン。……あなたといつまでも遊んでいたいから、いつもは必死なフリして程々で遊んでるけど。」

ラムダデルタは、金平糖を摘み上げると、天にかざすようにして見詰める。

「私、本当はどうしようもなく強いのよ。………ごめんね。」

そして、……その金平糖を、ピンク色の唇に近付け、……そっと口付けをしてから、……ガリリと噛む。

「…………ベルンの味が、しない。」

ラムダデルタは、ぺろりと指先を舐めると、……ゆっくりと後ろの虚空に振り返る。

「………知ってたわ。愛しいラムダ。」

「あぁ、愛してるわ、ベルン……。」

「嘘よ。………あんたがいつだって、………私に本気じゃないって、知ってたわ。」

「じゃあ。……本当に、愛し合いましょうよ。

……お互い、本気で。」

「あぁ、愛してるわ、ラムダデルタ。……嬉しいわ、

……本当に嬉しいわ……。」

「あぁ、愛してるわ、ベルンカステル。………あんたを飴玉に変えて、永遠に私の舌の上で可愛がってあげる。」

「どちらが勝っても、私たちは愛し合えるのね。くすくすくす、あっはははははははは!! それって本当に素敵だわ、それって本当に素敵…!!」

「さあッ!! 愛し合いましょうよッ!!!」

■黄金郷

黄金郷の空に、衝撃と共に無数のひびが入る。


そしてとうとう、黄金郷の境を、船団の衝角《しょうかく》が打ち破る。それは異様な光景。誰も想像したことのない、奇天烈《きてれつ》な光景。

黄金郷の空をガラスのように打ち破って、帆船の船団が次々に飛び込んでくる。そこから溢れ出るように、山羊たちが大量に押し寄せてくる。

「さぁ、始めましょう!! 黄金郷の最後の宴《うたげ》を……!!!」

喜悦の表情と共に、海賊帽を被ったヱリカが叫ぶ。宴。……それはキザな喩えでも何でもなく、率直に、事実だった。

雪崩れ込む圧倒的な数の山羊の軍勢は、津波のよう。立ち尽くす黄金郷の住人たちは、砂浜に忘れられた砂の城だ。波と砂の城では、戦いにさえならない。立食パーティーのバイキングに殺到する、食欲旺盛で無慈悲な山羊たちの、……これは宴なのだ。

しかし一同はそれぞれに構えを取り、抵抗の意を示す。口火を切ったのは、凄まじい笑みを浮かべた

ベアトリーチェの怒号だった。

「是非もなしッ!! ブチ殺せぇええええぇぇぇえあああぁあああああッ！！！」

「グッド!! 我こそは真実の魔女ッ、古戸ヱリカなり!! 今こそ真実にて黄金郷を解体する!! 土は土に。幻は幻に!! 終わらせてあげますよッ、あんたたちの白昼夢！ さぁさ思い出してご覧なさい亡霊たちッ、本当はもうとっくに、死んでるんだってことぉおおおおおおぉぉおおおお!!」

魔法の力を持つ者たちが、一斉にその力を解き放つ。雷鳴のような雄叫びをあげて、山羊の津波が襲い掛かる。

それら全てが一度に激突し、凄まじい閃光の爆発を引き起こす。

火花と噴煙、飛び散る破片と絶叫。

ベアトやワルギリア、そしてシエスタ姉妹兵の猛烈なる魔法の砲弾は、一瞬、山羊たちの津波を押し留めたかにさえ見えた。

しかし、数の暴力はそれに怯まない。打ち砕かれ、あるいは力尽きて膝をついた屍を踏み越えて、なおもなおも山羊の津波が押し寄せる。屍の上に屍を積み重ね、なおもそれを踏み越えようとする山羊たちを打ち倒すから、……それはみるみる内に、本当に津波が襲い掛かるかのような高さを持つ。

「哀れな!! あなたが築き上げてきた黄金郷など、浜辺に子供が残した砂の城に過ぎないッ!! 呑み込まれて消えてしまええぇぇえええええええぇぇッ!!」

「ならばそなたは、岸壁に打ち寄せる無力なさざなみを思うがいい。……波に呑まれる砂の城ォ？ 呑んでみろよ、妾の城をよぉおおおおおおぉぉおおおぉおお！！！」

■図書の都・鍵の部屋

やはり、エヴァは鍵を封じる魔法陣を、予《あらかじ》め壊してくれていたのだ。戦人たちが辿り着いた時には、魔法陣は砂時計のようにサラサラと崩れ続けていた。もっと早く崩れるようにと、戦人たちは魔法陣を蹴ったり叩いたりするのだが、その速度を上げることは出来なかった。

「……だいぶ前に壊してくれたみたいだけど…。それでもまだ時間が掛かりそうだわ…。」

「多分、あと少しなんだ。……おそらく、あと五分も稼げれば……。」

魔法陣の崩れる速度や全体の雰囲気などから、もうじきのようにも見える。しかし、今の状況では、仮にあと五分であったとしても、それを〝もうじき〟と呼んでいいのか、わからない。

後ろを振り返る。

……本棚の渓谷の向こうには、………宇宙が広がっていた。

ラムダデルタとベルンカステルの戦いは、……ベアトの戦いを幾度となく見てきた戦人でさえ、容易にたとえる言葉が思い付かない想像を絶するものだった。そして、ようやく彼が閃いた形容詞が、宇宙だったのだ。

ラムダデルタとベルンカステルが激しい戦いを繰り広げる度に、二人の間に宇宙が生まれるのだ。

ビッグバンが起こり、宇宙創生が起こり、……いくつもの銀河が生み出されては消え、生み出されては消え。そしてビッグクランチを起こし、宇宙が終焉したかと思うと、間髪を容れずにビッグバンが起こり、再び宇宙が生まれるのだ。

それはまるで、神々の遊びだ。

二人の魔女は、宇宙を生み出しては壊しを繰り返して、まるで創造主同士が、自分の宇宙の正しさを証明しようと戦っているように見える。わずかでも気を許せば、……見ているだけで魂を奪われてしまう。そんな気さえした。

鍵を封印する魔法陣は、最後の円陣がサラサラと解け始めている。しかし、まるでいじわるをするかのように、それだけは解けるのが遅い…。

その遅さを見て、あとほんの一分、あるいは数十秒で解けるに違いないと信じていた目算が、絶望的に崩れ落ちる……。

■黄金郷

山羊の津波は、全てを呑み込んだが、まだ波しぶきが上がっている。海に沈むことを拒む岩礁が、波をことごとく砕いているのだ。

煉獄の七姉妹や異端審問官たちは接近戦を得意とし、次々に屍の山を築き上げていく。

魔女たちも強大な魔力を振るって奮闘するが、贅《ぜい》沢《たく》を言えるなら間合いが欲しい。

そんな仲間たちを、ロノウェが堅固なシールドで守り、シエスタ姉妹兵が的確に援護していた。

幻想の住人たちばかりに頼ってはいられない。この乱戦下では、ニンゲンの誰しもが戦いのるつぼの真《ま》っ只中《ただなか》にいるのだ。

右代宮家の一同も、魔女たちに負けない闘志を見せ、その背中を守る。ニンゲンとて無力ではない。

彼らには銃がある。山羊たちがファンタジーを支持するならば、最強の反魔法武器として。山羊たちがミステリーを支持するならば、至極当然の結果として。45口径ロングコルト弾は、如何なる山羊にも等しく致命傷を与えるのだ。

「死に損ないどもがぁあああ!!　いつまで抵抗しやがるんですかッ、いい加減ッ、その辺でッ、沈みやがれですぅううう右代宮ぁあああぁああああ!!」

絶叫するヱリカの前に、金蔵が立ちはだかる。

周囲を圧する立ち姿は、齢《よわい》など微塵も感じさせない。魔術師とさえ謳《うた》われたその男は、片翼の鷲が刺《し》繍《しゅう》されたマントを翻し、威風堂々たる声を張り上げる。

「沈めと言われれば、足掻きたくなるのが右代宮よ‼ 小娘ッ、お前に語れるほど右代宮、甘くはないわッ‼」

「あんたなんざ、一九八六年以前に死んでるでしょうが‼ はしゃぎ過ぎなんですよ、このクソジジイ‼」

ヱリカの鋭い鎌が金蔵の胸に打ち込まれる。

それは確実に心臓を抉り抜いていたが、金蔵の表情から不敵な笑みが消えることはない。

「ほう…、我が死を猫箱の外の誰が観測したというのかなぁ？ 我は不滅なり…、不滅なりぃいいいいいいぃいぃい‼」

金蔵の最後の命の煌き全てを託した渾身の拳が、ヱリカを殴り飛ばす。

白い髭を蓄えた口元に笑みを浮かべたまま、金蔵は膝をついた。少し遅れて、大鎌が抜けた胸の傷痕から大量の鮮血が溢れ出る。

「お父さんッ、お父さんッ、しっかり‼」


銃を下ろして夏妃が駆け寄る。

しかし金蔵は片手を挙げてそれを制した。

「踏み越えてゆけッ我が屍‼ 右代宮家は振り返るな‼」

ヱリカは殴打された頬を押さえながら、再び体勢を整えていた。金蔵にとどめを刺そうとすると、蔵臼が歩み出て立ち塞がる。

「……親父殿に代わって、私がお相手しよう。」

「おや。無能投資家の大先生ではございませんか。よくもまぁ、儲からない話ばかりを見つけて散財なさるものです。」

「失礼、靴紐《くつひも》が解けてはいないかね。」

「え？」

つい下を見たヱリカの目に入るのは、……蔵臼の左拳。

「ッ⁉⁉」

蔵臼の左アッパーカットが、ヱリカを浮かす。魔法でなく、物理法則に従って確かに浮かす。

　エリカは刹那、確かに月を見た……。

「私は投資家としては無能だろう!!　だがッ、ボクサーとしての才能はッ、大学時代の友人たちが証明するだろう!!　お前如き小娘が、我が右代宮の全てを否定することなどッ、この右代宮蔵臼が許さんッ!!」

「コッ、のッ、……ド雑魚がぁあああああああああぁぁああぁッ！！！」

『……嘉音は幻想……。孤独な朱志香が生み出した、幻想の存在……。』

「学園祭でッ!!　私は嘉音くんをみんなに紹介したぜ!!　サクにッ、ヒナにッ、他にもみんなに!!　友達みんなが証明するッ!!　お前らの勝手な想像で、……私たちの仲を勝手に決め付けるんじゃねぇぜッ!!」

　朱志香の渾身のボディーブローに、山羊の巨体が沈む。

　短く息を吐いた時、背中越しに嘉音の声が響いた。

「お見事です、お嬢様ッ！　このような窮地で、よくそれだけの力を…！」

「そりゃそうだぜ。だって私、今、死んでもいいかなーって思っちゃってる。……嘉音くんに背中を預けて、初めての共同作業だもんな。それがケーキカットじゃないのが残念だけどさ…！」

　朱志香は照れ笑いを浮かべる。……その表情は、文化祭のステージ前よりリラックスしていた。

「なら、僕たちはケーキ以外のものを、切断しましょう。」

　嘉音の右腕を、赤く輝く光刃が覆う。

「いちいち嘉音くんが言うことはカッコつけ過ぎなんだよ…！」

「……だがッ!!　それがイイ!!」

　二人の交際や存在を否定しようと襲い掛かる巨体に用意された選択肢は、打撃と斬撃。

　それらが巨体を打ち倒す度に、二人が確かに存在したことの証《あかし》となるのだ。

『……紗音は幻想ぉおおぉお！　譲治は根暗な引き籠もりぃ！　二人の恋仲自体も幻想で存在しないぃいいいい!!』

「譲治様ッ、危ない！！！」

紗音の悲鳴と同時に、山羊の丸太のような拳が譲治の顔面に叩き込まれる。

これだけ大勢が揉《も》み合《あ》う乱戦だ。不意に繰り出されたそれを避ける術などなかった。

『…………ッ⁉⁉』

「……根暗な引き籠もり。………いいとも。僕への評価は、どのようなものでも甘んじて受けよう。」

譲治は顔面に真正面から拳を確かに食らっているはずなのだ。

しかし、……仰け反らない。微動だにしない。

山羊は自分が何を殴ったのか、不安に思わずにはいられない。自分が打ったのは、肉でできたニンゲンのはずでは……？

まるで、……鉄の壁に拳を打ちつけてしまったかのように、……痛むのは自分の拳の方なのだ…。

しかし、……山羊は恐ろしくて、譲治の顔面に打ち付けた拳を、引き剝がせない。

だって、引き剝がしたら、……そこには恐ろしい表情が浮かんでいそうで。

譲治の手が、……ぽんと、その拳を叩く。

「僕の学生時代の同期たちが証言するだろう。……確かに僕は根暗で社交的な人間じゃなかったよ。……でも、もう一つ、とても重要なことを証言するだろう。」

山羊の巨大な拳を、譲治の小さな手が摑んでいるだけのはずだ。だが、それは万力のように凄まじい強さで締め上げる……。

こんなにも小さな手で摑まれているのに、……山羊は拳を動かすことが出来ない。

「……右代宮譲治は、自分に対する一切のことで、喧嘩をしたためしはない。……どのような挑発にも逃げ回る臆病な少年だった。……誰もがそう証言するだろう。………でも、喧嘩を一度もしたことがないとは、誰も証言しないだろう。僕は、こんなにもみすぼらしい自分がいじめられることは受け容れる。だがッ!! そんな僕に味方してくれる人へのッ!! あらゆる挑発と挑戦をッ、断じてッ! 一度たりともッ!! 僕は許したことはないッッ!!!!」

空を、山羊の折れた牙が舞う。

怒れる譲治の足が天を割る。

『……しゃ、……紗音は、譲治の財産を目当てに近付いて……。』

紗音の背中に、山羊が汚らわしい指をかける。

その指が、……爆ぜて、ぶくぶくと沸騰して蒸発する。

「私の譲治さんへの愛は、純粋で高潔です。……譲治さんは、私が記した手紙の全てを保管なさっているでしょう。それらをご覧いただければ証明出来るでしょう。」

『……て、……手紙などいくらでも書ける…。……手紙の内容で、純粋な恋愛だったかどうかの証明は……、』

真っ赤な灼熱の光が、山羊の全身をちりちりと焼き焦がす。

……紗音はゆっくりと振り返る。その表情に浮かぶのは、怒りと軽蔑。

「愛を知らぬ哀れな観測者よ。お前には、ミステリーはおろか、人の心を読む資格さえもありません。……お消えなさい……!!」

紗音を中心に絶対障壁が広がり、それに取り込んだ山羊たちを灼熱で焼き尽くす。

「きっひひひひ! そうだね。確かに真里亞たちは死んでいるかもしれない。でもね、だからって誰にも、真里亞たちのことを批判することは出来ない! 真里亞とママの愛は誰にも否定出来ないんだもの…‼」

かちゃりと金属音がした。

真里亞は歯を見せて笑いながら、手元も見ずに素早くそれをこなす。そして全弾の装填を終えたライフル銃を、ぞんざいに真上へ放る。

「……来なさいよ。」

真里亞と背中合わせに立つ楼座が、それを振り向きもせずに宙で受け取る。

いや違う。宙に手を広げていたそこへ、互いが見向きもせずに正確に銃のやりとりをしているのだ。

冷え切った引き金を人差し指でくすぐり、……楼座は俯きながら言う。

「私と真里亞の、………愛を疑うヤツは、前へ出なさいよ。」

山羊たちの群れは、凄まじき楼座の気迫に気圧され、……それ以上近付けない。

「じゃあ、私が否定してあげます。……浮気性のあんたは、いつだって男のところを遊び歩いて、真里亞を一人ぼっちにしてました‼」

ヱリカだった。蔵臼の猛攻をしのぎ、乱戦の中、ここに辿り着いたのだ。

「真里亞の日記には、そんなこと、一言も書いてないもん。きっひひひひひ。」

「あ、あんたが一番知っているでしょうが…‼　楼座はあんたを愛してなんかいない！　産んだことさえ後悔してる、クソッタレな母親じゃないですかッ‼‼」

鈍い音と衝撃。

ヱリカは酷薄な空に月を見ながら、……鉄の味を覚えた。自分が、どういう状況になったのか、一瞬、理解出来ない。

背中いっぱいの冷たい感触は、……地面？

え？　……私、……いつの間に、横になってたっけ……？

それに月は満月じゃなかったっけ。どうして、いつの間にか欠けてるの…？

っていうか、……歯、痛い。……何か、冷たくて、硬い。

そして気付く。

自分が口中に銃口をねじ込まれて、地面に組み伏せられているのを。

そして満月を割っている影が、………子連れの、怒れる狼の王であることを。

「………がは……。」

口中の銃口が炸裂して延髄を粉々に打ち砕く。

……しかしそれは残像。

「恐ろしい女です、こいつ、本当にニンゲ、…………、」

残像を残して、九死に一生のところで瞬間移動して逃れたヱリカの眼前には、金属の鋭い閃きが、……ヱリカがあらわれるより前から待ち構えていた。

万年筆の一撃がヱリカの眼球を潰して貫く。

無論、それも残像。

しかし、さらに逃れた先でも、ヱリカがあらわれた瞬間にはすでにもう、踵が……。

だからそれは、山羊たちには、……一瞬の間にヱリカの残像がいくつもあらわれ、……それらが全て同時に、楼座に打ち抜かれたように見えた……。

「……次に言ったら、本気で殴るからね。」

「ママは強いんだよ、きっひひひひひひひ!!」

「………わ、……ッけわかんな……。」

だから、もうヱリカはあらわれられない。

少なくとも、楼座の攻撃半径の中には。

ヱリカは楼座の間合いから大きく逃れ、空にその姿をあらわす。

「……こいつらッ、………何なんですかッ!? わけが、……わからないッ!! …………ッ!?!?」

ヱリカの野性の勘が、ぎりぎりのところでわずかに首を横にそらさせる。

彼女の頭があった場所に、奇怪な火花が散る。

魔法ではない。鉛と鉛がぶつかり合って火花を散らす、現実的な物理現象。

異なる角度から飛んできた銃弾が、……正確に、ヱリカの頭部のあった場所目掛けて飛んで、……二発の弾が、まるでビリヤードのように正確にぶつかって弾けるなんて。

「……あら、惜しい。」

「悪ぃな。俺たちの趣味は親玉狙いなんだ。」

彼女の視線が捉えたのは、ウィンチェスター銃を並んで構える霧江と留弗夫の姿だった。

「私たち、クレーは得意よ？　あまりのんびりお空を飛ばない方がいいんじゃないかしら。」

二人は、まったく同じ手順でまったく同時にライフル銃をぐるりと回すと、西部劇顔負けのリロードを見せて、再び照準を空中のヱリカに戻す。

「コッ、………このバケモノどもがぁああああぁああ!!」

再び正確なる二人の弾丸が、ヱリカの残像の額を打ち抜き、ビリヤードのように弾けて火花を散らす。

今度のヱリカの姿は、遥か後方の地上にあった。

認めなければならない。ニンゲンたちの射程から逃げたことを、彼女は認めなければならない。

その時、月明かりが遮られる。

素早く飛び退《との》いたその場所が、打ち砕かれて瓦礫《がれき》を飛び散らせる。

打ち込まれたのは巨大な太刀。……ドラノールの太刀だ。

「……おや……。私のお友達じゃありませんか……!」

「……………………………。」

紙一重でかわしたが、……その重く凄まじい太刀は、斬るというよりもはや、刃の形をした砲弾のようだった。かわしてなお、重い空気圧で鼓膜がびりびりと痛む。

ドラノールは本気だった。

本気でヱリカを粉々にするつもりだった。

「どうしたんです、怖い顔しちゃって!!　もう少し可愛い顔が出来ればいいのに！」

「………楽しいデスカ。人の夢や幻想を打ち壊すノハ。」

「楽しいに決まってるじゃないですかッ。それこそが知的強姦の醍醐味でしょうが！」

「あなたは邪悪な人デス。……しかしそれでも、同情出来る邪悪だと信じていマシタ。」

「あんたに同情を頼んだ覚えはありませんが。」

「……あなたを直ちに斬り伏せなかったコト。それが今日を招いた私の罪デス‼」

ドラノールの髪が、憤怒で吹き上がる。

一度は友と呼んだ彼女のその形相に、……ヱリカは足が竦むのを覚えた。

「我が友ヨ。……痛みさえわからぬ内に、私があなたを解放しマショウ。あなたが、これ以上の罪を背負わぬようにデス！！！」

斬撃が空気を裂いて襲いかかった。

「うわッ、……ちょ、…………ッッ！！！」

ドラノールの全身より噴き出す憤怒の迫力に、ヱリカは気圧される。

いや、ドラノールの巨大な太刀による暴風のような旋風に、吹き飛ばされているとさえ言っていい。

刃を持つ砲弾が、ヱリカが飛び退った直後の大地を次々に砕く。

だからそれはまるで、ヱリカが大地を砕きながら後ろ向きに飛び跳ねているようにさえ見えた。

「ドラノール………。」

「……我が友ヨ、眠れ、安らかにデス！！！」

巨大な太刀が再び空を切り、大地を粉砕する。

しかし今度はヱリカの姿が見えない。……どこへ逃げた？

彼女の姿は、黄金郷の境を突き破って艦首を覗かせる帆船の上にあった。

……それは、事実上、逃げたと言っていい。

それがわかっているから、ヱリカは屈辱に顔を歪ませて吼《ほ》え猛《たけ》る。ぜいぜいと肩で息し、……乱れた髪を直すことさえ忘れている……。

彼女の手から大鎌が零れて、カランと床に転がる。

その音が、彼女を正気に戻す。

「クソッタレ山羊どもッ!! 何をぼさっと見てやがんですッ!! 砲門開け!! 弾種、概念否定炸裂弾!! 無照準無管制射撃ッ、ブチかませぇええぁああああああああぁあああ!!!」

エリカの号令とともに、黄金郷に飛び込んだ艦船が次々に砲門を開き、一斉にでたらめに滅茶苦茶に撃ち放つ。

数百発の炸裂弾が、触れるもの、触れるもの全ての概念を否定し、木っ端微塵《こっぱみじん》に打ち砕き、灼熱させて炎を噴き上げる。山羊たちの蠢く戦場は、阿鼻叫喚の火炎地獄に変わる。

砲弾が東屋を砕く。美しかった薔薇の迷路庭園は次々に焼き払われ、逃げ回る黄金蝶たちが炎に呑まれて、紙切れが燃え尽きるかのように儚く消えていった。

もう、これは両者が戦って勝敗を決める戦場ではない。ただの、ごちゃまぜの地獄の釜の底だ。

黄金郷が、滅茶苦茶に破壊されていく。

黄金の薔薇庭園が爆発のクレーターで掘り返され、その花びらを無残に散らす。

飛び散る肉片、血、牙、顎。悲鳴と狂乱の叫び。

そしてそのような地獄の渦中にあっても、なおも戦いを止めぬ山羊と黄金郷の住人たち。

それを船上から見下ろしたなら、……それは紛れもなく、地獄だった。

「全艦、投錨《とうびょう》!! 錨《いかり》を下ろせぇええええええええええええええ!!」

エリカが叫ぶと、船上の山羊たちが慌ただしく駆け回り、重い鎖で吊るされた巨大で頑丈な錨を次々に艦首より大地に打ち込む。

錨は大地というよりも、黄金郷の底そのものを打ち砕き、その楔状の先端を抉り込ませた。

「エリカぁああああああああああああぁああああああああ!!!」

「おや、ベアトリーチェさん!! 何しろこの大混戦！　あなたを見つけられず途方にくれておりました！」

ベアトリーチェは黒いドレスを翻し、舳先《へさき》に飛び乗り、艦首のヱリカと対峙する。

「貴様は許さぬッ、この場で妾が討ち取ってくれるわ！！！」

ベアトは煙管を鋭く振るう。するとそれは、美しい意匠の施された黄金の長剣に姿を変える。

「いいでしょう、望むところです。決着をつけましょう。」

ヱリカが大鎌を宙に放り上げる。そして再び手元に戻ってきた時にそれは、ベアトのものとよく似た長剣に姿を変えていた。

船上の山羊たちも加勢しようとヱリカの周りに群がってくる。

「手出し無用です。それよりお前たちは錨の巻き上げを！　黄金郷を根元から、引き裂いて粉々にしてしまいなさいッ!!」

アイアイサー！　山羊たちは敬礼し、それぞれの持ち場にすっ飛んでいく。

何十隻もの船が、黄金郷の底を錨で打ち抜いている。今度はそれを引き上げ、……黄金郷をばらばらに砕いてしまおうというのだ。

「来いッ、ヱリカぁあぁあぁあああああ!!　貴様に、我が最後の決闘の名誉ッ、くれてやる!!」

ベアトは舳先の上で剣を構え、古式に則って敬礼し、決闘相手を待つ。

ヱリカは乱暴な仕草で靴を脱ぎ捨てて裸足《はだし》になると、ゆっくりと舳先に上がる。そして、ベアトのルールに則り、敬礼を返した。

空をぶち抜いた艦首の舳先での、決闘。

その眼下は、山羊たちの群れ、無差別な砲撃で吹き飛ばされ、燃やされ砕け散る、この世の終わりの光景。もう、右代宮家の誰が無事なのか、考えることさえ、馬鹿らしい。

そう、まさにこの世の終わり。黄金郷の終わり。

砕け散り、燃え盛り。

今や全ては業火に焼かれ、灼熱の火の粉と黄金の飛沫を飛び散らせる。

みしみしと悲鳴を上げ、地割れのひびを広げていく大地。黄金郷の底。

全艦が一斉に錨を引き上げ始める。大勢の屈強な山羊たちが怪力の限りを尽くして、鎖を巻き上げる。

底に打ち込まれた錨が、…ミシミシ、メリメリと、黄金郷全体に地割れを広げていく。

底だけでなく、空にもひびが入り、黄金の破片がぱらぱらと落ちてくる。

黄金郷の最後は、灼熱の赤と無常の黄金に彩られていた。

舳先の上で対峙したベアトとヱリカは、それらを見下ろしながら、剣を交え火花を散らしている。

「すごい光景じゃないですかッ!! 相応しいと思いませんか!? あんたの物語の終章に…!!」

「黄金郷は終わるだろう。妾も果てるだろう。だがッ、我らが確かにここにあった事実は、誰にも消せぬ!! 縁寿は至った！ 未来の魔女は、使命と希望を持ち、もうじき旅立つだろう!! すでに我らは成し遂げている…!! 生憎だな、古戸ヱリカぁあ!! この戦ッ、すでに妾たちが勝利しているわ！！！」

黄金郷という名の幻想の主と、真実を司る魔女の決闘。その背後で、大地が割れていく。黄金郷が裂けていく。

黄金郷という名の猫箱が裂けて、その向こうに虚無を覗かせる。逃げ惑う山羊たちの群れが、裂け目からばらばらと落ち、虚無の海に呑み込まれていく。

……その中には、ベアトの仲間たちもいる。

彼らは助け合い、互いに手を伸ばし合い、最後の瞬間まで誰の犠牲も許さないつもりだった。

しかし、……世界の終わりに、それは何とロマンチックで、そして儚い幻想なのだろう。

大地が割れる、沈む。虚無の海にばらばらと落ちていく。

誰も生きて、残れない。そして、救えない。

それが、滅ぶということなのだ。

虚無の海に落ち行く仲間たちは、最後に頭上を見上げ、願う。

黄金郷が確かにここにあったことを、黄金郷の主が、刻んで残してくれることを願っている。

だがベアトは、眼下を顧みない。そして、彼らもそれを望まない。

「ここここそは我らが黄金郷!! 無限と黄金の魔女ベアトリーチェ、ここにあり!! 我らは散れど、それは敗北にあらず!! そなたが生き証人となれッ。その胸に、妾の切っ先にて我らの証ッ、刻み付けてくれようぞ!!」

「さようなら、ベアトリーチェ!! このクソッタレな無限ゲームもこれでおしまいですッ!! 地獄へ堕《お》ちろ、この幻がッ!!!!」

同時に突進した二人の剣が、鋭い軌跡を描いて交錯した。

■図書の都

ラムダデルタとベルンカステルの死闘は、激しく火花を散らす動的拮抗を経て、今度は静寂の拮抗を迎えていた。

……この桁違いの力を持つ二人の魔女は、本当の意味で互角なのかもしれない。どちらかが、戦いに興味をなくしたり、負けに価値を見出したりした時、二人の合意によって決着がつくだけだ。だから二人がどこまでも譲らず、死力を尽くしてぶつかりあった結果、一切の優劣はなく、互角だった……。

「……ラムダデルタ……。……あんたが味方で、良かったわ…。」

睨み合う二人の魔女を遠目に見ながら、縁寿が言った。

「クソ、もう少しなんだ…! 早く砂になっちまえ、ふざけた魔法陣め…!」

戦人はイラつきながら魔法陣を叩くが、とにかく見守るしかない。この魔法陣を解く唯一の方法は、待つことだけなのだから。

しかし、ほんのわずかに二人は安堵していた。

ラムダデルタは本当に強い。あれだけの激しい戦いでも、まったくの互角だった。

いや、……心の余裕のようなものも比べれば、戦人の目にはわずかに優勢に見えた。

彼女は見事に時間を、稼ぎ切るだろう。

縁寿は鍵を手に入れ、黄金郷へ帰れる。

あと、ほんのわずかの辛抱だ…。

………しかし、その後のラムダデルタの運命はわからない。元老院という魔女たちの最上層に逆らったのだ。……過酷な運命が待ち構えるだろう。

しかし、それを知ってなお、振り返らずに未来に踏み出さなければならない。……それが、未来の魔女、縁寿に課せられた、唯一の義務なのだ。

「………お兄ちゃん。……あれは何…？　遥か向こうから、何か近付いてくるわ。」

「……!?　まずいぞ、……まさか、敵の増援か…!?」

ラムダデルタたちは、互いに睨み合っているから気付いていない。

彼女らに向かって彼方《かなた》から、……エメラルドグリーンのいくつかの輝きが近付いてくるのだ。

その光は、敵であることを示す。

「でも、ほんの数匹だけだわ。……あの程度なら、ラムダデルタの敵じゃない。」

「…………………………。」

これまでの猫たちは、魚群を作る小魚のような感じで、群れる分には恐ろしいが、個々には魔女の足元にも及ばないというイメージを持っていた。

しかし、あの近付いてくる光は、何か違う。

………星座のように、美しく決められた陣形を維持したまま、近付いてくるのだ。戦人は、その様子からただならぬ気配をいち早く察する……。

……やがて、陣形の中央に位置する女性の姿が見えてきた。長く艶《あで》やかな黒髪に、肩を大きく露出させた桜色の着物。頭部の後ろから左右に回り込む形で伸びた黒く大きな角……。

それは図書の都の主。尊厳なる観劇と戯曲と傍観の魔女、フェザリーヌ・アウグストゥス・アウローラだった。

「………我が巫女よ。そろそろ鍵の準備が必要な時間ではなかったか…？」

その口調だけで、戦人にも彼女がどれほどの魔女か理解することが出来た。

美しくかつ規律正しく周囲に浮かぶ黒猫たちは、皆、それぞれが趣向を凝らした意匠の大きなマントを羽織っている。……まるで、各界の魔王たちが、マントだけはそのままに、猫の姿に変えられてしまったかのように見えた。

戦人の想像は正しい。まさにその言葉通りだった。

それは、フェザリーヌを警護する、各界の魔王たち。人の姿の主に敬意を表すため、猫の姿を模しているに過ぎない。ベルンカステルが従えていた野良猫たちの群れとは、まったく異なる存在だった。

「……アウアウローラ…。……あら、もうそんな時間だったの…？」

「客を多少待たすのもまた、パーティーの持て成し方の一つではある。……私はあまり好まぬのだがな。」

ベルンカステルにそう言いながら、ちらりとラムダデルタを見やる。

彼女は慌ててお辞儀の仕草をする。ラムダデルタの表情は、にやりと笑う一方で、緊張に眉は歪み、汗の雫が浮き出していた。

「…………久しぶりであるな、ラムダデルタ卿。」

「ご機嫌麗しゅう…。大アウローラ卿……。」

「……ここは卿を持て成すに相応しい場所ではない。……会場への道を間違えられたか…？　ならば、私が自ら、パーティー会場にご案内しよう。」

「そ、……それは光栄ですわ、大アウローラ卿……。」

フェザリーヌ・アウグストゥス・アウローラ。

……伝説の大魔女。魔女の域を極め過ぎて、造物主の域にまで達し、……………至ってはならぬ境地に触れ、死の病に没したと伝えられていた。

しかし、彼女は生前に飼い猫を魔女にしていた。その魔女は、主を退屈という死の底より束《つか》の間《ま》だけ蘇らせることの出来るカケラを求め、永遠にカケラの海を彷徨うという。

……そして、猫は主を蘇らせた。至ってはならぬ境地に触れた神域の魔女を、蘇らせた……。

魔女たちがニンゲンをゲーム盤の駒と嘲笑って、上層世界から見下ろせるように。彼女もまた、魔女たちの領域さえゲーム盤の駒と嘲笑って、さらに上層の世界から見下ろせる。

……どれだけ上層の世界に至れるかが、魔女の強さだとしたら。彼女は、至ってはならぬ最上層に触れながら、生きて帰ってきた、……神の国より生還した魔女なのだ……。

戦って勝てる見込みは？

ない。

ラムダデルタには勝つことはおろか、負けることさえも、自ら選ぶことは許されない。

「我が巫女よ。友人と戯れるのは後にして、今は仕事をしてくれぬか。……………鍵の準備をせよ。」

「……………わかったわ……。」

「くっくっく。途中でお使いを忘れてしまう天真爛漫《てんしんらんまん》さも、猫の魅力である。……そうは思わぬか、ラムダデルタ卿……。」

ラムダデルタは何も答えず、頭を深く垂れる。

……ここから見る限り、もうじき鍵の封印は解けそうだ。しかし、それより早くベルンカステルが室内の戦人たちを見つけるだろう。

鍵さえ手に入れれば、二人はすぐにでも脱出出来る。……もちろん、ベルンカステルたちに見つかる前にという条件付きだが。

……………ベルンカステルを、……行かせるわけにはいかない。

「……ゲームセットね、ラムダ。」

ベルンカステルが静かな微笑みを向けてきた。

「……………………。」

「私は大アウローラ卿の巫女よ…？　観劇の魔女は、朗読の巫女に保護を与えるということを、忘れてはいないわよね……？」

ラムダデルタは俯いたまま、答えない。

観劇の魔女は、朗読の巫女に保護を与える。巫女であるベルンカステルを攻撃すれば、………大アウローラは契約に基づき、それを自身に向けられた攻撃として受け止め、〝対応〟する。

「……取り引きしましょ。」

唐突に、ベルンカステルが言った。

「……何をよ…。」

「戦人はどこに隠れてるの？　素直に白状したら、全て水に流してあげるわ。」

「奇跡の魔女のあんたが、戦人如き小さな駒を恐れるの？」

「……奇跡の魔女だからこそよ。……あんな小石のようなヤツでも、起こす奇跡があることを、私は侮らないの。」

「その小石が、今じゃ奇跡の魔女に大出世したものね。」

「もう一度聞くわ。戦人はどこ？」

「…………………。」

「……残念よ、ラムダ。それが返事のようね。」

ベルンカステルはラムダデルタに背を向ける。

そして自分の主に、鍵の準備に行くことを伝え、……鍵の部屋へ向けて泳ぎだす。

………それ以上、行かせては、………戦人と縁寿が見つかる……。

魔女たちの様子を窺っていた戦人は、覚悟を決める。今度は、自分が生贄になる番だ………。

自分が一粒の小石に過ぎなくても、……目を潰すことだって出来るのだ。

「……縁寿。黄金郷に帰ったら、ベアトに鍵を見せろ。するとベアトはお前の前に二つの扉を示す。……それが、俺のゲーム盤の最後のゲームだ。」

兄の唐突な言葉に、縁寿は息を呑む。

その声が、胸をつくような、酷く張り詰めたものだったからだ。

「……二つの、扉……。」

「二つの内、片方はお前を未来へ導く。……大丈夫。今のお前なら絶対に間違えない。そしてそれを潜ったら、扉が閉まるまで、後ろを振り返るな。」

「どうして振り返っちゃいけないの……？」

「扉が閉まれば、俺たちの運命はもう、お前にはわからない。……つまり俺たちは、猫箱の中に閉ざされる。」

「猫箱に閉ざされた運命は、……無限の真実を持つ。」

「そういうことだ。お前がいつまでも俺たちを見ていたら、お前は俺たちが全滅するところを見ちまう。だが、お前という未来の魔女に俺たちの決着を観測させずに未来に送り出せれば、俺たちには勝機があるってことだ。……だから今の内に手短に、未来のお前に俺からメッセージを送る。いいか、忘れるなよ、よく心に刻んどけよ！」

「うん、……うん……!!」

頷く縁寿の瞳には、薄らと涙が浮かんでいた。

「……いつ如何なる時もな、生きる希望を捨てるんじゃねぇぜ。俺たちはいつだってみんな、お前の後ろにいるんだ。……お前が信じてさえくれりゃ、声だって掛けられるんだ！　いいな、信じろ！　奇跡はな、信じれば絶対に叶うから！」

縁寿の頭を撫でるその手を、……彼女は愛しく頬で摩《さす》り、涙を零した。

その刹那。

凄まじい爆音が響いた。

ベルンカステルの正面で、菓子の花火が破裂したのだ。

「………ラムダ。……あんたは本当に馬鹿だわ。」

「ラ、……ラムダデルタ……。」

ベルンカステルが、戦人が、……それぞれに呟く。

「…………やっちゃったわ……。……戦人、縁寿。……あとはがんばりなさいよ…！」

猫の魔王たちが陣形を変え、フェザリーヌを包み、猛々《たけだけ》しい星座の形を作る。

そしてそれぞれが、それぞれの世界でもっとも恐ろしい魔法を発動させるための魔法陣を描きながら、詠唱を始める。

「……………………。……私は少し混乱している。……我が巫女よ、そしてラムダデルタ卿よ。……これは、どういう余興なのか…？」

「……ラムダは、私が鍵を取りに行くのを邪魔したいみたいよ。」

「ほう。……それはどういう意味なのか？」

フェザリーヌはかすかに目を細め、ラムダデルタの顔を凝視する。

「その意味がわかんないなら。……フェザリーヌ、……あんた、ちょっと酔っ払ってるんじゃない？　酔い覚ましが必要なんじゃないかしら。」

ラムダデルタは精一杯の強がりを見せる。その指先は小さく震えている。

「……巫女への攻撃は、主への攻撃と見なす。……そなたも知らぬわけではあるまい…？」

「知ってるわ。……そのルールによると、私はあんたたちと、やっぱり戦わなくちゃならないわけだわ。」

「ほぅ。……私か、私の巫女がそなたの巫女に失礼をしたか？　ならば詫びよう。しかし教えてはくれぬか。今のそなたは巫女を持たぬはず。……そなたにはいつの間に巫女がいたというのか。」

「それがね……。いーっぱいいるのよッ…!!　三十人か四十人くらい？　もっといるかしら!?

このラムダデルタ、相手が誰だろうと、巫女に売られた喧嘩は全部買い取っちゃうんだからね…!!　そいつらはみんな、絶対のハッピーエンドを信じてがんばってる!!　この絶対の魔女が、そんな絶対を信じてがんばってる連中をね、見捨てられるわけがないでしょッ！！！」

「………そなたの物語も嫌いではない。我が観劇に値する。……しかし、今の私は観劇者でなく、出演者である。……我が巫女の親友であることを知るから、一度だけ忠告する。………この舞台を降りるが良い。我が観覧席に、そなたのための特別な席を設けさせよう。」

「…………あんたの物語と、私が観劇してる物語の、どちらが面白いか考えているわ。」

「……答えを聞こうぞ。」

「戦人たちの物語の方が、百倍面白いわ…!! 悪いけど、今年の助演女優賞は私がもらっとくわッ!!」

ラムダデルタはそう言い放ち、……冷静に、唯一の弱点を睨む。

たった一撃だけチャンスがあれば、………億分の一の勝算が。

フェザリーヌが頭に浮かべる角、……あれは馬蹄《ばてい》状の記憶装置だった。後頭部から生えているのではなく、頭を囲むように浮いているのだ。

あいつはあれがないと、自分の存在が保てない。破壊は不可能だが、……もしわずかでも衝撃を与えることが出来れば、……記憶装置をバグらせることが出来るかもしれない。

過去に、フェザリーヌが記憶装置にダメージを受けて、人格変容を来した事例があるのだ。

……もっとも、本人もそれを知っているから、……万一にもそれを許しはしないだろうが。

「……良かろう。ラムダデルタ卿。そなたの脚本が準備出来たなら、いつでも参られるが良い。」

「脚本なんて簡単よ。……たった一行。〝華麗でキュートなラムダデルタ様が、悪の黒幕アウアウローラを一撃でブッ倒す〟！」

「愚かなラムダ。……そこまであなたが愚かとは思わなかったわ。」

ベルンカステルが嘲笑を浮かべる。

フェザリーヌはラムダデルタに視線を向けたまま、右手を横に差し伸べ、口を開いた。

「……猫たちは手出し無用。……ラムダデルタ卿より献上されるこの勇敢なる物語に対し、私自らが褒美を取らせよう。……勇敢なるそなたに相応しい物語と結末を。」

「フェザリーヌ・アウグストゥスッ、……アウアウローラぁあああぁあああ！！！」

ラムダデルタが渾身の、魔力の塊を振り上げる。

「すまぬが、」

そこで、世界の時間が停止した。

「そなたの脚本は採用しない。……なぜなら。」

時間が止まったというよりは、……本を捲《めく》るのを停止した、という方が正しい。

静止した世界に、……ぎっしりと文字が浮かぶ。

「この先の脚本を記すのは、私であるからだ。」

それは、たった今まで紡がれていた、物語だ。

〝『フェザリーヌ・アウグストゥスッ、アウアウローラぁあああぁあああ！！！』〟

〝ラムダデルタが渾身の、魔力の塊を振り上げる。〟

文章は、そこで終わっていた。その静止した世界で、フェザリーヌは腕組みをする。

「……参ったものだ。……戦いを描くのは久しぶりでな。……唐突にこのような展開で筆を預けられても困るというもの……。」

私は執筆で行き詰まった時は、逆行して書くことにしている。つまり、冒頭から順に書いていくのではなく、終わりから遡って執筆していくのだ。

こうすれば、伏線も張りやすいし、ラストのビジョンを明確にしつつ物語を描ける。

……弱点は、話の組み立てもなく、いきなりクライマックスを描くのが案外大変ということだけだ。

「………とりあえず。戦いの結末から遡って書いていこう。……ラムダデルタ卿。そなたは私に敗れ、息絶える。」

フェザリーヌがそれを宣言すると、静止した世界に浮かぶ、巨大な文字が、そのように追記される。

ただし、それは結末からの執筆なので、先ほどの文末からは大きく間を空け、彼方にあらわれている。

「……どんな姿でそなたは敗れるのであろうな。……そなたの勇敢さに相応しい、勇壮な最期が良いだろう。……こうはどうか？　よくわからぬが、何かに吹き飛ばされて本棚に叩き付けられ、四肢がばらばらに砕け散り、息絶えて暗闇に墜落して消える。……うむ。なかなか派手な最期であるな。………よし。これでとりあえず、そなたの最期は決まった。」

フェザリーヌが語る筋書きが、再び空間に追記される。それと同時に、ラムダデルタの姿が掻き消えた。

フェザリーヌは再び腕組みをして思案した後、適当な方を指さす。

するとその指の先の本棚に、〝よくわからぬ何か〟に吹き飛ばされ、大の字になって打ち付けられた姿のラムダデルタがあらわれる。


「………さて、ここから、このような最期に至るまでの激しい戦いを執筆せねばならぬのだが。……今の私は卿も見抜く通り、少々酔いが回っている。……その部分は、今度改めて時間を設けて、じっくりと執筆することにする。……今はこれにて許せ。きっとそなたに気に入ってもらえる、勇敢な戦いぶりを執筆することを約束しようぞ……。」

フェザリーヌがぱちりと指を鳴らす。

……ラムダデルタには、何が何だか、……まったく理解は出来なかった。瞬きさえ許されず、……唐突にここにいて、本棚に打ち付けられていた。

「……何……よ、………こ……れ…………。」

彼女は、自分がフェザリーヌの〝何〟に殺されたのか、理解することが出来ない。

しかし、それは無理もないことだ。

なぜなら、当のフェザリーヌ自身、〝何〟で殺したのか、決めていないのだから。

しかしラムダデルタは、一つだけ理解出来る。

自分がもう、死んでいることだ。

彼女の口の両端から、すぅっと、赤い血が零れる。

そして両手両足、手首や足首、肘や膝にも、すぅっと、血の筋が浮き上がる。それはまるで、彼女を模したマリオネットのように見えた。

「……………私……、……何…に、………殺……され……た…の……。」

「まったくだ、ラムダデルタ卿。良いアイデアがあったら、聞かせて欲しいぞ。」

「……こ……の、………バケ……モ…………ノ………、」

本棚に打ち付けられたまま、……ラムダデルタはがくりと、頭を垂れる。

手首足首、両腕両脚、そして首。それらのパーツをばらばらにして、……彼女を模したマリオネットは操り糸の全てを失い、ばらばらと落下していく。

後には何も、残らない。

眼下の暗闇に呑み込まれて消えていった……。


「バケモノとは。……私を讃える褒め言葉の一つであるな。……くっくっくっくっくくく、あっははははははははは。」

「……ラ、……ラムダデルタ……。」

「縁寿、……見るなっ、お前は見るな……!!」

縁寿は悔し涙を浮かべながら、両目を固く瞑る。

見てはならないのだ。未来の魔女は、……彼女の敗北を受け容れてはならないのだ…。

「あいつはくたばってなんかいないッ。ただ、ただただ勇敢だった…!!」

「わかってるわ…!!　あのラムダデルタが……、負けるはずないッ…!!」

ぱきん。

その時、軽やかな音を立てて、……宙に吊るすように浮かんでいた黄金の鍵が、震えた。

……ついに、鍵の封印は解けた。

戦人はそれを素早く引っ手繰る。

しかしそれとまったく同じ瞬間に、鍵の部屋の広大な空間に魔法的な衝撃が広がった。

「な、何ッ⁉」

今の衝撃で、ポケットの中が震えた気がした。

手を突っ込んでみると、ラムダデルタにもらった、黄金郷へ帰るためのカケラが、……粉々に砕けていた。

「……く、くそ…、ラムダにもらったカケラが…！」

「……惜しかったわね。もう、逃げ場はないわよ。」

室内に、青い髪の魔女がふわりと姿をあらわしていた。

少し宙に浮いたまま、尊大な目つきで二人を見下ろしてくる。

「ベルンカステル……。」

「ラムダがもう少し賢く立ち回っていたら、もう五秒は稼げていたかもね。……そうしたらあんたたちは、その鍵を手に、黄金郷に逃げ帰れていた。……ラムダが、……主が馬鹿だと巫女も苦労するわね。


あっはははははははは。」

何か固いものを打ち付ける、鈍い音が響いた。

「…………ほぅ。」

少し遅れて部屋にあらわれたフェザリーヌが、それを見て静かに驚く。……彼女を本当の意味で驚かせるのは、容易なことではない。

自ら望まねば影さえ踏ませぬと豪語した、あの奇跡の魔女が、……墜落する。

戦人の右拳を顔面に受けて、墜落する。

ベルンカステルのその姿はすぐに粉々に散って、戦人の正面に再構成される。何事もなかったように。

しかし、彼女は頬を押さえる。殴られた事実を、なかったことには出来なかった。

彼女は数百年ぶりに、〝望まずに影を許す〟。

その表情が、次第に驚愕に変わる。

戦人の表情は？

……見えない。突き出したままの右腕に隠れ、その表情が見えない……。

「…………………………………。」

「…………ぇ……、……何？」

「…………取り消せ。」

「な、………何を………、」

次の一撃は許さなかった。ベルンカステルの姿は霞と消え、少し離れたところに再構成される。

しかし、それでも紙一重だった。彼女が望んだ紙一重でなく、……真に紙一重だった。

「………痛い…、………痛い、痛い………。」

ようやく彼女に本当の意味で、殴られた頬の痛みが込み上げてくる。長過ぎる年月は、彼女に痛覚という概念さえも忘れさせていた。

それがゆっくりと、……彼女に蘇るのだ。

「痛いッ、……痛い痛い痛いッ、……あううぅぅううッ!!」

ベルンカステルは頬を押さえて悶絶《もんぜつ》する。数百年ぶりに思い出す痛覚は、耐え難いもののようだった。

戦人を見る。目が合う。……ベルンカステルは再び、数百年ぶりに忘れていた感情を思い出す。

「………痛いか。」

「…………ッ！！」

「俺の仲間を愚弄するお前の言葉の痛みは、………それを超える。」

それは、戦慄。

戦人の瞳の向こうに見えたものに、……ベルンカステルは数百年ぶりに、戦慄する。

ベルンカステルの目には、戦人が殴り掛かってくるようには見えなかった。怒りの拳を振り上げる彼の元に、……自分が吸い込まれているように感じた。

恐怖に見開く目に、……戦人の巨大な拳がいっぱいに広がる。

ベルンカステルはまるで影。

残像を残して逃れるのだが、瞬間移動如きで、戦人の激怒の猛追を振り切ることは出来ない。

確かに、ベルンカステルの姿を捉えようとすることは、水面に映る月に嫉妬して、石をぶつけるように無意味だろう。いくら石をぶつけたって、水面の月を砕くことは出来ない。

しかし、戦人は打つ。打つ。何度も何度も。二度と水面に月を許さぬつもりで。

激しい石礫《いしつぶて》が水面を割る。水面の月を砕き、水面そのものを叩き割り、……底さえも剝き出しにして、……全てを穿つ。絶対の意思が、奇跡を穿つ。

戦人が放った、振り返りもしない後ろへの蹴りが、虚空を貫いていた。

そこに、……腹を打ち抜かれたベルンカステルが、その姿で再構成される。

「げ…、……はッ…………………、」

「……俺たちの勇敢な仲間を愚弄する言葉を、取り消せ。」

「う、…………ご……ほ……ッ…………、」

奇跡の魔女は墜落する。二度、墜落する。

一度なら、奇跡。

繰り返されるなら、それはもはや奇跡ではない。


ベルンカステルは理解する。

自分は、捉えられている……。

そして墜落し、……床に叩き付けられて、……四《よ》つん這《ば》いで起き上がり、嘔吐した。

激しく何度も嘔吐を繰り返す。激痛と嘔吐と涙と鼻水で、顔はぐちゃぐちゃだった。

そして怒りの表情で戦人を見上げ、……吼えた。

それは戦人の方にではなかった。

「ア、アウアウローラ…!! み、巫女がやられてるのよ⁉ 何を見てるのよ、やっつけなさいよッ！！」

「すまぬが、私はラムダデルタ卿の最期を記すので忙しい。……私は手を貸せぬのでな。……お前たちが少し助けてやると良い。」

フェザリーヌの護衛の、猫の魔王たちが、また異なる星座を形作る。そして、それぞれが魔法陣を描き、詠唱を開始する。

高まっていく魔力を背に、ベルンカステルが哄笑した。

「あは、あっははははははははははは!!　この猫たちね、それぞれがみんな、あんたのようなゲームの主人公の成れの果て!!　どいつもこいつも、それぞれの勇壮な物語で主人公を務め、その勇敢なる物語に名誉を授けられ、アウローラの警護を許された!!　それぞれがねッ、国やら星やら宇宙やらの存亡を賭けて戦ってきたのよ!!

あんたは!?　あっははははは、妹やら妄想の魔女やらとのゲームごっこがせいぜいじゃない!!　主人公の格が違うのよッ!!　食らってくたばりなさいッ、ブチ込んでやれ、ゲロカスどもッ！！！」

「お、…………お兄ちゃん…………！！！」

凄まじい魔法の数々が、宇宙の誕生から惑星誕生、崩壊、そして宇宙の終焉までを瞬時に描く。

その後には、塵《ちり》一つ残るまい……。

だが。爆煙が晴れた時、そこには人影があった。

その姿は、…………両腕をポケットに突っ込み、……静かに俯くもの。その表情は陰って見えない。

「……お兄ちゃん…………。」

「何よ、……これ……。」

戦人は、まったくの無傷に見えた。服に焦げをつけるどころか、……髪を散らすことさえ出来ていない。

「なッ、……何よこれッ!?!?　馬鹿猫たちッ、全然効いてないじゃない!?」

猫の魔王たちは静かに顔を横に振り、主に短く報告する。

「エンドレスナイン。」

「何です、……って…………？」

「彼らの物語は、誰にも邪魔出来ぬらしい。すまぬな、我が巫女よ。どうやら猫たちにもお手上げのようだ。」

「……な、何が各界の魔王たちよ!!　あんたたちだってかつてはどこかのゲーム盤の主人公だったんでしょう!?　それがこのザマ!?　恥を知りなさいよ!!」

猫たちは知っている。

このゲーム盤のゲームマスターが彼ならば。

自分たちには邪魔出来ないことを最初から知っている。

「……我が巫女よ。ゲーム盤にて物語を紡ぐのはゲームマスターのみに許された特権である。……それを主張された以上、私も物書きの端くれとして、それを尊重せぬわけにはいかぬ。私は観劇の立場に戻ろうぞ。」

「やッ、役立たず主……！！！」

「…………戦人よ。我が巫女が、そなたの仲間を愚弄したことを謝ろう。そして、そなたのゲームを紡ぐ権利が、ゲームマスターであるそなたにあることも理解した。そなたの物語はそなたが紡ぐ。それも良かろう。

だが、我が巫女も今はそなたのゲームのゲームマスターでな。……二人が同時にゲーム盤を広げたらしい。一つのゲームに二人のマスターとは、滅多にないことだが、私はこの奇跡を喜んでいる。……なぜなら、そなたたちの最後のゲームに、相応しいものになると確信したからだ。」

無言でフェザリーヌを見ていた戦人は、奇跡の魔女に向き直る。

「……立てよ。ベルンカステル。」

「…………なるほどね…。……ゲームマスター同士が戦うなら、……そのゲームに則るべきだって言いたいのね…。……くす、……くすくす。……最初からそうだと言えばいいのに……。」

ベルンカステルはゆっくりと立ち上がり、その姿を霞に溶かす。

そして再び中空にあらわれて戦人と対峙する。

「いいわ。……あんたのゲーム盤のルールで戦ってあげるわ。ただ、私はあんたたちほど悠長じゃないから、短気に、そして圧倒的に出題して、瞬時に終わらせてしまうわよ。私のお相手は誰？　二人掛かりでも一向に構わないわよ。」

「お兄ちゃん、私も戦うわ。」

「………………来るな。」

「どうして……！」

「お前はそこで、見ているんだ。そして今度こそ、……俺が伝えたかったことを理解しろ。」

「………お兄ちゃん……。」

「それでいい!? アウローラ！」

振り向いたベルンカステルに、フェザリーヌは微笑みを返す。

「……私が立会人となろうぞ。我が巫女を打ち破れたなら、そなたらを黄金郷へ送り返すことを約束しよう。」

「くすくすくす。黄金郷が、まだ残っていればの話だけれどね。」

「俺は、………みんなを信じてる。」

「そうよ…。ベアトや、……みんなが、……負けるはずがない……！」

「くす、くすくすくすくすくす…！！！ なら、凶報は早い方がいいわね。………ヱリカ、報告を許すわ。いらっしゃい！」

ベルンカステルが指を鳴らすと、お辞儀をしたヱリカが姿をあらわす。

「お取り込み中、失礼いたします、我が主。」

「……悪かったわね、ヱリカ。あなたがせっかく朗報を持ち帰ってきてくれたのに、待たせてしまって。」

「はいっ。お喜び下さい、我が主。黄金郷が消滅しましたことを、ご報告申し上げます！」

「……嘘だわ!!」

「黄金郷は完全に崩壊。瓦解し、その全てが虚無の海に沈んだことを、ご報告申し上げます。ニンゲンはおろか、幻想の住人に至るまで、その全ては消滅いたしました。」

「嘘よ!! 私は、信じないッ！」

「……なら、信じさせてご覧に入れましょう。我が主、これを。」

ヱリカはうやうやしく、布に包まれたそれを広げて献上する。

　それは、黄金に輝いていた。

「……何かしら。黄金のリンゴかしら？」

「黄金郷の主、ベアトリーチェの心臓にございます……！」

「べ、……ベアト………!!」

「…………………………。」

　縁寿はその名を呼んで絶句し、戦人は顔を歪めて唇を噛んだ……。

　ベルンカステルはそれを鷲摑みにすると、天にかざすようにして、しげしげと眺める。

「……こんな様になっても、まだ動いているのね。……可愛いわ、ベアトリーチェ。……あんたというゲーム盤を、再び誰かが広げてくれるかもしれない。……まだそう、信じているのよね……？」

「だ、大丈夫よお兄ちゃん…。私たちはベアトが討ち取られるところを見てない…！　あれはヱリカたちの策略だわ。私たちの士気を挫《くじ》こうという策略よ…！　あるいはベアトの策略だわ！　やられたフリをして姿を変えているのよ…!!　ベアトリーチェが、みんなが……、黄金郷が、滅ぼされるわけなんてない……ッ!!」

「くす。………くすくすくす、あっはははははっはっはっはっは!!　そうよね、未来の魔女がそう信じれば、そういうことにも出来るのかもしれないわね…。………だから、見せてあげるわ。よく見ていなさい、一九九八年の未来の魔女。」

　ベルンカステルは黄金の心臓を、……リンゴのように、宙に放り上げる。

　そして、手にあらわした真っ赤な刃の大鎌で、……砕く……。

「ベアトリーチェは、一九八六年十月に、死亡した。よって、彼女が生み出した黄金郷は、完全に滅び去った。黄金郷に生かされていた、お前の親族たちも全員、滅び去った。お前の父も、母も、そしてもちろん戦人も、二度とお前のところに戻り、お前の名を呼ぶことはない。」

「…………………………あ……、」

「未来の魔女には、解釈を好きに変えて上書きをする力があるわ。……でも、一つだけ、どう足掻いても書き換えられない事実がある。……それが、死よ。肉体的、あるいは精神的な、あらゆる概念の死を、あんたは覆せない。……過去の魔女が未来の魔女に食らわせることの出来る、唯一の、真実の刃よ……。」

「………あ、………………ぁ、……あ………………、」

「堪えろ、縁寿。」

「…………でも、…………でも………………、」

「お前は受け容れるって決めたろ。……誰も帰ってこなくても生きると、……お前は決めたろ……。」

「……わかってる……、……わかってるけど、…………わかってるけどッ！！！」

それでも、……縁寿は心の中に一粒だけ、……希望を残していた。


それでもひょっとしたら、……奇跡に愛されたら、……誰か、……帰ってきてくれるかもしれないって。それがいつだっていい。十年後でも、五十年後でも。たとえ、私の顔を忘れてたっていい……。

いつか、帰ってきてくれるかもしれないって信じて……。……その小さな希望を胸に、それで生きていこうと決めていた。

……一度はみんなの死を受け容れながらも、……一なる真実の書でそれを見たはずなのに、それでも、…………ほんのちょっぴりくらいは、…………奇跡を信じても…………いいんじゃないかな、……って…………。

起こらぬとわかっていて信じる奇跡は、………希望。だから奇跡を司るがゆえに、奇跡が起こらぬことをも司る魔女は、………それを、無慈悲に刈り取る。

「泣くな。」

「わかってる…!!　でも、……でもッ!!」

「あんたが今、泣き言を囁くその兄も、すでに死んでいるわ。」

「お兄ちゃんは、死んでないッ、ここにいる!! ここにいるもん!!!」

「泣くな、縁寿。」

「でも、……でもッ!!!」

「泣くなッ!!!」

戦人の一喝に、縁寿は涙を呑み込む。

「だから、……何だ。………未来に生きるお前に、過去の俺たちは、何の意味がある。………縁寿。お前は何の魔女だ。」

「……………え。」

「俺たちの生死なんか、お前にはまったく関係がないだろ。」

「そ、そんなことない…。生きてて欲しい…!」

「違う!! 生き死にを、お前は越えられるだろ!!」

縁寿は何を言われているのか、わからない。

だから絶句して、兄が何を伝えようとしているのか、必死に考える。

戦人はゆっくりと顔を上げ、……ベルンカステルを凝視する。

「…………そして、お前は魔女じゃない。………死神だ。」

「そうね。私はあらゆる奇跡と希望を刈り取る鎌を持つ。ならばきっとそうに違いないわ。」

「……縁寿から生きる希望を奪い取り、………死へ誘う、死神だ。」

過去の真実をちらつかせ、縁寿の瞳から未来を奪い、過去しか見えないようにした。そして、絶望的な一なる真実を突きつけ、彼女に自ら、ビルの屋上より虚無の世界へ踏み出す一歩の、その背中を押した。

「今こそ、お前という呪縛から縁寿を解き放つ!! 縁寿はもう、過去の呪いに囚《とら》われない!! 未来に踏み出す!! だがそこは、お前が誘おうとする奈落の虚空じゃない。……縁寿が力強く生きる、一九九八年より先の未来なんだ!!」

「ニンゲンは、過去を見ながら後ろ向きに未来へ歩む哀れな生き物!! だから簡単な落とし穴に気付かず、真っ逆様に、無残に滑稽に転落する!!」

「来いよッ、ベルンカステル!!! 過去の魔女のお前に、未来の輝きは遮れないッ!!」

「あは、あっはははははははははははッ!!! さぁ、行くわよ、あんたのゲーム盤のルール!! 密室の謎を出題してあげるわ。でもね、私は短気で圧倒的で面倒くさがり屋だから、全部一度に出題してあげるわよッ!!!」

ベルンカステルが両手を広げると、彼女が後光、あるいは天使の羽を広げたように見えた。

彼女を中心に広がる無数の放射状の光の一本一本が、……青き軌跡を引く密室ミステリーの刃。

カケラの海を長年旅してきた彼女が、各地を巡り土産として持ち帰り蓄えてきた、無数の無数の、密室ミステリー。

その放射状の光が、一斉にぐにゃりと曲がり、戦人を見据える。それはまるで、無数の大蛇たちが首をもたげて凝視するかのよう。

「……一つでも謎を撃ち漏らしたら。さようならよ。私はベアトみたいに、十月五日の二十四時までに解答すればいいなんてほど、悠長じゃないの。即答出来なきゃ、死。」

だとしたら、それはもはや、ミステリーでない。

これは知的ゲームでなく、ただの、無慈悲の刃。

「死ね。」

「…………ッ!!!」

戦人めがけて一斉に、数百本のミステリーという名の誘導レーザーが襲い掛かる。

そのレーザーたちが描く幾何学模様の青の軌跡が、ただただ、神々しいまでに、美しかった。

それら一つ一つが、ミステリー。この圧倒的な弾幕の中で、それら一つ一つに答えるなど、襲い掛かる針の嵐に対し、糸を通すようなものだ。

　戦人は広大な空間を自在に飛び回って、青く美しいミステリーの軌跡をかわしながら、その一つ一つを確実に打ち砕いていく。

　彼に蓄えられた、今日までのあらゆるミステリーの知識が、個々の謎への答えを教える。

　答えを宿した眼光が睨み付ける度に、ミステリーが一つ、一つ、砕け散る。しかしそれは、数百本の内の一つ。対抗や抵抗と呼ぶには、あまりに儚いものだった。

「解けないミステリーはないように、……逃れえぬ運命だって、ない。」

「………お兄ちゃんッ、無理よ…!!　逃げて!!」

「お兄ちゃん…!!」

「見ていろ、縁寿。俺がお前に伝えたいことを、見過ごすんじゃねぇぞ…。」

　襲い来るミステリーの束は、青い軌跡を描く大蛇。

　戦人は巧みにそれをかわしては、その牙の一本一本を的確に折っていく。砂浜にて、砂を一粒ずつ拾うかのような、儚い抵抗と知りつつ。

「やるわね。………本格ミステリーは得意なの？　じゃあ、変格は？　他にも他にも、古今東西のあらゆるミステリーに挑んでもらおうかしら。」

　戦人はまだ、大蛇と戦っているというのに、ベルンカステルは再び翼を広げる。

　そして、……さらに七匹の大蛇を生み出す。

　それはもはや、七つの頭を持つ巨大な竜の姿だった。

「右代宮戦人。確かにあんたは、なかなかの読書家にしてミステリー通だわ。でも、まだまだ若い。……あんたが読んだ本の数やミステリーの数なんて、たかが知れている。……世の中には、あんたがまだ読んだこともない謎やトリックが、無数に存在することを知りなさい。」

「……お兄ちゃん!!　もう無理よ！！！　お願いだからもう逃げて!!　ベルンカステルには勝てない!!」

　戦人の表情は冷静なままだ。しかし、全身は汗にまみれ、その息も荒い。戦人自身が認めないだけで、覆せる劣勢でないことは明らかだった。

汗を拭い、……戦人は四方八方を、立体的に囲む、大蛇たちの七つの頭を見据える…。

「……縁寿。………お前は、家族の誰かが生きているかもしれないという奇跡を信じ、十二年を生き、……そしてその心を失った。お前は一度、起こらぬ奇跡の前に屈したんだ。」

「…………………それは……。」

「なら。……未来へ踏み出そうとするお前を見送る俺が、……再び奇跡の前に屈するわけにはいかねぇんだよ。」

「そうね。それでも私は、あんたたちの奇跡と希望の全てを刈り取る。奇跡も希望も全て、無慈悲にね。」

七つの頭を持つ竜と化したそれが、……七つの顎を開く。戦人を一息に呑み込もうと全ての角度から隙を窺う。

これ以上をかわすことなど出来ない。


「縁寿さん。……奇跡ってヤツを期待してるなら、お生憎ですよ。」

「……………!?」

不意に話しかけられ、縁寿は声の主であるヱリカを見た。

「ベアトリーチェは今や、完全に滅ぼされ、それを赤で宣言までされました。それが何を意味するかわかりますか？」

「………………………。」

「ベアトリーチェが滅んだということ、黄金郷が滅んだということ。……それは、誰も彼もが消え去ったことを意味するんですよ？　つまり、都合良くこの場にあらわれてピンチを助けてくれるような味方は、もう一切存在しないということです。」

ベアトは滅ぼされ、それを赤で宣言された。……よって、もはや誰も助けに来てくれることはない。

……あのエヴァでさえ、黄金郷の住人なのだ。鍵の封印を予め壊してくれるという活躍を見せた彼女は、おそらくどこかに隠れてはいただろう。しかし、ベアトが滅んだ今、……黄金郷の住人も全て、太陽を迎える霜柱と同じ運命を辿る…。

エヴァが物陰に隠れていて、最後のピンチで助けてくれるだろうという淡い期待は、さっきベルンカステルが黄金の心臓を砕いた時に、完全に潰えているのだ……。

この場を助けてくれる誰かは、もはや誰も存在しない。

今この場に存在しない要素で、兄を救う一切の希望は、存在しない。

自分は？

自分はここで、見ているだけだ。

私が力になれば、何かの奇跡が起こせるんじゃないのか…？

でも私は、ミステリーにはそんなに詳しくない。ベアトのゲームのカケラを見て、付け焼き刃程度に戦い方を覚えただけ。足を引っ張らないのがやっとで、……兄の背中を守ることさえ出来やしない。

でも、……見ているわけにはいかない…。

「お、…お兄ちゃん…!!　私にも戦わせて…!!」

「来るなっ。………それでもお前は、……見ていろ。……そして、考えろ。」

「何を……!!」

「一番最初の、……六歳の時の、………お前の一番最初の心に戻れ。」

「……六歳の、……私の心………。」

「お前は真実を求めて、十二年間を生きた。………だが、それは本当の、一番の願いじゃなかっただろ。」

「……私の、……一番の願い………。」

「その願いと希望を、…俺たちは守りたかったから、最後のゲームを用意した。しかしお前は、残念ながらそれを台無しにしちまった。……だから、その希望を捨てて未来に歩み出さなきゃいけない。………でもな。それでもな、……お前に心の力があるなら、……持てるんだよ。」

「……何を……。」

「思い出せ。一番最初の願いを。…………一なる真実を知ってなお、思い出せ。」

一なる真実。

みんな死んでしまって、誰も帰ってこないという非情なる真実を知って、……なお、思い出せ。

一番最初の、願いを。

「お兄ちゃんッ！！！」

その時、太陽が誕生したかのような神々しい閃光が起こった。

青白く光る大蛇たちが一斉に、……戦人を貫く。

戦人は、霧のような血をまとい、真っ赤に染まった。

そして、ゆらりとよろめき、…………最後に、縁寿を見た。

縁寿は、何も答えられない。

戦人の瞳の光がゆっくりと失われ……、……彼の体が、ゆっくりと、……墜落していく……。そして、まるで水底に辿り着いたかのように、……ゆっくりと骸を横たえた。

縁寿は駆け寄り、……絶命した兄の、……最期の顔を見る。

目を見開き、……最後の一秒まで屈することなき、闘志を宿していた…。

「我が主。………縁寿さんはミステリー、得意でしたっけ？」

「戦人に比べたら、まったく劣るわね。」

うねる大蛇たちは、その首をもたげて、……縁寿を取り囲む。

縁寿に、戦う刃はない。ただ兄の死に顔にしがみ付き、兄の名を何度も呼びかけるだけだった。

「意外に退屈な最後だったわ。………これで、チェックメイトね。」

縁寿に向かってベルンカステルが手をかざす。

それらを、フェザリーヌはただ静かに眺めていた。

七つの頭の大蛇たちが一斉に、………襲い掛かる。

縁寿は兄の死に顔を抱き締めながら、……兄の最後の言葉を、噛みしめていた……。

私の一番最初の願いは、………ただ一つだよ…。

みんな、………帰ってきて……。

私はそれだけを糧に十二年を生き、そして疲れ果て、その希望を自ら手放した。

そして手放した希望の代わりに、真実を求めた。

真実の果てに、……私は、知る必要のない凄惨なる無慈悲を突きつけられ、……結果、誰も帰らぬという本当の絶望を突きつけられた。

自ら手放しておきながら、……実は未練がましく持ち続けていた、最後の希望を、打ち砕かれた。

一なる真実。

それさえ知らずにいれば、……その小さな希望を、今も持ち続けられたかもしれない。

しかし、…………もう………。

それでも、持てるんだよ。


お前に心の力があれば、それでも、持てるんだよ。

お前の、一番最初の願いを、思い出せ。


「…………がはッ、……げほ！」

戦人が咳《せ》き込《こ》む。

ありえない。

全身を貫かれて、完全に絶命した。

それが咳き込むなんて奇跡、ありえない。

「馬鹿な!!　どうして!?　戦人は死んだ!!　なのにどうして、……どうして蘇れるの!?」

愕然として、ベルンカステルが叫んだ。

戦人はゆっくりと起き上がる。その表情は、口元から血を零しながらも、不敵なものだった。

しかし縁寿は立ち上がらない。

俯いたまま、座り続けている。

「………いいウォーミングアップになったぜ。……始めようぜ、ベルンカステル！　第二ラウンドをよ…!!」

「そ、そんな、ど、どうしてです、我が主⁉　死者が、蘇れるはずなんてないッ‼」

「ありえない‼　……戦人は死んだのに！！！　どうして蘇れるのよ⁉」

「………生きてるわよ、………お兄ちゃんは………。」

「赤き真実でッ‼　戦人は死んだって宣言してるのよ⁉　なのにどうしてッ、どうして生き返れるの⁉⁉」

「世界中全てが死んだって言ったって…。………私だけが世界でたった一人信じるのよ…。……お兄ちゃんは生きてる。そしていつか、……きっと私のところへ帰ってきてくれる。」

「そうだ。……お前がその希望を失わない限り、……潰える奇跡なんてない！」

「こ、……この奇跡の魔女を前にして、……お前が奇跡を語るなぁあああぁあああぁッ‼　うぉおおおあおおああああぁあああぁああああぁッ呑み込め磨《す》り潰《つぶ》せッ、兄妹揃って消し去ってしまええええぇええええええええぇえ！！！」

消せやしないのさ。

「世界全てが認めなくても、俺たちが信じる限り、奇跡は起こるんだ‼」」

うねる七つの頭の大蛇は、一つの巨大なクジラの顎に姿を変え、……全てを呑み込もうとする。

「奇跡なんて起きない‼　お前が心を許せる者は誰も存在しない‼　だから死ねぇえええええぇえええ！！！」

「いるわ。……みんなが、私を守ってくれる。」

顎を開いた無慈悲なミステリーのクジラに、深々と大きな楔が打ち込まれる。

その楔は、熟練し、そしてミステリーを深く愛した者にしか、打ち込めない。

「陳腐だぜぇえぇ、そのトリックぅうぅ…‼　妾がすでに読破し、飽き果てたトリックだぜぇえぇ。」

戦人と背中を合わせ、反撃の楔を打ち出す彼女のその姿は、……紛れもなく、紛れもなく。

「ベアト⁉⁉　どうして⁉　赤き真実で死亡を宣言したのに‼」

「………あんたの赤き真実が、何だってのよ……。」

「赤き真実は絶対‼　それは誰が抗おうとも、絶対に覆せない、完全なる真実‼」

「世界中の全てが。……私の家族を否定しても。……………それを一なる真実として突きつけても。……私は認めないわ。なぜなら。」

縁寿はゆっくりと立ち上がる。

その周りに、……ゆっくりと人影があらわれては、同じように立ち上がる。次々に、大勢。

それは、……縁寿の家族たち、親族たち。六軒島のみんな。それだけじゃない。黄金郷のみんな、幻想の住人のみんなが姿をあらわし、縁寿に続き、ゆっくりと立ち上がるのだ。

そして全員が、鋭くベルンカステルを睨み付ける。

「世界中が否定しても、私は捨てたりしない。絶対にみんな生きてるって希望を。……そして、私は至ったわ。………それが、私の魔女としての境地よ。」

「………こい…つ、……ただの未来の魔女じゃないの…？　過去には、後悔の涙を流すことしか出来ない、無力な魔女じゃないの…⁉」

「私は、黄金の魔女、エンジェ・ベアトリーチェ。……称号は、黄金と、無限と、……反魂。」

「………至ったね、縁寿。」

嬉しそうに微笑みを向けてきたのは、真里亞だった。

「ええ。ありがとう、お姉ちゃん。……長き日々の果てに、私はようやく至ったわ。」

「お前なら、至れると信じてたぜ。」

「ありがとう、お兄ちゃん。……受け取ったわ。お兄ちゃんが、最後のゲームで伝えたかったこと。」

「消え去れ、ゲロカス妄想‼！　そんなのッ、そんなの認めるわけねぇだらぁああああぁあああぁああああああああああぁッ！！！」

「みんなは永遠に私と共にあるわ。誰が赤き真実にて何度殺そうとも。……私はそれを拒否する。私の元に何度でもみんなは蘇る。………私は反魂の魔女エンジェ!! 私の世界は、〝黄金の真実〟は、お前の赤き真実では傷一つ付けられない!!!」

「ううぅぉおおあああああああああああああああぁぁあぁあああああああ!!!」

縁寿の、………いや、縁寿と、その一族たち、仲間たちから一斉に、黄金の軌跡を描く放射線のように広がる。

それはベルンカステルの大蛇たちを描いていたのと同じもの。

しかし宿す輝きは黄金。

そしてそれはうねり、巨大な一つとなり、両翼を得た鷲の姿となる。

もう、片翼じゃない。

黄金の鷲が、縁寿の絶対的意思によって、未来へ羽ばたく翼を得る。


その広げた翼に、…………ベルンカステルは、そのクジラは、圧倒される。

「右代宮の鷲は、振り返らない。」

「そして、絶対に挫けない…!!」

戦人と縁寿の声を背に受けて、黄金の鷲はその翼でやすやすと青いクジラを呑み込み、粉々に砕く。

そして、その主も逃さない。

逃げる番になったのは、今度はベルンカステルだった。

ベルンカステルは黄金の鷲には抗わない。抗えない。赤き真実を以ってしても傷一つ付けられない彼女らの世界に、一体、何の攻撃が通じるというのか。

必死に逃げ惑いながら、赤き真実の楔を右代宮家の人々に次々と投げ掛ける。

右代宮金蔵は死亡している。

右代宮蔵臼は死亡している。

右代宮夏妃は死亡している。

それらを延々と繰り返すのだが、……誰も倒れない。縁寿はそれを受け容れないから、誰も貫くことが出来ない。

「こ、……こんな……。こんなエンドレスナインがあるの…⁉ あ、赤き真実さえ、……通じないなんてッ‼ 何なのよ、〝黄金の真実〟って‼ 赤き真実に打ち勝てる〝黄金の真実〟って、一体何なのよ……！！！」

「信じる心よ。……それは〝私たち〟の総意。……私たちが認めて共有した真実の前に、お前の赤き真実など、何も貫けたりしない。」

「………あばよ、ベルンカステル！ ……これが本当の、チェックメイトだ。」

「コッ、……この私がッ、………認めないッ、認めないぃいいいいいいいいいいぃいいいいいいいいいいいいいあああぁああああああああああああぁッ！！！」

巨大な黄金の鷲に、……ついにベルンカステルは呑み込まれる。それはそのまま巨大な天井に激しく激突し、……巨大な爆発と地震を起こした。

ひび割れた天井から、ぱらぱらと落ちる破片に混じり、………一匹の黒猫が落下し、……床に叩き付けられる。

我が主と繰り返し叫びながらヱリカが駆け寄り、それを抱き締める。そして、まだ息があることを知り、安堵と驚きの表情を同時に浮かべる。

「……安心なさい。私の真実に傷一つ許さないように、あんたたちの真実にだって、私は傷一つつけないわ。」

「ボロ雑巾になってるぜ？」

「お灸《きゅう》くらいはサービスということにしておけ。」

「ベアト。あんた、あんまりお兄ちゃんと馴《な》れ馴《な》れしくしないで。私はあんたたちの関係を認めたわけじゃないいんだからねっ。」

「くっくっく！ 愚か者め、妾をよくも生き返らせおって！ もう駄目であるぞ、妾とその愉快な眷属は、生涯そなたを苛むであろうぞ‼ そして妾と戦人のイチャイチャぶりを見せ付けてやるのだー‼　わッ⁉」

「あら、意外と便利ね。反魂の魔法って、オンオフ自由自在なのね。」

「ちょッ、……待ッ、………縁ッ、…………‼」

　ベアトは電球みたいに、あらわれたり消えたりを繰り返す。縁寿はちょっぴりそれが面白くなってしまったらしい。

「わぁあああん、戦人ぁあああぁあ、縁寿がいじめるよぉおおぉ！」

「縁寿、そのくらいで許してやれ。」

「いいわ。お兄ちゃんが言うなら許してあげる。」

「縁寿、すごいよ〜‼　うりゅー‼」

　さくたろうが無邪気な笑顔で飛びついてきた。すぐ後ろからマモンが追いかけてくる。

「縁寿様‼　反魂の魔女、おめでとうございます‼　これで私たち、ずっといつまでも、……一緒なんですね！」

「えぇそうよ。みんなみんな。……反魂の毒素なんて関係ない。いつまでも永遠に、私と一緒よ。」

「偉いぞ、縁寿。よく言った‼」

　戦人の言葉が合図だったかのように、みんなが一斉に縁寿に押し寄せ、彼女を揉みくちゃにする。

　そして胴上げの真似をしようとして、彼女を落として尻餅をつかせてしまい、みんな大笑いするのだった。

　縁寿はちょっぴりふてくされたが、兄に手を借りて立ち上がり、その笑顔の輪に加わるのだった……。

　静かな拍手が、彼らを祝福する。立会人であるフェザリーヌが、その勝利を認め、手を叩いて祝福する。

「……見事であったぞ。エンジェ・ベアトリーチェ卿。……そなたにこの奇跡を祝して、我が名において、卿の称号を許す。そなたの紡ぎし物語はなかなかに愉快であった。」

「…………………………。」

「そう身構えずとも良い。私はそなたを祝福しているのだから。」

フェザリーヌは悠然と微笑む。

すると猫の魔王たちは星座の配置を解き、彼女の後ろに整列するように並んだ。

それは攻撃の意思がないことと、式典のような厳かさを同時に感じさせた。

「我が巫女は打ち破られた。そして、その命を奪わなかったことに感謝する。………見ての通り、あれは私を退屈させぬための可愛い飼い猫。あれが死んでしまっては、私も退屈するのでな。」

ベルンカステルを飼い猫呼ばわりする彼女の実力は、すでにラムダデルタとの戦いで見せ付けられている。

それでも、縁寿は言う。

「……私は、……ラムダデルタを殺したあなたを、許さないわ。」

「おや、反魂の魔女殿の言葉とは思えぬ。そなたが望めば、いくらでも蘇らせられるではないか。」

「え？　蘇らせられるの…⁉」

「大丈夫だぞ！　ラムダデルタ卿は、そなたの力で何処かで生き返っている。安心せよ。」

ベアトが言うと、フェザリーヌも鷹揚《おうよう》な頷きを返した。

「うむ。すでに私の用意した観劇席に移られている。安心せよ。手厚く持て成している。」

「本当に⁉　なら、……良かった……。」

縁寿はようやく安堵して、全身を脱力させる。

「さて。……戦人よ。これでそなたの最後のゲームのゲームマスターは、そなた一人になった。」

「………そうだな。あんたのとこの猫は、これでリタイアだろうな。」

「そなたのゲームの、最後の儀式を済ませるべきではないか…？　……我が巫女は猫のように忘れっぽいが、時に猫のように執念深い。今の内に儀式を済ませた方が良いと思うのだが。」

「………あぁ。……じゃあ、お言葉に甘えて、そうさせてもらうぜ。」

「私は立会人となり、その顚末を記すことにしよう。」

「最後の、儀式……。………このゲームも、いよいよ終わりなのね。」

戦人は静かに頷く。そして、みんなの中から歩み出て、縁寿にも来るように促す。

右代宮家のみんなが、縁寿が通りぬける度に、がんばれよ、しっかりねと声を掛けてくれた。

戦人は黄金の鍵を取り出し、縁寿に渡す。

それには、初めて受け取った時に宿っていたのと同じ輝きがあった。

すると、空中に、向かい合って縁寿を挟むように、二枚の扉があらわれる。重厚な意匠が施され、……それがとても重要な選択であることを示していた。

「……ノーヒントで、どちらかを選べと？」

「とんでもない。ヒントは出すさ。今から、簡単な問題を出す。二択の簡単な問題だ。そして、その答えを、縁寿はどちらかの扉を開くことで選ぶんだ。」

「なるほどね……。ＯＫ。ハロウィンパーティーの続きってことだわ。あのパーティー、私、寝落ちしちゃったのよね。だからちゃんと締めくくることが出来て嬉しいわ。」

「ベアト。前へ。」

「くっくっく。そなたは妾の問題を解く前に眠ってしまったからなぁ。出題出来て嬉しいぞ。」

「参ったわね。相当難しそうだわ。」

「うりゅー！　大丈夫っ、縁寿なら大丈夫！」

「きっひひひひひ、どうかなー。」

「くーっくっくっく！　覚悟せよ、難しいぞぉ！」

「……落ち着け、縁寿。簡単な問題だ。………一番いい選択肢を選ぶにはどうすればいいか、…一番最初にお兄ちゃんが言ったことを覚えてるか…？」

「…………………………。」

縁寿は目を閉じ、穏やかな表情で記憶を辿る。

フェザリーヌは微笑して言った。

「戦人よ、ヒントが過ぎるぞ。未来の魔女エンジェ卿の凱旋《がいせん》である。そなたは見送るだけに留めよ。」

「……だな。じゃあここからはベアトに譲る。……頼むぜ。」

「うむ。………では行くぞ。」

「え、……えぇ。」

ごくりと唾を飲んでから、魔女の顔をじっと見上げる。

魔女は、そっと左手を差し出し、縁寿の顔に近付けた。

そしてゆっくりと手のひらを開いてみせた。

「妾の手のひらをよく見るが良い。タネも仕掛けもないな？」

「……えぇ。何もないわ。」

「よく見ておれ。こうして握る。……そして人差し指を立てる。」

人差し指を立て、ゆっくりと縁寿の目の前に突き出してくる。

「人差し指の先を、よぉく見ておれ。いくぞ？　速いぞ。」

魔女は、その人差し指を素早く振り上げ、天を指さす。

縁寿が見上げた時には、逃げるように指は下へ振り下ろされる。

そんな調子で、上、下、左、右、また左と、まるであっち向いてホイでもされているような感じになる。

指先を目で追えなかったら負けになるような気がして、縁寿は真剣に顔をぶんぶん振る。

魔女の手の動きはどんどん速くなる。縁寿も負けない。

そして、天を指した指が一気に振り下ろされた時。

……人差し指は握られ、ただの拳になっていた。

「…………………。」

「良いか？　手を開くぞ…？」

魔女はゆっくりと、その右手の拳を開く……。

すると、………そこには、可愛らしく包装された飴玉があった。

「良いか。」

「ええ。」

「これは、手品か、魔法か。それが、妾から与える問題である。」

「さぁ、縁寿。……答えてくれ。これは、手品か、魔法か……。」

私は、知ってるわ。

これの、答えを。

「答えが『魔法』なら、そっち。『手品』ならそっちの扉を開けるんだ。」

私の答えは、とっくに決まっている。

「これが、私の答えよ。」

私は選んだ答えの扉の元へ行く。

そして黄金の鍵を、鍵穴に挿し、……みんなを振り返る。

「右代宮の鷲は、振り返るな。」

「……そうね。ごめん、お兄ちゃん。」

私は鍵を力強くひねる。すると鍵と扉が激しく光り、……ゆっくりと薄れて消えた。

その向こうには、不思議な色の空間が広がっている。そこへ踏み出せば、………私が選んだ未来へ辿り着く。

私は、そこへ一歩を踏み出す前に、……振り返らずに言う。

「右代宮の鷲はっ、振り返らない。……だから振り返らないけれど、言うね！　みんな、ありがとう。でもさよならじゃない！　私は、いつまでもみんなと一緒!!」

「あぁ。お前は振り返らない。だけど俺たちはいつだって、お前のすぐ後ろにいるからな。」

「……そんなのじゃない!!　私、それでも信じてるから。絶対にみんなが、……帰ってきて全員揃うって、信じてるから!!」

無理やりに作った笑顔。

それでも、……溢れてきた涙を、堪えることは出来なかった。

「…………縁寿……。」

「それで良い。……縁寿。再びそなたの元に、我ら一同が揃う日が来るのを、楽しみにしておるぞ。」

「縁寿よ、我が可愛い孫よ。しばしの別れだ。……ほれ、これを忘れるでないぞ。あのハロウィンパーティーのプレゼントであるぞ。」

お祖父ちゃんの言葉と共に、私の肩越しに黄金の蝶が飛んできて、それは私の手の上であの時のプレゼントボックスに変わる。

リボンで可愛らしく飾られた箱に、小さなメッセージカードが添えられていた。

「未来へ持ち帰って大切にしろぃ。」

「ありがと、……みんな。」

私は、一歩を踏み出す。

未来へ、踏み出す。

さよならは言わないよ。


じゃあ、またね。

いつまでも、一緒よ。

手品

■船上

強い風が、私の髪を激しく散らす。

鼻をつくのは、潮の匂い。

……ずいぶん長い間、私はここに立ち尽くしていたのだろうか。

ここは………、海を切り裂く、その先端。

私は船の舳先に立っていた。

それを、握り締めながら。

「……お嬢。いつまでもそんなところにいると、肩を冷やしますぜ。」

声を掛けられて振り向く。

そこにいた屈強な男は、……私のボディーガード。

「天草………。……じゃあ、ここは……。」

操舵室《そうだ》から、川畑船長が日焼けした顔を覗かせる。

「見えてきたぞ。あそこがかつての右代宮家の船着場だ。」

「ひゃー。跡形も残ってませんぜ。」

「………そういうこと。……ここに、戻ってきたのね。ずいぶんと長い白昼夢、……いえ、遠大な寄り道だったこと。」

過去の物語なんて、どのようなものが紡がれたって、描かれたって、……未来の私の物語には、何の影響もない。

私は振り返らず、未来だけを見て生きることを誓った。誓ったことに意味があるなら、あれは断じて白昼夢じゃない。

それに私は、あの寄り道の長い旅の中で、たくさんのものを持ち帰っている。その中には、今すぐに役立つものさえ、含まれているのだから。

「……………………。……さすがにこれは役に立たないわね。」

私は、リボンで飾られたプレゼントボックスを海に放る。

「お嬢、……何です、それ？」

「未練よ。………古い殻を、私は脱ぎ捨てたの。」

「懐かしき六軒島を前に、心機一転ってわけですかい。」

「……違うわ。右代宮縁寿っていう、ニンゲンをやめたってことよ。」

「？」

あの長い旅を無駄にはしない。

私には、新しい生き方がある。

それは、ニンゲンとしての右代宮縁寿ではない。

私は今、……生まれ変わる。

「船長。悪いけど、ちょっと席を外してもらえるかしら。」

「ん？　あぁ、すまん、構わんよ。」

川畑船長は操舵室へ顔を引っ込める。

「……何です、お嬢？　気難しい顔して。」

「私、新しい人生を、これから踏み出そうと思うの。」

「すでに踏み出してますぜ。」

「そうね。……右代宮家の面倒臭いのを全て売り払って、どこかに寄付でもしたら、綺麗サッパリ清々するわ。それで私は、右代宮縁寿という殻を、全部脱ぎ去れる。」

「……………………。……莫大なカネが思いのままだってのに、勿体ねぇことです。」

「いいじゃない。私がいらないって言ってるんだから。」

「……そりゃそうですがね。……ただ、お嬢が売っ払うのは、お嬢だけのものじゃないものもありますぜ。……たとえば、」

「右代宮グループの株式とか？」

「……そうです。お嬢にとってはただの紙切れでしょうが。でっかい会社の命運を揺さぶりかねない暴挙ですぜ…？　んなことされたら、ウチのボスも堪《たま》らんでしょうぜ。」

「えぇ、知ってるわ。須磨寺家もそう、小此木社長たちもそう。私に、自由気ままでいられちゃ困る連中が、大勢いるものね。」

「…………縁寿さんは紛うことなきＶＩＰです。派手なことは慎んで、ここは大人しく隠れてる方がいいかと思うんですがね…？」

「そのＶＩＰ縁寿を、好き放題にさせない一番手っ取り早い方法って何かしら。」

「……さぁて、どんな方法がありますやら…！　まぁ、酒でも飲んで腹を割って…、」

「私の旅の最終目的地が六軒島であることは、誰にでも予測可能だわ。そして六軒島は今や完全なる無人島。……誰も存在しない。誰にも見られず聞かれない。今日は最高の密室日和。」

「………そりゃまぁ、確かに。」

「須磨寺家が私を追っているわ。小此木社長のところにも、タイミング良く押し掛けてきた。……私があそこにいた情報は、売られているのよ。」

「ウチのボスが売ったと？　……なのにボディーガードを付けますかい？」

「私がどんな気紛れを起こすかわからない以上。小此木社長は私と須磨寺家の双方に貸しを作りたい。だったら、私の情報を売りつつ、紙一重で私を逃がし、その後も所在を押さえ続ければ、勝負カードを手中にしたまま、私にも須磨寺家にも恩が売れるわ。」

「そりゃあ、考え過ぎですぜ……。」

天草は、取り繕うように苦笑いを浮かべる。

「須磨寺家は確実に私を追っているわ。私の行動は、意図的に彼らにリークされているもの。そして、六軒島で私たちは鉢合わせになる。そして私は連中に殺される。そして、あんたは須磨寺家のヒットマンを返り討ちにして、小此木社長は須磨寺家に対し、交渉のカードを得る。……私が死ねば、右代宮グループは当面安泰。その上、須磨寺家には釘も刺せる。さらに言えば須磨寺家も、持て余し気味の過激派の急先鋒《きゅうせんぽう》、霞《かすみ》叔母さんを綺麗な形で処分出来る。……両者は痛み分けで手打ちして、めでたしめでたし。」

「……………………ひゅぅ。……なかなか、面白いシナリオですぜ。」

「あんたの持ち込んだ、あのゴルフバッグ。中身を検《あらた》めさせてもらったわ。すごいわね、戦争でも始めそうなすごい銃ばかり。……でも、あれは狙撃銃だわ。常に私に寄り添っているはずのボディーガードに、必要な銃なのかしら？」

「何が起こるかわかりませんもので……。」

「常に軽装であることが望まれるボディーガードが、その役割を一日放棄してまで、六軒島に渡る直前に調達する必要のある銃かしら。」

「………お嬢。……考え過ぎですぜ……？」

「私が六軒島に着いたら。一人でゆっくり墓参りをするといい、というような感じにして、私を一人にする。それはエサ。すでに六軒島で待ち構えている須磨寺霞たちを釣り上げるエサ。あとは、あんたがあの馬鹿でかい銃で一網打尽にしておしまいよ。」

「……一網打尽、結構じゃねぇですかぃ。ちゃんと護衛になってますぜ。」

「ゴルフバッグには最新式の狙撃銃の他に、ドイツ製の新型短機関銃も入っていた。」

「便利ですぜ。須磨寺家が何人来ようが、一網打尽です…。」

「もう一丁あった。それは拳銃。……狙撃銃も短機関銃も最新式の素晴らしいものなのに、その拳銃だけは、いやに古ぼけていて旧式だった。これよ。」

縁寿は懐より、……その拳銃を取り出し、天草に向ける。

「お、……お止めなさい。笑えませんぜ……。」

「拳銃は常に身に付けておくものでしょう？　なのになぜ、さらにもう一丁があって、それも、こんな不釣り合いな古い銃がわざわざ用意されているの？　それを説明する推理があるわ。……それは、須磨寺霞たちが用意している銃と、同じだからということよ。

この銃はトカレフ。ソ連製の軍用拳銃で、日本のアンダーグラウンドに大量に流通しているポピュラーなものだわ。須磨寺家が用意する武器として、極めて妥当。……それに、須磨寺霞が死んでくれることは、須磨寺家にとっても都合がいい。須磨寺家側も情報のリーク、……いえ、バーターに応じていると考えられる。よって、須磨寺家のヒットマンが調達した銃がトカレフであることは、事前に推理することが可能なのよ。」

天草は絶句する。

それが図星で絶句しているのか、それとも、本気で引き金を引きかねない縁寿の気迫に絶句しているのかは、わからない。

「あんたの。……いえ、あんたたちの企みは。私をエサに須磨寺霞を無人島に誘《おび》き寄《よ》せ、双方が相打ちで倒れたように細工すること。それで小此木社長も須磨寺家も、全てが丸く収まる。」

「…………………………。」

天草の額に、冷たい汗が一筋、流れる…。

縁寿は風をいっぱいに受けながら、髪を大きくなびかせて、冷酷に宣言する。

「……ただ、この拳銃があるだけで。右代宮縁寿にはこの程度の推理が可能よ。いかがかしら、皆様方…？」

「…………安全装置、外れてませんぜ。」

「知ってるわよ。……トカレフに安全装置がないことくらい。」

乾いた銃声が船上に響き渡った。

天草は素早く物陰に飛び込もうとしたが、それが銃弾より速いということはありえない。腹部を撃ち抜かれ、激痛に堪えながらうずくまっていた。

彼が懐に銃を潜ませていることを知る縁寿は、反撃の芽を確実に摘み取る。

冷たく無慈悲な銃声が、もう一発。

額より血を噴き出す天草は、もう瞼を閉じることもなかった。

「……………お医者でなくても出来る、世界で一番簡単で確実、絶対な、検死の方法ね。」

「あ、………あんたッ、………ッ、」

甲板の惨劇に気付き、真っ青になった川畑が姿を見せる。

縁寿はその銃口を、次は彼の額に向ける。

「船の都合があるので、時間が欲しい。あなたはそう言ったわ。でも、あなたが買収されているならば、それは須磨寺霞が六軒島で待ち伏せするための時間稼ぎだと断言出来る。」

「………し、知らんぞ、……何のことかわからんッ…!!」

「あなたという猫箱の中に、買収されて裏切ったあなたと、裏切ってないあなたの二人が共存しているわ。……その片方の、裏切ったあなたを殺す方法は？」

「よ、よせ…!!　撃つな……!!」

「猫箱ごと、あなたを撃ち殺せばいいんだわ。」

引き金にかけられた縁寿の指が、躊躇なく動いた。

船の主は、ぐらりと反り返って、……倒れる。

そしてもう一発の銃弾を使い、完全なる検死を実行した。

彼女は、……生き残る。

彼女を殺そうとする、巧妙に編み上げられた陰謀の渦から、……きっと生き残ったのだ。

……縁寿は舳先へ戻ると、その強い風に正面から向かい合い、さらにその先の未来を凝視する。

主を失った船は、無限の水平線へ向けて、真っ直ぐに真っ直ぐに、どこまでも進む。

その先に、彼女が本当に辿り着きたいと願う真実があると、祈りながら。

その時、……ぱちぱちぱちと、拍手の音が聞こえた。天草も船長もいないこの船上で、拍手の音が聞こえた。

でも、縁寿に驚く様子はない。

ゆっくりと、悠然と振り返るのだ。

「お見事な推理でした、同志縁寿。真実の魔女の同志、エンジェ・ベアトリーチェ。」

「……あら、いたの、ヱリカ。」

「真実を暴く者がいるならば、私はどこにでもいます。くすくすくす。」

「ねぇ、ヱリカ。」

「何です…？」

すでに船は、六軒島の脇を通りぬけている。

六軒島の島影も、今は遥か彼方。

船は無限の水平線を目指し、……どこまでも、無限の旅を続ける。

その無限の旅の始まりに、新しき真実の魔女は、同志の魔女に告げるのだ。

「……私は私なりの方法で、未来を切り拓《ひら》くわ。」

「素晴らしいことです。」

「その果てに、……私が摑める真実は、あるのかしら？」

「あなたが求める真実って、今さら何だって言うんです？」

「…………………………。」

「……………………。」


「……ふっ。……その通りだわ。真実なんて、何の価値もないって、私は知ったわ。そして、もう一つわかったことがある。」

「何でしょう。」

何かを期待するように、ヱリカが喜色を浮かべる。

そして、縁寿は言った。

「天草の、看破されて戸惑った時のあの表情。悪くなかったわ。」

「くす！」

「「グッド！」」


――これが、私にありえたもう一つのカケラ。

あの時、私が選び取るかもしれなかった世界。

決して得られない真実を求めて、永遠の旅を続ける魔女。

お兄ちゃんたちが伝えてくれたことを受け止めら

れなければ、私にはこんな未来が待ち受けていたのだろう。
今なら言える。
私はこのカケラに背を向けて、今度こそ歩むのだ。
反魂の魔女としての、本当の未来を……。

魔法

■高層ビルの屋上

風が頬をくすぐる。

私は、閉じていた目を、ゆっくりと開く。

……ずいぶん長い間、目を閉じていたのかもしれない。その眼下の煌きさえ、とても眩しく感じた。

……そこは、星の海が眼下に広がる、不思議な世界。

風が冷たい。……でも、私が現実に帰ってきたことも教えてくれた。

私は、眼下の星の海に、………一歩を踏み出した、片足の状態でいた。

いつから、私はここにいたのだろう。

……多分、ベルンカステルに誘われて、一歩を踏み出そうというところで、……ずっと私の時間は止まっていたのだ。

「………………………。」

その足を、………ゆっくりと、戻す。


そして、フェンスに寄りかかって、座り込んだ。

空は、遠い。

でも、地上も遠い。

どちらの世界にも遠い、悲しい場所に、私はずっといたのだ。

空へは、行けない。

なら、私の世界へ、帰らなくちゃ。

「そしてそれは、エレベーターがいいわね。……スカイダイブはもうたくさん。さすがにもうないわよね。ここから飛び降りて、無事なんて奇跡は。」

そんな奇跡は絶対ないって、某奇跡の魔女の保証済みなんだからね。

その時、私はようやく彼らの気配に気付く。

小此木社長が付けてくれている、私の護衛たちだ。私を刺激しないように、脂汗をだらだら流しながら、フェンスの向こうで愛想笑いをしている。

そうだった。私は彼らを振り切って、飛び降りたんだっけ。

「………飛び降りると、思った？」

「そ、それはもう、……その………。」

「……ごめんね。私が飛び降りたら、あなたたち、大目玉食っちゃうものね、小此木さんに。」

「縁寿さん……、そこは危険です。とにかくこちらへお戻り下さい…。」

「もうちょっとだけいさせて。………大丈夫よ。変な気はもう起こさないから。あなたたち、携帯は持ってる？」

「あ、あります……。」

「小此木さんと話したいことがあるの。電話してもらってもいい？」

護衛たちは顔を見合わせてから、慌てて携帯電話を取り出す。万一、私の機嫌を損ねて飛び降りられたら責任を取らされると、あわあわしている。

「しゃ、……社長が出ました…。………どうぞ……。」

「ありがと。……もしもし、小此木さん？

………えぇ。急にごめんなさい。いいえ、素敵な話よ。ちょっと早いクリスマスプレゼント。……右代宮グループを全部、あなたにあげるわ。………そう。その代わり、お願いがいくつかあるの。」

私は、眼下に広がる地上の星の海を眺めながら、話す。これからどう生きるかを、話す。

………右代宮縁寿の、不思議な不思議な冒険の物語は、……これで終わる。

でも、私の人生は、これからも続いていく。

だって、私にはもう、やることがあるのだもの。

私はマリアージュ・ソルシエールの魔女、エンジェ・ベアトリーチェ。

「右代宮縁寿はさっき、ここから落ちて死んだわ。……ここにいる私は、魔女のエンジェ。……生きるわ。魔女として。」

■図書の都・鍵の部屋

「これにて、そなたのゲームは終了だ。」

縁寿が未来に向かい、その姿を消すと、……黄金郷の住人たちも、すぅっと薄れて消えていく。

後には、フェザリーヌと戦人の姿だけが残った。

彼は縁寿にしてやれる全てを、今こそ終える……。

「……扉を閉めよ。……確か、その扉を閉めるには、作法があったな？」

「えぇ、そうよ。……二人じゃなきゃ、閉められないというルールよ。」

新たな声がした。

そちらを見て、戦人は姿をあらわした魔女に呼びかける。

「いよぅ、エヴァ伯母さん。」

「だから伯母さんって呼ばないでーッ。」

二人は、縁寿が姿を消した未来へと繋がる空間の左右に立つ。

「縁寿。……あなたの未来に幸あれ。」

「俺たちは、必ず一緒になれるからな。」

二人はそっと手のひらをかざす。

すると、重厚な意匠の扉が再びすぅっとあらわれて、空間は閉ざされた。

そして、扉自体も、ゆっくりと消え去る……。

「……これで、私たちの役目も終わりね。」

「あぁ。……これで、駒の役目を終了だ。」

「ご苦労であった、二人とも。……それではこれにて、そなたらのゲーム盤を片付ける。」

ゆっくりと、……世界が崩れ始める。

それは一見、図書の都が崩れ始めているように見える。だが違う。戦人とエヴァの、二人の世界が、図書の都から切り離されているのだ。

世界は次々と崩れ、もうじき天井が抜けるだろう。

「お別れね。戦人くん。」

「あぁ。……またな。そして、必ず。縁寿を頼むぜ、絵羽伯母さん。」

「最後くらい、エヴァお姉さんって言ってみなさいよー。」

そう言い残して、エヴァは仄《ほの》かな輝きに包まれながら消えていった。

……戦人は振り返る。

そこに無言で立つ少女の気配に気が付いて。

「……………………………。」

「またな。ヱリカ。いつかどこかで。」

「…………私も縁寿も、同じ真実の魔女でした。……なのに、私と彼女の、何が違ったのでしょう。」

「……………何だろうな。」

「私は、真実に堪える魔女でした。…でも、その真実に背を向けました。……しかし彼女は、真実を知った上で、なおも彼女の真実を信じる魔女でした。……………もし、彼女の方が、真実の魔女に相応しいなら。……………私は、何の魔女だったのか、わかりません。」

地鳴りが響き、部屋を大きな揺れが襲った。

世界の崩壊が続く中、戦人は言う。

「そうだな。………お前は、魔女じゃない。」

「…………………………。」

「だってお前は、探偵だろ。」

「………………………。………グッド。…忘れてました。」

「またいつかどこかでな。……事件あるとこ探偵ありなんだろ。」

「えぇ。右代宮家に再び事件ある時。必ずあらわれることを約束しましょう。」

「あばよ。名探偵。」

「さようなら。我が好敵手。あなたと再び刃を交えられる日を、楽しみにしています。」

それが、二人の最後の言葉になった。

凄まじい轟音と土煙が圧《お》し掛かり、全てを呑み込んだ。

……そして、戦人とエヴァの世界が、全て消え去る。

後には、何も残らない。

戦人の姿も、エヴァの姿もない。

図書の都は、静寂に包まれている。

その主であるフェザリーヌ、そしてヱリカだけが、広大な空間のただ中で言葉を交わす……。

「………全て、終わったな。」

「はい。大アウローラ卿。」

「……そなたは我が飼い猫を頼む。………では私も行こう。こちらの世界でも、片付けねばならぬのでな。」

■都内の高級ホテル

八城がそれを告げた時、会場の全員が聞き間違いだと思い、沈黙した。

そしてすぐに、その真意を問い質すために大騒ぎを始める。

「そ、そんな、殺生な…!!」

「ここまで引っ張っておいてそれはないッ!!」

「八城先生ッ、私たちはそれを見たくて遥々《はるばる》集まってきたのですよ⁉ 今さらそれは、……あんまりではありませんかっ!!」

今にも泣き出しそうな表情で食ってかかったのは、ウィッチハンターのオピニオンリーダーである大月教授だった。

しかし壇上の八城はそれらの喧噪を一蹴するかのように、テーブルを平手で叩いた。長い黒髪を揺らし、確たる意志を宿した瞳を教授らに向ける。

「………繰り返します。気が変わりました。右代宮絵羽の日記は、非公開とさせていただきます。」

「さ、詐欺だ、そんなの詐欺だ…!!」

「それは本当に右代宮絵羽の日記なんですか？ あんたの捏造じゃないんですか⁉」

「こんなふざけたことが許されるのか!! その本を公開しろー！！！」

「醜きかな人の子よ。……そなたらにも、そしてこの私にも、この中身を見る資格などありはしない。……しかし、思えばこれもなかなか愉快な催しであった。死者の眠りを暴き、好き勝手に噂を吹聴する人の子の面白き一面を見ることが出来た。………行くぞ、ベルン。今宵の肴《さかな》にはこれで充分であろう…。」

その肩に黒猫が飛び乗り、八城は一なる真実の書を抱えて舞台袖に消える。

後には大勢の観衆の怒号が広がるのだった……。

こうして、………右代宮絵羽の日記は、その存在自体も疑われ、……人々の関心から消えていく。

週刊誌は、八城十八のこの詐欺紛いの行為を糾弾する一方で、六軒島ミステリーそのものが、死者の眠りを冒瀆《ぼうとく》する不謹慎なものではないかとする意見も掲載した。

この程度のことで、六軒島が安らかに眠れるとは思わない。しかし、六軒島ミステリーを面白がることを、人前で堂々と言うことがはばかられる雰囲気は、わずかながら生まれた。

猫箱は、開かれぬから、永遠なのだ。

永遠に、六軒島が眠りにつけることはないだろう。

だが、………それでもこれまでよりは、………静かな日々を過ごせるに違いない。

………忘却の深遠では、埃はゆっくりゆっくりと、……長い年月を経て、降り積もるのだから。

魔女たちの猫箱は、忘却の深遠という名の深い海の底で、……これから長い年月を掛けて、ゆっくりと埋もれていくだろう。

フェザリーヌは、その海に一輪、黄金の薔薇を放る。静かに眠る猫箱への手向けとして。

その黄金の薔薇の物語をもって、……この長かった物語のピリオドとしよう。

暗黒での凄まじい轟音と地鳴り。

それが過ぎ去り、………やがて無限の夜は白んでいく……。

■■一九八六年十月六日（三日目）

■潜水艦基地

「ここは…………？」

　戦人の口から疑問の声が漏れた。

　すぐ隣で、黒いドレスを身にまとったベアトリーチェが答える。

「かつての潜水艦基地の廃墟《はいきょ》だ。覚えてはおらぬのか…？」

「初めての場所だぜ。」

「くっくくく。妾とそなたが、二代前の前世で、初めて出会った場所であるぞ。」

「ははは。そういう風に言われると、ロマンチックだな。」

　戦人とベアトの姿は、……六軒島の地下の、潜水艦基地の廃墟にあった。

　海に向かって洞窟が口を開き、穏やかな波の音と、うみねこの声が聞こえてくる。二日間も島を閉ざした台風は、さすがにもう、この島に留まることに飽きたらしい。

　ベアトは水際に下りると、大きなシートを取り払う。

　そこには一艘のモーターボートがあった。もちろん、戦時中のものではない。近代的なものだ。

「これを船に積め。重いぞ。」

「わお。黄金のインゴットじゃねぇかよ。全部、埋もれちまったと思ってたぜ。」

「こんなこともあろうかと思ってな。一つくすねておいたのだ。」

　ずしりと重いインゴットを一つ、船に積み込む。

　価値はわからないが、これ一つで相当の金額になるだろう。

「そなたはモーターボートの経験は？」

「あるわけないぜ。」

「簡単だ。教えてやる。」

　手馴れてはいなかったが、ベアトは何度かの試行錯誤の末、エンジンをかける。

「そこを出て、島伝いにぐるりと回れば、その内、新島が見える。後は砂浜にでも乗り上げれば良い。」

「……お前は来ないのか。」

「妾は行けぬ。……妾は黄金郷の主よ。ここを出ては行けぬ。」

「残って何になる。」

「行って何になる。」

「生きよう。」

「…………生きられぬ。妾はもう、数え切れぬほどの世界で、数え切れぬほどの罪を犯した。妾が殺した命の数が、罪の数が、多過ぎる。」

「俺たちの世界では、何の罪も犯しちゃいないさ。」

「いいや、………そんなことはないぞ。」

「…………………………。」


「行け。妾の機嫌が良い内にな。さもなくば、再び島を嵐に閉ざしてしまうぞ。」

　戦人は急に踵を返す。

　何事かと身構えると、突然ふわりと、ベアトの体が浮き上がった。

「なら。黄金郷からの手土産に、お前を持ち帰ることにするぜ。」

「は、離さぬか…！　あ、危ないというのに…‼」

「ぎゃあぎゃあ騒ぐな。よく聞け、ベアトリーチェ。」

「な、なんだ…。」

「お前を、さらう。」

「…………………ば、……。」

　静かに、真剣に語るその戦人の瞳に、ベアトは言葉を失ってしまう。

「お前に罪があるなら。それを犯させた俺にも罪がある。……だから、お前の十字架は、俺たち二人で背負おう。」

「……戦人………。」

「生涯。……お前の十字架を支えるから。……………出よう。黄金郷を。俺と二人で。」

ベアトは呆然としながら、完全に言葉を失ってしまう。

そして、ぽろぽろと涙を零して、両手で顔を覆った。

戦人はそんなベアトを、そっとボートに乗せる。

舫《もや》い紐《ひも》を解く。

……これで、この船を、島に縛り付けるものは、何もなくなった。

「行くぜ。」

戦人がベアトに習った通りに操作すると、ボートはゆっくりと滑り出す……。

薄暗い岩窟を抜けると、急に眩しく太陽が照りつけ、真っ白なうみねこの群れが迎えた。

飛び交ううみねこたちが散らし落とす羽毛が、……船出を祝福するように見えた。

眩しい日差しが、島の呪縛から解放されたことを教える。

……台風の封印が解かれた空は、眩し過ぎるくらい。

暑ささえ覚え、戦人は上着を脱ぐ。……するとそれが風にさらわれ、空を舞った。

しかし戦人は慌てず、まるで見送るように微笑むのだった。

ベアトも、それを見送っている。

……いや、島を見送っている。

六軒島を、……そして千年を過ごした黄金郷を。

「妾は、………生きていけるだろうか……。」

「生きてけるさ。……魔法の執事はいねぇが、便利なものが色々あるさ。……六軒島にはないものが、何でもある。お前に、世界を見せてやるぜ。」

「………妾は、……生きていけるだろうか……。」

ベアトは同じことを、もう一度繰り返す。

彼女が言う意味を、戦人は理解している。

しかし、それには何を答えても、今は解決にならない。

……しかし解決の方法はある。

時間と、心だ。

それらを少しずつ、ゆっくりと。

穿つ雫で鎖を断ち切るように、……少しずつ長い時間を掛けて、……島の呪いを断ち切らなければならない。

それには途方もない時間が掛かるかもしれない。

でもいつかきっと、……彼女を解放する。

戦人はそう、信じる。

「妾は、あの島で、幾百の死を弄んだ、罪深き魔女だ。……その妾に、そなたの世界は眩し過ぎる。」

「いいや、生きろ。」

戦人は力強く即答する。

「もしお前が、幾百の罪を償おうと思うなら、生きて生きぬけ。生の限りを尽くして、……精一杯を生きろ。それだけが、お前の罪を償う方法だ。」

「…………それだけが、妾の罪を償う方法なのか。」

「そうだ。そして絶対に償い切れる。俺を信じろ。」

「………………戦人………。」

「潤んだ目で見るなよ。照れるだろ…。」

「くっくくく……。これはすまぬ。ならばその、せめて。……目を閉じてはくれぬか。」

「め、……目を閉じろって、何だよ、お前、顔近いよ……。」

「馬鹿な男め……。黄金郷より魔女を連れ出した呪いを受けるがいい。………だから、目を閉じろというのに。……わ、……妾もその、……恥ずかしい。」

戦人が目を閉じると……。

すぐに、柔らかな唇が、……戦人のそれを塞いだ。

それが、ゆっくりと離れる。

目を開けようとすると、ぴしゃっと叩かれる。

「見るなっ、妾の顔を見るなというにー!!」

「い、いいじゃねぇかよ、減るもんじゃねーだろ……!」

「デリカシーのないヤツめ！　開けるな、まだ開けるな!!　何でかって？　も、もう一度キスがしたいからだ…!!」

今度のキスは、……耳たぶに。

「ば、馬鹿よせって…！　それはさすがに恥ずかしい…！」

目を開けたらまた叩かれるので、目を閉じたまま抵抗する。

するとベアトは、ふぅっと吐息を吹きかけて耳をくすぐってから、あのいつもの、とびっきりいじわるくて上機嫌な声で言った。

「悪ぃな、戦人ァ。妾は極悪非道の最悪魔女だぜぇ？」

「あぁ、知ってるぜ。お前は最悪の残酷魔女だな。」

「だから、罪など償わぬぞ。妾は幾百の死をげらげらと笑い転げる、そういう魔女である…！」

「こ、こいつめ…。でもその方がお前らしいぜ。」

うっかり目を開けてしまう。


……するとそこに、……魔女の姿はなかった。

夢か幻のように、……黄金の魔女の姿は消えていた。

……そして、一緒に積み込んだはずの、インゴットも。

戦人は、すぐに海へ飛び込みました。

だから、戦人は間に合いました。

まだ魔女の姿を見ることが、間に合いました。

魔女は戦人を見上げ、薄らと笑っていました。

言葉は、聞こえません。

でも、はっきりと聞こえました。

言ったろ、戦人。

妾は極悪な魔女だから、罪など償わぬと。

生きてなど、償わぬと。

戦人は必死に、言葉を返しました。

でも言葉は全て、泡となって吐き出されるだけでした。

漆黒の闇へ沈み行く彼女を、戦人は懸命に追いました。

そして、…………その手が、…………届きました…………。

愚かな戦人よ……。

せっかく島を生きて出られたのに……、そなたはそれを投げ出すのか……。

……俺はお前を、離さない。

気持ちは嬉しいぞ。

だが、……妾は幻想の住人。そしてそなたはニンゲン。

帰るべき世界が、違うのだ。

妾は幻想へ帰る。

そしてそなたも自分の世界へ帰るがいい。

どんどん、周りは真っ暗になっていきます。

息苦しくなり、頭や耳が痛くなります。

戦人の指が、……少しずつ、解けていきます。

そしてとうとう。


二人の指は、……離れました。

その途端、……戦人は上の、光の世界へ。

そして魔女は下の、闇の世界へ、……より強い力で引き裂かれていきます。

魔女は、戦人の体が眩しい海面へ向かって浮かんでいくのを見て、安堵しました。

さよなら。戦人。

……そして、ありがとう。

戦人の体が光の世界へ、点となって消えたのを見届け、……魔女はゆっくりと目を閉じます。

そして奈落の世界へ落ち行くことに、永遠の孤独の世界に、全てを委ねました。

その時、……彼女は、感じました。

そんなはずはないのです。

だって、戦人はもう、遥かかなたで点になっているのに。

でも、それは戦人でした。

魔女を追ってきた、戦人でした……。

逃がすかよ。お前は俺だけの、黄金の魔女だ。
………馬鹿戦人……、……馬鹿戦人…………。
お前が望む奈落になら、俺も一緒に落ちよう。
そこが虚無の世界ならば、お前と一緒に消えよう。
だが、消える最後の瞬間まで。
………お前は俺のものだ………。
二人は互いをきつく抱き締めました。
……もう、運命は二人を引き裂こうとはしませんでした。
二人は一つとなって、……奈落へと沈んでいきました……。
そして、何も見えない真っ暗な世界で、……ぽっと、輝きました。
それは温かな、黄金の輝き。
それは、黄金の薔薇でした。
それがふわりと、………純白の無垢な砂の敷き詰められた世界に、辿り着きます。
そこには、白い砂に半分埋まった、……小さな箱が。
それは、静かな海の底で安らかに眠る、ベアトリーチェの猫箱。
その上に、ふわりと、……黄金の薔薇は舞い降りるのでした………。
それは、深い深い海の底のお話。
真っ暗な真っ暗な暗闇の中に。
……ほのかに輝く、黄金の薔薇が眠っているという、とてもささやかな物語……。

■■一九九八年
■右代宮グループの高層ビル

ビルの裏口に黒い高級車が停められていた。

そのトランクに、スーツ姿の男たちが重そうなアタッシュケースを詰め込んでいる。

「後は万事任せてくれ。面倒事は全部こっちで引き受ける。」

「よろしくね。絵羽伯母さんが一番信頼していたあなたに任せられて、伯母さんもきっと喜んでると思うわ。」

ビルより出てきたのは、縁寿と、小此木社長だった。

縁寿の表情は、……軽やかだ。かつて、いつも小此木に見せていた重々しい表情は、もう想像出来ない。

「……晩年の会長は、少々病んでいた。縁寿ちゃんに相当キツい言葉も掛けたろうが。……あれは本意じゃなかったはずなんだ。」

「わかるわ。私だって、虫の居所の悪い日には、言わなくていいことまで言っちゃうもの。」

「…………変わったな。」

しんみりと漏らした小此木の顔つきもまた、穏やかなものだった。時折見せることもあった剣呑《けんのん》な雰囲気は、微塵も感じられない。

「そう？」

「……俺は、縁寿ちゃんは生涯、会長を許さないって思ってたぜ。」

「教えてくれたでしょ、小此木さんが。」

「俺が？　何か言ったっけ？」

「愛がなければ、真実は見えない、って。」

「そんなキザなこと言ったっけ？　へっはははははは。」

「長い旅をしたわ。……小此木さんの、あの日の言葉を理解するためだけに、本当に長い旅をしたわ。」

もちろん小此木は理解している。

それが、彼女の心の内側での、長く深い旅であったことを理解している。

「新居と口座を決めたら連絡してくれ。何も不自由はさせねぇからな。」

「須磨寺《すまでら》家は問題ない？」

「全部任せてくれ。こっちには縁寿ちゃんの委任状って錦の御旗がある。お陰で右代宮グループは一枚岩だ。……縁寿ちゃんのお陰で、会長の作った会社が守られた。会長も、縁寿ちゃんの決断を喜んでるはずだぜ。」

「面倒臭いことを全部押し付けたかっただけよ。」

豪腕の右代宮絵羽会長が亡くなった後、右代宮グループは揺れた。後継者が明白に指定されていなかったため、グループが割れる危険性もあった。

そんな中、大量のグループ株を相続した縁寿が、どう発言するかが注目されていた。……しかし、縁寿が何事にも関心を示さず、財産を全て売却して何処かへ寄付する、などと言い出したものだから、グループは揺れに揺れた。その隙を突く形で須磨寺家などの外部が介入し、右代宮グループには崩壊する可能性すらあったのだ。

物騒な話だが、一番の火種である縁寿さえいなくなってくれれば…、と願う人間たちがいたのも事実だ。

……しかし、縁寿が心変わりし、絵羽のまとめ上げた右代宮グループが存続出来る一番の形で協力を申し出たため、最悪の事態は回避されたのだ。

小此木は縁寿の後見人に指名された。

縁寿の信任さえ与えられれば、彼ほど頼もしい味方はない。当の小此木も、縁寿に信用されていることさえわかれば、決められる腹もあるのだ。

絵羽の腹心として右代宮グループの舵《かじ》を任されていた彼が次期トップに就くことは、極めて妥当な人事であり、彼の敏腕もあって、全てはとんとん拍子にまとまった。

これで、右代宮グループは安泰。今や、自分以外に唯一、右代宮の名を持つ右代宮グループは、縁寿にとって最後の、家族の絆だったのかもしれない。

「いつでも帰ってきていいんだぜ？　縁寿ちゃんの椅子は用意してあるんだからな。」

「ありがと。帰る場所があるってだけで、安心して旅立てるわ。」

「これからは、何をして過ごすんだ？」

「作家になるわ。」

「作家？　小説の？」

「何でもいいの。小説でも絵本でも。私に絵心があるなら漫画でも。……とにかく何でもいいの。誰かに心を、伝えられるなら。」

「……そりゃ、高尚な仕事だな。成功することを祈ってるぜ。」

「ありがと。もし本が出せたら送るわ。」

「楽しみにしてるぜ。」

車のトランクがばたんと閉められる。

荷物の積み込みが終わったようだった。

「そうだ、運転手を紹介しておこう。俺の子飼いの男だ。信用出来るし、何でも頼れるぞ。会長のところで長年護衛をしていたから、縁寿ちゃんも面識があるかもな？」

「……天草だけは御免よ。」

へっぷし！

運転席から出てきた男がくしゃみをする。

「そりゃねぇですぜ、お嬢。」

「天草、お前ぇ、何やらかしたんだ？」

「……伯母さんの護衛の中で、一番軽薄そうだったからね。こいつだけは御免よって思ったの。」

「でも、一番仲良くしてたろ。」

「……まぁ、お喋りだけは面白かったかも。」

「ボスから、縁寿さんとの連絡役を仰せつかりました。何か面倒事がありましたら、いつでもご連絡を。」

「トイレットペーパー買ってきてとか言ってもいいの？」

「ついでに生理用品も買ってきますぜ。」

「……ね？　サイアクの男でしょ。」

小此木はげらげらと笑う。

縁寿は後部座席に乗り込む。

「じゃあ、元気でな。縁寿ちゃん。」

「その名で呼ばれるのも、これで最後ね。」

「新しい名前が決まったら教えてくれ。」

小此木が、ばんばんと車の屋根を叩く。

それを合図に、天草は短くクラクションを鳴らしてから、サイドブレーキを下げる…。


二人を乗せた高級車は、路面をいなしながら街を行く。居住性に優れた革張りの車内で、見慣れた景色がゆっくりと流れていく。

「新しい名前が決まるまでは、お嬢でいいですかい。」

「当面はそれでいいわ。」

「……さて。どこへ行きますかい。北へ？　南へ？」

「…………お勧めはある？」

「本州を出るのはどうですかい。北海道《ほっかいどう》なんてお勧めですぜ。……広い草原、でっかい雲！　ログハウスで執筆する小説家なんて、最高ですぜ。」

「じゃあ南にするわ。……あんたが言ったのと逆の方にするって決めてた。」

「へはッ、そりゃ酷えや。」

「温かい地方がいい。海が見える町がいいわ。」

縁寿はゆっくりと目を閉じる。

色々とどたばたして疲れた……。

「了解です。お嬢が次に目を覚ます時にゃ、もう見知らぬ異郷ですぜ。……ですがそこは、海の見える、温かい町です。」

「期待してるわ。あんたのチョイス。」


車は高速道路に上がっていく。

そして、東西に往来する車の大河に呑み込まれる。

もう、どの点が彼女の乗る車か、わからなくなっていた。

右代宮縁寿は、今日から名前を変えて、新しい天地で、生きていく。

名前は変えるが、縁寿であることを捨てたつもりはない。

縁寿としての。いいや、エンジェ・ベアトリーチェとしての、使命がある。
私はエンジェ・ベアトリーチェ。
黄金と無限と反魂の魔女。
マリアージュ・ソルシエールの魔女。
一九九八年の未来に生き残る、最後の魔女………。

■■Tea party

■図書の都・フェザリーヌの書斎

　どこまでも広大な図書の都の奥深く。

　その静謐《せいひつ》な書斎にしつらえられた机の前に、一人の魔女が座っている。

　尊厳なる観劇と戯曲と傍観の魔女は、筆を置き、天井を見上げながら深く息を吐き出すのだった。

　机の上には、書き散らされた膨大な量の原稿用紙が乱雑に積まれている。細やかな、そして尊厳ある者にしか読めぬ情報密度の極めて高い言語が、ぎっしりと書き込まれている。

　その言語の一文字は、ニンゲンの世界での書籍数冊に匹敵する情報量を持つ。それによって、ぎっしりと書き上げられた原稿用紙が、これほどに積み上げられているのだから。

　……彼女はきっと、何か一つの世界を、書き切ったに違いなかった。

「…………書き切ったには、書き切った。いや、正確には書き切っておらぬのだが。」

　彼女は立ち上がり、お気に入りの揺り椅子に腰を下ろすと、しばらくの間、その緩やかな揺れを楽しんだ。

「どこまでを描けば、果たして物語を書き切ったと言えるのか。……私の、物書きとしての長年の悩みだ。……ニンゲンの冒険は物語としてとても面白い。しかし、どこまでが冒険で、どこからがそうではないのかが、私をしても、未だによくわからぬのだ。

　……すでに没した私の旧友は、ニンゲンの生は、初めから終わりまでが全て冒険であり、筆を置くところなど存在しないと言ったが。……私はそうは思わぬ。筆の置き所というものがあると思う。物語は、適当なところまでを記し、その後の余韻や感想は、観劇者に委ねるべきだと思う。

……つまり、物語は適当なところで猫箱にしまうべきなのだ。……猫箱を巡っての長き物語なのだから、その終焉も最後までを記さず、猫箱にしまってしまうのが良いのではあるまいか…？」

フェザリーヌは、自分以外に誰もいない書斎で、……誰にともなく、そう語る。

もちろん、誰かが相槌を打つわけもない。

しかしフェザリーヌには、それが聞こえたらしい。ウンウンと頷くと、にんまり笑う。

「わかっている。もう少しだけを書き足し、そこで筆を置こう。……それで、そなたとはお別れだ。」

フェザリーヌが、少し暗くせよと指を掲げてくるくる回す。

すると、書斎の明かりが、ゆっくりと消えていく……。

「ほんの少しだけ休ませてはくれぬか。……その間は、我が猫、……もとい、我が巫女にお相手をさせよう……。」

どこかの寝室

「あ痛たたたたたたたたたたたたッ、ヘタクソッ、ベルン！　もっと上手に縫ってー！」

少女の高い声が室内に響く。

大きな天蓋付きベッドに横たわって悲鳴を上げていたのは、ピンク色の可愛らしい服に身を包んだ魔女。……ラムダデルタだった。

「……うっさいわね。手縫いが嫌なら、ミシンでやるわよ。だだだだって。」

「ミシンは嫌よー！　手縫いがいいー！　だからせめてもうちょっと優しく……、痛い痛い！」

「唾つけときゃ治るわよ。」

「キャン!!　予告なく舐めないでー！」

「今から畳針でぶっすり縫うわよ。マジで痛いから覚悟して。5、4、3、2、」

「そ、そういう予告は嫌ぁあぁぁ――――!!　ぎゃーぎゃ――!!」

と騒ぐ割には、仲睦まじい二人だった。

最後の戦いで、ばらばらにされたラムダデルタは、ちゃんと生きていた。

ただ困ったことに、ばらばらの状態でだ。

だから、その腕や頭などを、ベルンカステルがちくちくと、針と糸で縫い合わせているのだ。

まだ縫い合わせてもらえない左腕が自分はまだかまだかと、忙《せわ》しなくベッドの上を、人差し指と中指でヨチヨチと歩き回っている。

残すところはあと腕だけで、もうほとんど体は出来上がっているようだった。

そこへバターンと威勢良くドアを開いて、ヱリカが帰ってくる。

「ただいま帰りました、我が主ー!!　ごま塩、買ってきましたー!!」

「……ごま塩って何？　まさか紅茶に入れる気…？」

怪訝そうなラムダデルタを、ベルンカステルが一瞥する。

「ヱリカの玩具よ。……ヱリカ、お箸は持ってきた？」

「はい、我が主!!　名探偵に虫眼鏡！　古戸ヱリカにお箸ですっ。」

「じゃあいい？　そのごま塩の中身をざらっと出して、お箸で、ごまと塩に分けなさい。」

「はい、我が主!!　私の華麗なるお箸さばきを、どうかご覧下さいっ!!」

「ええ、がんばってね。……終わったら、ちゃんと袋に戻しておくのよ。」

「………あんた、またそーゆーことしてイジメてんの？」

「遊んでるのよ。失礼ね。………そうそう、ヱリカ。さっき郵便屋が来て、あんた宛の手紙を置いていったわ。」

「手紙⁉　事件の予感がしますッ。言わないでっ、私が差出人を当てます！」

「………消印は天界ね。ドラノール辺りじゃない？　あんたたち、まだ親交があったのね、驚きだわ。……ただ消印があるだけで。ベルンカステルにはこの程度の推理が可能です。」

「ピピピー‼　駄目です、我が主ぃ！　ヴァンダイン第九則！　探偵が複数あることを禁ズ！」

「……じゃあ、あんたが出てけばいいわけだわ。またね、名探偵ヱリカ。」

「そんなぁあああぁ、我が主ぃいいぃ、真実の魔女ヱリカ、ここにぃ！」

　じたばたと抗議の意を示すヱリカ。

　二人の様子を眺めていたラムダデルタが、呆れ顔で言った。

「…………あんたらって、仲良いのか悪いのか、未だによくわかんないわ。」

「悪いに決まってるでしょ。私が愛してるのはあんただけよ。」

「そ、そんなぁあああぁあ、我が主ぃいいいぃいい‼　ラムダデルタ卿！　やはり私とあなたは相容《あいい》れないようですね！」

「何よ、あんた。……この大ラムダデルタを相手に、勝負する気ぃ？」

　ヱリカは、にかっと笑い、ベッドの上を歩き回っていたラムダデルタの左腕を捕まえる。

「ここにラムダデルタ卿の腕があります。そしてここは、断面です。」

　ヱリカはにやにや笑いながら、指をわきわきさせる。

「ちょ、……まさか、あんた………、」

「私のライバルには、こぉんなことが出来ます。」

「ぎゃッ、ぎゃわっははっはっははは、あひゃーひゃっひゃっひゃ、やぁめてぇええぇくすぐったいいいぃいいいぃ‼」

　……ラムダデルタの左腕の断面をこちょこちょと

くすぐる。どうやらそれは、ものすごくくすぐったいことらしかった。

ちなみに、ラムダデルタのその断面は、綿飴の白いふわふわがはみ出した可愛いものだ。

何しろ彼女の体は、甘いお菓子とちょっぴりのスパイスで出来ているのだから。

断面は、決して怖いものではないのでご安心を。

我が主に続き、私もラムダデルタ卿に単騎で勝ちました！　そう叫びながら飛び回るヱリカに、がるるるると吼えて威嚇するラムダデルタ。呆れながらも、ちくちくと親友を縫うベルンカステル。

それはとても和やかな風景だった…。

「それで？　手紙には何て？」

「ドラノールたちの近況でも書いてあんの？」

文面に目を通すヱリカに、二人が尋ねた。

「ガートルードさんは異端審問官に昇進したとか。そりゃーオメデトウゴザイマス、ぱちぱち。……へー、最近、猫に続いて、わにゃんを飼い始めたとか。」

「………わにゃんって何…？」

「えー、ベルン知らないの⁉　遅れてるぅ〜！　最近、ブームじゃないっ！　最近、私もメスのわにゃんを飼い出したのよ。金平糖も美味しく作れて最高よ⁉」

「……よくわかんないけど、今度からあんたの手作り菓子を食べるのは遠慮するようにするわ…。」

「コーネリアさんは、………へー。審問官選考に格闘技段位が有利と知って、最近は格闘技を始めたとかっ。全然、想像がつきませんねー。」

「格闘技ったって色々あるわよ。何、始めたの？」

ラムダデルタが足をぱたぱたと動かしながら聞く。

「キックボクシングに中国拳法だとか。絵羽の影響ですかね？」

「………片足で立って戦いそうなイメージない？」

「そうよねぇ。誰かさんが、片足立ちをずいぶん鍛えたもんねぇ。」

ラムダデルタの愉快そうな視線を浴びて、ヱリカが手紙を取り落としそうになる。こほんと小さく咳払いをして、彼女は再び文面に目を走らせた。

「ウィルさんの近況も書いてありますよ。えー、意外ー！　ウィルさん、ＦＸで一山当てたらしくて、それで不動産買って、今は不動産収入で悠々自適だとか……！　最近はバドミントンやってるんですってー。」

「……コーチが厳しそうね。」

「きっとおしりが腫れ上がってるわよ。」

三人の脳裏をよぎったのは、ラケットを手に顔を歪めるウィルと、その後ろに立つ理御の姿だった。

「で、ドラノールは？」

「相変わらず、ハンコとハンコと決裁印と認印と、たまーにサインの日々だそうで。自分がじきじきに出動するから、自分の管区でぜひ事件を起こして欲しいデスって書いてあります。」

「起こしてやったら？　事件。」

「探偵が行くとこ事件ありって言うもんね。」

「まぁ、その内。気が向いたらイジメに行ってあげてもいいかもです。あぁ、あとシエスタ姉妹兵たちのことも書いてあります。」

「………待って。一度に聞きたくないわ。少しはもったいぶらなきゃ。……さぁ、出来た。」

「あぁ、やっと右腕が生えたわ！　次っ、左腕をお願いね！」

「その前にお茶にしましょ。……エリカ、紅茶の缶と、梅干しの壺を用意してちょうだい。」

「はいっ、我が主！」

航海者の魔女たちは、一つの旅を終えて、その翼を休める。また次なるカケラを探しに、新しい旅に出るために。

今だけは紅茶の香りを楽しみながら、ひと時の休憩……。

「今度はどこへ行く？」

「……あんたが北へ行くなら私は南へ。」

「じゃあ、ベルンが東へ行くなら、私は西へ行くわ。」

「……また、こんな愉快な物語を見つけられるといいわね。」

「今度は、ベルンが憎まれ役じゃないといいわねー。」

「あら。悪役も楽しかったわよ。」

「……次は、どんな物語を見つけられるかしらね。」

「そして、どんな物語で再会出来るのかしら。」

「愛し合う二人に、カケラの海は狭いわ。」

「天井桟敷。」

「カケラの海は広大だわ。」

「殻の中の幽霊。」

「いつか会えるわよ。また何かのなく頃に。」

「………いいじゃない。それにしましょ。」

「「いつか会えるわ。また何かのなく頃に。」」

あっはははははははははは……。

魔女たちの楽しそうな声が遠退いていく。


さよなら、みんな。

また何かの、なく頃に。

■■？？？？

数十年後の未来

■都会のホテル

そこは大きなホテルの、一番大きなバンケットルーム。大勢の来賓がひしめき、壇上にて受賞盾を受け取る人物を拍手で祝福していた。

表看板には、国内有数の大手出版社の授賞式典と書かれている。

「続きまして、小説部門に参りたいと思います。受賞作は、皆さんもご存知。世界的な一大ムーブメントを巻き起こし、破竹の快進撃を続ける、ファンタジー冒険小説『さくたろうの大冒険』です！」

正面のプロジェクターに、作品の概要が映し出される。それは、すでに八巻を越える、長編ファンタジー冒険小説。臆病な草食らいおん、さくたろうが、仲間たちと出会い切磋《せっさ》琢磨《たくま》しながら成長して、「一つのカケラの秘宝」を求めて大冒険する痛快ファンタジーだ。主人公さくたろうの名台詞《ぜりふ》「僕は百獣王になる」は、流行語大賞の候補にもなった。

痛快に読める娯楽小説の体裁を取りながらも、子供たちに伝えたいテーマがいくつも織り込まれ、親子で読みたい冒険小説として高い評価を受けた。

しかし、それは最初から得られた評価ではない。六巻頃まではそれほどの話題にならなかったが、昨年、海外翻訳が始まると大ブレイクし、一気に話題の作品となったのである。

このシリーズ以前にも、ずいぶんとたくさんの作品を書いていたが、それらは当時、まったく評価されなかった。

しかし、今回の大ブレイクにより、過去の作品も次々に再評価されている。その意味では、作者は非常に遅咲きで評価されたと言えるだろう。

「寿《ことぶき》先生……!!　受賞、おめでとうございます！」

「今回の『さくたろう、魔女の島へ』も実に素晴らしい作品でした！」

出版社の幹部たちが次々に祝福の言葉を掛ける。

『さくたろうの大冒険』。

作者の名は、寿ゆかり。

印税のほとんどを恵まれない子供たちを支援するための基金とし、自身もいくつかの養護施設で理事長を務めている。

一部の嫉妬深い人々は、それを偽善的であると批判しようとしたが、彼女を知れば知るほど、その声は小さく萎《しぼ》み、消えていった。

寿ゆかり。今やその名は、日本の津々浦々にまで響き渡っていた。

彼女は椅子に座りながら、挨拶に訪れる人々に対し、にこやかに返事をしている。

昨年、初期の癌《がん》が見つかり、手術を終えた後、めっきりと体力を落としてしまった。そのため、立食形式であるこの受賞パーティーでも、彼女は椅子を用意してもらい、座ったまま挨拶をしていた。

彼女がもう二十歳、いや、せめて十歳若かったら、……二十一世紀に名を残す大作家になっただろうと惜しむ人間もいる。彼女は正当な評価を受けるのに、あまりに長い時間を掛けたのである……。

もう、若いとはとても言えない。

それでも彼女の、執筆に対する執念は一向に衰えない。彼女が入院をしていた時でさえ、常にキーボードを叩き続けていたことは、ある種の武勇伝だ。

彼女は言う。

自分は、伝えるべきことを、まだ伝えきっていないと。

それは『さくたろうの大冒険』を書き切るということですか？

その記者の問いに、彼女は答える。

私が一つでも多くの作品を書くことで、一人でも多くの子に、幸せを見つける方法を知ってもらうことが出来るなら。私は人生の限りを尽くして、一作でも一頁《ページ》でも多く書こうとするでしょう。私が授かった大切な教えは、まだまだ伝えきれていないのですから……。

「寿先生、この度は受賞、誠におめでとうございます！　映画の方も大好評と聞いております！　このまま行けば『ハリポタ』を超える記録的大ヒットになるとか！」

『ハリからポタポタ』。

世界的に大ヒットした大作ファンタジーだ。

「ありがとうございます。身に余る光栄です……。」

「あ、申し遅れました…！　私、丸々出版第一編集局長の丸々と申しますっ。」

「これはどうもご丁寧に…。いつかご一緒に仕事が出来るといいですね…。」

元気良く話しかけてきた編集者が、急に辺りを窺うような素振りを見せ、……声を潜めた。

「……実は先生。……その、唐突なお話なのですが、……推理小説家の、八城十八先生をご存知でしょうか。」

「八城……、十八先生、……ですか。」

彼女はその名を、数十年ぶりに思い出す。

その名を再び聞くことになるとは、……思わなかった。

「ご存知ですか？　ひょっとしてお会いになったことがおありとか…。」

「いいえ、ありません…。お尋ねしたこともありましたが、当時は私も無名。それも唐突に出版社さんへ押し掛けたもので、お断りされてしまいまして……。」

「おや、それは初耳でした…！　ひょっとして、八城先生の作品がお好きだったりするようなことは…。」

「いいえ。ただ、どのような先生か、お会いしたいと思ったことがありましたもので……。」

「そうでしたかそうでしたか。……実はですね、その八城十八先生がですね、……先生に内々にお会いしたいと申しておりまして。」

「…………………。……私に、ですか。」

「はい。対談や何かというわけではなく、内々に、個人的にお会いしたいということでして……。もしお許しいただけるのでしたら、我々の方でセッティングをさせていただきたいのですが…。もちろんもちろん！　これは仕事の話ではございませんのでっ。」

………八城十八が、寿ゆかりに、会いたい。

私が伊藤幾九郎の正体を暴き八城十八に至ったように。……彼女もまた、私の名から、私の正体に至ったのだろうか。

世紀末社会現象とまで呼ばれた、六軒島のミステリー騒ぎ。世界中の好事家までも巻き込んだ乱痴気騒ぎは、八城十八が主催した、「真実を記した右代宮絵羽の日記の公開」というイベントを境に、一気に収束した。

彼女はそれを主催しておきながら、日記を公開せずに姿を消すという暴挙に及び、激しい批判を受けた。しかし同時に、大勢の犠牲者を出した痛ましい事故を、好奇の目で弄《いじ》くり回すのは不謹慎なことではないかという、とてもとても当たり前の雰囲気が蘇った。

そして、六軒島ミステリーの馬鹿騒ぎは、いつの間にか萎むように消えていった…。

八城十八。いや、伊藤幾九郎。

六軒島ミステリーの偽書作家として脚光を浴びた。真実に至っていると自称し、衝撃的なフィクションを次々に発表。六軒島ミステリーの牽引《けんいん》役として有名になった。

その伊藤幾九郎の正体が八城十八だと突き止めた私は、出版社に面会を申し入れたが、それは叶わなかった。

その当時の感情でいうと、彼女は憎々しい。

最初の頃は、六軒島ミステリーを踏み台にした彼女の売名行為ではないかとも思ったが、……今ではわずかに感謝もしている。

彼女のあの日記非公開の暴挙がなかったら、六軒島の猫箱は、今も大勢の山羊たちの慰みものにされていただろうからだ。

猫箱を弄んだ偽書作家として、今も心穏やかならぬものは感じる。しかし同時に、実質的に六軒島を眠りにつかせてくれた人物でもある。

そして、……彼女が本当に真実に至っているのかどうか。なぜ彼女が、〝私から見てさえ〟限りなく近い真実に至っているのか。

それを、あれから長い年月を経た今となっても、……知れるものなら知りたいと、そう思った。

「いかがでしょうか、寿先生……。もちろん、急なお話ではございません。八城先生も、お時間がいただけるならいつでもいいと仰っておりまして…。」

「わかりました。……先方は都心に近い方ですか?」

「いつでも参上出来ると申しております…!」

「わかりました。……では来週の日曜日に、静かな喫茶店でお会い出来るよう、お取り計らいをお願いしてもよろしいですか…?」

「はいっ、わかりました…！　ありがとうございます、本当にありがとうございます！　八城先生もお喜びになると思います…！」

「条件があります。」

「はいっ、何なりと…！」

「お仕事の話ではありませんので、編集の方はご遠慮下さい。」

「無論でございますっ、そのようにいたしますっ。」

「私と八城先生の、二人きりでお会いします。そのように、お願い出来ますか…。」

「あ、実は先生……。……その、ここだけの内密な話なのですが…。」

「何ですか…?」

「……実はですね。……八城十八先生は、お二人で書かれている先生でございまして。対外的には女性の先生がお一人で書かれていることになっておりますが……。実際はもう一人、男性の先生がおりまして……。……そのお二人で、お会いしたいと申しておりまして……。」

それを聞いた時。……私には、何かの予感があった。

……八城十八という、右代宮家と何の縁もない人間が、どうしてその内情をあれだけ詳細に書けたのか。

もう私には、ある一つの奇跡の予感があった……。

■都内・喫茶店

私は旅立ちの日、右代宮縁寿という名を捨て、新しい人生に歩み出した。

今でこそ和解したが、当時は須磨寺家とのトラブルがあり、それを嫌ったためだ。

……そのせいで、新しい私と連絡が取れるのは、ごく限られた人だけになってしまった。


しかし、私が今年、『さくたろうの大冒険』で脚光を浴び、寿ゆかりという名を広めたことで、……彼の耳に届いたのかもしれない。

あのライオンのぬいぐるみを、さくたろうと呼んで真里亞お姉ちゃんと一緒に遊んだこと。それを知る者が、さくたろうという名と、私の名を結び付けたなら、……私の正体に気付くのは、当然のこと。

そして、私の正体に気付ける人間は、とてもとても、限られている。

……そして、推理小説に堪能《たんのう》な、男性。

それが意味する人物を、私は一人しか思い付けない。

遺品整理の時、彼が自室に、本当にたくさんの推理小説を積み上げているのを、私は知ったから。

約束の時間は、もう少し。

私の胸は、……まるで、恋を初めて知った少女のように高鳴るのだった……。

約束の時間ちょうどに、来客を知らせるチャイムの音と共に、………彼らは姿をあらわした。

それは、車椅子に乗った男性と、それを押す女性。

私の目はすぐに、車椅子の男性に釘付けになった。

……そしてすぐに、……その面影に片鱗《へんりん》が残っていることに気が付く…。

髪の毛はだいぶ白くなっていたけれど、紛れもなく、彼は、…………兄だった。

私の兄の、……右代宮戦人だった……。

兄は、私と目が合うと小さく会釈をする。私も慌てて席を立ち会釈をする。

……兄妹が、数十年ぶりに再会するというのに、何だか仰々しくて滑稽。

でも私の頭は、あの日よりずっと待ち続けていた奇跡が現実のものとなり、……もう真っ白だった。

「……寿ゆかり先生でいらっしゃいますか。」

車椅子に手を添えながら、長い黒髪の女性が言った。

「寿ゆかりでございます…。……先生方が、八城十八先生でいらっしゃいますか。」

「初めまして、先生。今日は貴重なお時間を誠にありがとうございます。……私は八城幾子と申します。主に執筆を担当しています。……こちらは十八。主に原案を担当しています。」

幾子と名乗った女性は、私よりずっと年上のはずなのに、信じられないくらいに若々しいのが印象的だった。

お化粧が上手とか、若作りが上手いとか、そういう感じじゃない。こう言っては変だけど…。不老不死だから老けない、とでもいうような、……そんな不思議な神秘性を感じた。

そしてすぐに、彼女が兄を、十八と紹介したことを思い出す。

「……失礼ながら、……お二人はご結婚を？」

「結婚はしておりませんが、ずいぶん長く一緒におります。」

「そうですね、気付けば、ずいぶん長く一緒にいましたね……。」

兄はそう言いながら微笑む。

……兄にとってのこの数十年間が、少なくとも孤独なものではなかったことを知って、私は安堵し、とても安らかな気持ちになるのだった。

気付けば、兄もまた、私の顔をしげしげと見ていた。何しろ、当時の私は六歳。その面影を見つけるのは難しいだろう。

でも、……それでもきっと、わかる何かがあるはず。

私たちは、まるでお見合いでもするかのように、ちらちらと相手の顔を盗み見ては、恥ずかしそうに俯くのだった。

お互い、世間体を気にする年齢だ。わかってはいても、他人行儀を崩せないのだろう。そんな滑稽なやりとりが、無性にくすぐったい。

……運命の再会は、お互い感涙に咽《むせ》びながら、がばっと抱擁。そんな風に思い込んでいたのだが、現実はそうではないみたいだ……。

でも、いい。

今は、この胸が幸せな気持ちではちきれそうだった……。

「注文を取りましょう。コーヒーでいいですか？　皆さん、何かお好みは？」

「私には酸味が強くないのを。……寿先生は？」

「あ、……私は何でも…。…ではカフェオレを……。」

何て他人行儀。

兄もさすがにそろそろ、そのやりとりをくすぐったく思っているようだった。

「……さて。」

彼女がそう言うと、私も兄も沈黙して背筋を伸ばす。

「私から？　それとも十八から話しますか？」

「……私から話しましょう。そのために、今日は無理をお願いしたのですから。」

兄はそう言い、静かに私を見る。

「私は今日、……あなたが、ある人物ではないかと信じて、ここへやって参りました。彼女の名は、右代宮縁寿。……あなたの作品と先生のお名前を聞き、私はあなたが、右代宮縁寿さんに違いないと、確信したのです。」

「はい。……その名を名乗ることを止め、もうずいぶんになりますが。本名を、右代宮縁寿と申します……。」

私は、長い年月の間にすっかり染み付いてしまった、仰々しいお辞儀をする。

……お互い、歳を取ったね、お兄ちゃん。

私はそう、心の中で呟く。

今度は私の番。

失礼して、ハンドバッグから、写真を取り出す。

私が戦人お兄ちゃんと遊園地に行った時の一枚だ。

他にも楽しそうな写真はたくさんあるが、この一枚が、一番面影をよく捉えていてわかりやすい。

その写真と、彼を見比べる。

もはや、疑いの余地は一切ない。

「……十八先生。あなたの本名は、………右代宮戦人…、……さんですね……？」

私の中の時計の針が、止まる。

その質問に、はいと答えて欲しい…。

もう、ここまで間違いないと確信しているのに、……それでもなお、私の緊張感は高まる。

そして、私にとっては長過ぎる一瞬を経て、兄は答えた。

「そうです。」

「…………………………。」

思わず、しげしげと兄の顔を見てしまう。

兄は、信じられないくらいにあっさりと、自分が右代宮戦人であることを認めた。

……私の目にはみるみる涙がたまって、ぽろぽろと溢れ出す…。ハンカチを取り出して目頭に当てるが、溢れ出る涙の粒を堪えることは出来なかった…。

お兄ちゃんはやっぱり生きていた…。

ならどうして、すぐに私のところに帰ってきてくれなかったの？　あの一番辛かった日々にお兄ちゃんがいてくれたら、私はどれほど救われたことか……。

それは本来、兄を呪う感情だが、それさえも今や和らぐ。こうしてお兄ちゃんと再会出来た奇跡の前に、……これまでの想いなど、全て涙となって零れ落ちるだけなのだから。

今は、……とにかく嬉しかった。

私は、一人ぼっちじゃなかった。

それを信じて、何十年もがんばってきた。

それがようやく、………報われたのだ……。

私の涙はいよいよ止まらなくなる。

しばらくの間、私は鼻水さえ零しながら、泣きじゃくるのだった…。

それを見て、兄は申し訳なさそうに俯く。

……私の元に、どうしてもっと早く帰らなかったのか。それを悔いているように見えた。

だがきっと、兄にも何かの事情があったのだ。

彼はおそらく今日、それを語り、私に詫びようと思ってくれたのだろう。

もう、……今日、こうして、私の前に名乗り出てくれただけで、……私の中の全ては、涙で洗い流されている。

「……す、……すみません……。……こんな、……みっともないところを……。」

「いいえ。無理もないことです。……あなたは、何十年もの間、たった一人で、家族の帰りを信じ、待たれたでしょうから。」

「信じてましたよ……。………帰ってくるって………。………お兄ちゃん…………。」

私が弱々しく手を伸ばすと、……兄も、ゆっくりと手を伸ばしてくれた。

そして、……私はその手を、握る。どれだけ長い年月を経ても、………それは間違いなく、兄の手。

私はもう一度、涙が溢れ出そうになるのを堪えるのだった……。

「……絵羽伯母さんは、九羽鳥庵に逃れて爆発事故を免れました。……お兄ちゃ、……兄さんは、どうやってあの事故を免れたのです？」

「私はあの日、……地下道に逃れました。」

「それは九羽鳥庵に続く？」

「島の反対側の隠し屋敷に続く地下道だと教えられました。……しかし、私たちは九羽鳥庵ではなく、潜水艦基地の方へ逃れたのです。」

兄があの日、どういう経緯で地下道に入り込んだのかはわからない。とにかく、地下道に入り、そこから絵羽伯母さんとは違い、潜水艦基地の方へ逃れた。

そこで爆発を逃れ、生き延びたのだ……。

「そこから、私はモーターボートで脱出しました。……ですがその途中で、……おそらく、転覆してしまったのでしょう。」

「おそらく、とは…？」

「……申し訳ありません。十八は、記憶障害があるのです。海で溺れた前後の記憶が曖昧なのです。」

言い淀《よど》んだ兄の代わりに、幾子がそう答えた。

「ひょっとして、……しばらくの間、兄は自分が右代宮戦人であることを、忘れていた…？」

「その通りです。」

……あぁ、もうそれで、ほとんどの謎に説明がつけられた。

兄は爆発を逃れたが、島から脱出した際に船が転覆したか、あるいは体勢を崩すかして、海に落ちた。そしてその後、どこかへ漂着し……。

「十八はあの日、路上に倒れていました。状況から考えると、……おそらく交通事故に遭ったのだと思います。」

「幾子が私に気付くのがもう少し遅れていたら、私は二度と目を覚まさなかったでしょう。」

「はねたのは私ではないかと、ずいぶん疑われた気もしますが。」

「いや、それはもう謝りましたよ……。」

これで大筋が納得出来る。

兄は、溺れた時のせいか、あるいは交通事故のせいで、記憶喪失に陥っていたのだ。

やがて記憶は戻ったのだろう。しかし、その頃にはもう私は、寿ゆかりとして新しい人生を歩み出していた。

私の居場所は小此木社長を含めた一握りの人しか知らない。兄が私に連絡を取ろうとしても、それが叶わなかった可能性はとても高い。

……未来に生きると決心して捨てた名前が、皮肉にも、兄との再会をこれだけ長い間、拒んでしまったのだ。

その意味では、これは私の責任。自業自得だった。

……しかし、私は兄からのメッセージを、ちゃんと受け取れていたはずだ。


それは、伊藤幾九郎のこと。

私は、真実に至ったと自称する偽書作家、伊藤幾九郎の正体が八城十八だと気付いた。そして、なぜ彼女が真実に至ったと自称出来るのか問い質そうと、出版社を通じて面会を要求したのだ。

しかし、叶わなかった。結局、何の連絡もなく、八城十八と面会するのに、こうして数十年の月日を要することになってしまった。

……あの時、出版社が私を取り次いでくれたら、私たちはもっと早くに再会出来ていたのだ。

しかし、当時の私は、札束をばら蒔くだけのブルジョワ娘。誰の紹介もなく、ずかずかと乗り込んできて、当時、人気絶頂だった八城十八に会わせろと言ったって、取り次がれるわけもない。

私たちはおそらく、何度もすれ違ったのだろう。

その内の一度でも結実して、出会えていたなら。

……私の人生は、まったく違うものになっていただろう。

でも、それが運命なのだ。

神様は、私たち兄妹が再会するには、数十年の時間が必要だと判断されたのだ。

そしてその間に、兄は二人三脚の推理小説作家に。私は児童向け冒険小説作家となった。

それは社会的には成功を収めたと言っていい。兄も私も、立派になって再会することが出来たのだ。

今はただ、奇跡を起こしてくれた神様に、ひたすらに感謝したかった……。

「お互いが作家として成功してから再会出来たのも、神様の思《おぼ》し召《め》しでしょうね……。………当時の私は無名だったから取り次いでもらえなかった。そして、私も兄も、作家として有名になったから、こうして巡り合えた……。……これも全て、神様の思し召しだと思います……。」

少しの間を置いて、幾子が口を開いた。

「当時、あなたが出版社を経由して、私たちに面会を求めているという話は、私たちのところへも届いておりました。………伊藤幾九郎の正体に気付いたファンが、面会を求めているが、お会いになりますかと。」

「……押し掛けてくるファンもたくさんいらっしゃったでしょうからね。いちいちお会いにはなれなかったでしょう……。」

「いいえ。あなたの名前が右代宮縁寿だと、担当者から連絡はありました。……当時、私はすでに、十八の本当の名は右代宮戦人であると気付いていましたので、あなたと十八を面会させるべきではないかと思ったのです。」

「私が、断ったんです。」

兄は、そう言った。

「………今、………何と……？」

「私が、あなたに会いたくないと、断ったんです。」

兄はもう一度、はっきりとそう言った。

私には、何が何だかわからない。

ただ、呆然と兄が続けるに違いない次の言葉を待って沈黙するだけだった…。

「……十八は記憶障害だった、とはすでに申し上げたと思います。……それがある日、」

「どうして、私だとわかってて、断ったんです…?」

私は、幾子の言葉を遮って、きっぱりと問い詰める。

兄が私を拒絶する、どんな理由があるというのか。まったく想像がつかない。

その不快感は、私が長らく忘れていた、怒りという感情を呼び起こす…。

「一人ぼっちの妹が、孤独に押し潰されそうになりながら生きているのを、あなたは知っていたはずです。なのに、どうしてっ、……その私があなたのもとへ訪れるのを、拒まれたのですかっ…。」

兄は俯く。申し訳なさそうに、というよりは、言葉に詰まって、という感じ。

悪びれる様子さえ感じられず、私はさらに声を大きくして兄を詰った。


私が八城十八にアポイントを申し込んだ時には、もう伊藤幾九郎は偽書作家として有名だった。

伊藤幾九郎の偽書が、なぜ真実に至っているのか。明白だ。

兄、右代宮戦人が、島で何があったかを事細かに説明したからだ。

つまり、伊藤幾九郎の登場は、兄の記憶が蘇ったことを示す。だから、私のことを忘れてたなどという言い訳は出来ない。

いや、実際、言い訳はしてない。

それどころか、私だと知っていて、面会を拒んだとはっきりと言っている。

「……今となっては、後悔しています。」

「後悔って…!! 私の気持ちを考えたことはあるんですか⁉ この数十年間、……人生のほとんどを！ どんな気持ちで私が過ごしてきたか……。」

私の中の様々な感情がぐるぐると渦巻く。感情がコントロール出来なくなっていることを自覚する。

私は失言や暴言を口にしないよう、代わりに嗚咽を漏らすしかなかった…。

「あなたに、酷いことをしたと、今は深く後悔しています。……ですから、あなたをあれから、ずっと探していました。あなたにとっても、私にとっても、……もっと早くに、出会うべきでした…。」

「…………ならなぜ、………あの時、会ってくれなかったんですか………。」

「……寿先生。……先ほどもお話ししました通り、……十八は記憶障害を持っています。事故の後遺症です。いえ、脳障害と言った方が良いでしょう。」

「それでもっ、記憶は戻ったじゃありませんかっ……！」

「……ええ、記憶は戻りました。ただ、それでも障害の後遺症は治りませんでした。」

「私は、右代宮戦人の記憶を持っています。……ですが、それが自分のことと、思えないという、脳の病気なのです。」

「…………自分のことと、………思えない……？」

「……はい。……確かに私は、島を脱出した前後のことは、今でも記憶があやふやです。しかし、それ以外のことはほとんどを思い出しました。………たとえば、あなたが大事にしていたピンクの髪飾りは、私が遊園地のゲームコーナーで取ってあげたものだとか。」

「ええ、そうです。私の子供の頃の宝物です。……今もこうしてハンドバッグの中に、大事にしまっています…。」

「他にも、色々。……あなたがひじきが嫌いでお母さんを困らせていたことや。それを私のお皿に移して誤魔化そうとしたことや。……他にも、」

「そこまで覚えていて、………どうして、自分の記憶と思えないのですか…。」

「……………それが、……私の脳障害なのです。……いくつもの病院を巡りましたが、どうにもなりませんでした。……あなたにはわからないでしょう。

ある日、突然、知らない男の記憶が頭いっぱいに溢れ出すのが、どれほど辛いことか…。」

それは、自分が自分でなくなるという恐怖だった。

頭の中に、見知らぬ男の記憶がいっぱいに広がり、自分を塗り潰しそうになるというのだ。

それはおそらく、自分の失われた記憶に違いないのだろう。しかし、………彼の脳は、それを自分の記憶とは、受け容れられなかった。

「辛く、恐ろしい日々でした。………自分が、知らぬ人間に頭の中を侵食されていくかのような…。

………今日、明かりを消して眠ったら、自分という私は、もう二度と目覚めず、明日の朝からは、私の体を乗っ取った違う男が生活を始めるのではないか。

……そんな恐怖が、数え切れぬほどの夜に、私を苛み続けました…。」

「………彼も何度かは、それが自分の正しい記憶であると受け容れる努力をしたのです。……自分は右代宮戦人であると、何度も念じ続けました。」

「ですが、駄目だった。……私は私、…八城十八なんです。……頭の中に、どれほど右代宮戦人の記憶が溢れようとも。……それは私には、他人の記憶なんです。………私には、右代宮戦人を受け容れることは、出来なかったんです……。」

……「右代宮戦人」はそう言い、……目頭を真っ赤にしながら俯いた。

「…………彼はある日、自分と、受け容れられぬもう一人の自分との板ばさみに、発作的に………。」

「……………………………………。」

「運良く、一命を取り留めましたが、その後遺症で、車椅子で生活せざるを得ない体に…。」

短い沈黙を経て、……縁子は言葉を選ぶようにそう告げた。

「………そんな、……ことが……。」

これで、兄が車椅子に乗ってあらわれた理由が、わかった。そして、……どうして兄が、私との面会を拒んだのかも、わかった……。

彼は私に「兄」と呼ばれることに、……怯えたのだ。自分でない自分がさらに大きく膨らみそうで、……私に会うことに恐怖さえ覚えたのだ。

「それでも、彼は戦ったのです。………自分の中に右代宮戦人がいる以上、あなたに会うのがその義務ではないか。そう思い、彼は何度も、…二人の自分の狭間で戦ったのです。」

そして、………彼は発作的に、…………。

……そのようなことがあれば、幾子が彼に、もう右代宮戦人のことは思い出さなくてもいいと言うのは、当然のことだ。

彼は、「右代宮戦人」であった記憶を、ゆっくりとゆっくりと、忘れるように努めていった。

医者の指導と投薬。そして幾子の甲斐甲斐しい世話もあって、……ゆっくりと、心の平穏を取り戻していったのだ……。

「それでも。………私は、いつか。あなたに会わなければならないと思っていました。……正直なところ、私は昨夜、一睡も出来ませんでした。………あなたに会うことが、恐ろしかった……。」

「………………………………。」

「あなたと会うことで、私は死ぬのではないか。……そう、怯えたのです。……しかし、私は今、ここにいて、あなたとこうして普通に会話をしています。……だから、後悔しているのです。………もっと、早く、………私はあなたに、……会っておけば……。……あなたも、……私の中の右代宮戦人も、………こんなにも長い年月、苦しまなくて済んだだろうと思うと、……それが、……申し訳なくて…………………ッ……ッ……。」

かつて「右代宮戦人」だった彼は、そう言いながら、嗚咽を漏らした。

……私はもう、……理解しかけている。

やはり、……そうなのだ。

右代宮戦人は、…………あの日に、死んだのだ。

だって、………魔女があんなにも、赤き真実で、兄は死んだと、繰り返してたじゃないか…。

……いつだってみんなは一緒にいると誓った、未来の魔女が、……反魂の魔女が、…………情けない……。

………………………………。

「……十八さん。どうか、お顔を上げて下さい。」

「…………っ、……寿先生………。」

彼らは、私が十八さんと呼んだ意味を、察する。

私も、「彼」のことを、十八さんと呼ぶことで、……心の興奮が、少しだけ落ち着くのを感じた。

「ありがとう。………ずいぶん、苦しまれたのでしょうね。……本当にありがとう、十八先生……。」

「……ぅ、…………ぅぅっぅぅぅ……、…………ぅぅ……。」

「………ありがとう。兄さん。………今日は無理をしてここまで来てくれて、……ありがとう…………。」

私たちは、手を取り合い、……額を寄せ合って、しばらくの間、互いに涙を流し合った。

そして私たちは、在りし日の思い出を語り合った。

彼は、私が覚えていないようなことさえ、鮮明に記憶していた。それらに私が涙する度に、彼は申し訳なさそうに俯く。それが彼を傷つけていると知り、私は泣き笑いのような、おかしな顔をしながら、彼の話してくれる思い出に相槌を打つのだった。

……彼が右代宮戦人でなくても。

私のところに、お兄ちゃんは帰ってきてくれた…。お帰り……。………お兄ちゃん……….。

もう、表は真っ暗になっていた。遠方から来ているのに、こんな遅くまで時間を割いてくれた。

私たちは店を出る。

十八先生とは、……もう二度と会わない方がいいだろう。彼を苦しめるし、……何より、私をまた、過去に縛り付けてしまう。

それでも、あと一度だけ。

どうしても彼を案内したい場所があった。

「……十八先生。……最後にもう一度だけ、お会いして下さいませんか。どうしても先生を、ご案内したい場所があるんです。」

「…………………。……ええ、いいですとも。」

私はハンドバッグの中から、四つに畳まれたA4の案内状を取り出し、手渡した。

二人はそれを広げる。

「おや。これは素敵な催しですね。」

「………そういえば先生は、小説の他にも、色々とご活躍でいらっしゃいましたね。」

十八先生の言葉に謙遜しながら、私は言う。

「その日に、もう一度だけお時間を下さいませんか。……それで、私も兄も、納得すると思います。十八先生も兄の記憶の重石から、解放されて良いと思います。」

「……予定は、……問題ないです。文庫の後書きさえ終わらせておけば。」

手帳を確認していた彼女がそう言うと、……十八先生は穏やかな表情で返事をしてくれた。

「わかりました、寿先生。……ぜひ、お伺いさせてもらいます。」

「ありがとう、十八先生………。」

■福音の家

冬が近付いていることを知らせる、冷える十月の夜。……八城十八を名乗る二人は、再び縁寿に招かれ、都内を訪れた。

その大きな建物の前に、車が停《と》まる。

幾子は手馴れた様子で車椅子を広げると、助手席の十八に肩を貸しながら、そこに座らせる。

後ろに回って手押しハンドルに触れながら、彼女は建物を見上げた。

「………立派ですね。」

「福音の家。……来るのは初めてですが、……よく知っています。右代宮家が援助していた、子供のための施設のはずです。」

「幾子先生、十八先生。本日は、福音の家までようこそいらっしゃいました。」

縁寿と職員たちが二人を出迎える。

そこは、福音の家。親を失った、恵まれない子供たちのための福祉施設だ。

かつて、この施設は右代宮金蔵の援助によって成り立っていた。しかし、その援助が途切れ、福音の家は一度、畳まれることになったのだ。

それから数十年後。

施設は、再び蘇ることになる。

寿ゆかりの手によって。

「……寿先生、お久しぶりですね。本日はお招きに与りました。……これ、私たちからです。わずかですが、施設の子供たちに。」

「十八先生……。決してそのようなつもりでお招きしたわけではないのに……。本当に申し訳ございません……。」

恐縮しながら封筒を受け取る縁寿に、幾子が微笑みながら言う。

「どうかお気になさらず…。……未来の物語を紡ぐのは、いつだって子供たち。……彼らがいなければ、ニンゲンの物語は続かないのですから。」

「子供は宝です。ですから、どうか役立てて下さい。」

「……ありがとうございます。……寄付金の用紙がありますので、ご面倒でなければご記入を……。」

福音の家は、近年、大きく改装された。

子供たちが将来、ここを思い出す時、楽しかったと思えるように。縁寿が私財を投じて、美しい施設に大改築したのだ。

……彼女は今では小説家として莫大な財産を持っているが、そうでなくてもかつて、右代宮グループより生活費という名目で、毎年何千万と振り込ませ、それを全て積み立てていた。

それを、子供たちのために、彼女は惜しみなく使っている。

玄関に入ると、もう楽しそうな雰囲気がいっぱいに広がっていた。子供たちの書いた絵や、工作や。……色々なものがあちこちにところ狭しと飾られている。

このような上品な建物に、学校を思わせるような雰囲気のギャップが、ちょっぴりだけ面白かった。

駆け回る子供たちの騒ぎ声や笑い声が、遠くから聞こえてくる。

そちらに目をやりながら、十八は口を開いた。

「………悲しみに俯いて、ここへやってくる子供も多いでしょう。それが、あんな笑い声を聞かせてくれるようになるのですから、………あなたは本当に立派だ。」

「人は、誰だって未来を生み出し、幸せのカケラを見つける魔法が使えるんです。……ここは、そういう魔法を教える、魔女の学校なんです。」

「『さくたろうの大冒険』に出てきた、魔女の寄宿舎のことですね？」

「……あら、恥ずかしい。……十八先生も、お読みになられていたのですか…。」

はい、と答えて、彼は幾子を振り返る。

彼女は微笑して言った。

「先日のご縁以来、早々に読破しました。……寿先生の文才のみならず、その温かなお心には、本当に頭が下がります。」

「お恥ずかしい……。………どうぞ、そこの突き当たりです。」

十八の車椅子を押しながら、彼女たちは廊下を進み、突き当たりの大扉に辿り着く。

その向こうから、子供たちの楽しそうな声が溢れ出してくる。今夜のパーティー会場は、どうやらここらしかった。

折り紙で切り抜かれたジャック・オー・ランタンが、扉にいくつも貼られている。

今夜は、福音の家の、ハロウィンパーティーなのだ。

「十八先生、これを。」

「なるほど、トリックオアトリートというわけですね。」

縁寿がキャンディーの詰まった袋を手渡す。

施設の先生が小声で忠告する。子供たちが、どどっと押し寄せますから注意して下さいねっ、と。

「……子供か。もう何年も触れ合っていません。」

「どうか子供たちに、夢を語ってあげて下さい。みんな、お客様を歓迎しますよ……。」

「これは困った…。何を語ってあげればいいやら。」

「〝原稿の持ち込みは、よく出版社を選びましょう〟？」

茶目っ気たっぷりに幾子が言うと、十八も小さく笑って続けた。

「〝読者アンケートなんて気にしない〟。」

「くすくすくすくす。それでは開けますよ。子供たちが待ってますよ。」

縁寿は、観音開きの大扉を開いた……。

「ここ……は………………。」

そのホールの光景に、……十八は、絶句して目を大きく見開く。

ここは、六軒島の屋敷の、ホールだった。

違う、そんなはずはない……。

ここは間違いなく、福音の家。

そのホールは、……六軒島の屋敷のそれに、………瓜二《うりふた》つだった……。

「……素敵なホールですね。」

「これは、………六軒島の、……右代宮家のお屋敷のホールの、……再現ですね……。」

途切れ途切れに言った十八に、縁寿が答える。

「ええ。……私の記憶の中にあるものを再現しました。細部が間違っているかもしれませんが。」

「……いいえ。………これは本当に、………あの日の右代宮家のお屋敷の、……ホールです……。」

そして、十八の目が、……さらに奥のそれに、釘付けとなる。

それは、………肖像画。

六軒島の、もう一人の主の、肖像画。

輝くような金色の髪を結い上げた彼女は、黒い豪奢なドレスを身にまとい、額縁の中で微笑んでいた。

「……記憶のものに、………まったく同じだ………。」

「右代宮金蔵が肖像画を描かせた職人が、写真を持っていました。……それをもとに書き起こさせました。」

「………………………。」

私は、ただただ、呆然としていた。

長く大きいテーブルには、ハロウィンパーティーのご馳走が並び、子供たちがそれを頑張っている。

施設の先生が、ほら、お客様がいらっしゃいましたよーっ、と声を掛ける。

……子供たちが一斉にこちらを向いて、……立ち上がり、駆けてきた……。

客人をようやく迎えられるという、彼らの満面の笑みが、私を包み込む。

子供たちの笑顔と瞳が、………私を、歓迎する。

あぁ、………知ってる。……みんなの顔を、……私は知っている………。

遅かったな、遅かったですね、……ようやく来たよ、やっと来た……。

私を迎えてくれたのは、……右代宮家の人々だった。

ホールを包む黄金の輝きの中で、彼らは笑っていた……。

……それだけじゃない。

みんなの隣には、煉獄の七姉妹とさくたろうが。

シエスタ姉妹兵が。

ゼパルとフルフルが。

理御とウィル、それに異端審問官たちが。
エヴァとワルギリア、ロノウェにガァプも。
……みんな笑っていた。
……あの日のままの姿で……。
そして、黒いドレスを身にまとい、嬉しそうに笑う彼女は……。

待ちくたびれたぞ、戦人ァ。
……すまねぇ。来るのが、遅れちまった。
そなた、何故《なぜ》、車椅子になんぞ座っておるのか。
ほら、手を貸してやるからシャンとせい。
ベアトが歩み出て、……車椅子に座る戦人に、手を差し出す。
戦人は、……その手をゆっくりと摑み、………ゆっくりと、……立ち上がる……。
………俺は、…………………。

聞けっ。ここにようやく、我らは全員が集まったぞっ。
今宵、黄金郷はここに復活するっ。
割れんばかりの拍手が、戦人を祝福する。
そこには、みんないた。
みんな、みんな、みんな。
そしてベアトは戦人を抱き締める。
強く強く、……二度と離さないように抱き締める。
本当に、………よく帰ってきたな……。
帰ってきたぜ。遅くなったな。
……もう、離さぬぞ。
あぁ。俺ももう、離さない。
俺たちは、永遠に一緒だ。

この物語を、最愛の魔女ベアトリーチェに捧ぐ。

（END）

本書は、２０１０年発表の同人ゲーム『うみねこのなく頃に散　Episode8』のシナリオを全面改稿し、小説化したものです。

著者紹介

竜《りゅう》騎《き》士《し》07《ぜろなな》
1973年生まれ。同人ゲーム作家の他、小説家、原画家など様々な活動をしている。2002年に同人ゲーム『ひぐらしのなく頃に 鬼隠し編』を発表し、人気シリーズとなる。2014年夏には総集編『ひぐらしのなく頃に 奉』を発表。以後も創作活動を続けている。

KEIYA《けいや》（考証協力）
ライター。映画、漫画等のジャンルにおいて、シナリオ中心の技術的な分析・考察を得意とする。単著に『最終考察ひぐらしのなく頃に』『最終考察うみねこのなく頃に』『最終考察うみねこのなく頃に散』（アスキー・メディアワークス）。

Illustration
ともひ
1983年生まれ。まんが家、イラストレーター。竜騎士07『ひぐらしのなく頃に』シリーズ（講談社）などの挿画をつとめる。

BOX&BOOK Design Veia

講談社BOX　KODANSHA BOX

うみねこのなく頃《ころ》に散《ちる》 Episode8《エピソード》　定価はケースに表示してあります

2018年9月28日 第1刷発行

著者 ── 竜《りゅう》騎《き》士《し》07《ぜろなな》

発行者 ─ 渡瀬昌彦

発行所 ─ 株式会社講談社
東京都文京区音羽2-12-21　郵便番号 112-8001
編集 03-5395-4114
販売 03-5395-5817
業務 03-5395-3615

印刷所 ─ 凸版印刷株式会社

製本所 ─ 株式会社若林製本工場

製函所 ─ 株式会社ナルシマ

ISBN978-4-06-512931-9　N.D.C.913　472p　19cm

KODANSHA BOX
ひぐらしのなく頃に
07th Expansion presents. Welcome to Hinamizawa...
竜騎士07
"WHEN THEY CRY..."
Illustration／ともひ
©07th Expansion／Tomohi／Kodansha

出題編　全4編――
解答編　全4+1編。　全17冊、完結！

かつてない恐怖、そして来るべき未来の物語《ストーリーテリング》の可能性を斬新に詰め込み、
あらゆるメディアを席捲《せっけん》したゼロ年代の記念碑《きねんひ》的一大ムーブメント、
『ひぐらしのなく頃に』の最終形態は、今ここに「小説」として結晶する―――。